W0209321

Paul Erickson
Der Herr der Ringel

PIPER

Zu diesem Buch

Dies ist die Saga von den Wobbits und dem magischen Ringel, der seinem Träger unvergleichliche modische Ausstrahlung verleiht ... Kaum einer weiß, dass es nicht J.R.R. Tolkien war, der zuerst auf die abwegige Idee kam, einen ganzen Fantasy-Roman über einen Ringel zu verfassen, sondern der Amerikaner Paul Erickson. Zum ersten Mal präsentiert der Autor von »Der Wobbit« die Originalabenteuer des Wobbits Milbo Muffin, auserwählter Träger des Einen Ringel, auf seiner epischen Queste voller unnötiger Lebensgefahren, und von Ranndarf, dem unzuverlässigen und irgendwie unverschämten Zauberer, der ihm die ganze Sache eingebrockt hat ...

Paul Erickson hat weder zahlreiche Initialen noch wurde er am 3. Januar 1892 in Bloemfontein/Südafrika geboren. Er lebte nicht ab 1896 in England und war nicht Professor für germanische Philologie in Oxford. Erfreulicherweise starb er auch nicht am 2. September 1973 in Bournemouth. Das Einzige, was ihn wirklich auszeichnet, ist die Tatsache, dass nach seiner Vorlage der Roman »Der Hobbit« von J.R.R. Tolkien entstand. Aber das ist ja auch schon mal etwas.

Paul Erickson

DER HERR DER RINGEL

DIE BEWÄHRTEN

Aus dem Amerikanischen
von Simon Weinert

Piper München Zürich

Entdecke die Welt der Piper Fantasy:

Piper-Fantasy.de

Von Paul Erickson liegt bei Piper vor:
Der Wobbit
Der Herr der Ringel

MIX
Papier aus verantwortungsvollen Quellen
FSC® C083411
FSC www.fsc.org

Deutsche Erstausgabe
November 2013

Titel der englischen Originalausgabe:
»The Superfriends of the Ring«

Umschlaggestaltung: Guter Punkt, München / www.guter-punkt.de
Umschlagabbildung: Katarzyna Oleska
Satz: Fotosatz Amann, Aichstetten
Papier: Munken Print von Arctic Paper Munkedals AB, Schweden
Druck und Bindung: CPI – Clausen & Bosse, Leck
Printed in Germany ISBN 978-3-492-26937-7

Der Prolog des Prologs

Kurzmitteilung

Von: Ladidadiel, Eigentümerin Elbenhotelbetriebe International
Betreff: Milbos Buch möglicherweise nicht ganz akkurat
An: Die Verbündeten der Bonität

Die Welt ist im Wandel, und wer mag schon Veränderungen?

Ich spüre es am Wasserkocher, ich rieche es im Pausenraum. Vieles, was einst war, ist verloren, da niemand mehr lebt, der sich erinnert. Lassen Sie mich das erklären.

Es scheint, dass der ehemalige Subunternehmer/Dieb Milbo Muffin in seinem Buch *Einmal Hin- und Rückfahrt, bitte!* (erschienen in der Wobbit-Presse als *Der Wobbit*) zwei entscheidende Dinge nicht korrekt beschrieben hat. Dadurch ist viel Verwirrung entstanden, weshalb es einer Klärung bedarf.

Für den Fall, dass jemand bezüglich dieser beiden Dinge im Unklaren ist (hier wende ich mich vor allem an den Zauberer und Projektmanager Ramdarf für den unwahrscheinlichen Fall, dass er diese Mitteilung überhaupt zur Kenntnis nimmt), lassen Sie mich ins Detail gehen.

Zunächst einmal ist der Ring, den Milbo von der Kreatur Go-Lump »gewonnen« hat, nicht einfach bloß irgendein Unsichtbarkeitsring von der Stange, den man schnell mal gegen einen Katastrophenmantel oder eine Schubkarre eintauscht. Sondern er ist in Wahrheit ein Ring und der mächtigste und verderblichste Gegenstand Drittmittelerdes.

Es kommt einem gerade mal wie gestern vor, dass die Wirklich Großen Ringe geschmiedet wurden. Drei wurden den Elben gegeben, klaro, denn damals waren keine besseren Ringe erhältlich. Sieben wurden den Zwergen gegeben, denn die Großväter der Zwerge, die Schöpfer des Lieds »Heiho, heiho, wir sind vergnügt und froh«, zählten ebenfalls sieben. Und neun wurden den Königen der Menschen gegeben, denn die Königinnen der Menschen wollten keine, weil sie Ringe zu protzig fanden.

Doch sie wurden alle reingelegt, denn es wurde noch ein Ring, ein WIRKLICH großer Ring gefertigt. Im Lande Schmoddor, in den Feuern des Schreck-lass-nach-Bergs, setzte der Herr und Geschäftsführer der Versklavungs-, Kredit- und Zerstörungsanstalt Schmoddor, Saubohn, einen Vertrag über das Schmieden eines Superrings auf, um alle anderen Ringe zu beherrschen. In diesen Ring flossen seine Ungeduld, seine Kleinlichkeit und sein Wille, das Unternehmen durch feindliche Übernahmen zu vergrößern. Er hätte es sich niemals leisten können, den Ring in Schmoddor fertigen zu lassen, deshalb heuerte er einen Handwerker aus dem Äußersten Süden an, der konkurrenzlos billig war und ganz alleine arbeitete. Und daher bekam der Ring auch seinen Namen: Der Alleine Ring.

Der Reihe nach wurden die freien Länder Drittmittelerdes durch die Macht des Rings entweder zerstört oder gekauft. Doch einige leisteten Widerstand, indem sie hartnäckig Mengenrabatte forderten. Ein Beinahe Letztes Bündnis von Elben und Menschen, die danach noch viele Male als die Verbündeten der Bonität in Erscheinung treten sollten, zog in die Schlacht gegen die Achse des Bösen.

Scheußlich waren die Orks und Trolle und Marge, gegen die sie stritten. Die Luft war erfüllt von Pfeilen und Kreischen und von kreischenden Pfeilen. Obwohl Sonnenschein bei milden Temperaturen vorhergesagt war, blieb der Himmel unglücklicherweise wolkenverhangen. Der Sieg war nahe, als Saubohn einen seiner seltenen Cameo-Auftritte hinlegte. Obwohl er ein Elb war, sah er aus wie ein Riese mit unbequemer Dornenrüstung. Darunter trug er ein Ringel-T-Shirt und Ringelsocken, was vielleicht seine damalige miese Stimmung erklärt. Allenthalben zerschmetterte er Elben und Menschen. Gerade wollte er Müslipur zerschmettern, den Sohn des verstorbenen Menschenkönigs Ölunddill, doch erst trat er auf Müslipurs Schwert, Nasal, und brach es aus schierer Bösartigkeit entzwei.

Überraschend griff Müslipur nach dem Schwertgriff und tötete Saubohn mit dem Stumpf der Klinge. Niemand weiß genau, wie. Ich habe es selbst nicht mit angesehen. E.On hat mir erzählt, Müslipur hätte Saubohn fies in die Weichteile gestochen, doch andere berichten, in Saubohns Rüstung hätte es eine Sollbruchstelle gegeben, direkt über der linken Brust. Auf jeden Fall verging Saubohn mit einem Schrei: »Du verfluchter Rotzlöffel! Sieh doch nur, was du getan hast! Ich schmelze! Was für'n Ding! Wer hätte gedacht, dass ein armseliges Menschlein wie du meine wunderschöne Schlechtigkeit zerstören könnte? Oh, sieh nur! Ich schwinde! Oh! Oh!«

Seine Rüstung in Übergröße blieb zurück, da Müslipur

selbst nach erheblichen Änderungen keine Verwendung dafür hatte. Ebenso das XXL-Ringel-T-Shirt und die Ringelsocken. Doch Müslipur stellte fest, dass sich der Ring auf magische Weise seiner geringeren Größe anpasste. Er hob ihn auf, steckte ihn aber nicht an, vielleicht weil er Handschuhe trug. Andere behaupten, dass er ihn nicht anstecken wollte, weil er wie ein Ehering aussah: »Ich habe meiner Frau gesagt, dass ich so etwas nie tragen würde.« Aber da er um den Wert der Dinge wusste, behielt er ihn.

Auf dem Heimweg von der Schlacht geriet Müslipur in einen Orkhinterhalt. Die Orks hatten noch nicht mitgekriegt, dass die Schlacht zu Ende war und sich ihr capo di tutte capi in Luft aufgelöst hatte. Müslipur hatte herausgefunden, dass der Alleine Ring ihn unsichtbar machte, deshalb tauchte er in einen nahegelegenen Fluss, um zu entkommen. Was er nicht wusste, war, dass der Alleine Ring ihm nicht die Macht verleihen würde, unter Wasser zu atmen oder seinen Atem unendlich lange anhalten oder in voller Rüstung schwimmen zu können. Er soff ab.

Der Ring schwamm wie eine Muschel. Indem er sich zusammenzog und ausdehnte, stieß er sich im Wasser vorwärts, bis er einen neuen Träger fand, das nervtötendste Geschöpf, das man sich nur vorstellen konnte. Genau weiß es niemand, aber man kann annehmen, dass es so etwas sagte wie: »Ei, sieh da! Dich nenne ich meinen Schatz, sage ich, meinen Schatz!«

Sein Name war Go-Lump. Er war ohnehin schon etwas plemplem, und der Alleine Ring machte ihn noch um einiges plemplemer. Erneut können wir annehmen, dass seine inneren Selbstgespräche, die er immer laut führte, ungefähr folgendermaßen verliefen: »Meins, sag ich, alles meins! Mit deiner Hilfe, mein Schatz, werde ich kleine, schlanke Orks fangen und sie roh verschlingen und werde für die nächsten tausend Jahre in einer Höhle leben! Bua, hahah!« In erster Linie sprach da der Ring aus ihm.

Schließlich wurde dieser vom zuvor erwähnten Dieb Milbo Muffin gestohlen, einem Wobbit aus dem Aualand. Unter Anwendung der Regel »Wer's findet, darf's behalten« entwendete er den Ring aus Go-Lumps tristem Heim und steckte ihn in seine Weste. Milbo überliefert uns die letzten Worte, die Go-Lump ihm hinterherrief: »Verdammich! Muffins! Wir hassen, ich sage, wir hassen ihn auf ewig!« Milbo trieb sich nicht lange genug in der Gegend rum, um zu sehen, was als Nächstes passieren würde.

Neben seiner unvollständigen Geschichte des Alleinen Rings sind auch seine Angaben zu Saubohn nicht korrekt. In seinem Buch schreibt Milbo, dass Saubohn laut Ranndarf besiegt worden wäre. Obgleich Ranndarf dies mit Sicherheit behauptet hat, ist die Aussage doch in einem gemeingefährlichen Maße falsch. Es stimmt, dass die Achse des Bösen in der Schlacht geschlagen wurde, es stimmt aber nicht, dass Saubohn von Müslipur getötet wurde. Der dunkle Geschäftsführer war wieder entschmolzen und versuchte, sich ein neues Label zu verpassen: »Der Geisterbetörer.« Doch er wurde vom Weißen Rat aus seiner Bürozentrale im Wüsterwald hinausgeworfen. So geschlagen, begann er erneut zu schmelzen. Ranndarf hätte seine geschmolzenen Überreste eigentlich in einer Kapsel aus Invincibilium verwahren sollen, damit er sich künftig nicht wieder entschmelzen würde, aber der Zauberer war vollauf damit beschäftigt, für ein Siegerportrait zu posen.

Zusammenfassend lässt sich sagen, dass der Alleine Ring viel gefährlicher ist, als es Ranndarf auf dem Schirm hat. Und obwohl er schon zweimal geschmolzen ist, betreibt Saubohn noch immer seine gefährlichen Geschäfte. Wenn Sie Ranndarf sehen, dann geben Sie ihm bitte Bescheid. Es gilt, sogleich Maßnahmen zu ergreifen, um eine Destabilisierung des Marktes zu verhindern, die unser aller Kapital gefährden würde.

Prolog

Über Wobbits

Dieses Buch handelt weitgehend von Wobbits, und aus seinen Seiten kann ein Leser viel über ihren Charakter und wenig über ihre Geschichte erfahren. Weitere Informationen finden Sie auch in *Der Wobbit oder Einmal Hin- und Rückfahrt, bitte!* Das Buch ist als Taschenbuch, eBook und Hörbuch im örtlichen Buchhandel wie auch im Onlineversandbuchhandel erhältlich. Bestellen Sie sich Ihr Exemplar jetzt!

Kapitel I

Ein langerwarteter Brunch

Als Herr Milbo Muffin von Muffend ankündigte, dass er demnächst zur Feier seines neundutzendunddritten Geburtstags ein besonders prächtiges Fest geben wolle, hätte niemand erwartet, dass man auf der Party eines derart reichen Wobbits die Getränke selbst würde bezahlen müssen.

Milbo war sehr reich und sehr absonderlich, und seine Nachbarn sahen ihn schräg an. Vor sechzig Jahren hatte er als Freelancer einen Beraterjob angenommen, bei dem er gegen alle Wahrscheinlichkeit ein Vermögen gemacht hatte. Noch absonderlicher aber erschien die Tatsache, dass er nicht alterte. Mit neunzig war er weitgehend derselbe wie mit fünfzig. Mit neunundneunzig sah er wie einundfünfzig aus. Mit hundert wirkte er wie neunundvierzig. Mit hunderteins wieder wie mit fünfzig. Mit hundertzehn fingen die Nachbarn an zu sagen: »Er war beim Schönheitschirurgen.« Im Stillen aber dachten sie: *Er hat ein Bild von sich auf dem Speicher, das an seiner statt altert.* Das war lächerlich, denn Milbos Wohnung war der Keller unterhalb eines Schönheitssalons, und jegliche magischen Bildnisse hätte er darin verstecken müssen.

»Dafür wird er bezahlen müssen«, sagten die Leute. »Bestimmt frisst er so 'ne teure Vitaminkur für die Superreichen, denn er ernährt sich katastrophal und treibt keinen Sport. Vitaminkuren sind nicht natürlich, und irgendwann bekommt er die Quittung dafür!«

Doch bisher hatte er keine Quittung bekommen. Obwohl er von Natur aus kleinlich war, hatte Milbo stets großzügig Trink- und Schmiergelder gezahlt, nur um Ruhe vor seinen Nachbarn zu haben. Er machte und empfing Besuche seiner Verwandten (mit Ausnahme der Packein-Muffins) und wurde vom örtlichen Gesindel wegen seiner wirkungsvoll inszenierten, aber erstaunlich seltenen Wohltätigkeitsgesten bewundert. Wie die meisten Tucken – seine Familie mütterlicherseits – hatte er lange keine Freunde, bis seine jüngeren Vettern alt genug waren, um ihn abends zum Rollenspiel zu treffen.

Milbos Lieblingsvetter war der junge Promo Muffin. Seit dem mysteriösen Tod seiner Eltern hatte Promo bei seinen Vettern, den Dandyschmocks von Dandyschloss im Schmockland gelebt. Die Adresse konnte man sich leicht merken.

Als Milbo neunundneunzig wurde, adoptierte er Promo und setzte ihn zu seinem Erben ein. Sie hatten am selben Tag Geburtstag, am 22. September, was Promo für einen zweifelhaften Grund hielt, jemanden zu adoptieren. Und da Promo zu der Zeit noch ein Teenager war, hatte er keinen Bock drauf, mit Milbo gemeinsame Geburtstagsfeten zu feiern. Mit einem Hundertjährigen kann man für gewöhnlich keine geilen Partys feiern, auch wenn er nur wie fünfzig aussieht.

Promo ließ zwölf Jahre gemeinsamer Geburtstagsfeten über sich ergehen, ohne zu merken, dass Milbo etwas recht Außergewöhnliches für seinen dreiunddreißigsten Geburtstag, den Tag seiner Wobbitvolljährigkeit, geplant hatte. Milbo wurde neundutzendunddrei, eine ziemlich tuckenhafte Ausdrucksweise für hundertelf. Selbst der alte Tucke war dank einer Rohkostdiät und hyperbarer Sauerstofftherapie nur 130 geworden. 111 ist für einen Wobbit ein sehr respektables Alter, da Wobbits bereits im mittleren Alter durch Missgeschicke oder schlechte Angewohnheiten zu sterben pflegen.

In Vorfreude auf das große Ereignis standen die Zungen in Muffend und Wasserklau genauso wenig still wie die Schwänze der Hunde in den Tierheimen. Jamjam Kimchi, der landauf, landab als »der Klon« bekannt war, nutzte die Gelegenheit, um seine Anekdoten über die Pflege von Milbos kleinem Vorgarten loszuwerden. Als Milbo zu Geld gekommen war, hatte er die Wohnung unter Virginias Schönheitssalon, die er gemietet hatte, gekauft. Um seiner neuen Rolle als Schaffer von Arbeitsplätzen gerecht zu werden, hatte er Kimchi als Gärtner eingestellt, vor allem, weil sein neuer Diener dann keinerlei Aufgaben in der Wohnung selbst auszuführen hätte.

Kimchi, für den Milbo keine Lohnnebenkosten zahlte, war ein furchtbarer Langweiler. Er war alt, wenn auch jünger als Milbo. Doch da Milbo mysteriöserweise in mittleren Jahren zu verharren schien, gab Kimchi neben ihm einen grantigen alten Opa ab. Der Klon führte sein hohes Alter auf Biergenuss und die Vermeidung von Arbeit zurück. Beidem ging er regelmäßig nach, und zwar in einer kleinen Gaststätte namens *Efeubüschel*. Er sprach zu einer kleinen Zuhörerschaft, die selbst für Wobbitverhältnisse klein war.

»Promos Geburtstagsparty wird das größte Event, das Muffend je gesehen hat! Ich schwör's«, lallte Jamjam Kimchi. »Der Herr Milbo ist ein feiner Kerl!«

»Klar ist Milbo ein feiner Kerl«, sagte Väterchen Zwiebelfuß (ein Nachbar des Klons). »Aber wer ist dieser junge Promo Muffin, der bei ihm lebt? Muffin oder nicht, in Wahrheit ist er ein Dandyschmock aus Schmockland, wo die Leute so schräg sind.«

»Du hast recht, Väterchen«, sagte der Klon. »Und ich habe den jungen Promo noch nie mit einem Mädchen ausgehen sehen. Nicht, dass daran etwas Falsches wäre. Die Leute unten in Schmockland überm Dandyweinfluss sind halt schräge Vögel. Trotzdem, so lange sein ›Dad‹ mir meinen Lohn bezahlt, ist auch der Promo ein feiner Kerl.«

»Habe ich euch schon mal erzählt, wie Promos Eltern auf mysteriöse Weise ums Leben kamen?«, sprach der Klon weiter. »Promo hat es mir unter dem strengsten Siegel der Verschwiegenheit erzählt, deshalb müsst ihr den Leuten sagen, dass es ein Geheimnis ist, wenn ihr's weitererzählt.«

»Was du nicht sagst, Klon!«, meldete sich Ted Sandigwobbit, der Müller von Muffend, der sich immer gern einmischte.

»O doch! Wahrscheinlich haben sie sich gegenseitig umgebracht! Herr Drogi Muffin und die arme Tremula Dandyschmock. Sie fuhren in ihren zweiten Flitterwochen in der Wüsterwald-Waldelbenferienfarm mit dem Tretboot, als das Boot kenterte. Man vermutet, dass sie herumgealbert, vielleicht sogar randaliert haben. Und beide waren irgendwie mit Milbo verwandt. Das ist noch viel mysteriöser.«

»Das hört sich für mich überhaupt nicht mysteriös an«, sagte der Müller, dem man es nur schwer recht machen konnte. »Das ist ja gar keine richtige Geschichte, eher so 'ne Anekdote. Ich hasse diese Tretboote und all das Pedaletreten. Kein Wunder, dass sie reingefallen sind.«

»Wie dem auch sei«, sagte Kimchi, der Klon. »Promo hat bei den Dandyschmocks gelebt, bis Milbo ihn adoptiert hat. Das muss für die Packein-Muffins ein Schock gewesen sein. Erst wird Milbo ewig nicht älter, und dann wird ein zweifelhafter neuer Erbe ernannt.«

»Was ist mit der Sammlung von Tüftenballkarten und all dem Silber und Gold?«, sagte Väterchen. »Und was ist mit dem Plunder?«

»Dem was?«

»Entschuldigt, mit den Klunkern. Was ist mit denen?«

»Er hatte nie irgendwelche Klunker«, sagte Jamjam. »Herr Milbo hat sich immer geweigert, sein Portfolio zu erweitern, und hat sich den vertraglich zugesicherten Anteil ganz in Gold auszahlen lassen. Was seine Tüftenball-Fanartikelsammlung angeht, all seine Tickets, Programmhefte, Merchandiseartikel, Trikots und sogar den einen seltenen Spielball, das alles bekommt Promo. Aber davon kann euch mein Sohn Spam mehr erzählen.«

Jamjams Sohn, Spam Kimchi, folgte in den Fußstapfen seines Vaters, will sagen, er trank Bier und schaute Tüftenballspiele, während er auf Abruf für Herrn Milbo bereitstand. Für Vater und Sohn gab es kaum genug Arbeit im Garten. »Spam ist ein Tüftenballfreak! Er kennt die Regeln besser als ein Schiedsrichter. Aber das Spiel ist nicht mehr dasselbe. All diese neuen Mannschaften haben die Liga kaputtgemacht. Eine einzige Zeitverschwendung, wenn ihr mich fragt. ›Mördergrätschen und angetäuschte Anläufe!‹, sage ich also zu ihm. ›Steckrüben und Schwarzarbeit sind besser für dich und mich! Pass auf, sonst erwischt man dich noch beim Faulenzen‹, sage ich.«

»Du kannst sagen, was du willst, aber dieser Milbo interessiert sich neben Tüftenball für ziemlich merkwürdige Dinge«, sagte Sandigwobbit. »Er empfängt Comicsammler und eigenartige ausländische Musiker. Sogar außerhalb der normalen Geschäftszeiten hat er schon Besuch von Zwergen und diesem alten, selbsternannten ›Zauberer‹ Ranndarf bekommen. Muffend ist ein schräger Ort, und seine Einwohner sind noch schräger. Um genau zu sein, werden sie mit jedem Augenblick schräger.«

»Solltest du nicht in deiner Mühle sein, Herr Sandigwobbit?«, sagte Jamjam. »Ich weiß nur, dass mein Spam zur Party von Herrn Milbo geht. Ich hoffe nur, dass er ein Date mitbringt.«

Die Zeit verging, und ob der junge Promo Muffin es nun mochte oder nicht, es näherte sich der Tag von Milbo Muffins Fest. Ein wunderliches Gefährt (du und ich, wir würden einfach »Wagen« dazu sagen), beladen mit wunderlichen Paketen und Krimskrams schleppte sich den Hügel zu Milbos Wohnung im Muffend-Viertel von Wobbingen hinauf. Gelenkt wurde es von einem wunderlichen Alten, keinem Wobbit. Er trug gewaltige schwarze Stiefel mit Flügelkappen und einen unnötigen, überkandidelten Schal. Sein langer, buschiger Schnauzer stand unter der Krempe seines Huts hervor. Viele Wobbits glaubten, der Schnauzer bestünde aus Nasenhaaren. Auf den Bündeln, dem Wagen und sogar auf dem Pferd prangte ein großes rotes R.

Natürlich war dies Ranndarfs Zeichen, und Ranndarf, der Zauberer, lenkte das Fuhrwerk. In den vielen Jahren seiner Freelance-Tätigkeit hatte er gelernt, wie wichtig eine wiedererkennbare Marke war, weshalb er überall sein Zeichen draufmachte, auch auf Dinge, die ihm nicht gehörten. Im Aualand war er für seine Feuerwerke berühmt wie auch für die Brände und Rauchbelästigungen, die ihnen zuweilen nachfolgten. In der Nebensaison verdingte er sich mehr schlecht als recht als Projektmanager, und Zaubern tat er nur gegen Bargeld auf die Hand. Ein paar junge Wobbitrüpel, an denen der Wagen vorbeirollte, riefen ihm nach: »Wofür steht das ›R‹, Opa? R wie in …« Ranndarf drehte sich schnell um und brachte sie zum Schweigen, indem er dem Anführer einen Bierdeckel mit einer R-Rune drauf gegen den Kopf schnippte.

»Haut ab, ihr Lümmel!«, sagte Ranndarf. »Wo der herkommt, gibt es noch mehr Bierdeckel, und ich scheue mich nicht, sie zu schnippen!«

Vor Milbos Wohnung hinter dem Schönheitssalon, kurz nach dem Abendessen, saßen Milbo und Ranndarf zusammen und rauchten ihre Pfeifen. Dieses schmutzige Laster hatte sich der Wobbit während ihres Projekts mit Theorin Eichenkilt und den Zwergen angewöhnt, und jetzt hatte er Mühe, damit aufzuhören. Er blies gekonnt einen Rauchring, der über dem Garten dahintrieb, den Jamjam und sein Sohn Spam Kimchi ihm für einen Minilohn pflegten. Dann blies Ranndarf mehrere Rauchringe, die miteinander verschlungen die Worte ergaben: *Ranndarf, der Zauberer, die All-in-one-Management-Lösung für Ihr Projekt!* Die Rauchwolke schwebte dahin und blinkte in verschiedenen Farben.

»Ich glaube, ich brauche Urlaub«, sagte Milbo.

»Urlaub von was?«, sagte Ranndarf. »Seit dem Eichenkilt-Projekt haben Sie keinen einzigen Tag gearbeitet!«

»Dann eben Ferien. Sie kennen meinen Plan, meinen geheimen Plan. Bei der Feier. Meinen kleinen Scherz.«

»Der mit dem Elb und dem Proktologen?«

»Nein«, sagte Milbo. »Nein, der Scherz, bei dem ich mich von meiner eigenen Party davonstehle und die Getränkerechnung den Packein-Muffins überlasse.«

»Ah«, sagte Ranndarf. »Kein wirklicher Scherz. Eher

ein Bubenstreich. Wer wird da schon lachen, frage ich mich.«

Am nächsten Tag fuhren noch mehr Gefährte und sogar ein paar Wagen vor dem Schönheitssalon vor. Um das übliche Gegrummel von wegen »Kauf beim Laden um die Ecke!« oder »Unterstützt den Einzelhandel!« zu vermeiden, bedachte Milbo die Kaufleute am Ort mit einer Flut an Bestellungen, obwohl er dadurch die im Aualand gültigen Mehrwertsteuerbeträge abdrücken musste. Großkartons mit Appetithäppchen wurden geliefert, Kisten voller Wein, zahllose Rollen mit Dekoration aus Krepppapier und jedes billige Partyutensil, das man sich nur vorstellen kann.

Bald ergoss sich auch eine Flut von Einladungen. Der Service im Wobbinger Postamt wurde noch langsamer als sonst, und das Postamt in Wasserklau hatte geschlossen, bis genug Wanderarbeiter als Aushilfen aufgetrieben werden konnten. Milbo gab diesen »Gastarbeitern« die Schuld daran, dass er so wenig Antwortpostkarten erhielt. Seine vorfrankierten Antwortkarten mit dem Aufdruck *Danke, ich komme bestimmt und bringe eine Begleitperson mit* lagen auf zahlreichen Küchentresen und Esstischen in allen Haushalten zwischen Muffend und Muffhöhe herum. Milbo würde nie eine genaue Personenzahl erfahren.

Auf Milbos klappriger Alutür hing nun eine Notiz: *1) Besprechungen nur nach vorheriger Terminabsprache.* Und darunter: *2) Terminabsprachen nur im Rahmen einer regulären Besprechung möglich.* Milbo wurde noch zurückgezogener als sonst und war andauernd am Pläne- und Ränkeschmieden.

Eines Morgens schreckte ganz Wobbingen wegen einer heftigen Explosion aus dem Schlaf. Sie kam aus einem öffentlichen Park in der Nähe des Schönheitssalons. Als Wobbits aus der Nachbarschaft hineilten, um nachzusehen, entdeckten sie Ranndarf, der vor einem rauchenden Krater stand.

»Das war mal eine feine Zauberei, muss ich schon sagen«, verkündete er. Im Zentrum des gesprengten Gebiets hatten zuvor eine Schaukel, eine Wippe und ein Klettergerüst gestanden. Nachdem die Spielplatzausrüstung in Trümmern lag, wurden von der Straße wagenweise Zelte, Bambusfackeln und Bocciakugeln herangeschafft. Um zu verhindern, dass man sich beim Sheriff beschwerte, und als Entschädigung für durch die Splitter entstandene Schäden zahlte Ranndarf den Familien eine gewisse Summe. Ihm stand von Milbos Seite massenhaft Geld zur Verfügung.

Jamjam Kimchi sollte die Alibigärtnerei eine Weile lang ruhen lassen und stattdessen die Aufsicht über das Aufstellen der Zelte übernehmen. Den Zeltaufstellern stellte er sich mit den Worten vor: »Ich bin der Zeltaufstellungsinspektor, ihr wisst schon, derjenige, der dafür sorgt, dass schwer gearbeitet wird.« Seinen Sohn Spam nannte er Aufstellungskapo, bis Spam ihn darum bat, dies zu unterlassen.

Trotz Jamjams Aufsicht standen die Zelte irgendwann. Aus der Waldelbenferienfarm im Wüsterwald wurden die besten Elbenköche herbeigekarrt, und Zwergeningenieure gruben schon bald hochmoderne Latrinengruben. Die Zwerge schlugen vor, den besonders großen Baum am einen Ende des Parks mit ebenso festlichen wie praktischen Klopapierrollen zu schmücken.

Endlich graute der Donnerstag, der 22. September. Noch bevor die Tore geöffnet wurden, hatte sich eine Schlange von Wobbits gebildet, die auf ein kostenloses Burrito-Frühstück und Latte mit Haselnussaroma hofften. Indem er seine Party auf den Mittag eines Werktags gelegt hatte, wollte Milbo vermeiden, dass ihm zu viele Leute die Türen einrannten. Doch es war umsonst. Wobbits von nah und fern hatten krankgemacht und strömten herbei, bereit, Speis und Trank zu konsumieren. Die allermeisten hatten ihre Antwortkarten nicht zurückgeschickt, und viele hatten erst gar keine Einladung erhalten. Vor dem Krater, den Ranndarf geschaffen hatte, um die ungünstig platzierten Spielplatzgeräte »umzusetzen«, begrüßte Milbo die Gäste – auch die ungeladenen. Der Krater war mit Geschenken gefüllt, die Milbo an alle und jedermann verteilte. Herr Jedermann war sternhagelvoll. Milbo kannte ihn aus der *Ständigen Vertretung*, einer kleinen Schankstube an der Straße nach Wasserklau.

Wobbits verschenken an ihrem Geburtstag Geschenke. Zwar keine besonders guten Geschenke, aber immerhin boomte darum die Geschenkverpackungsindustrie im Auland. Und auf Arbeit stellte das Verteilen von Geburtstagsgeschenken mehrmals die Woche eine willkommene Ablenkung dar. Niemand konnte mit den Geschenken etwas anfangen: Chiatöpfchen, Küchenmesser aus einer Teleshoppingsendung, Decken mit Ärmeln. Aber man begrüßte die Begeisterung darüber, dass man ein Geschenk bekam. Meist waren sie billig gemacht, und oft zeigten sie die Logos irgendwelcher Zwergenbanken oder Investmentfirmen, ein sicheres Zeichen dafür, dass es weitergeschenkte Werbegeschenke waren.

Schließlich war der zeitraubende Stau beim Geschenkflaschenhals am Eingang zu Ende. Alle hatten ein Geschenk bekommen und einen Platz gefunden, jetzt konnte gegessen und getrunken werden. Es gab drei offizielle

Mahlzeiten: Brunch, Cocktails und Happy Hour. Sie zeichneten sich vor allem dadurch aus, dass zu den beständig fließenden Getränken auch Essen bereitgestellt wurde. Die restliche Zeit über tranken die Leute nur, und zwar so viel wie möglich, denn es ging das Gerücht um, dass die Getränke etwas kosten würden, sobald das Feuerwerk anfing.

Zwei junge Wobbits beobachteten Ranndarfs Feuerwerk mit großem Interesse. Einer biss fahrig von seinem frittierten Gemüse ab, das er in der Hand hielt, und sah sich misstrauisch um. Dann schlüpften die Wobbits in das Feuerwerkszelt. Über ihnen explodierte eine Rakete, und die Funken bildeten den Schriftzug: *Kaufen Sie in Wobbingen und sparen Sie dabei! Gesponsert von der Wobbinger Handelskammer.* Der andere Wobbit, der sogar noch dümmer dreinblickte als der mit dem frittierten Gemüse, fasste nach einer Rakete.

»Nein, nein!«, sagte der Gemüse-Wobbit. »Nimm die große! Die große!« Der dumme Wobbit griff nach einer anderen Rakete, die eine so abstruse Form hatte, dass sie einen Abschuss gefährlich erscheinen ließ. »Was denn? Steck sie in den Boden!«

»Was soll ich in den Boden stecken?«, fragte der Dumme.

»Die Rakete natürlich! Was glaubst du denn?«

»Ich weiß nicht. Egal.« Der dumme Wobbit steckte die Rakete in den Boden. »Passt das?«

»Auf jeden Fall passt dein Gesicht zu meinem Arsch!«, sagte der erste und machte eine ausschweifende Geste mit dem Gemüse. »Ha! Hast du was zum Anzünden?«

»Was zum was?«

»Hast du ein Streichholz? Ich habe nämlich keins. Komm schon, Junge!«

»Nee, ich hab mit Rauchen aufgehört. Hm, was machen wir denn … Autsch!«

Da wurden die beiden Wobbits plötzlich furchtbar an der Unterhose gezogen. Hinter ihnen stand ein bärtiger Alter. Er war doppelt so groß wie sie, was ihm einen hervorragenden Hebel verlieh, als er sie an den Bünden ihrer Unterwäsche höher und höher zog. Bald standen sie zusammengekniffen auf Zehenspitzen, und der Alte richtete das Wort an sie.

»Madeiraschluck Dandyschmock«, sagte er zu dem mit dem Gemüse. »Und Paraffin Tucke. Ich hätte es wissen müssen. Wollten Sie die Rakete wirklich im Zelt zünden? In einem Zelt, in dem klar und deutlich *Rauchen verboten* steht? Ein Zelt voller Feuerwerkskörper, mit fünfundneunzigprozentigem zwergischem Brennspiritus und im südlichen Harrods gefertigter, hochentzündlicher Kindernachtwäsche?«

»Wir haben doch bloß improvisiert«, sagte Madeiraschluck. Er wollte gern Schluck genannt werden, aber alle sagten immer nur Madi zu ihm. »Weiter haben wir nicht gedacht.«

»Das war ganz allein Madis Idee«, sagte Paraffin. Er wurde oft Pipi genannt, nicht wegen seiner Konfirmandenblase, sondern wegen des Gehalts seiner geistigen Absonderungen.

»Idioten! Ich sollte Sie beide in Cracker Jack verwandeln. Sie standen im Begriff, sich schrecklich zu verbrennen und meine übrigen Feuerwerkskörper zu ruinieren! Nur dank meines Einschreitens werden wir am Ende der Party noch genug Raketen übrig haben, um die verbleibenden Gäste zu verjagen. Eigentlich kam ich nur herein, um etwas Spiritus zu holen, mit dem ich Milbos Bowle aufpeppen möchte. Hier, jeder von Ihnen nimmt eine Flasche in jede Hand. Ich habe die Hände voll«, sagte er, während er die Wobbits an den Unterhosenbünden aus dem Zelt schleifte. »Stürzen wir uns wieder in die Party. Milbo hält gleich seine Rede!«

»O nein!«, riefen Madi und Pipi. »Bitte verwandeln Sie uns in Cracker Jack, Ranndarf! In mit Melasse überzogenes Popcorn und Erdnüsse mit einem Überraschungsspielzeug, bitte!«

Ranndarf und die beiden jungen Wobbits kehrten zur Feier zurück und suchten nach einem Tisch, an dem sie noch zu dritt Platz hätten. Sie kamen an vielen Muffins und Kräutlins vorbei und an vielen Tucken und Dandyschmocks. Es gab viele Bluhbers (Verwandte von Milbos Großmutter) und Hinterbackens (Bekannte von seinem Tuckengroßvater, die darauf bestanden, Vitamin B mit einem F zu schreiben). Es gab einige Löcher, Bulgurs, Schlaffgürtels, Dixiklos, Wutleibs, Sporngesäßers und Stinkfußens. Die Packein-Muffins waren nicht vergessen worden, wie auch, denn sie waren selbst für Wobbitverhältnisse für ihre Unverschämtheit berüchtigt. Otto und seine Frau Globalia hassten Milbo und mochten Promo sogar noch weniger. Doch das eine war ihnen klar: Sollten sie der Party fernbleiben, würde Milbo sie in seiner unausweichlichen Ansprache öffentlich zum Gespött machen. Ranndarf schien sich aus irgendeinem Grund darauf zu freuen, aber die beiden Wobbits, die er mit sich schleppte, Madi und Pipi, hätten sich die eigenen Beine abgenagt, um diesem Ereignis zu entkommen.

Eben wollte Milbo anfangen. All seine Gäste waren entweder groggy von zu viel gebackenem Quark, litten an den Folgen eines Zuckerschocks nach zu vielen frittierten Sahneschnitten oder waren von fässerweise Billigbier belämmert. Selbstverständlich aßen und tranken sie noch immer und würden das so lange tun, wie Kartoffelpuffer und Weinkanister bereitstanden.

Milbos Tisch stand vor dem Festbaum, der mit Toilettenpapier behangen war und sich in praktischer Nähe zu den Latrinen befand. Die Zwerge hatten darauf bestanden, die Latrinen hinter der Kopftafel zu platzieren, damit die Leute, wenn sie dorthin hasteten, dem Schweinegrill nicht zu nahe kamen. Das schien auch eine clevere Idee zu sein, bis am Nachmittag der Wind drehte. Milbo erhob sich mit einem Räuspern.

»Stehen Sie auf!«, rief ein Zwischenrufer. Der ganze Zwischenrufer-Clan war aus dem fernen Mufffurt angereist, um kostenlos von Milbos Tafel zu speisen.

»Er steht doch schon!«, rief ein anderer. So begannen alle Wobbitreden.

»Meine lieben Muffins und Kräutlins«, fing er an. »Und meine lieben Tucken und Dandyschmocks, meine Blubbers und Hinterbackens, Löcher und Sporngesäßers und Bulgurs und Schlaffgürtels, Wutleibs, Dixiklos und Stinkfußens.«

»Stinkfüße!«, kreischte ein älterer Wobbit.

»Riech an deinen eigenen Füßen!«, rief ein weiterer Zwischenrufer.

»Stinkfußens«, beharrte Milbo. »Und natürlich auch meine guten«, Milbo machte Anführungszeichen in die Luft, »Packein-Muffins! Willkommen endlich in meiner Wohnung hinter und unter Virginias Schönheitssalon. Heute ist mein hundertundelfter Geburtstag. Ich werde achtdutzendunddrei Jahre alt! Eins, eins, eins! Fast einhundertundzwölf!« So machte er eine Zeitlang weiter. Das Ganze war so sinnlos, dass selbst den Zwischenrufern die Sprache wegblieb.

»Wie ich schon sagte, achtdutzendunddrei Jahre sind

viel zu wenig, um unter solch vortrefflichen und bewundernswerten Wobbits zu leben! Hat man es jedoch mit meinen lieben Packein-Muffins zu tun, erscheinen einem achtdutzendunddrei Tage bereits als eine Ewigkeit.« Begeisterte Zustimmungsrufe.

Darauf folgte eine kurze Stille, die erst endete, als ein verwirrter Wobbit rief: »Er ist ein Hexer!« Nervös griff Milbo in seine Tasche, als wolle er eine Knarre ziehen und sich den Weg freischießen. Doch er hatte eine noch viel bessere Flucht geplant.

»Schließlich«, sagte er, »möchte ich ein paar Dinge verkunden. Kann der Besitzer des blauen Ochsenkarrens neben der Latrine sein Fahrzeug bitte umgehend wegfahren? Sie stehen in zweiter Reihe. Ich bedaure zudem, Ihnen mitteilen zu müssen, dass ich gehe. Ich haue ab. JETZT. LEBEN SIE WOHL!«

Nichts geschah. Er wirkte panisch, klopfte sich auf die Taschen, zog sich einen silbernen Ring vom Finger und steckte die Hände erneut in die Taschen.

»Diesmal meine ich's ernst. Ich gehe. JETZT ABER WIRKLICH, LEBEN SIE WOHL!«

Er stieg vom Stuhl herunter und verschwand. Plötzlich regnete es frisches, warmes Popcorn. Die Gäste rissen sich die Hüte vom Kopf und hielten sie hoch, um noch mehr Knabberzeug zu erhaschen. Dann erst fiel ihnen auf, dass Milbo verschwunden war.

»Endlich!«, rief ein Zwischenrufer. »Ich dachte schon, der hört nie auf zu labern!«

Alle Muffins, Kräutlins, Tucken, Dandyschmocks, Blubbers, Hinterbackens, Löcher, Bulgurs, Schlaffgürtels, Dixiklos, Wutleibs, Sporngesäßers und Stinkfußens fingen gleichzeitig an zu reden. Die meisten fragten, wo die Dessertwagen und der Elbenkaffee wären. Alle quasselten durcheinander bis auf Promo. Ihm hatte Milbos Scherz gefallen, auch wenn er nicht laut herauslachte und es auch nicht sagte. Er meinte, es sei eher eine PR-Aktion. Das war zu dumm, denn Milbo wollte sich eigentlich aus der Stadt stehlen. Um das hitzige Gerede etwas zu beruhigen, befahl Promo, dass man Ranndarfs riesigen Spiritusvorrat klammheimlich in die Bowle, ins Bier und in den Wein schütten solle. Angesichts der Gier des gewöhnlichen Wobbits hätten etliche Milbos Scherz am nächsten Morgen vergessen, falls sie sich überhaupt an den Abend erinnerten. Bevor man ihm selbst aber etwas ins Bier schütten konnte, trank er es aus und ging schnell davon. Er hatte keine Lust, sich vor Ranndarfs letzten Knallkörpern wegzuducken.

Was Milbo Muffin angeht: Man muss euch wahrscheinlich nicht erst sagen, dass er sich mithilfe des Rings, den ihr bereits kennt, unsichtbar gemacht hatte. Ebenjener magische Ring, den er auf seiner Reise mit den Zwergen der SmithiBank erworben hatte. Über diese Reise hatte er wiederum in seinem Buch *Einmal Hin- und Rückfahrt, bitte!* berichtet. Nachdem er beim ersten Mal den falschen Ring erwischt hatte, steckte er sich den richtigen an den Finger, verschwand und ward von keinem Wobbit in Wobbingen mehr gesehen, fast wie Hootie and the Blowfish.

Er kehrte in seine geliebte Kellerwohnung zurück und lauschte mit einem Lächeln dem Knallen sehr nahe am Boden explodierender Feuerwerkskörper und den Schreien sich langsam bewegender Festgäste. Dann betrat er sein Heim durch die Aluminiumfliegengittertür. Er zog seinen Frack aus, warf sich einen abgetragenen Zwergenmantel über und schlüpfte in eine zerschlissene Kordhose, die so alt war, dass der Kordstoff an manchen Stellen schon ganz glatt war. Im Kleiderschrank schob er ein paar SmithiBank-T-Shirts zur Seite und fand darunter ein Elbentaschenmesser mit mehreren Werkzeugen und dem traditionellen roten Griff. Es war nur ein Taschenmesser, aber für einen Wobbit hatte es die Größe eines Kurzschwerts oder vielleicht gar eines sehr kurzen Langschwerts. So groß es für ihn auch war, es passte doch bequem in eine der Taschen seiner uralten Hose.

Er fasste unters Bett, was für keinen Wobbit leicht ist, und zog ein Manuskript in einem Ringordner aus Leder heraus, das er zusammen mit ein paar Boxershorts, einigen Westen und einem Badeanzug in eine große Gladstone-Tasche steckte.

Dann fluchte er, grub seine Frackhose aus dem Wäschekorb und holte den Ring aus einer der Taschen. Dieser hing nun an einer schlanken Kette, einer unheimlichen Kette, denn während seines Unsichtbarkeitstricks auf der Party war sie auf mysteriöse Weise nicht da gewesen. Er ging zu seinem Schreibtisch und fand einen alten Umschlag der SmithiBank mit einem roten Band und zwei Knubbeln auf der Rückseite. Er legte den Ring mitsamt der Kette in den Umschlag, schloss die Lasche und wickelte das rote Band erst um den Umschlag und dann mehrmals um die beiden Knöpfe herum. Das Band war wirklich lang, denn der Umschlag war nur für allerwichtigste Bankgeschäfte vorgesehen. So war es jedenfalls auf der Vorderseite aufgedruckt. Milbo wickelte so lange, bis das Band zu Ende war. Jetzt war der Umschlag verschlossen. Mit einem Fluchen wickelte Milbo das Band wieder auf, holte Ring und Kette heraus und griff zu Feder und Tinte. In die Empfängerspalte auf der Vorderseite trug er Promos Namen ein, beim Absender seinen eigenen. Dann wickelte er das Teil wieder zu und legte es auf den Couchtisch neben dem Lehnstuhl. Dann hob er es wieder auf und steckte es in seine Tasche. In diesem Moment kam Ranndarf herein.

»Sie sind nicht mehr auf der Party?«, sagte Milbo. »Dann müssen die Frozen Margaritas ausgegangen sein.«

»Nein«, sagte Ranndarf. »Ich hatte nur keinen Grund zu verweilen. Zu viele kotzende Wobbits, die Streit suchen, während sie zu ihren Wagen auf dem Parkplatz wanken. Ich bin an einem Punkt meiner Karriere angelangt, wo ich es mir nicht mehr leisten kann, dabei beobachtet zu werden, wie ich den Schlägen eines Mannes ausweiche, der nur halb so groß ist wie ich. Hat Ihnen mein Abschlussfeuerwerk gefallen?«

»Ich fand toll, wie diese Trottel um ihr Leben gelaufen sind!«, sagte Milbo. »Aber warum haben Sie mein Verschwinden mit diesem Popcorneffekt versehen? Meine Verwandten glaubten, Sie hätten mich in Knabberzeug verwandelt.«

»Und dann haben sie Sie aufgesammelt und gefuttert!«

»Sie naschen eben gern«, sagte Milbo. »Aber es verdirbt meinen Scherz, wenn sie glauben, dass Sie ein falsches Spiel spielen.«

»Seit wann ist Verschwinden ein Scherz? Ich würde es eher eine Bühnenillusion nennen. Darüber hinaus ist es eine Möglichkeit, Aufmerksamkeit auf den Ring zu lenken, den Sie seit dem Job für die SmithiBank im Vereinsamten Berg geheim gehalten haben. Milbo, ich weiß nie, was Sie als Nächstes ausgeheckt haben!«

»Ich gehe in Urlaub. Ich bin alt, Ranndarf. Natürlich nicht so alt wie Sie, aber alt. Ich sehe zwar nicht so aus, aber allmählich spüre ich es. Jetzt, wo ich darüber nachdenke: Ich kenne Sie schon jahrzehntelang, doch Sie waren seit jeher ein alter Mann. Wie kommt das?«

Ranndarf zuckte mit den Schultern.

»Wie gesagt, ich fühle mich ausgezehrt, auf der Streckbank wie damals, als ich aus Versehen zu diesem Yogakurs gegangen bin. Ich brauche eine Veränderung! Ich will die Berge wiedersehen. Ranndarf, Berge. Ich möchte durch das große Fenster eines Skihotels auf sie blicken, während ich neben einem prasselnden Feuer im Lehnstuhl sitze und Glühwein schlürfe. Dann kann ich die Luxusausgabe meines Buchs beenden mit einem neuen Schluss: *Und er lebte glücklich bis ans Ende seiner Tage.*«

Ranndarf lachte. »Das wäre freilich eine Verbesserung gegenüber all den anderen Schlüssen, die Sie durchprobiert haben: *Morgen ist ein neuer Tag* oder: *Ranndarf, ich glaube, dies ist der Beginn einer wunderbaren Freundschaft* oder: *Gut gemacht, Schwein, gut gemacht.* Aber ganz gleich, wie das Buch endet, lesen wird es keiner. Die Auszüge, die Sie in der *Ständigen Vertretung* ausgehängt haben, waren unterirdisch.«

»Promo hat sie gelesen und fand sie großartig!«

»Das muss er auch«, sagte Ranndarf. »Er ist Ihr einziger Erbe. Schließlich will er nicht, dass Sie ihn aus Ihrem Testament streichen.«

»Der gute alte Promo. Sie werden ein Auge auf ihn haben, nicht wahr, Ranndarf?«

»Ja, das werde ich – zwei Augen und einen Fuß in seinem Nacken, sooft ich den entbehren kann. Schließlich ist er ein Twen. Wenn ich doch nur nicht so sehr mit meinen Forschungen über Ihren Ring beschäftigt wäre. Sagen Sie, wo ist der Ring eigentlich? Wir hatten eine Abmachung, Sie wollten ihn zurücklassen.«

»Oh, er ist hier«, sagte Milbo. »Und Promo wird ihn zusammen mit allem anderen bekommen: mit der Wohnung, den Tüftenballkarten und -fanartikeln, den Anteilen an der SmithiBank und natürlich mit dem Silber, dem Gold und all dem gebunkerten Plunder.«

»Dem was?«

»Entschuldigen Sie, den *Klunkern*. Väterchen Zwiebelfuß argwöhnt schon lange, dass ich sie habe, aber mein hirnloser Gärtner hat es seit Jahren bestritten. Ihn und seinen Sohn überlasse ich Promo ebenfalls. Dann soll er sich mit ihnen herumschlagen.«

»Ja, das ist super, Milbo, aber wo ist der Ring?«

»Der was?«

»Der Ring!«, sagte Ranndarf. »Wo ist er?«

»Er liegt in einem Hauspostumschlag auf dem Kaminsims, Sie alter Trottel! Was ist mit Ihnen? Sind Sie blind oder rammdösig? Ich schwöre, Sie sind der am meisten von sich eingenommene … Oh, warten Sie. Hier ist er, in meiner Tasche. Nichts für ungut, Ranndarf.«

»Nicht der Rede wert, halbe Portion. Nun stellen Sie sich auf die Zehenspitzen und legen Sie ihn auf den Kamin.«

»Hören Sie mal, Sie alter Knacker, was fällt Ihnen ein, mir vorzuschreiben, was ich mit meinem gebunkerten Plunder machen soll?«

»Ganz ruhig, Dreikäsehoch. Jetzt werden Sie mal nicht zickig.«

»Falls ich das bin, dann ist das Ihre Schuld«, sagte Milbo. »Er gehört mir, hören Sie, mir! Alles meins! Har, har, har! Mein Schatz, sage ich, mein Schatz! Schauen Sie mich an, wenn ich mit Ihnen rede, Sohnemann! Der Schatz gehört mir, sage ich, mir!«

»Diese Stimme! Wo habe ich diese Stimme schon mal gehört?«, fragte Ranndarf. »Jetzt erinnere ich mich! Sie klingen genau wie die Kreatur, von der Sie den Ring ›gewonnen‹ haben, Go-Lump! Und das soll jetzt kein Kompliment sein!«

»Da haben wir's«, sagte Milbo.

»Richtig! Ich sage Ihnen zum umpfzigsten Mal, dass dieser Ring gefährlich sein könnte! Oh, und dieses Gefühl, auf der Streckbank zu liegen, das Sie beschrieben haben? Das kommt wahrscheinlich von dem Ring! Lesen Sie doch mal die Risiken und Nebenwirkungen von magischen Ringen durch, denn da steht: *Kann Übelkeit, trockenen Mund, nächtliche Hysterie und diverse sexuelle Nebeneffekte hervorrufen. Nicht anzuwenden von schwangeren Frauen, schwangeren Zwergen, schwangeren Elben oder schwangeren Wobbits. Darüber hinaus kann auch das Gefühl, auf der Streckbank zu liegen, auftreten.* Geben Sie den Ring weg, Milbo!«

»Wem soll ich ihn geben? Ihnen?«

Ranndarfs Augen blitzten über seinen bedrohlichen Nasenhaaren. Es wurde finster im Zimmer, und der Zauberer schien zu wachsen, was völlig normal ist, wenn man in einem Wobbitzimmer versucht, sich aufzurichten. Milbo starrte ihn entsetzt an und verkroch sich in eine Ecke.

»Iih!«, sagte er.

»Milbo Muffin! Halten Sie mich nicht für einen billigen Zauberkünstler! Ich bin Zauberer und Projektmanager, und mein mystisches Balkendiagramm sagt mir, dass für Sie die Zeit gekommen ist, den Ring abzugeben!« Es wurde wieder hell, und Ranndarf schien zu schrumpfen, während er die Lampen wieder anzündete und sich hinsetzte.

Milbo spähte hinter dem Lehnsessel hervor. »Sind Sie f-f-fertig?«, fragte er.

»So ziemlich«, sagte Ranndarf. »Jetzt umarmen Sie mich schon!«

»Bitte, Ranndarf, nicht vor den Zwergen.« Drei Zwerge

waren mit Milbos Koffern, Kisten und Krimskrams hereingekommen. Schnell erholte sich Milbo von dem Schreck, den Ranndarfs billiger Zaubertrick ihm eingejagt hatte. »Nun, ich bin dann mal weg. Ich wünsche Ihnen rege Nachfrage nach Ihren Forschungen. Bestellen Sie Promo meine besten Grüße.«

»Jungs, lasst uns eine Minute allein«, sagte Ranndarf zu den Zwergen, die Milbos Gepäck diskret hinausbeförderten. Ranndarf wandte sich wieder an Milbo.

»Und der Ring?«

»Was denn jetzt schon wieder?«

»Der Ring«, wiederholte Ranndarf seufzend. »Er ist noch immer in Ihrer Tasche.«

»Ach ja«, sagte Milbo. »Da ist er tatsächlich.« Er zog den rot umwickelten Umschlag heraus.

»Gut. Ist der Ring da drin, und ist es der Ring, über den wir gesprochen haben? Warum machen Sie den Umschlag nicht einmal auf?«

Milbo funkelte ihn böse an und fing an, das Band aufzuwickeln, das die Lasche geschlossen hielt.

»Lassen Sie sich alle Zeit der Welt«, sagte Ranndarf.

Endlich hatte Milbo das Band abgewickelt. Er öffnete den Umschlag, hielt ihn auf Armeslänge von sich gestreckt und stülpte ihn um. Kurz darauf purzelte der Ring mitsamt der rätselhaften Kette zu Boden. Als er aufkam, war ein seltsames Dröhnen zu hören. Sofort lag er flach auf dem Linoleum.

»Uff!«, sagte Ranndarf. »Ich bin froh, dass das Teil nicht abgeprallt oder durch die Gegend gerollt ist. Ich hätte es nur ungern unter Ihrem Garderobenschrank hervorgeholt.«

»Das ist eine Heimkinoanlage.«

»Vielleicht eher eine Anrichte?«

»Mir egal«, sagte Milbo, als er zum letzten Mal die Aluminiumtür öffnete und sich in der Wobbinger Dämmerung den Zwergen anschloss. Gemeinsam gingen sie davon, während Milbo leise den Refrain eines alten Liedes vor sich hin sang, ohne sich die Mühe zu machen, den Text auf einen aktuellen Stand zu bringen:

Die Show darf niemals stille stehn,
Solang noch Geld zu holen ist.
Drachentöten werd ich wieder gehn
Im Kettenhemd, nicht als Tourist.
Falls nicht, dann muss mein Neffe ran,
Hinfort, zu wagen Leib und Lebenssaft.
Das Elbenmesser kriegt er dann
Und den Ring mit Zauberkraft.

Kurz darauf kam Promo herein. Er sah sich in der Wohnung um und fragte leise: »Ist Onkel Milbo fort?«

»Ja, endlich«, sagte Ranndarf. »Ich dachte schon, der geht nie. Oh, er hat Ihnen etwas hinterlassen.« Er reichte Promo den Hauspostumschlag.

»Machen Sie sich nicht die Mühe, das Band abzuwickeln. Drin sind Testament, seine Vermögensurkunden und die Steuerunterlagen. Ich glaube, er hat Ihnen auch seinen Ring vermacht.«

»Oh, super«, sagte Promo. »Wie lange muss ich den Kram behalten? Fünf Jahre? Sieben Jahre? Für immer? Ich hasse es, Sachen abzuheften.« Kurz hielt er im Meckern inne. »Sie sagten, da drin wäre auch sein Zauberring? Cool! Dann muss ich nie wieder Eintritt bezahlen, wenn ich in einen Nachtclub will!«

»Promo, Sie haben Milbos Vermögen geerbt, also denken Sie ausnahmsweise mal nicht so kleinlich. Besser gesagt, denken Sie am besten überhaupt nicht an den Ring. Räumen Sie ihn einfach weg. Halten Sie ihn geheim und passen Sie auf ihn auf!«

Später am Abend wurden die letzten Gäste beseitigt, manche in Tragen, Schubkarren und Fuhrwerken von den Gärtnern, die sich nach neuen Einkommensquellen umsahen. Eine Handvoll Wobbits weigerten sich mit Händen und Füßen, auf die Fuhrwerke zu steigen, weil sie sich vor den furchtbaren Werken der Furien fürchteten. Bibliothekare und Mittelschullehrer mussten gerufen werden, um den Verängstigten klarzumachen, dass es nur Fuhr- und keine Furienwerke waren. Doch nachdem auch das nichts half, verkrümelten sich die Gärtner, und es kamen Umzugsleute mit Sackkarren daher. Auf diese Weise, aufrecht auf den Sackkarren stehend und ohne Angst vor Furien und deren Werken, wurden die letzten Wobbits weggebracht.

Langsam wie komatöse Wobbits in Schubkarren ging die Nacht vorüber. Schließlich aber, spät am nächsten Morgen, war selbst der komatöseste von ihnen wieder auf den Beinen. Nach und nach versammelten sie sich um die altehrwürdige Muffinwohnung. Als eine große Menge beisammen war und grummelte, was mit Milbo los sei und wo er hingegangen wäre, da trat Promo durch die Alutür und las eine Rede vor.

»Milbo Muffin hat das Gebäude verlassen. Er verlässt Wobbingen, um anderen Interessen nachzugehen. In letzter Zeit stand er unter einer großen Belastung und möchte deshalb weniger Zeit mit seiner Familie verbringen. Sie haben unbefugt privates Grundstück betreten. Die Sheriffs werden bald hier sein. Sollte Ihr Name nicht auf der ausgehängten Liste stehen, sollten Sie sich von meinem Acker machen.« Die Menge murrte und verlief sich widerstrebend. Nur diejenigen auf der Liste blieben zurück. Promo rief nacheinander ihre Namen auf und überreichte ihnen ein zutiefst enttäuschendes Scherzgeschenk. Dabei las er vor, was auf den dazugehörigen Zetteln stand.

Für DOOFA MUFFIN zur Erinnerung an eine LANGE Korrespondenz, in Liebe von Milbo. Der Zettel hing an einem feuerroten Beutel voller Hundekot. Doofas jährlicher Brief zu den Feiertagen war stets so selbstsüchtig, dass die meisten Muffins ihn wegwarfen, ehe sie ihn öffneten. Milbo hoffte, dass der Witz (oder Wobwitz, wie die Wobbits zu sagen pflegten) hinter dem Geschenk von allen verstanden wurde.

Für Aldinord Tucke zum BEHALTEN von Milbo. Der Zettel hing an einem feuerroten Beutel voller Hundekot. Milbo war kein selbstsicherer Autor, weshalb er die Pointen seiner Witze durch Großbuchstaben hervorhob. Aldinord sammelte nämlich die Häufchen seines Hundes, eines riesigen Dackels, nicht ein. Riesig freilich nur in Wobbitmaßstäben.

Für Filou Loch in der Hoffnung, dass es nützlich sein wird, von M. M. stand auf dem Zettel an einem feuerroten Beutel voller Hundekot. Filou hinterließ an Halloween nur zu gern feuerrote Beutel voller Hundekot vor den Türen seiner Nachbarn.

Für die Sammlung von Ouzo Schlaffgürtel von einem Spender stand an einem feuerroten Beutel voller Hundekot. Ouzo sammelte feuerrote Beutel voller Hundekot, und seine Sammlung wurde in ganz Wobbingen bewundert. Zumindest von den Wobbits, die auf so etwas standen.

Für GLOBALIA PACKEIN-MUFFIN als GESCHENK stand auf einem Zettel an einem feuerroten Beutel voller Hundekot. Milbo hatte sich von ihr im Laufe der Jahre einen Haufen Scheiße anhören müssen, und jetzt konnte er den Gefallen erwidern, ohne Strafe fürchten zu müssen.

Eigentlich hatte Muffin seinem Sinn für Humor nachgehen und für jeden Einzelnen ein individuell zugeschnittenes und wahrhaft beleidigendes Geschenk aussuchen wollen. Aber wie so oft hatte er bis zur letzten Minute getrödelt und musste dann mit dem zurechtkommen, was er zur Hand hatte. Schließlich war er wegen des Fests sehr beschäftigt gewesen. Immerhin waren die Zettel persönlich gewesen.

Trotz der Bösartigkeit hinter den Scherzgeschenken hatte Milbo eine Menge Geschenke zur Seite gelegt, die bei den armen Wobbits aus der Gosse Wobbingens hoch erwünscht und willkommen waren. Diese Wobbits waren so arm, dass sie nicht einmal in einer netten Höhle leben konnten. Vielen von ihnen schenkte Milbo Flaschen mit hochprozentigem Dandywein. Wobbits trugen keine Schuhe, darum wollten selbst die ärmsten unter ihnen keine, aber viele freuten sich über die Beinwärmer, die Milbo verschenkte. Den Allerärmsten, von denen die meisten bei ihm selbst beschäftigt waren, zahlte Milbo die ungenutzten Krankheitstage aus. Diese Auszahlung erfolgte aufgrund eines Gerichtsentscheids, der vor Jahren erfolgt war. Milbo hatte sich allerdings immer gedrückt, ihm nachzukommen. Wenn man der reichste Wobbit am Ort war, konnte man sich so manches herausnehmen.

Nachdem alle mit ihren Scherzgeschenken gegangen waren, stürmte Globalia Packein-Muffin mit ihrem Mann Otto herein, um über Promo herzufallen. Dabei bedienten sie sich einer ziemlich fäkalen Ausdrucksweise. Vielleicht nicht gar so fäkal wie ein feuerroter Beutel mit Hundekot, aber dennoch fäkal. Sie gaben Promo unaufgefordert den Rat, einen Garagenverkauf mit Milbos Besitztümern zu veranstalten, und deuteten an, dass sie ihm einige der schwer verkäuflichen Sachen abnehmen würden, falls er sie nett darum bitten würde. Während sie sich unterhielten, stöberten sie in Milbos Büro. Globalia fand einige Musikinstrumente, die Theorin & Co. zurückgelassen hatten, als sie Milbo überfallartig zum Brunch besucht hatten. Eigentlich hatte er ihnen die Instrumente zurückgeben wollen, hatte es aber immer wieder vergessen. Es handelte sich um Nasenflöten, Kuhglocken, einige Geigenbögen und zwei Löffel, auf denen Theorins Neffe Tofu so herrlich gespielt hatte.

Als Otto klar wurde, dass man ihnen so schnell keinen Vorschlag zur Einigung machen würde, versuchte er es auf eine andere Tour: »Diese ganze Sache riecht faul. Und damit meine ich gar nicht so sehr das Scherzgeschenk. Im Testament steht, dass du der alleinige Erbe bist, Promo. Alleiniger Erbe, du mich auch! Ich verlange das Testament zu sehen!« Promo ging zum Kaminsims, nahm den roten Umschlag und gab ihn Otto, der sogleich begann, das Band abzuwickeln.

»Ich bin dann mal in der Küche«, sagte Promo. »Gib Bescheid, wenn du ihn auf hast.« Er wünschte sich, er könnte sich in Luft auflösen, als er bemerkte, dass Milbos Ring samt Kette auf mysteriöse Weise aus dem Umschlag in seine Tasche gelangt war. Kurz fingerte er daran herum, bevor ihm einfiel, weshalb er in die Küche gegangen war.

Er legte Käsesandwiches für sich und Madeiraschluck Dandyschmock auf den Toaster. Madi hing bei ihm herum, weil er nicht nach Dandyschloss zurückkehren wollte, wo er an diesem Abend fürs Geschirrspülen zuständig gewesen wäre. Sie hatten eben aufgegessen, als Otto aus dem Nebenzimmer herüberrief, dass er den

Umschlag aufbekommen hätte. Das Band war sehr lang, und die Packein-Muffins waren beinahe so alt wie Milbo. Da sie nicht von der Nebenwirkung eines Zauberrings profitierten, der sie permanent wie Leute mittleren Alters aussehen ließ, waren sie nicht mehr so rüstig und beleidigend, wie sie es in ihren besten Tagen gewesen waren. Aber sie gaben ihr Bestes.

»Ich fress einen Besen!«, sagte Otto. »Dieses Testament sieht echt aus! Komm, Globalia, lass uns hier verschwinden. Verdammt, wieder haben wir das Nachsehen!« Als sie um den Haufen Zwergenmusikinstrumente herumgingen, hob Globalia eine Clave und ein paar Geigenbögen auf.

»Soll er ruhig versuchen, uns aufzuhalten!«, sagte sie zu ihrem Gatten. »Wir sind alt, wir haben ein Recht darauf, Testament hin oder her.«

»Und nachdem wir sechzig Jahre gewartet haben!«, sagte sie. »Geigenbögen? Löffel! Lass uns auch noch die Löffel mitnehmen!« Beladen mit Musikinstrumenten verließen sie die Wohnung und gingen stapfend davon. Sie wären auch trippelnd gegangen, wie es die meisten Wobbits taten, aber dafür waren sie zu alt. Globalia blieb kurz stehen und suchte nach einem denkwürdigeren Schlusswort.

Otto drehte sich zu ihr um und sagte: »Vergiss es, Liebes. Wir sind hier in Wobbingen.«

Während sie zu ihrer eigenen Höhle zurückstapften, kamen sie an Ranndarf vorbei, der auf dem Weg zu Milbos Wohnung war. Dort angekommen, pochte er mit seinem Stab gegen die klapprige Alutür, wodurch die Tür noch viel klappriger wurde.

»Liebes, gutes kleines Schwein, lass mich doch zu dir hinein!«, rief er, als er die Tür öffnete.

»Dem Himmel sei Dank, dass Sie es sind, Ranndarf!«, sagte Promo. Niemals zuvor hatte Ranndarf diesen Satz gehört. »Ich dachte schon, Globalia wäre noch einmal zurückgekommen, um noch mehr von Milbos altem Schrott zu klauen. Ich war drauf und dran, den Ring zu benutzen, um mich unsichtbar zu machen! Hei, was kann der sonst noch, außer dass man nicht alt wird und sich unsichtbar machen kann? Könnte ich ihn benutzen, um die Packein-Muffins in Lamas zu verwandeln?«

»Jetzt mal ganz langsam, Junge«, sagte Ranndarf. »Noch haben wir nicht alle Fakten zu dem Ring zusammen. Die letzten sechzig Jahre haben einfach nicht ausgereicht, um ihn vollständig erforschen zu können. Ständig plane ich Zeiten ein, um daran zu arbeiten, aber dann kommt etwas anderes dazwischen, sodass ich die Forschungen um ein paar Jahre verschieben muss. Sie wissen ja, wie das ist. Also, weshalb hatten Sie den Ring überhaupt in der Tasche? Ist das etwa *versteckt*? Oder *sicher*?«

»Nun, ähm, ich ... «

»Nur so ein Gedanke. Der Ring übernimmt schon langsam die Kontrolle, so wie er es bei Milbo getan hat. Haben Sie nicht bemerkt, welche Wirkung er auf ihn hatte?«

»Doch«, sagte Promo. »Er hat ihn unsichtbar und ziemlich reich gemacht, und er hat dafür gesorgt, dass er nicht alterte.«

»Nein, ich meine, außer diesen Dingen«, sagte Ranndarf. »Irgendwelche Stimmungsschwankungen, Gereiztheit, Kurzatmigkeit, so was in der Art?«

»Ist mir nicht aufgefallen.«

»Nun, seien Sie sehr vorsichtig damit. Versuchen Sie ihn nicht zu tragen, ihn nicht anzufassen, ihn nicht anzuschauen oder an ihn zu denken. Aber sorgen Sie dafür, dass Sie stets wissen, wo er ist, versteckt und sicher.«

»Sollte Madi das alles mithören?«, sagte Promo. »Er ist in der Küche.«

»Verdammte Sch...«, sagte Ranndarf, als Madi auch schon hereinkam. »Madi, von nun an müssen auch Sie dafür sorgen, dass er versteckt und sicher ist. Verstanden?«

»Von mir aus«, sagte Madi und schlurfte ins Gästezimmer, um ein Nickerchen zu halten.

»Ist es mit all diesen Nebenwirkungen nicht gefährlich für mich, ihn hierzubehalten?«, fragte Promo.

»Ach je, überhaupt nicht!«, sagte Ranndarf. »Kein Grund zur Sorge. Solange er versteckt und sicher ist und Sie ihn nicht sehnsüchtig anschauen oder zu sehr an ihn denken.«

»Bestens«, sagte Promo. »Bleiben Sie schon wieder zum Abendessen?«

»Ich würde zu gerne, aber ich kann nicht. Da ist ein Typ, mit dem ich mich über den Ring unterhalten muss. Muss mich sputen. Sie sehen mich später, es sei denn, ich sehe Sie zuerst. Ha! Auf Wiedersehen. Tschüss!«

Promo brachte ihn zur Tür. Erstaunlich schnellen Schrittes ging Ranndarf davon, jedoch gebeugt, als schleppe er eine große Last. Eine große Last wie zum Beispiel einen Sack Goldmünzen, den Promo am nächsten Tag vermisste. Promo sah ihn lange Zeit nicht wieder.

Kapitel II

Auf der Matte der Vergangenheit

Der Gesprächsstoff war nicht in neun Tagen erschöpft, doch in neunundneunzig Tagen war Muffin weniger Gesprächsstoff als ein Gegenstand von Anekdoten. Schließlich wurde der Irre Muffin, von dem man sich erzählte, dass er verschwunden war und nur Beleidigungen und einen Haufen schmutzigen Geschirrs zurückgelassen hatte, um später mit einem Hut aus Stanniolpapier und einem Sack voll streunender Katzen wieder aufzutauchen, die Lieblingsfigur in einer Legende. Er sollte andere Legenden wie Robin Tucke aus dem Wüsterwald oder König Argeleb und seine Ritter der Tafelrunde oder selbst Hans Athelaskern überleben.

Doch bevor er endgültig Legendenstatus erhielt, hieß es in Wobbingen, dass er entweder verrückt, wahnhaft oder plemplem war. Alle waren sich einig, dass er ins Blaue hinein davongelaufen war und nach neuen Wegen suchte, sein unerschöpfliches Vermögen zu verprassen und sein ewig rüstiges Alter zu verplempern.

Promo führte den Ruf der Verdrehtheit fort. Er ließ sich weiterhin Milbos Sozialversicherungsschecks auszahlen. Jedes Jahr schmiss er eine Party zum Andenken an Milbos Geburtstag, wobei er darauf bestand, dass die alkoholischen Getränke von den Gästen selbst bezahlt wurden und dass das Essen nicht am Platz serviert wurde.

Obwohl die Wobbits später erzählten, dass es Appetithäppchen gehagelt und Softdrinks geregnet hätte, waren sie enttäuscht. Es war sonderbar, dass die Partys weiterhin stattfanden, denn Milbos ehemalige Nachbarn gingen fast alle entweder davon aus, dass er gestorben war, oder sie wünschten sich, dass es so wäre. Noch sonderbarer war, dass bei diesen Partys nie erwähnt wurde, dass Promo am selben Tag Geburtstag hatte. Das Allersonderbarste aber war, dass Promos Freunde mit jeder Party fetter wurden und weniger und grauere Haare bekamen – Promo selbst aber nicht.

Promos frappierendes, aber kaum zur Kenntnis genommenes jugendliches Aussehen mochte erklären, wieso seine Freunde in der Mehrheit jüngere Wobbits waren, zumindest am Anfang. Alko Affin und Blödegar Bulgur waren zwei von ihnen. Aber seine dicksten Freunde waren die beiden randalierenden Prä-Twens, die Ranndarf bei Milbos Fest in die Schranken hatte weisen müssen, Paraffin »Pipi« Tucke und Madi Dandyschmock. Sosehr sie mit sich selbst beschäftigt waren, bemerkten selbst sie, dass Promo in den siebzehn Jahren seit der Party nicht gealtert war. Er war beinahe fünfzig, sah aber jünger als sie aus, die sie in ihren späten Dreißigern waren.

Dass er auf die fünfzig zuging, war Promo unangenehm, obwohl Wobbits von unseren modernen Darmspiegelungen und Prostatauntersuchungen nichts wussten. Aber Promo wusste, dass Milbo mit fünfzig von Ranndarf gekidnappt und in den Dienst als Berater gepresst worden war. Was, wenn ihm dasselbe passieren würde? Würde Ranndarf ihn dazu bringen können, dass er seine gemütliche und langweilige Existenz in Wobbingen aufgab und sich stattdessen auf das einließ, was das

Leben als Berater ausmachte, nämlich endlose Reisen, eine unsichere Karriere und den Verzicht auf Krankenkassenzuschüsse?

Gerüchte verbreiteten sich über merkwürdige Dinge, die draußen in der Welt geschahen. Normalerweise mieden die Waldelben den Trubel des Aualands, doch jüngst wurden sie in ihren traditionellen orangefarbenen Schottenmustern gesichtet, wie sie an der Vorstadt von Muffländer Höhe vorbeizogen. Ungewöhnlich viele Zwerge waren unterwegs, auch wenn sie die U-Bahn bevorzugten. Wann immer es ging, erhielt Promo Neuigkeiten von den Zwergen, aber es ging hauptsächlich um den rückläufigen Markt und den bevorstehenden wirtschaftlichen Zusammenbruch. Schlimmer noch: Flüsternd sprachen sie über die Macht, die hinter all dem steckte, über den Furchtbaren Mitbewerber.

Die Wobbits hatten den Namen noch nie zuvor gehört. Allerdings hatten sie von dem furchtbaren Geisterbetörer gehört, der so legendär wie der Irre Muffin selbst war. Er war eine dunkle Gestalt, die das Antlitz Drittmittelerdes verhunzte wie ein schattiger Fettfleck die Kordhose eines besonders verfressenen Wobbits. Der Weiße Rat, der wegen seines Mangels an Abwechslung so genannt wurde, hatte ihn aus seinem Geschäftssitz im Wüsterwald vertrieben.

Der Geisterbetörer war gewitzt in ein verlassenes Firmengelände im Lande Schmoddor umgezogen. Dort baute er sein Unternehmen neu auf, errichtete Textilfabriken für Ringel-T-Shirts und Ringelsocken und promotete sich unter dem neuen Markennamen Saubohn. Er schickte den Großteil seiner Orks zum Teufel und ersetzte sie durch die etwas größeren Murks, die sich in den Gebirgen vermehrt und gespalten hatten. Einige von ihnen waren sogar in der Lage, Zinzeszinsen zu berechnen. Dann gab es noch Trolle, die nicht mehr so dumm waren, sondern nur noch ein bisschen beschränkt und die Beschaffungsarbeiten verrichten konnten. Sie waren mit schrecklichen Waffen ausgerüstet, zum Beispiel mit riesigen Hämmern, und sie waren jederzeit bereit, die Kreditwürdigkeit eines Wobbits zunichtezumachen. Es wurde auch von Geschöpfen gemunkelt, die noch furchtbarer sein sollten, aber diese hatten keine Namen, weshalb sich nur ungeheuer schwer über sie sprechen ließ. Deshalb wurde nur gemunkelt, und es wurden keine Spukgeschichten am Lagerfeuer über sie erzählt.

Wenig davon drang natürlich zu den zuweilen gespitzten Ohren ordinärer Wobbits. Wobbits verfügten nicht über die nötige Aufmerksamkeitsspanne, um Finanznachrichten aufzunehmen, die nicht unmittelbar sie selbst betrafen. Sie standen mehr auf Gerüchte und Promiklatsch. Jamjam Kimchi zum Beispiel arbeitete eines Nachmittags für Promo, während er gleichzeitig im *Eselsdrachen* einen hob. Dabei unterhielt er sich mit Ted Sandigwobbit über die Neuigkeiten des Tages.

»Komische Dinge hört man heutzutage, Ted.«

Die beiden schätzten eine anregende Diskussion. »Ha! Nichts ist komischer als du, Jamjam!«

»Ach ja?«, sagte Jamjam. »Na, und du bist dumm!«

»Komisch!«

»Dumm!«

»Komisch!«

»Dumm!«

So ging es den ganzen Nachmittag lang weiter. Schließlich, nach einem ausgiebigen Abendessen und einigen weiteren Bieren, stand Jamjam auf, und die beiden Wobbits sagten einander Gute Nacht.

»Komisch!«, sagte Ted und winkte.

»Dumm!«, sagte Jamjam mit einem Nicken und ging hinaus.

Es war gerade zu dieser Zeit, dass Ranndarf nach langer Abwesenheit wieder auftauchte. Nach dem Fest war er jahrelang fortgeblieben. Und zwar wegen der Prozesse, die seine Feuerwerksveranstaltungen für gewöhnlich nach sich zogen. Er blieb nur lange genug im Aualand, um ein Feuerwerk zu präsentieren, in bar bezahlt zu werden und Promos Speisekammer zu leeren. Dann verschwand er wieder, bevor er irgendwelche Vorladungen bekam. Spam ging zur selben Zeit vom *Eselsdrachen* heim, als Ranndarf an Promos Aluminiumtür klopfte.

»Machen Sie auf, Promo!«, sagte er. »Ich weiß, dass Sie da drin sind. Ich bin ein Zauberer!«

»Ich dachte, Sie wären ein Projektmanager!«, sagte Promo, als er die Tür aufmachte.

»Ha, HAA! Dann sind Sie also doch da«, sagte Ranndarf. »Ich wusste es! Sagen Sie mal, Sie sind ja keinen Tag älter geworden, seit ich Sie vor neun Jahren sah.«

»Ist es neun Jahre her? Nun ja, Sie haben recht, ich bin nicht älter geworden. Das ist großartig! Aber wenn man Sie anschaut! Sie haben schon immer alt ausgesehen, Ranndarf, aber jetzt sehen Sie noch älter aus als sonst. Was bringt es, jahrtausendelang zu leben, wenn man von vornherein schon alt aussieht und mit der Zeit immer nur noch älter wird?«

»Interessant, dass die Frage von Ihnen kommt, Promo. Weshalb fragen Sie sich nicht, was es damit auf sich hat, dass Sie stets in mittlerem Alter verharren?«

»Ich nahm einfach an, dass ich das von Milbo geerbt habe.«

»Das haben Sie auch geerbt. Aber es steckt nicht in Ihrem Blut, sondern in Ihrem Ring!«, sagte Ranndarf theatralisch. »In dem Ring, den Sie von Milbo geerbt haben!«

»Ja, das meinte ich doch.«

»Oh. Nun denn, haben Sie ihn geheim gehalten? Haben Sie ihn sicher aufbewahrt? Denn es ist an der Zeit, dass ich Ihnen erzähle, wie mächtig Milbos Ring in Wahrheit ist. Sie schweben in großer Gefahr!«

»Ich schwebe in großer Gefahr«, sagte Promo, »weil Sie Milbo vor fünfzehn Jahren gesagt haben, dass er mir den Ring geben soll. Finden Sie nicht auch, dass Sie mit Ihrem Hinweis etwas zu spät kommen?«

»Ein Projektmanager ist nie zu spät, mein teurer Wobbit. Er gibt entscheidende Informationen immer nur dann an seine Freunde weiter, wenn er es beabsichtigt.«

»Also haben Sie beabsichtigt, mir Informationen vorzuenthalten und mich in großer Gefahr schweben zu lassen?«

»Ähm, nein, nicht direkt«, sagte Ranndarf. »Dieser Satz mit dem ›nie zu spät‹ klang in meinem Kopf viel besser als ausgesprochen.«

»Aha. Sie wollten etwas zu dem Ring sagen … «

»Ja! Milbos Ring! Ich habe eine ganze Menge über ihn erfahren in den fünfzehn Jahren fleißiger Forschungen.«

»Sie haben mit den Nachforschungen erst angefangen, nachdem Sie mir den Ring gegeben haben? Was haben Sie all die Jahrzehnte lang gemacht, während Milbo ihn noch hatte?«

»Promo, Ihnen muss doch klar sein, dass es neben diesem noch tausend andere Projekte auf der Welt gibt. Ich manage mehrere von ihnen.«

»Nennen Sie mir eins.«

»Ich, äh, nun ja, ich kann darüber nicht sprechen, weil, ähm, weil ich damit die Diskretion, die ich meinen Kunden zusichere, verletzen würde. Das ist Teil des Zaubererkodex, den ich als akkreditiertes Mitglied des Weißen Rats einhalten muss.«

»Sie sollten sich schämen, Ranndarf, dass Sie Mitglied eines Clubs mit Beitrittsbeschränkungen sind.«

»Bitte, Promo, nicht schon wieder. Es ist kein Club mit Beitrittsbeschränkungen, sondern ein Berufsverband. Er heißt einfach nur Weißer Rat. Wir sind alle Zauberer und Magier und dergleichen.«

»Onkel Milbo wollte sich die Mitgliedschaft immer erkaufen, aber selbst er hat es nicht geschafft. Könntet ihr nicht wenigstens *einen* Wobbit bei euch aufnehmen? Vielleicht einen mit einem gefährlichen und mächtigen Zauberring?«

»Was Ihren Ring angeht, Promo, ich wollte Ihnen eben von der Gefahr erzählen, in der Sie als sein Besitzer schweben. Schauen Sie mal, vor langer, langer Zeit, da machten die Elben einen Haufen Zauberringe, die ihnen eine Auswahl an Superkräften verliehen. Fliegen, durch Wände sehen oder Stahl mit den bloßen Händen zu verbiegen, das sind nur einige der gebräuchlichsten. Aber Ihr Ring, Promo, ist einer der Wirklich Großen Ringe.«

»Sie wollten mir erklären, inwiefern er gefährlich ist.«

»Ja, genau! Sehr gefährlich in der Tat. Sehen Sie, Ihr Ring ist für einen Sterblichen wie Sie gefährlich. Wie Sie wissen, bin ich unsterblich, aber … «

»Für einen Unsterblichen sind Sie ein furchtbarer Angeber. Ich kenne Vampire, die nicht so sehr raushängen lassen, dass sie unsterblich sind.«

»Promo, bitte. Der Punkt ist, dass ein Sterblicher, der

den Ring behält, niemals stirbt, aber auch nicht wächst. Er oder sie existiert einfach so weiter, bis ihm jede Minute Überdruss bereitet.«

»Ja, ich verstehe, genau so wie diese Unterhaltung.«

»Und wenn ein Sterblicher die Unsichtbarkeitsfunktion des Rings oft genug benutzt, dann verblasst er allmählich. Dann wird er am Ende dauerhaft unsichtbar.«

»Machen Sie keine Witze! Onkel Milbo hat den Ring ständig benutzt, und er ist nie verblasst. Und Milbo hat nie erzählt, dass Go-Lump verblasst gewesen wäre, und der hat das Teil schon seit nach Wobbit-Maßstäben prähistorischer Zeit benutzt, schon seit Hunderten von Jahren!«

»Ja, gut, dazu habe ich auch so meine Theorien. Wobbits sind vielleicht resistenter gegen die Nebenwirkungen des Rings als die Sterblichen anderer Völker. Gemeinhin aber gehen die meisten Sterblichen, die den Ring benutzen, den langen Weg ins Zwielicht unter dem Auge der dunklen Macht, die all Die Ringe beherrscht!«

»Weg ins Zwielicht? Wovon zum Kuckuck sprechen Sie? Und warum sprechen Sie von den Ringen mit einem groß geschriebenen ›Die‹?«

Darauf folgte langes, betretenes Schweigen. Von Spam Kimchi draußen im Garten drang ein Schnippen und Schnappen herein.

Promos Schweigen sollte Ranndarf bedeuten, dass er wieder gehen sollte, aber das kapierte dieser natürlich nicht. Promo gab als Erster auf und fragte: »Sonst noch was?«

»Eigentlich nicht, nur ein paar technische Details«, sagte Ranndarf. »Der Ring kann seine Größe und sein Gewicht ändern, fast wie ein Promi in der Krise. Er kann Ihnen vom Finger schlüpfen, wenn er Sie gegen einen neuen Besitzer eintauschen möchte, der mehr Erfolgsaussichten bietet.«

»Ja, das hat er bei Milbo dauernd gemacht. Stellen Sie sich vor. Auch die Kette an dem Ring ist ziemlich unheimlich. Manchmal ist sie da, manchmal nicht. Was haben Sie darüber in Erfahrung gebracht, Ranndarf?«

»Nichts. In all den Schriften über den Ring, selbst in den Anhängen, wird die unheimliche Kette nicht erwähnt.«

»Das ist nicht gerade eine befriedigende Antwort. Kann mir das vielleicht jemand anders verraten, Ihr Manager vielleicht?«

»Ach, Sie meinen Sagrotan den Weißen.«

»Ist das auch so ein Rassist, Ranndarf?«

»Nein, natürlich nicht. Er mag bloß keine Wobbits.«

»Verstehe. Aber nicht aus rassistischen Gründen.«

»Er interessiert sich nicht für Wobbits, weil seine ganzen Marktforschungen sich auf die Wirklich Großen Ringe konzentrieren. Und im Gegensatz zu den Elben, Zwergen und Menschen habt ihr Wobbits niemals einen besessen. Bisher jedenfalls nicht. Oder besser gesagt: Nicht, bis Milbo von Go-Lump den Ring ergaunert hat. Aber das ist eine sehr junge Entwicklung.«

»Milbo hat den Ring vor fast achtzig Jahren ergaunert!«

»Ja, wir Mitglieder des Weißen Rats richten unseren Blick gerne auf das große Ganze. Bei einer unserer regelmäßigen Zusammenkünfte habe ich Sagrotan gebeten, mir die Risiken des Alleinen Rings zu nennen, aber er meinte, ich solle mir keine Sorgen machen und dass sein Bericht in Bälde veröffentlicht werden würde. Da es Milbo gut ging, beschloss ich, die Sache selbst in die Hand zu nehmen und ein bisschen auf eigene Faust zu forschen. Und nach nur sieben oder acht Jahrzehnten kann ich Ihnen versichern, dass Milbo von seiner Zeit als Eigner des Rings wahrscheinlich keine permanenten Nebenwirkungen davontragen wird. Außer seiner unnatürlich langen Lebensdauer als Wobbit mittleren Alters. Den Großteil meiner Zeit verbringe ich mit der Erforschung von Wobbits, und meine derzeitige Theorie besagt, dass ihr alle im Grunde immun gegen die vom Ring verursachten Gebrechen seid. Wobbits!«, rief Ranndarf aus. »Ihr kleinen Leute steckt voller Überraschungen. Ihr könnt so weich sein wie teures Klopapier oder so hart wie ein billiges Steak. Niemand in Drittmittelerde weiß mehr über Wobbits als ich! Nicht einmal Saubohn selbst, bis vor Kurzem zumindest.«

»Wie hat Saubohn etwas über uns Wobbits erfahren?«

»Wahrscheinlich hat er den Artikel gelesen, den ich veröffentlicht habe. *Wobbits: Ihre Immunität gegen den Alleinen Ring und ihr Nutzen als Sklaven.* Ach übrigens, dürfte ich den Ring kurz mal sehen?«

Promo zog den Ring aus der Tasche seiner Kordhose. Er war an seinen Gürtel gekettet wie das übergroße Portemonnaie eines Bikers. Er machte ihn los und gab ihn Ranndarf.

»Sehen Sie ihn sich im Licht des Kamins genau an. Sehen Sie irgendwelche Zeichen darauf? Oder etwas anderes?«

»Ähm, nein.«

»Exakt! Merken Sie sich Ihre Antwort. Und jetzt passen Sie auf und halten Sie den Blick unverwandt auf den Ring gerichtet.« Plötzlich warf der Zauberer den Ring ins Feuer.

»He!«, protestierte Promo. »Ich hatte eben erst den Kaminfeger da!«

»Warten Sie!«, sagte Ranndarf gebieterisch und funkelte ihn über den Rand seiner Nasenhaare hinweg an. Er hielt Promo zurück, und es wurde dunkel und still im Zimmer – bis auf das Schnippeln aus dem Garten. Ranndarf versuchte sich in Smalltalk, um etwaige Lauscher auf eine falsche Fährte zu locken.

»Sind wir uns schon einmal begegnet? Bitte stellen Sie sich doch einmal allen vor.«

»Geben Sie mir meinen Ring zurück, Sie Trottel!«, sagte Promo und wand sich.

»Na schön. Sehen Sie nur immer weiter auf den Ring.« Mit einer Zange fischte Ranndarf den Ring heraus und hielt ihn Promo hin. »Hier, nehmen Sie. Er ist relativ kühl.«

»Spinnen Sie? Sie halten ihn mit der Zange! Nehmen Sie ihn doch!«

»Ach, zum Donnerwetter! Nehmen Sie den Ring, Promo!« Er schnappte sich Promos Hand und ließ den Ring hineinfallen.

»Heiß!«, kreischte Promo und gleich darauf: »Oh, der ist ja ganz kalt. Krass.«

»Nun, waren vorhin irgendwelche Zeichen darauf?«

»Nein ... «

»Und jetzt? Sehen Sie genau hin.«

»Sieht aus, als wären da flammende Buchstaben.«

»Tadaa!«, sagte Ranndarf mit ausladendem Handwedeln, gefolgt von einer Verbeugung. »Danke! Danke!«

»Ihre Zauberkunststücke im Nahbereich sind besser geworden, Ranndarf. Aber ich kann die Schrift nicht lesen. Ich erkenne noch nicht einmal, welche Sprache das sein soll.«

»Nein, weil Sie als Fremdsprache in der Highschool Althochwobbitisch gewählt haben. Ich aber verstehe alle

Sprachen der Elben, Menschen und Murks, deshalb werde ich es für Sie übersetzen.« Er räusperte sich.

»Ein Alleiner Ring sie zu kündigen,
ein Alleiner Ring sie zu finden,
Ein Alleiner Ring sie als Leiharbeiter anzuheuern
und mit einem Knebelvertrag zu binden.

Das sind zwei Verse aus einem altniederelbischen Gedicht:

Drei Ringe den Elbenkönigen bei der
telefonischen Akquise,
Sieben den Zwergenherrschern mit ihrer in
Stein gemeißelten Leistungsbeurteilung,
Den Sterblichen, den knallharten Preisen
verfallen, neun,
Einer dem dunklen Geschäftsführer, nadelgestreift,
Im Lande Schmoddor, wo kein Kartellrecht greift.
Ein Alleiner Ring sie zu kündigen,
ein Alleiner Ring sie zu finden,
Ein Alleiner Ring sie als Leiharbeiter anzuheuern
und mit einem Knebelvertrag zu binden
Im Lande Schmoddor, wo kein Kartellrecht greift.«

Er zögerte, bevor er mit tiefer Stimme hinzusetzte: »Dies ist der Superring, der Alleine Ring.«

»*Ein Alleiner Ring sie als Leiharbeiter anzuheuern und mit einem Knebelvertrag zu binden*«, sagte Promo. »Was zum Teufel soll das heißen?«

»Das ist Saubohns Leitspruch. Niemand macht gern Telefonakquise oder Leistungsbeurteilungen, deshalb hat er die Elben und Zwerge mit billigeren Ringen geködert, die ihnen die Arbeit leichter machen würden. Und Sie wissen, wie Sterbliche so sind. Was heißt, dass dies der Ring ist, den er Anno Tobak verloren hat. Er wird alles tun, um ihn zurückzuerlangen, und es wäre richtig übel, wenn ihm das gelingen würde.«

Die Furcht schien Promo mit einem wütenden Mittelfinger anzufallen, der sich im Osten erhob. »Klasse! Das ist das schrecklichste Grundwertesystem, von dem ich je gehört habe«, sagte er. »Jetzt verstehe ich, wieso dieses Teil gefährlich ist. Glücklicherweise war es jahrhundertelang verschollen, bis mein Onkel es gefunden hat. Und dann haben Sie ihn dazu gebracht, dass er es mir gegeben hat. Jetzt ist Saubohn, der geheimnisvollste, mächtigste und am meisten gehasste Geschäftsführer Drittmittelerdes, von den Toten wiederauferstanden und will den Ring zurück. Und Sie erzählen mir, dass ich ihn ihm nicht geben soll?«

»Ganz genau! Sie sind sogar noch schlauer als Milbo!«

»Ich wollte, es hätte nicht zu meiner Zeit sein müssen«, sagte Promo.

»Ich auch«, sagte Ranndarf. »Aber was kann man machen?«

»Wieso ich, Ranndarf?«

»Ich weiß es nicht. Es gibt Tage, da verspeist man die Schimäre, und Tage, da wird man eben von der Schimäre verspeist. Wenn Saubohn den Ring erlangt, wird Drittmittelerde ein neues Zeitalter des Leids erleben. Es wird Korruption geben, ungerechte Besteuerung, Manipulation, atonale Musik, unreguliertes Bankwesen, Gesetzeswidrigkeiten, schlechte schulische Leistungen, feindliche Geschäftsübernahmen, Unwohlsein, Lobbyismus, endlose Spam-Mails, und er wird den Markt mit billigen Ringel-T-Shirts und Ringelsocken überschwemmen. Hier, lassen

Sie mich Ihnen dieses Infoblatt von Ladidadiel zeigen, auch ein Mitglied des Weißen Rats. Darin steht alles, was Sie wissen müssen. Lesen Sie sich das mal durch, während ich Spams Schnippeln lausche.«

Promo las das Infoblatt, und seine Lippen zuckten aufgebracht. »Wow! Ladidadiel bläst Ihnen in diesem Teil ja mal ordentlich den Marsch. Und was ist mit den anderen Ringen passiert?«

»Ah«, sagte Ranndarf. »Das ist eine extrem lange Geschichte.«

»Das überrascht mich nicht«, gab Promo zurück.

»Ja, nun, die drei Elbenringe verbargen die Elben vor Saubohn. Für die sieben Zwergenringe hat Saubohn großzügige Summen geboten, wie man sie eigentlich nur für Neuware bezahlt, konnte aber nur drei Stück erwerben. Die anderen waren schon längst in ihre Einzelteile zerlegt worden, da diese sich mit großem Gewinn verkaufen ließen. Die neun Ringe der Menschen sind noch im Besitz ihrer ursprünglichen Besitzer, die allerdings längst von ihnen korrumpiert worden sind. Diese großen Menschenkönige, allesamt Industriemagnaten, verloren ihre Seele. Einst produzierten sie viel und schufen Arbeitsplätze, doch heute sind sie nur noch Schatten. Sie kuschen vor Saubohns fürchterlichem Willen, vertreten ihn in der Öffentlichkeit, wo er nicht selbst erscheinen kann, und geben Presseerklärungen heraus. Da Saubohn so viel seiner Macht und seines Kapitals in den Alleinen Ring gesteckt hat, können weder er noch sein Konzernimperium zerstört werden, solange der Ring existiert. Und es kommt noch schlimmer: Wenn er den Ring zurückbekommt, hat er auch Kontrolle über die auf mysteriöse Weise verschwundenen Elbenringe, dann ist er reicher und mächtiger als jemals.«

»Warum wurde er dann von Müslipur nicht zerstört?«

»Gute Frage, die wir uns auch schon selbst gestellt haben. Es waren Ill-Malad, der zweisprachige Elbenkönig, und Ölunddill, die Saubohn besiegten, dabei aber selbst den Tod fanden. Ölunddills Sohn, Müslipur, gab Saubohn den Rest. Dann nahm er den Ring an sich, einige behaupten, indem er Saubohns Hand abgeschnitten hat.«

»Eklig! Und der gehörte zu den Guten?«

»Nicht so gut, wie wir hofften. Menschen werden sehr leicht vom Ring verführt. Der ursprüngliche Plan sah zwar vor, dass der Ring unverzüglich zerstört werden sollte, doch Müslipur ließ sich von seinem Verlangen nach dem Ring übermannen, so wie sich ein Wobbit auf Diät von seinem Verlangen nach einem Doughnut übermannen lässt. Er behielt den Ring, doch dieser verließ ihn, die dümmste Entscheidung, die der Ring je getroffen hat. Er steckte auf dem Finger eines Königs, doch dann ging er auf den Grund eines Sees, wanderte einen Fluss hinunter und von dort in die schleimige Hand eines prähistorischen Wobbiteinzelgängers: Go-Lump aus den Kübelbergen.«

»Go-Lump war ein Wobbit?«

»Mehr oder weniger. Vor langer Zeit lebte an den Ufern des Mächtig Großen Stroms eine Gruppe hinterhältiger und bodenständiger Kreaturen, die Vorfahren der Familie Sparren. Sie bauten kleine Boote und Druckkammern aus Schilf und liebten den Fluss. Der heimtückischste von ihnen hieß Megavoll. Er mochte Keller, Abwasserkanäle, U-Bahnen und Höhlen. Er hatte einen Freund, der eine Spur normaler war, Megatoll. Die beiden haben diese Marotte mit sich reimenden Namen begründet, die Jahre später bei den Zwergen so beliebt werden sollte. Eines Tages spielten sie am Fluss Ork-Polo, als Megatoll einen hübschen goldenen Ring fand. Megavoll schlich sich hinter ihm an, erhaschte einen Blick auf das Kleinod und wusste sogleich, dass er vor nichts zurückschrecken würde, um es zu besitzen.

›Gib ihn uns, Megatoll, mein Lieber‹, sagte er.

›Brr, brr, brr!‹, sagte Megatoll. ›Da gibt es so ein paar Sachen in deinem Satz, mit denen ich nicht einverstanden bin. Am leichtesten fällt es mir, den Punkt anzusprechen, dass du meinen neuen Ring haben willst, ohne wenigstens Bitte zu sagen.‹

›Aber es ist mein Geburtstag, mein Lieber, und ich will ihn.‹

›Du kriegst vielleicht ein Gratisstück Kuchen bei *Tombomba-Ditsch*, wenn du vorgibst, Geburtstag zu haben, aber von mir bekommst du nichts. Und dass du mich mein Lieber nennst, muss sofort aufhören. Wir sind doch keine Elben oder so.‹

›Nein, mein Lieber, denn würde ein Elb dich so strangulieren wie ich?‹

›Würg!‹, sagte Megatoll. Als Megavoll seinen besten Freund zu Ende stranguliert hatte, lächelte er, steckte sich den Ring an den Finger und sagte: ›Nun bist du mein, sage ich, mein, mein Schatz! Hahaha!‹

Megavoll kehrte nach Hause zurück. Als seine Familie ihn noch weniger als sonst beachtete, fiel ihm allmählich auf, dass der Ring ihn unsichtbar machte, solange er ihn trug. Bald vermochte er nicht zu widerstehen, ihn zu benutzen, um anderen Leuten Streiche zu spielen. Meistens spielte er Gespenst oder sorgte dafür, dass die Leute sich gegenseitig des Furzens beschuldigten. Weder seine Freunde noch seine Familie fanden diese Scherze besonders lustig. Sie traten nach ihm, und er biss ihnen in die

Füße, was gar nicht so leicht ist, wenn man gerade getreten wird. Er wurde zum Ladendieb und Identitätsbetrüger, und schließlich warf ihn seine strenge Großmutter aus der Stadt. Solange sein Geld reichte, quartierte er sich in schäbigen Motels ein. Dann zog er in ein bescheidenes Erdloch oder vielmehr eine Grube um. Bald grub er eine zweite Grube, wodurch er viel Lagerraum und ein vornehmes Esszimmer dazugewann. Dann grub er noch zwei weitere Zimmer und dann noch mehr. Schließlich grub er sich ins Herz der Kübelberge. Dort lebte er von rohem Fisch und unachtsamen Orks. Die Orks nannten ihn Go-Lump.«

»Warum?«, sagte Promo. »Weil er ständig so ein Gurgeln von sich gibt?«

»Seien Sie doch nicht albern. In diesem Fall hätten sie ihn doch Herr Ähm oder Meister Hm-mhm genannt. Aber nein, sie nannten ihn Go-Lump, denn so bezeichnete er sich selbst. Er nahm den Kosenamen seiner Großmutter an, um sich neu zu erfinden, und zwar in dem passiv-aggressiven Versuch, sich an seiner Oma für den Rauswurf zu rächen. Manche behaupten, dass seine Freunde ihn Lump nennen, weil seine Haut so bleich und schmierig wie ein Wischlappen ist, aber auch das ist lachhaft, denn seit Jahrhunderten hat er keine Freunde mehr gehabt.«

»Also war der Ring bei Go-Lump gefangen«, sagte Promo. »Warum hat er ihn für Milbo verlassen? Das ist nun wahrlich kein Aufstieg, höchstens eine Versetzung auf gleicher Ebene.«

»Der Ring erhielt einen Anruf von Saubohn und folgte ihm, weil er nicht wagte, seinen Meister mit einem Spruch auf den AB abzuspeisen. Deshalb verließ er Go-Lump für die unwahrscheinlichste Person, die man sich nur denken kann, und mit Person meine ich in diesem Fall einen Wobbit. Milbo war weder für den Ring noch für Saubohn eine kluge Wahl, weshalb wir davon ausgehen müssen, dass da noch etwas anderes dahintersteckt. Vielleicht – und das ist nur ein wildes Gedankenspiel – *sollte* Milbo den Ring finden, und zwar nicht nach dem Willen seines Schöpfers. In diesem Fall wären auch Sie ausersehen, ihn zu besitzen. Und das ist ein ermutigender Gedanke.«

»Für Sie vielleicht«, sagte Promo. »Sie haben ja auch nicht das gefährlichste Diebesgut von ganz Drittmittelerde an der Backe. Saubohn sucht also danach, weiß aber wahrscheinlich nicht, dass ich den Ring habe. Und ich nehme an, dass Go-Lump auch hinter ihm her ist.«

»Machen Sie sich wegen dem keine Sorgen«, sagte Ranndarf. »Der ist nach Schmoddor gegangen, um Sie bei Saubohn zu verpetzen.«

»Mist!«, sagte Promo. »Was mache ich denn jetzt? Vielleicht könnte ich Milbo ausfindig machen und ihm den Ring zurückgeben. Genau, das ist es! Onkel Milbo. Welch ein Jammer, dass er Go-Lump nicht getötet hat, als er Gelegenheit dazu hatte.«

»Jammer?«, sagte Ranndarf. »Jammern hielt ihn davon ab. Jammern und Bedauern. ›O Jammer!‹, sagte sich Milbo. ›Es ist bedauerlich, dass ich Go-Lump nicht so hart getroffen habe, dass er tot ist. Ich war überzeugt, dass ein Schlag mit der Schaufel gegen den Kopf ihn töten würde, aber er ist nur bewusstlos. Und wegen der Orks da vorn habe ich keine Zeit, ihm den Rest zu geben. Aber wahrscheinlich werden die ihn abmurksen, da kann ich mir die Mühe sparen.‹« Ranndarf sah auf Promo herab.

»Das hat Ihnen Onkel Milbo alles erzählt?«, sagte Promo. »Er hat das alles gesagt?«

»Vielleicht hat er es gesagt, vielleicht auch nicht. Wichtig ist nur, Promo, dass man nicht in der Vergangenheit verharrt.«

»Von mir aus. Wenn Go-Lump jetzt hier wäre, würde ich ihn töten, das weiß ich. Milbo könnte ich auch umbringen. Er hat mir diesen Ring vermacht, der praktisch ein Todesurteil darstellt. Er hat den Tod verdient.«

»Verdient?«, sagte Ranndarf. »Das glaube ich auch. Viele, die leben, verdienen den Tod, und viele, die sterben, verdienen zu leben. Welch kluge Erkenntnis, das muss ich Milbo erzählen. Er steht nämlich auf Ironie. Jetzt aber mal im Ernst: Sie stecken ziemlich in der Bredouille. Was haben Sie vor?«

»Sie sind der Projektmanager! Nun managen Sie schon! Sagen Sie es mir!«, rief Promo. Dann hellte sich sein Gesicht plötzlich auf. »Ha, ich hab's! Sie sind im Weißen Rat, Sie nehmen ihn an sich!« Promo warf dem überraschten und entsetzten Ranndarf den Ring zu.

»Nein!«, sagte Ranndarf. Mit dem Ärmel seiner Robe fing er den Ring auf und schleuderte ihn zu Promo zurück.

»Ich will ihn nicht«, sagte Promo und warf ihn zurück.

»Behalten Sie ihn«, versetzte Ranndarf und schlug den Ring zurück, als wäre er eine Handgranate.

»Ich bestehe darauf«, sagte Promo, als er den Ring elegant zurückspielte.

Ranndarf raffte seine Robe zusammen und sprang auf einen Wobbitschreibtisch, um dem Ring auszuweichen. Dieser fiel zu Boden und blieb auf der Stelle reglos liegen, so wie damals, vor Jahren, als Milbo ihn an derselben Stelle hatte fallen lassen.

»Lassen Sie es gut sein, Promo!«, sagte Ranndarf.

»Wenn ich den Ring an mich nehmen würde, könnte ich ohne Furcht Akquisetelefonate führen, ich würde Leistungsbeurteilungen abliefern, die jedermann zufriedenstellen würden, und natürlich würde ich Saubohn besiegen. Doch damit würde ich der Geschäftsführer seines Mutterkonzerns, von *Weltherrschaftslogistik*. Und den Job will ich nicht, ganz gleich, wie hoch das Gehalt, die Provisionen, die Rentenzuschüsse und die Abfindungsbeträge auch sein mögen. Es ist ein einsamer Job, und man macht endlos Überstunden, die Medien rücken dir ständig auf die Pelle, und alle haben es auf dich abgesehen, sowohl deine Freunde wie deine Feinde. Ich nehme den Ring nicht. Sie hingegen können den Ring praktisch völlig ohne Nebenwirkungen behalten, wie ich schon sagte. Bis auf die Unsichtbarkeit und so ein schummriges Gefühl, wenn Sie ihn benutzen, und in der übrigen Zeit Langlebigkeit und, was den Ring angeht, eine mittelschwere, anhaltende Paranoia.«

»Bis Saubohn mich umbringt«, sagte Promo.

»Guter Hinweis«, sagte Ranndarf. »Vielleicht sollten Sie für eine Weile von hier verschwinden. Nehmen Sie einen falschen Namen an. Guy Incognito, Clark Kent, so was in der Art. Wie wäre es mit Herr Unterhemd? Und nehmen Sie ein paar Freunde mit. Wenn Sie in einer Gruppe von vier Wobbits unterwegs sind, besteht die Möglichkeit, dass Saubohn einen Ihrer Begleiter tötet und glaubt, es handle sich bei ihm um Sie. Er hat überall seine Spione, Promo.«

Spams Schnippeln draußen war leiser geworden. Zu leise. Mit einer schier unglaublich schnellen Bewegung griff Ranndarf über einen Tisch, zum Fenster hinaus und nach unten und zerrte Spam herein, der sich noch immer ein Weinglas ans Ohr hielt.

»Da haben Sie den ersten Anwärter auf den Job als Reisebegleiter, Promo. Oder soll ich ihn in etwas Unnatürliches verwandeln, wie zum Beispiel ein Perpetuum mobile oder blaues Essen? Was meinen Sie, Spam?«

»Ich würde liebend gern mit Herrn Unterhemd reisen! Habe ich dann auch freien Zugriff auf die Minibar?«

Kapitel III

Drei Mann halbhoch

»Sie sollten unauffällig verschwinden«, sagte Ranndarf. »Aber Sie sollten verschwinden. Sie waren so sehr darauf bedacht, dass niemand Ihre Reisevorbereitung bemerkt, dass Sie gar keine angestellt haben. Ich dachte, wir hätten ausgemacht, dass Sie schon vor drei Wochen aufbrechen.«

»Ja, ich hatte echt zu tun«, sagte Promo. »Hier herrschte der reinste Wahnsinn. Und es würde mir bei der Routenplanung mächtig helfen, wenn Sie mir sagen würden, wohin ich gehen soll. Haben Sie schon irgendeinen Plan?«

»Ich habe das alles schon für Sie gecheckt. Halten Sie sich einfach immer Richtung Südost, bis Sie einen gigantischen Vulkan erblicken. Wenn Sie jemanden nach dem Weg fragen müssen, dann sagen Sie, dass Sie die Kluft-die-schicksalhaft-klafft suchen. Die Einzelheiten ergeben sich unterwegs wie von selbst.«

»Das würde ich keinen Plan nennen.«

»Unsinn!«, sagte Ranndarf. »Ihrem Onkel Milbo habe ich einen ähnlichen Plan vorgelegt, und er hat richtig dabei abgesahnt, indem er den Schatz eines Drachen gestohlen hat. Alle unvorhergesehenen Eventualitäten hat er ad hoc gemeistert. Auch Sie werden merken, ob Sie sich in die richtige Richtung bewegen oder nicht, denn die Reise wird zunehmend gefährlicher werden. Natürlich sollten Sie in E.Ons berühmtem Letzten Eigenheim in Suchtal haltmachen.«

»Suchtal!«, sagte Promo. »Drittmittelerdes gediegenster Urlaubsort! Da wird Spam sich aber freuen! Wer zahlt eigentlich die Rechnung für seine Minibar?«

»Oh, machen Sie sich darüber keine Sorgen«, sagte Ranndarf. »Ich veranlasse, dass der Weiße Rat all Ihre zulässigen Spesen rückvergütet. Sie müssen nur die Belege aufheben.«

Eines Sommerabends erreichte den *Eselsdrachen* und das *Efeubüschel* eine erstaunliche Neuigkeit: Promo hatte seine Wohnung hinter Virginias Schönheitssalon verkauft! Und zwar an Globalia Packein-Muffin! Dies tat er, um seinen Aufbruch aus Wobbingen zu verschleiern. Jedem, der es wissen wollte, erzählte er, dass er sich für einen bescheideneren Lebensstil entschieden hatte und die Vorteile des boomenden Wohnungsmarkts in Muffend nutzen wollte, indem er in die günstigere Dandyschmockgegend zog.

Die meisten Wobbits mutmaßten, dass Promo ein weiteres Opfer der zwergischen Bankgeschäfte geworden war. Der größten Zwergenbank, der SmithiBank, wurde ständig Wucher vorgeworfen. Promos Nachbarn schlossen daraus, dass er eine Hypothek auf Herrn Milbos teure Wohnung aufgenommen hatte, um ein verschwenderisches zweites Leben im Geheimen zu führen. Jetzt war er zu der unausweichlichen Ballonzahlung nicht mehr in der Lage. Manche munkelten sogar etwas von Zwangsvollstreckung. Natürlich war das alles nur Gerede. Dass er diese Geschichte erfunden und in Umlauf gebracht hatte, um von seiner Reise zu der Kluft-die-schicksalhaft-klafft abzulenken, war das Schlaueste, was Promo je getan hatte. Es war nicht elbenschlau, zwergenschlau oder gar zaubererschlau, aber für einen Wobbit war es schon ziemlich genial.

Ranndarf trieb sich noch zwei Monate in Muffend herum und lag Promo die ganze Zeit über in den Ohren, wie dringend das Abenteuer sei, während er ihn gleichzeitig bat, seine Wäsche zu waschen, Besorgungen für ihn zu erledigen und seinen Anekdoten zu lauschen.

Schließlich, nachdem Promo sich geweigert hatte, ihm ein paar Groschen zu leihen, beschloss Ranndarf, dass es Zeit war zu gehen. »Ich muss mich wegen einer Sache mit jemandem treffen«, sagte er. »In ein paar Tagen bin ich zurück, auf alle Fälle pünktlich zu Ihrer Abschiedsparty. Halten Sie sich in der Zwischenzeit an meinen Plan, seien Sie vorsichtiger denn je, vor allem, was den Ring angeht. Lassen Sie mich dies noch einmal besonders betonen: Benutzen Sie ihn nicht!« Und damit ging er.

»Benutze was nicht?«, sagte Promo. »Haben Sie mit mir gesprochen?«

Wie zu erwarten, gab es von Ranndarf keine Spur, als Promo seine Sachen packte. Kiste auf Kiste mit Rollenspielbüchern, sorgsam eingehüllten Comicheften und dem Rest von Milbos Sammlung von Tüftenballfanartikeln wurde gefüllt und neben der Tür gestapelt. Als fast alles gepackt und der Tag der Abschiedsparty gekommen war, war noch immer weit und breit kein Ranndarf zu sehen.

»Es sieht ihm gar nicht ähnlich, dass er eine kostenlose Mahlzeit verpasst«, dachte Promo, schob es aber auf die allgemeine Unzuverlässigkeit des Zauberers.

Am 20. September rollten zwei Kutschen, ein Planwagen und ein überdachter Surrey nach Schmockland davon. Auf ihnen gelangte Promos gesamte bewegliche Habe über die Dandyweinbrücke zu seinem neuen Heim.

Die Party fand in der leeren, hallenden Wohnung statt. Alle Wobbits, die keinen Grund hatten, Promos Bitte, beim Umzug mitzuhelfen, auszuschlagen, waren da: Blödegar »Dicklich« Bulgur, Alko Affin und natürlich Madeiraschluck Dandyschmock und Paraffin »Pipi« Tucke. Sie aßen traditionelles Umzugsessen: Pizza von der örtlichen Filiale von *Pizza Hütchen* und Flaschenbier von *Altbacken.*

»Unsere letzte Mahlzeit in dieser Wohnung«, sagte Promo. Schon den ganzen Tag lang hatte er solche Sachen gesagt. Nachdem er alle leeren Pizzaschachteln, schmutzigen Pappteller, gebrauchten Servietten und leeren Bierflaschen aufgesammelt hatte, sagte er: »Unser letztes Mal Müllraustragen.« Und damit trug er ihn zur Hintertür. Die anderen Wobbits verdrehten die Augen. Aber Madi ergriff die Schachteln und Tüten und schleuderte sie im Spielzimmer auf den Wollteppich. Denn er war entschlossen, Globalia den Müll dazulassen, »damit sie sich gleich zu Hause fühlt«. Die Party war offiziell zu Ende, und Ranndarf war nicht erschienen. Promo machte sich Sorgen, war aber auch unheimlich erleichtert. Denn solange Ranndarf nicht mitfeierte, brauchte er keinen Biernachschub zu holen.

Nachdem sie im Spielzimmer den Müll herumgekickt hatten, durchpflügten sie die Wohnung nach Kerzen, Toilettenpapier und allem, was Globalia gleich nach ihrem Einzug hätte gebrauchen können. Pipi lief eine Dreiviertelstunde lang hin und her und jauchzte, weil ihm der ungewohnte Hall so gefiel. Schließlich verließen ihn die Kräfte, und zusammen mit den anderen Wobbits schlief er auf dem Einbaubett ein. Dort war es eng, aber immerhin besser als auf dem Boden. Irgendwann in der Nacht krallte sich Alko Affin einen Sixpack und ging damit nach Hause, um weiterer Arbeit aus dem Weg zu gehen.

Früh am nächsten Morgen, bei hellem Tageslicht um Viertel vor zwölf, wachten sie auf und luden die letzten Kisten mit Action-Figuren auf die wartende Postkutsche. Madi setzte sich auf den Kutschbock und fuhr mit Dicklich davon, um Promos Studioapartment in Schmockland für seinen Einzug vorzubereiten. Promo hatte ihnen Geld dafür gezahlt, aber das war es auch wert. Den Schlüssel gab Madi bei Globalias Sohn Lotto ab. Lotto wohnte noch immer bei seinen Eltern, deshalb freute er sich, dass er in Milbos vergleichsweise geräumiger Wohnung ein eigenes Zimmer haben würde. Als Madi wegfuhr, verabschiedeten er und Lotto sich mit verächtlich erhobenen Fäusten, wie es bei ihnen Brauch war.

Promo und die anderen aßen ein spätes Frühstück mit kalter Pizza und warmem Bier. Dann machten sie ein Nickerchen bis zum Abendessen, welches aus weiteren Resten bestand. Dann erst schulterten sie ihre unförmigen Seesäcke. Gerade als sie bereit zum Abmarsch waren, fiel Promo auf, dass Spam verschwunden war. Sogleich suchte er nach seinem Ring, als er aus der Speisekammer hörte, wie dort Flaschen geöffnet wurden.

»Spam! Was zum Henker tust du da?«, rief Promo. Darauf erschien Spam, sich den Mund abwischend, und hielt ihnen Flaschen hin.

»Da, meine Herren.« Spam wusste, dass sich der alte Herr Milbo zu einem fähigen Amateurbrauer entwickelt hatte, und er wollte sich von den verbleibenden Flaschen von Milbos köstlichem *Globalia Dunkel* verabschieden. Auf dem handgemalten Etikett prangte Promos Tante in einer skurrilen, aufgedunsenen Version ihrer selbst.

»Die sollten wir hier nicht zurücklassen, Globalia könnte sich gekränkt fühlen. Lasst uns zumindest keine vollen Flaschen zurücklassen! Hab ich nicht recht? He?«

Sie riefen »Hei!«, tranken ihre Biere aus und marschierten los.

»Jetzt halte ich eine Weile durch, Herr Promo«, sagte Spam. »Wann machen wir Pinkelpause?«

Als Spam bei der ersten von vielen Pinkelpausen zu Promo und Pipi zurückkam, trug er einen bescheuerten kleinen Hut auf dem Kopf, den er Filzhut nannte. Er meinte, das sei stylish, zu stylish gar, um ihn in Wobbingen zu tragen. Dem stimmten die anderen zu, denn selbst in der Dunkelheit sah Spam damit bekloppt aus.

In ihren kastanienbraunen Windjacken konnte man sie nachts kaum sehen. Und da sie Wobbits waren und es darum schon bald satthatten, sich über Spams Hut zu unterhalten, machten sie kein Geräusch, und nicht einmal eine Wühlmaus oder ein Krallenaffe hätte sie hören können. Leise drehte sich Promo um und winkte Wobbingen ein zwanzigstes Mal zum Abschied zu.

»Ich frage mich, ob ich dieses verlauste kleine Kaff jemals wiedersehen werde«, sagte er mit tragischem Unterton. Still drehte sich Pipi zu Spam um und mimte eine Szene voller Tränen und Erbrechen.

So gingen sie weiter, und die Straße führte durch einen Wald oder ein Gehölz oder so etwas. Nach einer halben Stunde oder so machten sie eine weitere Pinkelpause und für die Nacht Rast. Sie schliefen aufeinandergestapelt, wie es Wobbits in der Wildnis stets tun. Ein Fuchs kam auf Geschäftsreise vorbei und schnüffelte an ihnen, weil er wissen wollte, ob sie ein gutes Essen abgaben.

Wobbits!, dachte er. *Drei Stück, schlafen aufeinander-*

gestapelt im Freien. Das ist mächtig schräg. Damit hatte er recht, aber er beschloss, sich nicht in irgendwas hineinziehen zu lassen und auf der sicheren Seite zu bleiben.

Kalt und feucht wie die Hände eines Parodienautors kam der Morgen. Die Wobbits stritten sich darüber, was es zum Frühstück geben sollte, machten ein Feuer und brieten etwas Speck, Wurstenden und Pasteten, und während Pipi die Pfannen wusch, packten Spam und Promo die unförmigen Seesäcke. In nur wenigen Stunden waren sie wieder unterwegs.

»Diese Straße geht ewig fort«, sagte Pipi, als sie zum Mittagessen anhielten. »Wo gehen wir eigentlich hin? Und warum? Sind wir schon da?«

»Leben Elben in den Wäldern?«, fragte Spam.

»Welche Sorte?«, fragte Promo.

»Was wohl, Waldelben natürlich.«

»Ich weiß nicht«, sagte Promo. »Dort könnten auch Hochelben sein oder gar Normalelben.«

»Wie unterscheiden die sich?«

»Nun, Waldelben leben im Wald, und die anderen Sorten, tja, die leben auch im Wald. Aber ich bin sicher, dass da ein Unterschied ist. Ich kann ihn nur nicht benennen.«

»Ihr seid beide dumm«, sagte Pipi. »Es gibt keine Elben.«

»Keine Elben?«, sagte Spam. »Nun, jetzt reicht's aber. Niemand spricht so in Gegenwart von Spam Kimchi. Verteidige dich, Herr Paraffin!« Sie trugen ein lächerliches Duell mit Fäusten und schlappen Ohrfeigen aus, bis sie bemerkten, dass Promo leise vor sich hin sang.

Die Show darf niemals stille stehn,
Solang noch Geld zu holen ist.
Drachentöten werd ich wieder gehn
Im Kettenhemd, nicht als Tourist.
Falls nicht, dann muss mein Neffe ran,
Hinfort, zu wagen Leib und Lebenssaft.
Das Elbenmesser kriegt er dann
Und den Ring mit Zauberkraft.

»Dann hat sich Milbos Lied also tatsächlich erfüllt«, sagte Spam. »Jetzt bist du an der Reihe und wagst Leib und Lebenssaft nur wegen diesem Ring.«

»Bisher ist mir nichts Gefährliches aufgefallen«, sagte Promo. »Meint ihr, Ranndarf hat sich in der ganzen Sache geirrt?« Er lächelte, blinzelte heftig, und alle lachten über Ranndarf. Die Anzahl und das Ausmaß seiner Irrtümer über die Jahre waren ihnen allen bewusst.

»Aber du weißt, was Milbo immer gesagt hat: ›Es ist eine gefährliche Sache, Promo, aus deiner Tür hinauszugehen, denn wenn du nicht aufpasst, kannst du auf einer Bananenschale ausrutschen. Oder auf einen Rechen treten und dir ein blaues Auge einhandeln. Oder dir fällt ein Klavier auf den Kopf.‹ Er machte sich wegen lauter verrückten Sachen Sorgen. Es war nicht leicht, mit ihm zu leben in den letzten Jahren, bevor er weggezogen ist.«

Plötzlich hielt Promo inne. »Habt ihr das gehört?«, fragte er.

»Nein«, sagte Pipi. »Weil du über Milbos Spleens geredet hast.«

»Ich hab dir nicht zugehört, Herr«, sagte Spam. »Ich habe auch ein Geräusch gehört. Ein Pferd.« Ein unheimlicher Wind trieb schaurig die Blätter vor sich her.

»Ich glaube, wir sollten von der Straße runter«, sagte Promo.

Die beiden anderen Wobbits sahen ihn ausdruckslos an.

»Was?«, fragte Spam.

»Hä?«, sagte Pipi.

»Runter von der Straße!«, kreischte der inzwischen panische Promo. Er stieß sie in einen Gully in der Nähe. Das Geräusch eines Pferds kam näher. Promo wollte nicht hinsehen, aber er konnte nicht widerstehen. Er erblickte ein Pferd und darauf einen ausgewachsenen Mann, keinen Wobbit oder Zwerg oder gar einen Elben. Er war dünn, hatte einen sehr dunklen Anzug an und eine kostspielige Frisur. Aber sein Gesicht war irgendwie unsichtbar. Promo duckte sich wieder.

Der reitende leitende Angestellte näherte sich den Wobbits. Aus dem Erdreich um sie herum krochen Würmer und Hundertfüßer hervor. Pipi formte das Wort »eklig« mit den Lippen, als der Reiter schnüffelte, als wolle er ihnen eine Milchtüte hinhalten und sagen: »Riecht mal. Findet ihr, dass die noch gut ist?«

Promo verspürte den überwältigenden Drang, den Ring aufzuziehen, wie wenn bei einem wichtigen gesellschaftlichen Ereignis jemand neben dir gähnt und du auch gähnen willst, dich aber nicht traust. Der Drang wurde unwiderstehlich.

In diesem Moment merkte Spam, dass ihn sein frittiertes Fleischfrühstück bald dazu zwingen würde, dem schnüffelnden Reiter ihre Position zu verraten. Um ihn abzulenken, warf er einen Rucksack voller Würste und Püree in den Wald. Der unheimliche reitende leitende Angestellte erschrak. Wieder schnüffelte er, dieses Mal jedoch, als kämpfe er gegen eine Königskrautallergie an. Dann ritt er davon, um Spams Köder auszuchecken.

Als der Hufschlag in der Ferne verklang, sagte Pipi: »Na, das nenne ich mal ziemlich schräg, und dabei bin ich ein Tucke. Mit schräg kenne ich mich aus, und das war eindeutig schräg. Es schien fast so, als habe er nach uns gesucht.«

»Natürlich hat er nach uns gesucht, du Idiot!«, sagte Promo. »Er hat nach mir gesucht! Und nach dem Ring! Wenn wir doch nur gewusst hätten, dass wir verfolgt werden!«

»Ist jetzt vielleicht nicht der richtige Zeitpunkt«, sagte Spam, »aber gerade fällt mir ein, dass der Klon eine Nachricht für dich hatte. Bevor wir aufgebrochen sind, meinte er: ›Hallo, Spam.‹

Da sagte ich: ›Hallo, Dad.‹

Und er sagte: ›Wie geht's mit dem Packen voran?‹

Und ich: ›Nicht schlecht, wir haben gerade … ‹«

»Spul zu der Nachricht vor, Spam.«

»Sehr wohl, Herr. Also meint Dad zu mir: ›Hier war ein Fremder in der Kneipe, der nach Herrn Promo gesucht hat. Mir hat sein Ton nicht gefallen. Er war nett, aber gleichzeitig auch fies, als wolle er mir was verkaufen, was ich nicht brauche, so etwas wie einen immobiliengedeckten Bargeldkredit. Er wirkte regelrecht aufgebracht, als ich ihm sagte, dass der Herr Promo aus Wobbingen weggezogen ist. Angezischt hat er mich, und zwar schlimmer noch, als wenn die Zwerge der SmithiBank giften. Und nicht nur, weil er größer als sie war. Hat mir richtig einen Schauer über den Rücken gejagt.‹

›Was war das für ein Kerl?‹, sage ich zum Klon.

›Oh, sein Gesicht habe ich nicht gesehen, weil er keines hatte. Und er hat so seltsam gesprochen.‹«

»Wie ich bereits sagte, es hätte geholfen, wenn ich gewusst hätte, dass ich von einem unheimlichen Gespenst gesucht werde, bevor ich in die Wildnis latsche, wo ich weder Zuflucht noch Hilfe finden kann.«

»In der Tat, Herr.«

»Obwohl«, sagte Pipi. »Vielleicht besteht überhaupt keine Verbindung zwischen Klons geheimnisvollem Fremden und unserem reitenden leitenden Angestellten. Es kann genauso gut auch Zufall sein, dass zwei bedrohlich wirkende Geister in Schwarz nach dir suchen.«

»Vielleicht war es nur meine Einbildung, Pipi«, sagte Promo. »Nichtsdestotrotz sollten wir gehen, falls die Reiter drei, vier oder fünf auftauchen sollten. Wir sind noch meilenweit von Schmockland entfernt.«

Wie es so seine Art war, fing Promo leise ein wobbitsches Wanderlied zu singen an. Milbo hatte den Text verfasst und ihn in eine rechtefreie Melodie gezwängt. Eigentlich hatte er das Lied verkaufen wollen, aber außer Promo hatte es keinem gefallen.

Der Herd ist rot von Feuerglut,
Das Bett steht unterm Dach und gut,
Doch trüb ist niemals unser Mut,
Denn unsre Seesäck' stehn uns gut!
Falleri, fallera,
Falleri, fallera-hahahahaha,
Falleri, fallera.
Unsre Seesäck' steh'n uns gut!

Ja, um die Ecke kommt uns vor,
Da steht geheimnisvoll ein Tor.
Mit emporgerecktem Kopf
Packen die Seesäck' wir am Schopf!
Falleri, fallera.
Falleri, fallera-hahahahaha,

Falleri, fallera,
Packen die Seesäck' wir am Schopf!

Daheim verblasst, die Welt rückt nah,
Mit vielen Pfaden liegt sie da,
Doch sind wir frisch und kecke
Wegen unsrer unförmigen Seesäcke!
Falleri, fallera,
Falleri, fallera-hahahahaha,
Falleri, fallera,
Wegen unsrer unförmigen Seesäcke!

Noch bevor Promo ausgesungen hatte, sagte Pipi: »Ich weiß ja nicht, wie es euch geht, aber mein Seesack killt mich. Können wir nicht anhalten und übernachten?«

»Still!«, sagte Promo. »Ich glaube, ich habe etwas gehört.«

Alle sprangen von der Straße herunter. Rasch merkten sie, dass das Geräusch nicht von einem reitenden leitenden Angestellten kam, sondern von etwas ganz anderem.

»Das ist Gesang, Herr Promo! Elbengesang!«, sagte Spam. »Da kommen sie!« Auf Promos Wunsch hin hielten sie sich verborgen. Denn er erinnerte sich, dass manche Elben leicht gereizt werden konnten, wie zum Beispiel die Waldelben, denen Onkel Milbo auf seiner Reise durch den Wüsterwald begegnet war.

»Ich höre jedes Wort, Herr! Das ist erstaunlich, wenn man bedenkt, mit welchen akustischen Problemen Sänger im Wald meistens zu kämpfen haben! Was für ein Jammer, dass ich kein Elbisch verstehe.«

Promo jedoch verstand Elbisch gerade gut genug, um das eine oder andere Werbeplakat zu entziffern oder in einem Elbenrestaurant zu bestellen. Und so lautete seine ungefähre Übersetzung des Gesungenen:

O Albernet, o Giltohnesiegel,
Du kannst es nicht bestreiten,
Du bis meine liebste Halbgöttin
aus alter Elben Zeiten.

O Albernet, o Giltohnesiegel,
So hehr deucht uns dein Schreiten!
Du hast die Stern' entzunden
In alter Elben Zeiten.

In alter Elben Zeiten.
In alter Elben Zeiten
Gab's keine Zwerge, und Schnee-Weiß
Hießen dich die Elben alter Zeiten.

»Das sind Normalelben, nicht diese billigen Waldelben!«, sagte Promo. »Sie sangen von Albernet!«

Die Normalelben waren allesamt hinreißend. Schön und leuchtend wie verrufene Vampire aus dem einundzwanzigsten Jahrhundert. Unter ihnen waren keine Frauen. Sie kamen näher und sahen die Wobbits, die glaubten, sich perfekt versteckt zu haben, geradewegs an.

»Hallo, Promo!«, sagten sie. »Was machen Sie denn so spät noch draußen? Und so weit weg von zu Hause? Spendiert hier in der Nähe jemand Hot Dogs?«

»Nein«, sagte Promo. »Keine Hot Dogs. Meine Freunde und ich machen lediglich einen Abendspaziergang ziemlich weit weg von zu Hause. Macht's euch was aus, wenn wir uns an euch ranhängen? Uns wäre eure Gesellschaft sehr willkommen.«

»Aber wir brauchen keine weitere Gesellschaft«, sagten sie. »Und Wobbits sind solche Langweiler! Was würden unsere Freundinnen denken, wenn sie uns mit euch sehen würden? Ihr seid ja mal richtig schäbig!«

Promo kam sich total out vor. Und klein. Er beschloss, das Thema zu wechseln. »Ja, nun, woher kennt ihr meinen Namen?«

»Wir haben Sie mit Milbo zusammen spazieren gehen sehen, auch wenn Sie uns wahrscheinlich nicht bemerkt haben, Sie Armer.«

»Und wer seid ihr überhaupt? Wer ist euer Anführer?«

»Wir stammen aus dem Hause von Nimrod«, sagte einer von ihnen. »Und ich bin der Anführer. Ich bin Gildor Inglorion. Vielleicht haben Sie schon von mir gehört.«

»Nein, tut mir leid.«

»Ja, das höre ich oft. Manchmal komme ich mir vor, als würde ich gar nicht existieren.«

»Ja, das ist heftig«, sagte Promo. »Können wir uns euch nun anschließen oder nicht?«

Plötzlich mischte sich Pipi ein, indem er, als wolle er einen guten Eindruck machen, vortrat und sagte: »Oh, schöne Elben, erzählt uns von den Schwarzen Reitern!« Offenbar glaubte er jetzt an Elben. Und zwar inbrünstig.

»Schwarze Reiter?«, sagte Gildor. »Waren die tatsächlich schwarz?«

»Äh, nein, Herr«, sagte Spam. »Sie trugen schwarze Anzüge. Sie wissen schon.«

»Nein, wissen wir nicht«, sagte Gildor. »Aber bevor ihr was sagt, was uns alle in Schwierigkeiten bringt, kommt ihr besser mit. Die Nacht über seid ihr sicher. Folgt mir. Und tut uns einen Gefallen und redet heute Nacht nicht mehr von den reitenden leitenden Angestellten.«

Die Wobbits schlossen sich den Elben an und gingen zu einer hübsch dekorierten Waldlichtung, wo eine vornehme Dinnerparty stattfand. Die Portionen waren klein, doch waren die Gänge auf den Tellern prachtvoll angerichtet. Die Wobbits hatten keine Ahnung, was sie da aßen, aber bei dem Getränk musste es sich um eine Art Apple Martini handeln. Das Silberbesteck war ihnen größtenteils unbekannt, und Pipi bediente sich versehentlich an einer Beilage, die sich als Teil der Tischdekoration erwies. Er und Spam hauten rein, bis sie ermattet waren. Sobald sie schnarchten, wurden sie von hilfsbereiten Elben gebadet und in kleine Pyjamas gesteckt. Promo sah dabei zu und fühlte sich etwas unwohl. Da kam Gildor zu ihm.

»Ich habe überall nach Ihnen gesucht, Promo. Sagen Sie mal, hat Ranndarf was mit Ihrem Abenteuer zu tun?«

»Ja, und er hat kein Wort über die reitenden leitenden Angestellten gesagt. Also sagen Sie es mir!«

»Ranndarf hat nichts gesagt? Dann sage ich auch nichts mehr.«

»Sie haben doch noch gar nichts gesagt!«

»Genau!«, sagte Gildor mit einem bedeutungsschwangeren Blick. »Wenn ich Ihnen sagen würde, was ich weiß, dann würden Sie Ihre Reise vor Entsetzen abbrechen.«

»Danke«, sagte Promo. »Diese kleine Ansprache war sehr ermutigend. Vielleicht können Sie mir ja einen Rat geben. Ranndarf sollte eigentlich mit uns zusammen aus Wobbingen aufbrechen, aber er ist nie erschienen. Da ich jetzt weiß, dass wir von Dämonen verfolgt werden – halten Sie es für eine gute Idee, dass wir bei Ihnen warten, bis Ranndarf eintrifft?«

»Promo, lassen Sie mich Ihnen ein altmittelelbisches Sprichwort verraten: *Halte dich aus den Machenschaften Ranndarfs raus, denn seine Irrtümer könnten auf dich abfärben!* Mit anderen Worten: Sehen Sie selber zu. Sein ganzes Projekt fängt doch schon wieder an, in die Binsen zu gehen, und ich will nicht dabei sein, wenn es vollends den Bach runtergeht.«

»Das ist interessant«, sagte Promo. »Bei uns Wobbits gibt es ein ähnliches Sprichwort: *Da kommt Ranndarf, pass auf deinen Geldbeutel auf!*« Sie lachten gemeinsam.

»Dann möge Sie Albernet beschützen. Es scheint, dass wir uns verstehen?«

»Nein, wahrscheinlich nicht.« Promo hatte genug geredet. Der exotische Cocktail zeigte schließlich seine Wirkung. Er fand Spam und Pipi und warf sich auf den Stapel obenauf. Als er am nächsten Morgen aufwachte, hatte auch er einen Pyjama an.

Kapitel IV

Kurztrip zu den Tomaten

Promo erwachte in einem fremden Pyjama und mit Spams Knie im Mund, doch er fühlte sich erfrischt. Die Elben waren zur großen Enttäuschung von Spam und Pipi verschwunden, aber sie hatten den Wobbits ein Continental Breakfast zurückgelassen.

»Croissants und heiße Schokolade!«, rief Spam. »Daheim wären der Klon und ich mit Gummibagels und Instantkaffee zufrieden gewesen!«

Kaum hatte Pipi seine Hose gefunden, trank er drei Tassen Schokolade. Dann verbrannte er den überflüssigen Zucker, indem er über die Wiese der Lichtung rannte und lachte. Spam aß weiter. Promo grübelte und führte leise Selbstgespräche.

»Mir kommt es nicht richtig vor, Spam und Pipi in dieses Projekt hineinzuziehen. Spam kam nur mit, um Elben zu sehen. Das hat er jetzt getan. Und Pipi, wer weiß, wieso der mitkam? Er weiß es bestimmt selbst nicht.« Pipi rannte noch immer im Kreis.

»Sicher, Ranndarf meinte, es wäre gut, ein paar zusätzliche Wobbits mitzunehmen, um auf mich gerichtete Pfeile abzufangen, aber jetzt, da ich tatsächlich verfolgt werde, fühle ich mich beinahe schuldig. Pipi ahnt nicht, in welcher Gefahr er schwebt, und Spam arbeitet schon seit Jahren für meine Familie. Ich finde es gefühllos, sie als Köder zu benutzen. Darüber muss ich noch eine Menge nachdenken, und vielleicht muss ich sie später wieder nach Hause schicken. Vielleicht, wenn wir Suchtal erreicht haben.«

»So«, sprach Promo weiter, »wie ihr während meines Selbstgesprächs bestimmt gehört habt, begeben wir uns in große Gefahr. Ich wollte euch die schreckliche Wahrheit vorenthalten, bis es zu spät ist, aber da ihr schon wieder gelauscht habt, sollte ich euch die ganze Geschichte erzählen. Ich soll Milbos Ring durch ganz Drittmittelerde schleppen und ihn zerstören, während diese reitenden leitenden Angestellten versuchen, mich zu töten. Der Ring gehört eigentlich Saubohn, deshalb wird der auch versuchen, mich zu töten. Im Moment weiß ich nicht mehr so genau, weshalb ich mich darauf eingelassen habe, weil das ziemlich sicher zu meinem Ableben führen wird.«

»Ganz gewiss, Herr.«

»Dann kehrst du also nach Wobbingen zurück?«

»Nein, Herr, ich bleibe bei dir.«

»Aber warum denn, Spam?«

»Wegen den Elben, Herr. ›Lassen Sie ihn bloß nicht im Stich‹, haben sie zu mir gesagt. ›Das habe ich auch nicht vor‹, habe ich gesagt. ›Und wenn noch mehr von diesen Reitern hinter ihm her sind, dann bekommen sie es mit Spam Kimchi zu tun.‹ Dann haben sie gelacht und mir ein anderes Kissen angeboten.«

»Nun, sich vorzustellen, wie du gegen diese Reiter kämpfst, das ist schon ziemlich witzig.«

»In der Tat, Herr.«

»Wann haben die Elben mit dir gesprochen?«

»Mitten in der Nacht, Herr. Aus irgendeinem Grund bin ich aufgewacht, und da waren ein paar Elben, haben mich von ganz nah angeschaut, und sie wirkten erstaunt. Dann haben sie geredet.«

»Und was hältst du jetzt von den Elben, da du sie gesehen hast?«

»Oh, sie sind wundervoll, Herr. Sie sind exzellente Köche, sie kleiden sich ungeheuer stylish, und sie haben herrliche Singstimmen. Doch sie haben etwas an sich, was ich nicht ganz … «

»… benennen kann?«

»Ganz genau, Herr. Sie sind so alt und doch so jung. So traurig und doch so fröhlich, wie es schien.«

»Nicht, dass das verkehrt wäre, nicht wahr, Spam?«

»Natürlich nicht, Herr.«

»Unterhaltet ihr euch immer noch?«, unterbrach sie Pipi. »Lasst uns gehen! Mir ist so langweilig!« Er hatte die Seesäcke geschultert, die deshalb noch unförmiger aussahen, und war abmarschbereit.

»Ja, lasst uns gehen. Die Elben haben mir gesagt, dass man leicht zur Brücke über den Dandyweinfluss gelangt, wenn man ihre Spezialabkürzung nimmt. Sie meinten, wir könnten den Verkehr und die Baustelle bei Waldingen umgehen, indem wir die Seitenstraße nach Spuck nehmen.«

»Spuck? Kommt nicht infrage! Der Berufsverkehr dort ist die Hölle.«

»Pipi, die Elben meinten, wir sollten den Weg nehmen, und ich glaube ihnen. Und sie erzählten auch, dass dort ein Hairstylist, den sie sehr schätzen, seinen Salon hat. Sie haben mir empfohlen, mir von ihm eine kürzere, zeitgemäßere Frisur schneiden zu lassen.«

»Kürzere Haare bedeuten oft lange Verspätungen«, hielt Pipi dagegen. »Aber wenn wir schon durch Spuck durchkommen, dann könnten wir auch in der Taverne haltmachen, die die Elben empfohlen haben. Sie heißt *Zum Goldenen Borschtsch*, und der Bartender macht einen ausgezeichneten Mojito.«

Mit diesem Gedanken stimmte Pipi beim Wandern eines seiner Lieblingslieder an:

He! He! He! An die Buddel ich geh,
Heil mein Herz, ertränk mein Weh,
Zwar kann ich's lassen jederzeit,
Doch trink ich, bis ich richtig breit.
Bevor ich nicht muss spucken,
Schütt' ich Whiskey in den Tucken!

Er sang Strophe auf Strophe, stundenlang, bis Promo ihn unterbrach.

»Ein Sauflied beim Wandern?« Wenn es um solche Dinge ging, war Promo Purist. »Dann singst du wohl auch Wanderlieder beim Saufen, was?«

»Du bist nicht mein Boss!«, sagte Pipi. »Sondern seiner!« Damit deutete er auf Spam.

»Da hat Herr Paraffin recht, Herr«, sagte Spam.

»Genau, und noch was«, sagte Pipi, geriet aber ins Stocken. »He! Ich weiß, wo wir sind! Wir sind in der Nähe von Schmockland, das ist Langschlurf, das Land des Bauern Abgott.«

»Ach du Scheiße!«, sagte Promo. »Bloß nicht Bauer Abgott! Der fieseste Bauer in Drittmittelerde mit seinen riesigen, bissigen Hunden! Wahrscheinlich hat er nicht vergessen, dass er mich einmal dabei erwischt hat, wie ich ihm einen Korb Tomaten gestohlen habe.«

»Mach dir keinen Kopf, Vetter Promo. Ich und der alte Abgott, wir kennen uns schon lange. Du musst dir keine Sorgen machen.«

Als sie sich dem Hof mit seinen endlosen Reihen von fünf Fuß hohen Tomatensträuchern näherten, hörten sie donnerndes Gebell und Knurren, und eine laute Stimme rief: »Hasso! Beißer! Rommel! Kommt her!«

Drei Chihuahuas, ein jeder auf Augenhöhe mit einem Wobbit, umzingelten Promo und seine Köder. Die Köter fingen an zu schnüffeln. An jedem Wobbit einer. Ranndarfs Kanonenfutterstrategie mit Pipi und Spam ging voll auf, denn Promo war froh, dass die drei Hunde nicht alle an ihm herumschnüffelten. Es war nicht ganz so schlimm, wie es das Schnüffeln des Reiters gewesen war, aber selbst ein schnüffelnder Hund war unangenehm genug. Bei den Hunden war ein verlotterter Wobbit, und Pipi rief ihm etwas zu.

»He, Jungs, seht, es ist Bauer Abgott! Bauer Abgott, ich bin's, Paraffin Tucke! Wie lange haben wir uns nicht mehr gesehen? Haben Sie abgenommen? Sie sehen prächtig aus!«

Langsam verzog der alte, grobschlächtige Wobbit den Mund zu einem Lächeln. »Na, wenn das mal nicht Meister Paraffin ist! Schön, Sie zu sehen, Junge! Ich wollte gerade die Hunde auf euch loslassen. Hier treiben sich in letzter Zeit schräge Leute rum.«

»Tucken?«, fragte Promo.

»Elben?«, fragten Spam und Pipi.

»Nein, so ein dürrer Kerl auf einem schwarzen Pferd. Der Typ selber war auch schwarz.«

»Wirklich?«, sagte Promo. »Haben Sie sein Gesicht gesehen?«

»Nein«, sagte der alte Abgott. »Er hatte kein Gesicht, das man hätte sehen können. Nur eine Designerfrisur und so einen zeitlos modischen schwarzen Anzug. Aber er wirkte schwarz.«

»Fahren Sie fort.«

»Der Typ sagt zu mir: ›Ich komme aus der Zentrale in der Stadt. Haben Sie einen Muffin gesehen?‹ Er hatte eine schräge Stimme.«

»Was Sie nicht sagen«, bemerkte Pipi.

»›Weg da!‹, hab ich gesagt. ›Hier gibt es keine Muffins. Der lebt in Wobbingen hinter einem Schönheitssalon.‹

›Der Muffin ist von dort abgehauen‹, hat er gezischt. ›Er kommt. Er ist nicht weit weg. Ich will ihn finden. Geben Sie mir Bescheid, wenn er hier vorbeikommt? Ich zeige mich dafür mit Gold erkenntlich.‹

›Auch mit Plunder?‹, habe ich gesagt.

›Mit was?‹, hat er gesagt.

›Mit Klunkern‹, habe ich gesagt.

›Klar. Was auch immer‹, hat er gesagt.

›Das bezweifle ich‹, habe ich gesagt. Ich traue niemandem über den Weg, der nicht weiß, was Plunder ist. Da hatte ich ihn aber schon so lange hingehalten, dass meine Hunde zur Stelle waren und mit ihrem sagenhaften Jaulen loslegten. Er wusste, dass ich im Vorteil war. Er hat irgendwas gezischt. Es hätte auch ein Lachen sein können.«

»Wenigstens hat er Humor«, sagte Pipi.

»Eben wollte er seinem großen schwarzen Pferd die Sporen geben, um mich niederzureiten, aber ich bin unter ihm durchgeschlüpft. Er hat sich noch mal nach mir umgesehen, hat gezischt und ist dann davongeritten. Was haltet ihr davon?«

Promo verharrte eine Weile schweigend und nachdenklich. Alle sahen ihn erwartungsvoll an. Schließlich sagte er: »Ich weiß nicht, was ich denken soll.«

»Dann sage ich Ihnen, was Sie denken sollen!«, blaffte

Abgott. Das hatte er Promo ohnehin sagen wollen. »Sie sollen darüber nachdenken, vor Ihrer eigenen Tür zu kehren und Ruhe zu geben! Ihr Onkel Milbo hat 'ne Menge Ärger heraufbeschworen mit seinem Beratungsjob. Ich hoffe, Sie haben nicht auch so etwas vor!«

»Ach was, ganz und gar nicht! Ich ziehe nur nach Schmockland um. Das ist alles. Bloß ein Umzug.«

»Das höre ich gerne, Meister Promo! Eine weise Entscheidung!«, sagte Bauer Abgott. »Ich vermute, ihr seid auf dem Weg zu Schmockenburgs Fähre über den Dandyweinfluss. Wenn ihr wollt, sage ich meiner Frau, Frau Abgöttin, dass sie euch ein Essen macht, und danach fahre ich euch mit meiner schmucken Schmockkutsche zu Schmockenburgs Fähre.«

»Die Schmockländer scheinen Wortspiele zu lieben«, sagte Spam leise.

»Ja, Bauer Abgott!«, sagte Promo. »Ein Essen und eine Kutschfahrt wären wunderbar! Danke!«

Innerhalb kurzer Zeit saßen sie mit Frau Abgöttin und Dutzenden Söhnen und Töchtern am Tisch. Es gab reichlich Bier und Dandywein und eine riesige Platte mit Speck-Salat-Tomatensandwiches. Die frisch gebackenen Brötchen waren mit Bauer Abgotts *Wilden Tomaten* und Frau Abgöttins Bioschweinen belegt, der Salat stammte natürlich aus ökologischem Anbau, und die Mayonnaise war in kleinen Mengen hausgemacht. Die Abgötter waren in ganz Drittmittelerde für ihre BLT-Sandwiches bekannt, die sie von ihren schmucken Schmockkutschen herab in aller Herren Länder verkauften.

Während Promo, Spam und Pipi die letzten Brotrinden abnagten, machte Abgott den Wagen fertig. Sie hörten, wie sich Frau Abgöttin verabschiedete.

»Pass auf dich auf, Abgott«, sagte sie. »Lass dich nicht

von Fremden anquatschen, vor allem nicht von welchen in dunklen, teuren Anzügen. Und komm gleich wieder heim! Wir müssen morgen eine Menge Tomaten pflücken!«

»Ja, mein Schatz«, antwortete er, während die Gäste einstiegen. Sie fuhren zum Tor hinaus, und bald waren sie an Schmockenburgs Fähre.

»Das ist ja nur ein von Bambusfackeln beleuchtetes Floß mit einem Landungssteg«, sagte Spam. »Ich hatte eine große Glaskugel oder so was erwartet, in der wir über den Fluss hinüberschweben würden!«

»Du meinst die Dandyweinsphäre«, sagte Pipi. »Die ist zwanzig Meilen weiter flussabwärts.«

»Ich verstehe«, sagte Spam.

»Ein schrecklicher Ort, um von diesen Reitern in einen Hinterhalt getrieben zu werden«, sagte Promo. Er sah auf, denn sie hörten galoppierende Hufe im Dunkeln.

»Schnell, auf die Fähre!«, rief Promo. »Das ist einer der reitenden leitenden Angestellten! Kommen Sie schon, Abgott, so lange noch Zeit ist!«

»Niemals!«, sagte Abgott. Der Reiter kam beinahe in Sichtweite und blieb dort stehen.

»Kommen Sie keinen Schritt näher! Was wollen Sie?«

Die Gestalt zischte und sprach: »Ich will Muffin. Haben Sie ihn gesehen?« Dann zischte er noch einmal, zweimal, worauf er sich räusperte. »Entschuldigen Sie. Ich habe viel Milch getrunken und bin etwas verschleimt.«

Er stieg von seinem Pony, das jetzt deutlich kleiner wirkte. Im Partylicht der Bambusfackeln hatte der Reiter nur noch Wobbitgröße. »Promo!«, sagte er. »Pipi! Spam! Ich habe euch überall gesucht! Hallo, Bauer Abgott!«

»Madeiraschluck Dandyschmock, Sie Idiot!«, sagte Abgott. »Ich hätte Sie fast getötet. Was haben Sie sich dabei bloß gedacht?«

»Mir wurde das Warten auf die drei da langweilig, deshalb habe ich heute früh über den Fluss gesetzt und in allen Kneipen und Straßengräben nachgesehen, an denen ich vorbeikam. Eine Weile habe ich bei der Dandyweinsphäre gewartet.«

»Wie geht es der Sphäre denn so?«, fragte Pipi.

»Gut«, sagte Madi. »Die Geschäfte laufen rund.«

»Danke, dass Sie uns fast zu Tode erschreckt haben«, sagte Abgott. »Aber da ihr nun alle zusammen seid, kehre ich besser zurück. Frau Abgöttin wird zu Hause bibbern, wenn es so spät wird.«

»Hat er eben gesagt, dass die Frau mit einem Wonnebibber daheim auf ihn wartet?«, fragte Spam leise.

»Er meinte, dass sie vor Sorge bibbert«, erklärte Promo. »Das sagt man im Schmockland so.«

»Sehr wohl, Herr.«

Als Promo wieder auf die Fähre ging, gab Abgott ihm einen Korb. »Das ist für euch drei von Frau Abgöttin«, sagte er. »Ihr könnt es mit Herrn Madi teilen, wenn ihr wollt, aber ich würde es nicht empfehlen. Es war ein schräger Tag, und er war die Ä-Tüpfelchen auf der Schrägheit, wenn ihr versteht, was ich meine.«

»He!«, sagte Madi.

Sie sahen zu, wie die schmucke Schmockkutsche in die Nacht davonfuhr. Plötzlich lachte Promo. Aus dem abgedeckten Korb in seiner Hand stieg ihm der Duft von BLT-Sandwiches in die Nase.

Kapitel V

Ein aufgedeckter Whirlpool

»Kommt schon, Jungs«, sagte Madi. »Lasst uns über den Fluss setzen. Mir schwant Übles.« Madi führte sein Pony den Pfad zur Fähre hinunter, der gerade verlief, im Gegensatz zum Sphärenpfad weiter flussabwärts. Er war festlich geschmückt mit allerlei Schildern, die darauf hinwiesen, dass es auf der Fähre untersagt war, das Boot zum Schaukeln zu bringen, Abfall zurückzulassen, Unfug zu treiben, zu vandalisieren, zu rauchen, zu spucken oder laut die Mandoline zu spielen.

Alle waren an Bord, und Madi griff zu einer Stange. Mit dieser stieß er das Floß langsam in den Fluss hinaus. Bald konnten sie das andere Ufer erkennen, das von den Fenstern von Dandyschloss, der alten Heimat der Dandyschmocks, erhellt wurde. Madi sah traurig hinüber.

»Ich habe die Taco Night verpasst, um dich zu treffen, Promo«, sagte er. »Du bist mir was schuldig.«

»Nee, bin ich nicht«, sagte Promo. »Ich habe dich in Wobbingen bereits bezahlt.«

»Du bist der Chef«, sagte Madi.

Langsam näherte sich die Fähre dem Ufer. Spam war der Einzige in der Gruppe, der noch nie in Schmockland gewesen war. Er hoffte, dass die anderen ihn nicht dabei ertappten, wenn er sich einmal zu sehr wie ein Tourist verhielt, aber trotzdem wollte er gern bei der Führung durch Dandyschloss mitmachen und dem Klon eine Postkarte schicken. Seit sie Muffend verlassen hatten, fühlte sich Spam wie ein neuer Wobbit. Das Reisen erweiterte seinen Horizont.

Er hatte den Eindruck, sein altes Provinzleben mit Bauer Abgott und seinen bissigen Chihuahuas am anderen Ufer zurückgelassen zu haben. Vielleicht kam dieses Gefühl aber auch von zu vielen BLT-Sandwiches. So oder so, es war eigenartig. Ein letztes Mal blickte er zurück und bemerkte, dass Promo dasselbe tat.

»Werde ich Bauer Abgott und seine famosen Tomaten jemals wiedersehen?«, fragte Promo sich mit träumerischer Stimme. Spam rollte mit den Augen, und im Bambusfackellicht erspähte er etwas am anderen Ufer.

»Entschuldige, Herr«, sagte er zu Promo. »Erkennst du da am anderen Ufer auch eine Bewegung? Mir scheint, es ist jemand in einem dunklen Anzug, der am Boden herumschnüffelt.«

»Ja«, sagte Promo. »Ich sehe ihn. Jetzt scheint er etwas in ein Notizbuch zu schreiben.«

»In der Tat, Herr. Und jetzt steckt er das Notizbuch in einen Aktenkoffer. Seltsam.«

»Du meinst doch nicht etwa, dass es einer der reitenden leitenden Angestellten ist, oder, Spam?«

»Vielleicht, Herr. Obwohl er nicht beritten war.«

»Guter Hinweis, Spam«, sagte Promo. »Madi, gut, dass du am anderen Ufer kein Boot liegen hast. Ha, und wie hätten wir herübergelangen sollen, wenn das Boot an diesem Ufer gelegen hätte?«

Madi zuckte mit den Schultern.

»Das scheint mir kein besonders gutes System zu sein«, sagte Promo.

»Ja«, sagte Madi. »Kann schon sein. Ist nicht mein Problem.« Madi vertäute die Fähre, während das Pony mit dem Rest der Gruppe auf den Landungssteg trat.

Zu Promos neuem Heim war es ein gutes Stück vom Dandyweinfluss. Sie gingen an Dandyschloss vorbei. Aus dem Fenster drangen ausgelassene Musik und ein Stuhl, der vor den Wobbits landete. Madi schien das nicht zu überraschen.

»Die Taco Night wird leicht mal ein bisschen rau«, sagte er. »Ich hoffe nur, dass das nicht mein Stuhl war!«

Sie kamen in Promos neuer Wohnung an. Es war ein Gartenapartment, so wie in Wobbingen, mit einer Aluminiumfliegengittertür. Der Rest des Gebäudes wurde von einem Second-Hand-Klamottenladen eingenommen.

»Sieh dich um, Promo«, sagte Madi. »Ich muss das Pony nach Dandyschloss zurückbringen, und ich lasse Dicklich wissen, dass du angekommen bist.«

Die Wobbits sahen sich um. Die Wohnung wirkte ein wenig heruntergekommen, irgendwo zwischen renovierungsbedürftig und »Heimwerker Spezial«. Obwohl er nicht die Absicht hatte, jemals hier zu wohnen, war es doch eine Enttäuschung nach dem Luxus von Milbos renovierter Wohnung in Muffend. Promo saß auf dem Boden und vermisste alles an Wobbingen, als Madi mit Blödegar »Dicklich« Bulgur hereinkam.

»Wir sind da! Ist das nicht eine großartige Wohnung! Schau dir nur diesen sagenhaften Garderobenraum an! Und hast du das gesehen?« Madi öffnete die Tür zu einem kleinen Innenhof, in dem ein großer, dampfender Jacuzzi stand.

»Yippie!«, sagte Pipi, der auf seinem Weg in den Whirlpool eine Spur aus Klamotten zurückließ.

»Madi«, sagte Promo. »Du und Dicklich habt euch

selbst übertroffen! Komm schon, Spam! Zeit, uns aus den Kleidern zu schälen. Madi, Dicklich, kommt ihr mit?«

»Worauf du dich verlassen kannst!«, sagte Madi. »Wo ist der Korb von Frau Abgöttin?«

»Ich stelle ihn neben den Pool, damit alle zugreifen können«, sagte Promo. »Sonst esst ihr beiden alle BLT-Sandwiches auf und lasst uns keine mehr übrig.«

»Das hatten wir nicht vor!«, sagte Madi. »Dicklich macht sowieso gerade Diät.«

»Das stimmt«, sagte Dicklich. Er nahm das Sandwich, das Promo ihm reichte, pulte Speck, Salat und Tomaten herunter, um sie zu essen, und legte die durchgeweichten Toastscheiben wieder in den Korb zurück. »Diese kohlenhydratarme Diät ist spitze. Gestern habe ich ein Sandwich aus geräuchertem Truthahn zwischen zwei Scheiben Roastbeef gegessen.« Während sie sich auszogen und in den Jacuzzi stiegen, erzählte Dicklich von seiner aufregenden Diät. Er stellte eine von Promo bezahlte Bierkiste in die Nähe, öffnete sich eine Flasche und stieg in den Pool.

»Du verdrängst ’ne Menge Wasser, Alter!«, sagte Madi.

»Ist dieses Bier kohlenhydratarm?«, fragte Promo. »Falls ja, will ich keins.«

»Das Bier ist gut«, sagte Dicklich. Dann grummelte er: »Wenn man dick ist, nörgeln immer alle an einem herum.«

Sie machten sich über die Sandwiches her, und mit vollem Mund fingen sie zu singen an. Das Einzige, was Wobbits noch lieber haben als Tomaten, ist Singen. Und sie glauben, dass sie allesamt großartige Sänger sind, so wie heutzutage die Italiener. Fünf Wobbits, und jeder sang sein eigenes Lied, bis sich ein eindeutiger Sieger herauskristallisierte: Pipi. Er sang sein Sauf-/Wanderlied, diesmal in einer Sauf-/Badevariante.

Ein Bier zum Feierabend, ho-hei!
Im Whirlpool relaxen, alles okay!
Wir weichen drin auf, bis wir schrumpeln.
Oh! Mit Promos Bier lässt sich's gut rumpeln!

Juchhei! Unter freiem Himmel, im Pool,
Da erfreut uns der Bierschaum so cool.
Promos Bier macht am meisten Spaß,
Denn ich spritze damit alle nass!

Die eben genannten »alle« stießen Schreie aus, denn Pipi konnte nicht widerstehen, die anderen mit Bierschaum aus seiner geschüttelten Flasche anzuspritzen. Sie waren zwar alle schon nass, aber sie hassten es, wenn Bier vergeudet wurde.

Trotz Pipis ungehörigem Benehmen blieb noch genug Bier für alle übrig und sogar noch ein paar Sandwiches, die sie im heißen Wasser genossen. Sie ließen sich weiter aufweichen und unterhielten sich über die bevorstehende Tüftenballvorrunde, bis Madi das Thema wechselte.

»Promo, was meintest du, als du Spam nach einem reitenden leitenden Angestellten gefragt hast? Und was war das für eine dunkle, aber gut gekleidete Gestalt, die am anderen Ufer herumgeschnüffelt hat? Und weswegen hat Bauer Abgott gebibbert, als ich herbeigeritten bin?«

»Wonnebibber, Herr?«, sagte Spam leise zu Promo, doch dieser ignorierte ihn.

»Ja, es kann gut sein, dass wir verfolgt werden.«

»Es kann gut sein!«, sagte Pipi. »Wir werden definitiv von Furcht einflößenden schwarzen Reitern auf schwarzen Pferden gejagt!«

»Sie sind schwarz?«, sagte Madi. »Woher weißt du das?«

»An der Art, wie sie sich kleiden, zum Beispiel.«

»Ach, hör doch auf damit, Pipi«, sagte Promo. »Du hörst dich schon wie der alte Klon an.«

»Ich wäre dir dankbar, Herr, wenn du meinen Vater … «, fing Spam an.

»Die reitenden leitenden Angestellten tragen schwarze Anzüge, okay?«, sagte Promo. »Wie es aussieht, arbeiten sie für Saubohn.«

»Na toll!«, sagte Madi.

»Bauer Abgott hat gesagt, es seien schwarze Reiter«, beharrte Pipi.

»Nein, hat er nicht gesagt!«, widersprach Promo. »Er weiß nichts über sie.«

»Da wäre ich mir nicht so sicher«, sagte Madi. »Der alte Abgott ist schlauer, als er scheint. Als Junge hat er Ausflüge in den Schaurigen Alten Forst gemacht, und er war bekannt dafür, viele seltsame Dinge zu wissen. Zum Beispiel hat er mir einmal erzählt, dass es drei verschiedene Elbensorten gibt!«

»Was du nicht sagst!«, meinte Pipi. Er und Spam beugten sich interessiert vor.

»Nun, es gibt die Waldelben und die Normalelben und dann noch die … «

»Wie auch immer«, unterbrach Promo. »Die reitenden leitenden Angestellten sind hinter mir her. Das hat auch einen Grund, aber den kann ich euch nicht verraten. Er ist zu furchtbar.«

»Hat er etwas damit zu tun, dass du aus Wobbingen

weggezogen bist und so tust, als ob du nach Schmockland umsiedeln würdest?«

»So tun als ob?«, sagte Promo und versuchte, schockiert zu wirken. »Nun, das ist lächerlich!«

»Promo«, sagte Madi. »Keiner von uns hat geglaubt, dass du in diese Wohnung ziehen wirst. Sieh sie dir doch an! Von dem Whirlpool abgesehen taugt sie doch nichts. Aber mit der winzigen Summe, die du mir zur Verfügung gestellt hast, war einfach nicht mehr drin. Erst dachte ich, du wolltest sie nur billig aufmotzen, um sie mit Gewinn zu verkaufen, bevor die erste Hypothek fällig ist. Dann wurde mir klar, dass du nicht bankrott bist und keine Wohnungen drehen musst, um zu überleben.«

»Wir wussten von Anfang an, dass du von Ranndarf unter Vertrag genommen worden bist, um bei diesem gefährlichen Projekt mitzuarbeiten, wie er sich ausdrücken würde.«

»Wenn ihr doch alle wisst, dass es gefährlich ist, wieso seid ihr dann mitgekommen?«

»Weil uns langweilig ist!«, sagte Pipi. »In Wobbingen passiert absolut gar nichts!«

»Und ich habe die Schnauze voll von Dandyschloss«, sagte Madi. »Wer will schon sein ganzes Leben in einem Schlafsaal hausen? Ich habe es satt, mir das Badezimmer mit einem Dutzend Dandyschmocks teilen zu müssen.«

»Spam?«, sagte Promo. »Was ist mit dir?«

»Wie du dich vielleicht erinnerst, Herr, habe ich Gildor und den Normalelben das Versprechen gegeben, dass ich bei dir bleiben werde. Und sosehr ich meinen werten Vater liebe und respektiere, so ist es doch nicht besonders spaßig, mit einem alten Knacker zu leben.«

»Wem sagst du das?«, sagte Promo. »Als Milbo gegangen ist, habe ich mich gefühlt, als würde ich aus dem Gefängnis entlassen.«

»In der Tat, Herr.«

»Also gehen wir alle mit dir«, sagte Madi, »wenn du Milbos Zauberring in die Kluft-die-schicksalhaft-klafft trägst, um ihn zu zerstören.«

Promo sah Spam finster an. »Du hast es ihnen verraten?«, sagte er. »Spam, das war ein Geheimnis! Ranndarf hat gesagt, dass er dich in etwas Unnatürliches verwandeln würde, wenn du es verrätst!«

»Falls du dich erinnerst, Herr, war es eigentlich so, dass er mir gedroht hat, mich in etwas Unnatürliches zu verwandeln, wenn ich dich nicht begleiten würde. Wie es scheint, ist es ganz nach seinen Wünschen, dass ich Herrn Paraffin und Herrn Madeiraschluck mitgebracht habe.«

»Aber musstest du ihnen auch gleich vom Ring erzählen?«

»Das habe ich nicht getan, Herr. Herr Madeiraschluck ist von selbst draufgekommen.«

»Ach, wirklich?«

»Komm schon, Promo!«, sagte Madi. »Jedes Mal, wenn die Packein-Muffins in der Nähe waren, hat Milbo so lange in seiner Tasche herumgefingert, bis er den Ring gefunden hatte. Und dann hat er sich in Luft aufgelöst, bis sie wieder gegangen waren. Ich habe es sogar selber ausprobiert.«

»Du hast den Alleinen Ring getragen? Wann? Wie?«

»Milbo hat ihn kurz vor seiner Abschiedsparty nach Muffgart gebracht, um ihn reinigen zu lassen. Er meinte, dass er den Juwelieren in Wobbingen nicht über den Weg trauen würde. Ich ging in den Laden, habe mit Milbos Namen unterschrieben, die Reinigung gezahlt und den Ring mit nach Hause genommen. Nachdem ich ihn anprobiert hatte, legte ich ihn hinter seine Fliegengittertür mit einem Zettel, dass der Ring vom Juwelier in der Hoffnung auf weitere Aufträge kostenlos geliefert worden wäre.«

»Du hast mit Milbos Namen unterschrieben? Das ist Identitätsbetrug!«

»Von mir aus. Dafür musste Milbo nicht nach Muffgart fahren und die Reinigung bezahlen.«

»Aber der Ring ist gefährlich.«

»Eigentlich nicht. Mir sind keine Nebenwirkungen aufgefallen außer den Visionen von einem riesigen, lidlosen und von Flammen umgebenen Auge.«

»Ihr wisst also über meine Pläne und den Ring Bescheid. Wenn ihr wirklich mitkommen wollt, dann meinetwegen.«

»Hurra!«, sagte Pipi. »Wir wussten es schon die ganze Zeit! Ich habe für diesen Moment ein Lied geschrieben.«

»Aber nicht schon wieder auf dieselbe Melodie?«

»Nein, es geht auf die Melodie des Lieds, das die Zwerge der SmithiBank gesungen haben, bevor sie sich mit Milbo auf das Drachenprojekt gestürzt haben. Ich habe ihn die Melodie singen hören und sie ohne seine Erlaubnis für meinen eigenen Song gesampelt:

Abschied nimmt Promo von all sein' Getreuen,
Und niemand kann sagen, welche Nöte ihm dräuen.
Von hier an nicht allein, sondern mit uns dreien.
Wenn keiner auf der Strecke blieb', dann tät's uns freuen.

»Das ist nur die letzte Strophe«, sagte Pipi. »Ich habe gehofft, rechtzeitig mit den Anfangsstrophen fertig zu sein, aber das Packen hat länger gedauert, als ich dachte.«

»Wenn du tatsächlich geholfen hättest, wäre es schneller gegangen«, sagte Promo. »Aber das spielt keine Rolle. Ich bin froh, dass ihr alle mitkommt.« Promo behielt Ranndarfs »Redshirt«-Konzept für sich. Gleichzeitig kam er allmählich über das Schuldgefühl hinweg, das er empfand, weil er seine Freunde in die Schusslinie stellte. Denn sie alle hatten ihre eigenen Gründe, sich dem Projektteam anzuschließen, und es war nicht an Promo Muffin, sie daran zu hindern. Dann kam ihm eine neue Frage, die er seiner Mannschaft stellte.

»Was ist mit den reitenden leitenden Angestellten? Wäre es riskant, noch einen Tag auf Ranndarf zu warten?«

»Das kommt darauf an, was sie deiner Meinung nach zu tun bereit wären, um dich zu schnappen«, sagte Madi. »Um heimlich in Schmockland einzudringen, müssten sie die Hecke durchdringen, eine Mauer aus Gestrüpp, die uns von allen Seiten schützt. Sie ist der mächtigste Schutzwall, der je von Landschaftsgärtnern errichtet wurde. Ihn zu durchdringen, ist für Leute, die wie die Reiter teure Anzüge tragen, schlicht unmöglich. Sie könnten natürlich auch zum Tor reiten und fragen, ob man sie hereinlässt. Nachts würde man sie wahrscheinlich abweisen, vielleicht aber auch nicht. Und wer weiß, was geschehen würde, wenn sie es tagsüber probierten. Vor allem, wenn die Torwachen gerade beim Mittagessen sind. Alles in allem würde ich sagen, dass es hier ziemlich gefährlich für dich ist. Weshalb wolltest du auf Ranndarf warten?«

»Ich dachte, er könnte uns führen, uns den Weg nach Suchtal zeigen und uns helfen, uns gegen die reitenden leitenden Angestellten zu verteidigen.« Er sah die anderen Wobbits an, und plötzlich lachten alle los.

»Uns führen!«, kicherte Spam.

»Uns den Weg zeigen!«, prustete Pipi.

»Uns helfen!«, wieherte Madi.

Schließlich beruhigte sich Promo wieder, seufzte und sagte: »Gleich morgen in aller Frühe brechen wir auf. Wir gehen durch den Schaurigen Alten Wald, dadurch haben wir das Überraschungsmoment auf unserer Seite.«

»In gewisser Weise ja, Herr«, sagte Spam. »Um genau zu sein, werden wir die reitenden leitenden Angestellten dadurch abhängen.«

»Ja, Spam, danke.«

»Auf mich kannst du nicht zählen«, sagte Dicklich. »Keine zehn Pferde kriegen mich in den Wald. Ich bleibe hier und gebe mich als Promo aus. Wenn ich in Schmockland unterwegs bin, sage ich Sachen wie: ›Werde ich Tante Globalia je wiedersehen?‹ Und ich kann deine alten Klamotten anziehen.«

»Du würdest nicht in meine Westen passen, wenn dein Leben davon abhinge«, sagte Promo.

»Aber du kannst Ranndarf sagen, in welche Richtung wir gegangen sind, falls er sich jemals blicken lässt«, sagte Madi. »Wir werden den Wald tagsüber betreten, wenn die Bäume schläfrig und halbwegs ruhig sind.«

»Was hat es mit diesen schläfrigen Bäumen auf sich, Herr Madeiraschluck?«, fragte Spam. Er wirkte beunruhigt.

»Das wirst du bald genug erfahren«, sagte Promo. »Ich leg mich hin. Wir sehen uns morgen früh.«

Dicklich ging, und die anderen fanden Couchs, Sofas oder Chaiselongues, um sich hinzulegen. Obwohl er bequem in einem Bett schlief, hatte Promo undeutliche Träume, in denen er seltsame Kreaturen herumschnüffeln und durch den Wald huschen hörte. Er träumte von hohen Türmen und salzigen Meeren. Er träumte von einem plötzlichen Licht am Himmel und von Donnergrollen.

Das mochte an den vielen Sandwiches gelegen haben.

Kapitel VI

Der Schaurige Alte Wald

Abrupt wachte Promo auf. Es war noch immer dunkel im Zimmer. Zu Hause war er nie so früh aufgewacht. Nun hatte er schon ein paar Nächte lang schlecht geschlafen. Offenbar hatte er sich an den Zeitzonenunterschied zwischen Wobbingen und Schmockland noch nicht recht gewohnt.

Madi lugte ins Schlafzimmer herein. »Komm schon, Schlafmütze. Spam ist in der Küchenzeile und macht Frühstück. Pipi hat eben die Seesäcke gepackt, und ich habe draußen die Ponys geparkt. Lass uns essen!«

In ihrem Schlupfwinkel lungernd, aßen die Gefährten das traditionelle Frühstück aus Burritos mit Ei und Salsa und Latte macchiatos mit Haselnussaroma. Vor der Tür standen die Ponys, wie sie Wobbits mochten: schmutzige kleine Biester, nicht sonderlich schnell, nicht sonderlich klug, aber billig und berechenbar, eben ganz so wie Wobbits selbst.

Sie ritten ungefähr eine Stunde, und Dicklich ging neben ihnen her. Bald ragte vor ihnen die Hecke auf.

»Und was machen wir jetzt?«, sagte Promo. »Gestrüppe sind die undurchdringlichsten Mauern von ganz Drittmittelerde!«

»Pass auf«, sagte Madi. Er fasste eine der kleinen Laternen, die die Hecke wie Straßenlampen oder Leuchter in einem extrem langen Korridor säumten. Er drehte sie ein Stück, und da tat sich ein Abschnitt der Hecke mit solcher Leichtigkeit auf, als wäre er ein Felsentor. Von Madi angeführt, zogen die Gefährten in die Wildnis hinaus.

»Tschüss!«, rief Dicklich. »Viel Spaß beim Zerstören des Alleinen Rings und beim Besiegen Saubohns! Lasst euch nicht verzaubern oder im Schaurigen Alten Wald auffressen!«

»Danke für deine Diskretion, Dicklich«, sagte Promo. »Falls Ranndarf je auftaucht, sag ihm, dass er uns auf der Großen Moststraße nach Suchtal treffen kann.«

Der Abschnitt der Hecke schwang wieder zu, sodass Dicklich einigermaßen sicher in Schmockland zurückblieb und Madi sagte: »Nun denn, da sind wir also am Rande des Schaurigen Alten Waldes.«

»Ist es wahr, was man sich über ihn erzählt?«, fragte Pipi.

»Natürlich nicht«, sagte Madi. »Zumindest stimmen die berühmtesten Geschichten nicht. Wie zum Beispiel die von dem Wobbitjungen, der im Wald niesen musste, dabei aber die Augen nicht zumachte, die dann aus seinen Augenhöhlen herausploppten. Die stimmt nicht. Und die Geschichte über den Rattenkönig, der in des Waldes Mitte lebt, die ist auch ein Mythos. Aber der Wald ist schon schräg, schräger, als wenn man in einem fremden Pyjama aufwacht. Dort ist alles um einiges lebendiger als in Wobbingen.«

»Überall ist alles lebendiger als in Wobbingen«, sagte Pipi. »Deshalb bin ich ja hier.«

»Zugegeben«, sagte Madi. »Aber du weißt, was ich meine. Die Bäume mögen keine Fremden. Sie versuchen, dich mit ihren Wurzeln zum Stolpern zu bringen, oder werfen mit Äpfeln nach dir. Und nachts kannst du hören, wie sie sich zuflüstern, Neuigkeiten austauschen und in einer unverständlichen Sprache Komplotte aushecken.«

»Woher weißt du, dass sie Komplotte aushecken, wenn sie in einer unverständlichen Sprache sprechen?«, fragte Promo. »Klingt, als würdest du vom Schlimmsten ausgehen.«

»Die Dandyschmocks gehen von gar nichts aus«, sagte Madi. »Die Bäume bewegen sich, und manchmal umzingeln sie Fremde und pferchen sie ein. Einmal vor langer Zeit haben sie Schmockland sogar angegriffen!«

»Angegriffen?«, sagte Promo. »Wie viele Wobbits wurden dabei getötet?«

»Keine. Wir haben Hunderte Bäume gefällt und ein riesiges Freudenfeuer mit ihnen gemacht. An der Feuerstelle wachsen bis heute keine Bäume.«

»Aber wie habt ihr sie gefällt? Hast du nicht gesagt, dass sie sich bewegen können?«

»Das können sie auch«, sagte Madi. »Aber nicht sehr schnell. Himmelnocheins, das sind schließlich Bäume!«

»Haben sie Gebäude zertrümmert?«

»O nein, nichts dergleichen. Sie neigten sich über die Hecke.«

»Und dafür habt ihr Hunderte von ihnen getötet?«, fragte Promo.

»Der Legende nach haben sie sich sehr bedrohlich herübergeneigt.«

»Sie neigten sich herüber«, wiederholte Promo, »und ihr habt sie getötet. Das könnte erklären, wieso sie keine Fremden mögen.«

»Vielleicht«, sagte Madi. »Lasst uns gehen. Wenn es Nacht wird, wollen wir wieder aus dem Wald heraus sein.«

»Richtig. Die Bäume könnten sich ja bedrohlich in unsere Richtung neigen.«

Sie drangen in den Schaurigen Alten Wald ein, und die Ponys suchten sich zwischen den Bäumen einen Weg. Sie versuchten, den herabhängenden Zweigen und verdrehten Wurzeln auszuweichen, doch am Ende schien es, als versperrten die Bäume ihnen den Weg. Bald herrschte nicht mehr genug Licht, um deutlich sehen zu können. Die Wobbits bekamen das ungute Gefühl, mit Missbilligung beobachtet zu werden, als hielten sie sich in einem gefragten Restaurant an einer Tasse Kaffee fest, nachdem sie schon lange die Rechnung gezahlt hatten. Das Gefühl wurde immer stärker, bis der Schwächste von ihnen, Pipi, es nicht mehr aushielt. Tucken pflegten plötzlich loszuheulen, wenn sie Angst bekamen, was häufig passierte.

»Ui, ui!«, rief er. »Lasst mich doch durch! Madi ist es, den ihr wollt. Seine Familie hat euch gefällt, nicht meine!«

Madi sah sich um. »Hier sollte eigentlich die Lichtung sein, die durch das Freudenfeuer entstanden ist.«

»Also hast du uns in die Irre geführt?«, sagte Promo.

»Nein, nicht ich«, sagte Madi. »Sondern die Bäume. Sie haben sich bewegt. Oh, die Missbilligung, die Feindseligkeit, die sie für Wobbits empfinden!«

»Ich würde vorschlagen, dass ihr Bäume vor allem die Dandyschmocks nicht leiden könnt«, sagte Pipi laut zu den Bäumen.

»Wie sie uns hassen, diese schrägen, uralten Bäume!«, sagte Madi. »Jahrhundertelang waren sie Quell unendlicher Leiden für das Schmockland und … Oh, da ist sie ja! Die Freudenfeuerlichtung ist gleich da drüben.«

»Da drüben?«

»Nur zwischen diesen Bäumen hindurch.«

»Welche Bäume?«

»Die Bäume hier drüben!«

Sie gingen auf die Stelle zu, auf die Madi deutete, und es wurde immer heller. Dann traten sie zwischen den Bäumen auf eine große, runde Fläche hinaus, und über ihnen war blauer Morgenhimmel. Kein Baum wuchs hier, nur eine unüberschaubare Vielzahl an Gräsern wie in so manchem Wobbitvorgarten. Es war ein trostloser Ort, aber im Vergleich zum Wald war er reizend und heiter. Oder auch im Vergleich zu Wobbingen.

Auf der anderen Seite der Lichtung führte ein Pfad weiter in den Wald hinein. Vom Sonnenlicht beflügelt, ritten sie furchtlos darauf zu. Doch die Furchtlosigkeit verschwand schnell wieder, als sich die Bäume erdrückend auf sie herabneigten und die Luft so warm und stickig wurde wie in Opas Wohnzimmer. Promo versuchte sich an einem mutmachenden Lied, doch brachte er nicht einmal die erste Strophe zu Ende.

Ins Baummuseum mit euch Bäumen allen!
Dort sollt ihr fürbass stehen,
Dort sollt ihr Jung und Alt gefallen.
Wobbits kommen, um euch anzusehen,
Und wir kassier'n das Eintrittsgeld.
Es scheint ein Held,
Wer Bäume fällt
Für die Kultur …

Kultur … Er hatte den Text noch nicht zu Ende gesungen, da verklang seine Stimme bereits. Der Wald, die Stille, die Stickigkeit, all das ließ sein Lied so langweilig erscheinen. Die Bäume um sie her schienen sie zu bedrängen wie entfernte Verwandte, die zu unsensibel waren, um einem den persönlichen Freiraum zu lassen.

»Ich glaube, die mögen keinen Folkrock«, sagte Madi. »Kennst du nicht einen Reggae?«

Sie ritten weiter, und der Pfad führte abwärts und wieder aufwärts. Sie erklommen die Spitze eines Hügels, der auch ohne Fällen und Verbrennen frei von Bäumen war. Es war noch immer Morgen, doch als sie anhielten, hatten sie das Gefühl, dass schon eine lange Zeit vergangen war. Madi wollte eine weitere Sehenswürdigkeit vorstellen.

»Sehr ihr da unten? Das ist der Fluss Windelweich. Er ist schräg. Sehr schräg. Der schrägste Fluss, den es gibt. Er stellt das Epizentrum der Schrägheit des Schaurigen Alten Waldes dar, er ist die Quelle all der Hintergrundschrägheit.«

»Du scheinst sehr empfindlich auf Schrägheit zu reagieren«, sagte Promo. »Woher kommt das?« Die anderen sahen in die Richtung, in die Madi deutete, doch es war neblig, und sie konnten nichts erkennen. Die Hecke im Westen war nicht zu sehen noch das Tal des Dandyweinflusses. Und im Norden keine Spur der Großen Moststraße.

»Ich sehe nichts«, sagte Pipi. »Lasst uns zu Mittag essen.« Es war für die Jahreszeit ungewöhnlich warm, und so aßen sie den Eiersalat, den sie aus Schmockland mitgebracht hatten, da er in der Hitze bestimmt nicht lange halten würde. Als die Sonne schließlich durchbrach, vermochten sie jenseits des Schaurigen Alten Walds die Grabhügelhohen Hügelgräberhöhen zu erkennen. Sie waren froh, außer dem Wald noch etwas anderes zu sehen, auch wenn die Grabhügelhohen Hügelgräberhöhen in den Wobbitlegenden sehr düster beschrieben wurden, noch furchterregender als der Wald.

»Die Grabhügelhohen Hügelgräberhöhen«, sagte

Promo. »Ich habe nicht die Absicht, dorthin zu gehen, obwohl ich durchaus die Absicht habe, nach Schmoddor zu gehen, wo es noch viel schlimmer ist.«

»Sehr gut«, sagte Spam. »Es hat keinen Zweck, nach Ärger zu suchen, wie der Klon sagen würde.«

Pipi wurde langsam ungeduldig. Deshalb packten sie ihr Picknickgeschirr wieder zusammen und brachen auf. Zunächst folgten sie dem Pfad, der sie auf den Hügel gebracht hatte, doch stellte sich heraus, dass er sie am Ende zum Fluss Windelweich führen würde, genau dorthin, wo sie nicht hinwollten.

»Sollen wir auf dem Pfad bleiben oder nicht?«, fragte Promo. »Wie ich Onkel Milbo und seine andauernden unerwünschten Ratschläge vermisse! Ich meine, mich an eine Stelle über ›Pfade‹ in seinem Buch zu erinnern, etwas, was Ranndarf ihm erzählt hat, als Milbo und die Zwergenbanker den Wüsterwald betraten. Was war das noch gleich? Nun, uns ist klar, dass wir nicht in die Nähe des Flusses Windelweich geraten wollen, deshalb denke ich, dass wir den Pfad verlassen sollten.«

Sie wandten sich nach Norden, wo die Große Moststraße sein musste. Anfangs schien dies eine gute Wahl zu sein, aber sie gerieten ständig wieder nach Osten. Nach Norden zu gehen, stellte sich als schwierig heraus, entweder weil es leicht nach oben ging oder weil sie gezwungen waren, gegen den Wind zu marschieren. Im Osten dagegen sah Pipi häufig interessant geformte Blätter, und wenn sie nach Osten gingen, konnten sie auf den Ponys sitzen bleiben. Sobald sie zu Fuß gehen mussten, beklagte sich Madi gleich bitter, denn er hatte die Ponys organisiert und wollte, dass sie sich auszahlten. Auch wenn er sie mit Promos Geld gemietet hatte.

Nach nur ein oder zwei Stunden verloren sie jede Orientierung. Ihnen war lediglich bewusst, dass sie schon lange nicht mehr nach Norden gingen. Sie wurden nach Osten und Süden abgedrängt, ins Herz des Waldes und nicht von ihm fort.

Der Boden wurde weich und morastig, und sie entdeckten Quellen, die einen Bach speisten. Wie zu erwarten, plätscherte der Bach. Er lief durch ein Grasbett, und man konnte seinen Ufern leicht folgen. Träge und warm war der Nachmittag. Das unaufhörliche Plätschern erinnerte Promo an Milbo und machte ihn schläfrig. Aus dem Bach wurde ein Fluss, und indem sie dem Fluss folgten, gelangten sie an eine weniger schattige Stelle.

»Ich kenne diese Lichtung!«, rief Madi aus. »Hier wachsen nur Weiden, aber keine anderen Bäume.«

Der Fluss wurde zu einem trägen, schokoladenbraunen Strom, und überall waren Weiden. Die Lichtung war von Weiden eingefasst, der Fluss war mit Weidenstämmen verstopft, und die Luft war mit fallendem Weidenlaub erfüllt. Hätte Madi nicht gesagt, dass es sich um eine Lichtung handelte, wären die Wobbits von einem Weidenwald ausgegangen.

»Wir befinden uns nicht länger in der Irre!«, sagte Madi. »Dem Wasser nach zu urteilen, handelt es sich um den Fluss Windelweich.«

»Herr Dandyschmock«, sagte Spam, »du willst also sagen, dass wir ausgerechnet dort angekommen sind, wo Herr Promo auf keinen Fall hinwollte?«

»So könnte man es sehen, wenn man wollte«, sagte Madi. »Aber jetzt weiß ich wenigstens, wo wir sind. Denk daran, dies ist die Quelle der Schrägheit des Schaurigen Alten Waldes. Ich gehe voraus und kundschafte.«

Zu ihrer aller Verwunderung kehrte Madi heil zurück. »Ich habe einen Pfad gefunden, der am Windelweich entlangführt. Wenn wir ihm folgen und wenn er nicht vom Fluss wegführt, dann kommen wir irgendwann aus dem Wald heraus. Aber wir müssen aufpassen!«

»Wenn das Wörtchen ›wenn‹ nicht wär', wär' mein Vater Millionär«, sagte Pipi.

»Was laberst du denn da?«, fragte Madi.

»Ich möchte damit ausdrücken, wie ungern ich einem unheimlichen Fluss folge, um aus einem unheimlichen Wald herauszugelangen. Wie lange wird es dauern, bis wir draußen sind? Und wer hat den Pfad überhaupt angelegt? Wieso hören wir überhaupt noch auf dich?«

»Die Antwort auf alle drei Fragen lautet: ›Keine Ahnung‹. Aber falls du eine bessere Idee hast, würde ich sie gerne hören.«

In einer Reihe beschritten sie den Pfad, den Madi entdeckt hatte. Er war mit Weidenholzhackschnitzeln bedeckt, und Pipi ließ sie mit Fußtritten aufspritzen. Über den vereinzelten Gullys lagen Weidenstämme, und hin und wieder trafen sie auf Rastplätze mit Tischen und Bänken aus Weidenholz.

Die Morgenwärme wich der Nachmittagshitze. Einschläfernde Hitze. Wobbits sind jederzeit und allerorten zu einem Nickerchen bereit, vor allem, wenn sie auf den Beinen waren.

»Muss mich ausruhen«, sagte Madi. »Kann die Augen nicht mehr offen halten. Stürze zu Boden.« Er fiel hin und kroch zu einer uralten, gigantischen, knorrigen Weide. In einem Wald aus furchterregenden Bäumen war diese Weide eindeutig der furchterregendste Baum, doch Madi war alles egal. Zwischen zwei dicken Wurzeln legte er sich hin und rollte sich auf die Seite. Im Rollen zog er die Wurzel heraus und wickelte sie um sich wie eine hässliche Decke.

»Muss mich ausruhen«, sagte er. »Zu heiß.«

»Nein, Madi, tu's nicht!«, sagte Promo. Ihm gefiel die Sache ganz und gar nicht. »Es ist nicht die Hitze, es ist die Feuchtigkeit. Wir können uns jetzt nicht ausruhen. Wir müssen aus dem Wald raus!« Aber Madi und die anderen waren nicht mehr in der Lage, sich darum zu scheren. Der Baum schien eine Musicalnummer zu summen. Das Lied und das sanfte Fallen der Blätter reichten, um Pipi einzuschläfern. Er plumpste in ein Baumloch, das aussah wie ein Weidenmaul oder wie der Rachen einer gigantischen Venusfliegenfalle. Pipi und Madi hatten sich dem Zauber ergeben und schliefen fest. Spam stand gähnend da.

Promo schien es fast so, als singe der Baum ihm etwas vor. Er glaubte den Liedtext hören zu können: *»Füttre mich, Wobbit, füttre mich die ganze Nacht!«* Er setzte sich ans Flussufer, um die heißen, müden Füße im Schokoladenwasser zu baden. Bald schlief auch er.

Spam machte sich Sorgen. Der Nachmittag rückte immer weiter vor, und diese plötzliche Müdigkeit erschien ihm seltsam, wenn auch nicht schräg, wie es Madi ausgedrückt hätte. »Hier ist mehr am Werk als nur fallende Blätter und Feuchtigkeit. Ich mag diesen großen Baum nicht. Hör dir doch bloß mal an, wie er von seinem grünen Spleen singt. Das kann doch nicht angehen!«

Er stolperte davon, um nach den Ponys zu sehen, und als er sie einfing, hörte er einen dumpfen Schlag, gefolgt von einem Platschen. Er eilte zurück und sah, dass Promo im Wasser lag, auf seiner Brust einen stiefelförmigen Ast, der ihn nach unten drückte. Spam packte Promos kastanienbraune Windjacke und hievte ihn heraus. Promo erwachte und stotterte etwas.

»Weißt du, Spam«, sagte er schließlich. »Dieser fiese

Baum hat mich reingekickt! Ich hab's gespürt. Dieser stiefelförmige Ast hat mich gekickt!«

»Wenn die Bäume in der Gegend sich tagsüber schon so benehmen, will ich nachts nicht hier sein. Wo sind Herr Tucke und Herr Dandyschmock?«

Sie stellten fest, dass Pipi hinter einem Gitter aus riesigen grünen Zähnen gefangen war, und Madi war so sehr von Wurzeln eingewickelt, dass nur noch Kopf und Füße herausschauten. Panisch versuchten Promo und Spam, die beiden zu befreien. Doch es hatte keinen Zweck. Promo kickte so kräftig er konnte gegen den Baum. Barfuß, wie er war, konnte er von Glück sagen, dass er sich keinen Zeh brach. Der Baum reagierte darauf mit einem tiefen rüpelhaften Lachen.

»Was für eine abscheuliche Geschichte«, sagte Promo aufgebracht. »Werde ich meine Freunde jemals wiedersehen?«

»Dafür haben wir keine Zeit«, sagte Spam und hielt nicht einmal für ein Augenrollen inne. »Darf ich fragen, Herr, welche Art von Waffen wir im Gepäck haben?«

»Waffen?«

»Ja, Herr. Etwas, mit dem wir den Baum dazu bringen könnten, unsere Kameraden freizulassen. Vielleicht eine Streitaxt? Oder eine Hellebarde? Eine Glefe oder Guisarme? Oder vielleicht gar ein Schwert?«

»Nein, nein, nichts dergleichen.«

»Gehe ich richtig in der Annahme, Herr, dass Herr Ranndarf dir eine Packliste für diese Reise gegeben hat und du dieser getreulich gefolgt bist?«

»Ja.«

»Das würde den Mangel an Waffen erklären, Herr. Dasselbe ist deinem Onkel Milbo passiert. Ich schlage vor, dass wir um Hilfe rufen.«

»Im Ernst?«

»In der Tat, Herr.«

Promo fing an, im Kreis zu laufen und »Hilfe! Hilfe! Hilfe!« zu schreien. Er fühlte sich verzweifelt, verloren und kopflos, und dazu hatte er auch alle Veranlassung.

Plötzlich blieb er stehen. Er hörte Gesang, allerdings nicht vom Baum, sondern von jemand anderem. Es kam aus den Tiefen des Waldes. Eine zierliche Tenorstimme, fröhlich und sorglos.

Komm eben heim aus Schmockenland und hab die Klinke in der Hand,
Muss ein paar Leute retten, das sind Wobbits oder so.
Dann setzen wir uns an den Tisch auf unsern Po-Po-Po.
Und dann Windelweich, der immer vorbeizieht,
Und weil wir Durst haben, trinken wir darauf,
Dass er mitsingt, und nicht immer bloß schön aussieht,
Und überhaupt ist heute wieder alles klar in Andor und in Doriath.

Der Baum war sichtlich erschüttert von dem Lied. Er schien sich abzuwenden, als ein Mann auftauchte und sich ihm näherte. Der Mann hatte einen Bart, lange Haare und trug einen Bademantel. In der einen Hand trug er eine Bowlingtasche, in der anderen ein Glas mit Eiswürfeln und einem Sahnecocktail.

»Hilfe!«, riefen Promo und Spam und liefen auf ihn zu.

»Vorsicht, Mann!«, sagte der Typ. »Ich hab hier was zu trinken!«

»Unsere Freunde sind im Weidenbaum gefangen!«, sagte Spam. »Ihr Leben liegt in Ihrer Hand, Herr.«

»Ihr Leben liegt in meiner Hand«, wiederholte der

Mann. »Ja, weißt du, das ist vielleicht deine Meinung, Mann. Und nenn mich nicht Herr. Ich heiße Jeff Bombadowski, aber man nennt mich auch einfach nur den Dude. Oder ›Seine Dudigkeit‹. Oder ›Duder‹. Oder auch ›El Duderino‹, falls euch das mit den Kurznamen nicht so liegt.«

»Die Weide hält unsere Freunde gefangen!«

»Das ist 'ne üble Nummer«, sagte der Dude. »Aber so läuft das nicht, klar, okay, diese Aggression läuft so nicht, Mann. Die große Weide? Für die habe ich den richtigen Song.«

Balrog heißt der Knabe dahinten mit den Hacken,
Und bei jedem Rad, das die Weide schlägt, kriegt
sie 'nen Macken.
Ein Typ im Wasser bespannt deine Braut,
Und überall hocken üble Monster im Kraut.
Jetzt kommen sie rüber zur Kluft-die-
schicksalhaft-klafft,
Wo ein Zauberer ein Trugbild von Saubohn schafft,
Aber sonst ist heute wieder alles klar in Andor
und in Doriath.
Aber sonst ist heute wieder alles klar in Andor
und in Doriath.

Die große Weide schüttelte sich und erschlaffte dann so wie Sellerie, den man in der hinteren Ecke des Kühlschranks vergessen hat. Die Wurzeln um Madi richteten ihn auf und wickelten sich dann so rasch ab wie Garn von der Spule. Madi wirbelte noch eine Weile um die eigene Achse, und ihm wurde schwindelig. Dann war ein würgender Husten zu hören, worauf Pipi auftauchte. Er war ein bisschen klebrig, aber froh, noch am Leben zu sein.

»Danke!«, sagten die Wobbits.

»Tja, ähm, warum kommt ihr nicht mit in meine Bude? Ich habe Sahne und Kaffeelikör und Wodka. Da können wir relaxen, Mann. Vielleicht ein bisschen bowlen.« Er schlappte davon, ohne auf die Wobbits zu warten, die noch ihre Ponys einsammelten.

Sie mussten sich beeilen, um Schritt mit ihm zu halten, aber langsamer als ein Wobbit ist lediglich ein Wobbit mit einem Wobbitpony. Es wurde dunkel, und Pfad und Wald erschienen immer mehr wie ein Traum. Sie hasteten weiter, Wobbits und Ponys, bis sie den Dude wiedersahen. Er nippte an seinem Cocktail. Dann ging er noch ein Stück neben ihnen her und sang, während sie sich ihrem Ziel näherten.

Bei Saubohn spielt 'ne Unholdband seit zwanzig
Jahren Dixieland,
'nen Troll haben die auch, der heißt Rosso oder so,
Und der tanzt auf dem Tisch wie 'n Go Go Go.
Ihr kommt bei der Kluft-die-schicksalhaft-klafft
nicht an,
Aber ich träume erst mal von einem Pelikan.
Heute ist überhaupt alles längst zu spät,
Fragt mich lieber morgen, wie das alles weitergeht,
Aber sonst ist heute wieder alles klar in Andor
und in Doriath.

Und damit standen die Wobbits auf der Türschwelle, und das goldene Licht einer Bowlinghalle umgab sie.

Kapitel VII

In Jeff Bombadowskis Haus

Die vier Wobbits traten durch die Fliegengittertür, überschritten die breite Schwelle und blieben im Dämmerlicht blinzelnd stehen. Sie waren nicht das erste Mal in einer Bowlinghalle, und sie hatten auch schon von Wobbits gehört, die so reich waren, dass sie in ihren Höhlen eigene Bowlinghallen hatten. Aber sie waren noch nie jemandem begegnet, dessen gesamtes Haus eine Bowlinghalle darstellte. Bis sie den Dude trafen.

In einem Stuhl neben der Ballrückgabe saß eine Frau. Ihr langes gelbes Haar kam in zwei Zöpfen unter ihrem mit zwei Hörnern versehenen Helm hervor. Sie trug einen goldenen Gürtel und einen silbernen Brustharnisch. An den Füßen hatte sie rot-grüne Schuhe mit der Nummer 8 ½ auf jedem Absatz. Ganz offensichtlich war sie zum Bowlen bereit.

»Tretet ein, gute Gäste«, sagte sie, indem sie sich erhob. Die Wobbits taten ein paar schüchterne Schritte in die Halle hinein. Sie fühlten sich, als wären sie gekommen, um an ihrer Tür um einen Schluck Wasser zu betteln, und hätten erst dann bemerkt, dass sie keine Hosen anhatten.

»Nein, wirklich, kommt rein«, sagte sie und nahm Promo bei der Hand. »Bedient euch an der Bar. Ich bin Maude, die Tochter Windelweichs. Mixt euch einen Cocktail.«

Die Wobbits betrachteten sie verwundert. Maude war mit Abstand die schönste Frau, die sie je gesehen hatten. Nichts gegen Wobbitmädels, vor allem nicht aus Sicht von Wobbitjungs, aber Maude war, nun ja, anders. Sie starrten sie mit heruntergeklappten Unterkiefern an, bis Pipi den Kopf schüttelte und das Schweigen brach.

»Sie sind die Tochter eines Flusses?«, sagte er. »Wie soll denn das gehen?«

»Halt die Klappe, du Idiot!«, flüsterte Madi lautstark. Promo war klar, dass er dazwischengehen musste, bevor seine Vettern es so weit trieben, dass sie hinaus- und den Bäumen zum Fraß vorgeworfen wurden.

»Chen damm Moh!«, sagte Promo. Er war ein bisschen nervös. Also probierte er es noch einmal.

»Schöne Dame Maude!«, sagte er. Und dann fing er an zu singen:

Nun singt der schönen Dame Maude,
So süß und fein wie eine Reineclaude!
Der Augen Schein, der Ohren Zier,
So schön wie selbstgebrautes Bier!

»He!«, unterbrach ihn Pipi. »Das ist mein Sauflied!« Doch Promo hörte ihm nicht zu. Im Geiste schrieb er an einer zweiten Strophe, die in Wahrheit ausdrücken sollte, was er für ihre Gastgeberin empfand. Maude lachte, bevor er sich noch weiter blamieren konnte. Sie lachte Promo nicht aus, was nicht ungewöhnlich gewesen wäre, noch lachte sie mit ihm, denn er lachte gar nicht. Sie lachte einfach.

»Das war, ähm, interessant!«, sagte sie freundlich. »Sogar irgendwie süß! Ja, süß!« Nicht gerade der Eindruck, den Promo hatte hinterlassen wollen, aber so war es nun einmal.

»Setzt euch. Sparen wir uns die nächste Strophe auf, bis der Dude wieder bei uns ist. Er kümmert sich um eure müden Reittiere.«

Die Wobbits saßen in Stühlen, die am Ende der Bowlingbahn im Boden festgeschraubt waren. Promo saß auf dem Platz des Anschreibers. Von draußen hörten sie Gesang.

Ich liebe die Tochter von Windelweich, alles andere ist mir gleich,
Aber sonst ist heute wieder alles klar in Andor und in Doriath.

Maude lächelte und verdrehte den Wobbits zuliebe die Augen. Ganz offensichtlich hörte sie dieses Lied ziemlich oft.

»Schöne Dame«, sagte Promo zum dritten Mal. »Wer ist der Dude?«

»Der Dude packt das«, sagte Maude.

Promo neigte den Kopf zur Seite, als wäre er ein Hund, dem man etwas über Treuhandkonten erzählte.

»Der Dude packt das. Er ist eins mit dem Wald, mit dem Fluss und mit der Bowlingbahn.«

»Dann beschützt er dies alles?«

»Nein, er beschützt eigentlich gar nichts, um genau zu sein. Das würde eine gewisse Vorbereitung erfordern und Durchhaltevermögen, und es würde die Zeit beschneiden, die ihm zum Bowlen bleibt. Der Dude packt das.«

»Ich verstehe«, sagte Promo, doch alle wussten, dass er es nicht tat.

Eine Tür ging auf, und der Dude trat herein. Er lachte, ging zu Maude und nahm ihre Hand.

»Das ist meine Freundin!«, sagte er. »Ich sehe gelbe

Sahne, Kaffeelikör, Wodka, Eiswürfel und einen Tumbler.«

»Gelbe Sahne?«, sagte Promo leise zu Spam. »Bei uns zu Hause ist die immer weiß.«

»Wahrscheinlich befleißigt sich der Dude einer Redewendung, Herr.«

»Haben wir genug getrunken?«, fragte der Dude. »Sind wir bereit zum Bowlen?«

»Wir sind es«, sagte Maude. »Aber die Gäste vielleicht nicht?«

Der Dude grinste, ging an den Wobbits vorbei und durch eine Tür. Die Wobbits folgten ihm in einen Raum mit warmem Licht und vier einfachen, aber bequemen Matratzen auf dem Boden. Die Fenster waren mit schweren Vorhängen abgehängt. Vor jeder Matratze stand ein Paar rot-grüner Schuhe. Und an einer Wand hing ein orientalisch anmutender Teppich.

»Ich mag den Teppich«, sagte der Dude. »Er macht das Zimmer erst richtig gemütlich.«

Nicht lange danach waren die Wobbits wieder in der Halle und trugen rot-grüne Schuhe. In der Regel tragen Wobbits keine Schuhe. Doch nachdem der Dude Schuhe beschafft hatte, die groß genug für Wobbitfüße waren, hätten sie es unhöflich gefunden, sie nicht anzuziehen. Der Dude hatte sogar Bowlingkugeln, deren Löcher perfekt auf Wobbithände abgemessen waren. Bald bowlten sie alle fröhlich und warfen weit besser als sonst. Selbst das Anschreiben fiel ihnen leicht, leichter und selbstverständlicher, als jemand anderen darum zu bitten, es zu tun.

Am Ende des dritten Spiels wurden die Wobbits vom Bowlen und den Cocktails übermannt, weshalb Maude ihnen eine gute Nacht wünschte.

»Habt nun Frieden«, sagte sie. »Bis zum Morgen! Kümmert euch nicht um nächtliche Geräusche. Denn nichts dringt hier durch Tür und Fenster, kein Ork, kein Troll, kein Zombie, kein Riesenblutegel, kein Erdkoloss mit vier Augen und auch kein Murmeltier.« Sie zog sich in ihre Schlafkammer zurück.

Schweigend saßen die Wobbits beim Dude, denn ihnen war mulmig geworden ob all der Schrecken, wegen derer sie sich keine Sorgen zu machen brauchten. In der Nähe des Dude zu bleiben, erschien ihnen das Beste. Sie wollten sich weder rühren noch sprechen, weil sie fürchteten, damit den Bann zu brechen, der sie schützte. Doch Promo brannten viele Fragen auf der Zunge, und er konnte sie nicht länger zurückhalten.

»Hast du uns denn um Hilfe rufen hören, Dude? Bist du deswegen gekommen?«

Der Dude zuckte zusammen, als hätte man ihn aus einem angenehmen, von Cocktails versüßten Traum gerissen. »Was? O ja, Mann. Ich war einfach da, weißt du? Ich plane nicht wirklich voraus, okay? Aber wir wussten, dass ihr kommt. Wir haben das mitgekriegt. Seht euch die Scheiße doch mal genauer an. Deine Geschichte hat 'ne Menge Stränge, 'ne Menge Facetten. Wir haben gehört, was passiert ist. Die ganze Scheiße kommt ans Tageslicht.«

Leise, wie für sich selbst, begann Jeff zu singen:

Am Fluss Windelweich, der immer vorbeizieht,
Wollte ich eigentlich bloß bowlen, aber die Killerweide
Hat Wobbits gefressen, und da wollte ich mal wissen, wie das aussieht!
Aber sonst ist heute wieder alles klar in Andor und in Doriath.

Dann saß der Dude wieder schweigend da. Er griff zu seinem Tumbler und nahm einen Schluck von seinem *White Rohirrim*. Er war vollkommen zufrieden, aber Promo wollte sich mit ihm unterhalten.

»Dude«, sagte Promo. »Maude ist echt herzallerliebst.«

»Sie ist nicht meine Herzallerliebste«, gab Jeff zurück. »Sie ist nur 'ne Freundin, mehr nicht!«

»Sicher, Dude, ganz wie du willst. Erzähl mir von der großen Weide.«

»Nein, nicht die große Weide!«, sagte Madi, der noch immer traumatisiert war, weil er vor ein paar Stunden von der großen Weide verschlungen worden war.

»Nicht jetzt im Dunkeln!«, sagte Pipi, der Madi fest an sich drückte. »Morgen vielleicht!«

Der Dude sah Promo an. »Was ist bloß mit euch, Mann? Deine Freunde sind zartbesaitet. Ganz zartbesaitet. Seht mal, wir können morgen über die große Weide reden. Bis dahin denkt dran, dass ihr in der Bowlinghalle sicher seid. Kein Ork, kein Riese, kein Zombie, kein Watschelnder Komposthaufen und auch kein Baum können euch etwas anhaben, Mann. Ihr solltet euch bloß von den Fenstern fernhalten. Gute Nacht!« Er lächelte und brachte die Wobbits in ihr Zimmer. Dort schliefen sie schneller ein, als sie es für möglich gehalten hätten.

In tiefster Nacht träumte Promo, er würde fliegen. Er segelte über ein enormes Bürogebäude hinweg. Auf seinem Dach standen zwei Männer. Einer redete und deutete dabei auf ein Flipchart auf einem Ständer und verteilte Handouts. Der andere blätterte gelangweilt in einem jener Handouts und tat, als höre er zu. Er schien von Minute zu Minute genervter zu werden, bis er aufsprang, zur Dachkante rannte und sich hinabstürzte. Plötzlich glitt ein Schatten vor dem Mond vorbei. Er schoss auf die stürzende Gestalt herab und trug sie hinfort. Es war ein großer Adler. Vom Dach des Wolkenkratzers hörte Promo einen Schrei: »Neeeein!« Und dann hörte er galoppierende Hufe, schrecklich galoppierende Hufe. *Hufe, die so schrecklich galoppieren, können nur eines bedeuten: reitende leitende Angestellte!*, dachte Promo. Er wachte auf, holte sich ein Glas Wasser und ging wieder zu Bett. Bald träumte er wieder davon, am Nachthimmel entlangzusegeln, diesmal aber zusammen mit Maude.

Pipi hatte sich auf die Seite gerollt und träumte Angenehmes. Doch dann träumte er plötzlich von Geräuschen, die durchs Fenster drangen. Schlurfen und leises Klopfen und Kratzen an der Scheibe und immer wieder ein gestöhntes: »Gehirne!« Er wachte auf und wollte sich gerade vergewissern, dass die Fenster geschlossen waren, doch die vage Erinnerung an etwas, was der Dude gesagt hatte, hielt ihn davon ab. Genau konnte er sich nicht erinnern, und während er versuchte, sich die Einzelheiten wieder ins Gedächtnis zu rufen, schlief er ein.

Madi dagegen hörte in seinem ruhigen Schlaf das Geräusch von Wasser. Er träumte, er hätte sich Ranndarfs Hut geborgt und einen Besen verhext, damit dieser ihm Wasser schleppe. Nachdem der Besen die Zisterne gefüllt hatte, wollte er nicht aufhören, Wasser zu schleppen, selbst dann nicht, als Madi ihn mit einer Axt in Stücke hieb. Die Zisterne lief über, und Madi dachte: *Ich werde ertrinken!* Dann wachte er auf und stellte erleichtert fest, dass sein Laken trocken war. Bald schlummerte er wieder.

Soweit er sich erinnern konnte, schlief Spam zufrieden durch. Normalerweise trank er nur Bier, das Durcheinandertrinken hatte ihm offensichtlich zugesetzt.

Im Morgenlicht erwachten alle vier Wobbits auf einmal. Vom Dude oder von Maude gab es keine Spur, und die Wobbits hatten großen Hunger. Soweit sie sich erinnern konnten, hatte es beim Bowlen am Abend zuvor nichts zu essen gegeben. Außer der Sahne in den *White Rohirrims*, die im goldenen Licht der Bowlinghalle einigermaßen gelb aussah.

Während sie nach einem Frühstück suchten, fanden sie den Dude im Tiefschlaf. Promo berührte ihn vorsichtig an der Schulter.

»Dude? Guten Morgen, Dude«, sagte er.

Der Dude schlug die Augen auf. »He, das ist 'ne Privatwohnung, Mann!«, sagte er. »Oh, ihr seid's. Was wollt ihr?« Er klang nicht wütend, schien aber daran gewöhnt zu sein, lange auszuschlafen.

»Hast du schon gefrühstückt?«, fragte Madi.

»Nein«, sagte der Dude.

»Macht es dir was aus, wenn wir frühstücken?«, fragte Pipi.

»Nur zu«, sagte der Dude.

»Wir bedienen uns«, sagte Promo. »Sag mal, Dude, wo ist deine Küche?«

»Da gibt's nichts zu essen«, gab er zurück. »Aber es gibt ein bisschen was im Schuhregal.«

Bald darauf führten sich die Wobbits die leckersten Bowling-Knabbereien zu Gemüte, die sie je gegessen hatten. Goldene Salzstangen, frische Erdnüsse, sogar Kartoffelchips, alles in kleinen Tütchen abgepackt, die in einer Vitrine hingen. Zu ihrem Erstaunen fanden sie Tonicwater in der Bar, um das Essen hinunterzuspülen. Sie waren noch nicht so weit, um mit den harten Sachen anzufangen, vor allem Spam nicht, der ein bisschen dehydriert aussah.

Während sie aßen, ließen sich weder Maude noch der Dude blicken. Promo ging zur Fliegengittertür, um nachzuschauen, ob sie draußen waren. Da sah er, dass es in Strömen regnete. Dann erkannte er den Dude, der auf die Tür zukam, ohne sich vom Regen beirren zu lassen. Er war völlig durchnässt, aber seelenruhig. Als er hereinkam, meinte er: »Sieht nach Regen aus, Mann. Ich geh in die Badewanne.«

Er verzog sich in seine Gemächer, während die Wobbits zu Ende snackten. Nach ungefähr einer Stunde sahen sie nach, ob mit dem Dude alles in Ordnung war. Sie fanden ihn in seiner Wanne, umgeben von Kerzen und mit geschlossenen Augen an einem *White Rohirrim* nippend.

»Ähm«, sagte Promo.

Der Dude reagierte nicht.

»Dude?«, sagte Promo.

»Ja?«, sagte der Dude mit noch immer geschlossenen Augen.

»Was sollen wir jetzt machen?«

»Nichts, Mann. Es regnet. Ist heute ein Wochentag? Dann macht Maude Besorgungen. Wenn sie zurück ist, können wir bowlen. Vermutlich wollt ihr bis dahin labern.«

Der Dude fing an zu erzählen, als gehorche er einem Zufallsgenerator. Er erzählte ihnen bemerkenswerte Geschichten über das Abräumen der Kegel 7 und 10, von zwölf Strikes in Folge und von Getränken. Immer wieder flocht er die große Weide in seine Geschichten ein. Mit seinen Worten brachte der Dude die dunklen und eigentümlichen Gedanken der Bäume ans Licht und ihren

Hass auf die Dandyschmocks, die sie verbrannt hatten, auf die Holzfäller, die sie fällten, auf die Vögel, die ihnen die Zweige klauten, auf die Eichhörnchen, die sie kitzelten, und auf die Hunde, die sie anpinkelten. Die große Weide war Anführerin aller Bäume im Windelweichtal, und bald würde der Tag kommen, wo …

Plötzlich kehrte die Geschichte des Dude dem Wald den Rücken und sprang zum oberen Windelweich, über Wasserfälle und Bachkiesel, an Blumen und Kaninchen vorbei, bis er zu den Grabhügelhohen Hügelgräberhöhen kam. Schnell war der gurgelnde Fluss vergessen, als der Dude anfing, von den hügelgräberhohen Hügeln mit ihren uralten Grabhügeln zu erzählen. Er berichtete von Festungen und Krieg führenden Königen. Von Entführungen, Lösegeldern, Gift, Teppichdiebstählen und verzweifelten Kämpfen, Schwert gegen Bowlingkugel. Burgen wurden niedergebrannt, und tote Könige wurden mit Gold und Bier begossen. Und sie wurden in Hügelgräbern begraben, über die Gras wuchs, das niemand mähte, weil dann immer gleich die Grabunholde mit ihren schrillen Klunkern auftauchten.

Die Wobbits erschauerten. Geschichten über Grabunholde waren bei Schlafanzugpartys und beim Würstchengrillen im Sommerlager sehr gebräuchlich, genauso gebräuchlich wie Geschichten über Chupacabra und den Mottenmann. Doch als die Wobbits ausgeschaudert hatten und sich ansahen, mussten sie feststellen, dass die langwierige Erzählung des Dude von Lagerfeuergruselgeschichten zu charmanten Anekdoten über Schmetterlinge und Pizzen gewechselt hatte.

Nachdem Promo seit Stunden nicht mehr mit einer Frage unterbrochen hatte, konnte er nicht mehr länger an sich halten. »Wer bist du, Dude?«

»Ich bin nicht werktätig«, sagte er. »Ich bin der Dude. Der Dude packt das. Ich habe das schon gepackt, bevor es Könige und Grabunholde gab, bevor es die große Weide und den Windelweich gab, bevor dieser Kerl auftauchte und mit seiner Voodoowirtschaft alles kaputtmachte.«

»Saubohn!«, riefen die Wobbits wie auf ein Kommando. Sie hörten ein Schlurfen und Stöhnen an der Tür. Etwas ächzte nach Gehirnen! Nein, das war es nicht. Es war Maude, die von ihren Besorgungen zurückkam. Sie trug ein paar Tüten, und Promo beeilte sich, ihr zu helfen.

»Hi, Dude«, sagte sie. »Wie ich sehe, sind deine Freunde noch da. Bowlen die ein bisschen mit uns?«

Inzwischen war es Abend. Die Wobbits hatten den ganzen Tag damit verbracht, dem Dude zuzuhören. Jetzt stieg er endlich aus der Wanne. Während die Wobbits Bowlingschuhe anzogen, streifte er sich ein weites buntes Hemd mit offenem Kragen und einer Brusttasche über. Über der Tasche war ein Name eingestickt: »Dude.« Und auf dem Rücken prangte der Name des ehemaligen Mannschaftssponsors: »Bauer Abgott.«

»Du kennst Bauer Abgott?«, fragte Pipi.

»O ja«, sagte der Dude. »Wir sind alte Kumpels. Haben in einigen Ligen zusammen gebowlt. Er hat uns auch ein paarmal gesponsert. Hat die Teilnahmegebühr bezahlt und Trikots gekauft. Der weiß Bescheid.« Während der Dude weitersprach, wurde allmählich klar, dass auch er über manches Bescheid wusste und dass er einiges davon von Bauer Abgott und Gildor Inglorion erfahren haben musste.

»Du sprichst mit den Elben?«, fragte Promo. »Haben sie dir von dem Ring erzählt?«

»Promo!«, kreischten die anderen Wobbits.

»Welcher Ring?«, sagte der Dude. »Ach! Der Alleine Ring! Lass mal sehen.«

Zu seiner eigenen Verwunderung reichte Promo ihm den Ring. Keiner der anderen Wobbits war verwundert.

Der Dude sah den Ring an und lachte. Dann setzte er ihn sich auf den Finger. Die Wobbits keuchten, denn der Dude verschwand nicht! Als wolle er etwas beweisen, trug er ihn auch noch als Ohrring, als Nasenring und als Lippenring. Doch er wurde nie unsichtbar. Dann schnippte er ihn in die Luft – und der Ring verschwand in einem Blitz. Promo stieß einen Schrei aus, doch dann zog der Dude den Ring aus Spams Ohr hervor. Alle applaudierten höflich, und Promo bekam den Ring zurück.

Das Ganze war Promo nicht geheuer. Er wartete, bis der Dude mitten in einer Geschichte über Bowler und ihre seltsamen Angewohnheiten, die Kugeln zu polieren, war. Dann streifte er sich den Ring über den Finger und ging leise zur Tür.

»He, Mann!«, rief der Dude. Er sah Promo geradewegs an. »Wo willst du hin? Der Dude packt das! Wir müssen reden. Die ganze Scheiße kommt ans Tageslicht. Is'n ganz komplizierter Fall, da hängt 'n Riesenrattenschwanz dran, kann man sich gar nicht vorstellen, das ist 'ne Sache ohne Ende. Nimm den Ring ab, Mann!«

Sie fingen an zu bowlen und sich zu unterhalten. Der Dude erklärte ihnen, wie sie über die Grabhügelhohen Hügelgräberhöhen und an den Hügelgräbern, um die sie einen Bogen machen sollten, vorbei gelangten. Sie brauchten keine Angst zu haben – aber sie sollten sich um ihren eigenen Kram kümmern. Er riet ihnen, die Hügelgräber westlich zu umgehen, falls es sie in deren

Nähe verschlagen sollte. Dann lehrte er sie einen Reim, den sie singen sollten, wenn sie tags darauf in Gefahr geraten sollten:

Psychopathen spielen in 'ner Band mit Hippo-
greifen Dixieland,
So'n Exoteninstrument haben die da auch,
das heißt Oud,
Und die klingt voll krass, Mann,
sagt der Dude, Dude, Dude.
Wenn die uns fangen, dann sieht man uns nie mehr,
Dann geht's uns an den Kragen. Da wär
es ziemlich cool,
Wenn du vorbeischauen könntest, bevor die
Monster uns verzehrn,
Aber sonst ist heute wieder alles klar in Andor
und in Doriath!

Die Wobbits sangen das lächerliche Lied so lange, bis sie es nicht mehr hören konnten. Also zweimal. Dann bowlten sie und tranken und lachten mit dem Dude und seiner Freundin Maude.

Kapitel VIII

Nebel auf den Grabhügelhohen Hügelgräberhöhen

In dieser Nacht hörten sie keine Geräusche. Promo träumte wieder. In seinem Traum sah er Ranndarf, der auf dem Wehrgang einer belagerten Stadt mit einem panisch wirkenden Pipi Tucke sprach. Es ging um ihren Tod und das Danach. Er sagte, sie würden wieder vereinigt werden hinter einem grauen Regenvorhang in einem Land von blassem Licht. Das Licht würde immer heller werden und den Schleier in Glas und Silber verwandeln, bis der Vorhang endlich aufreißen und ein weites grünes Land unter einem raschen Sonnenaufgang preisgeben würde. Das Ganze kam Promo etwas zu weit hergeholt vor, doch Pipi schien es Trost zu spenden.

Beim Erwachen schmolz die Vision dahin. Nach einem Bowlingsnackfrühstück packten die Wobbits und sattelten ihre Ponys. Sie wollten gerade gehen, als der Dude zur Fliegengittertür hinausschaute und ihnen ernst, aber auch etwas abwesend hinterherwinkte. Es machte nicht den Eindruck, als könnten sie ihm noch mehr entlocken, und so stiegen sie auf und ritten einen Pfad entlang, der bald einem Höhenzug folgte.

»Mist!«, rief Promo. »Ich wusste doch, dass wir etwas vergessen haben. Wir haben uns nicht von Maude verabschiedet!« Doch da, auf dem Gipfel des Höhenzugs, stand Maude, und die Sonnenstrahlen spiegelten sich in ihrem silbernen Brustharnisch. Sie wartete geduldig, bis sie ihre überarbeiteten Ponys die Steigung hinaufgetrieben hatten. Schließlich waren sie nahe genug heran, um sich mit ihr zu unterhalten.

»Lebt nun wohl, schöne Wobbits! Mögen eure Tritte gesegnet sein. Macht hinne, solange die Sonne scheint!«

»Ich dachte, der Spruch ginge so: ›Macht Heu, solange die Sonne scheint‹«, sagte Pipi leise zu Madi.

»Klappe, ihr beiden!«, flüsterte Promo giftig. Er wandte sich zu Maude um und holte tief Luft. Bevor er zu singen anfangen konnte, legte ihm Maude einen Finger auf die Lippen.

»Kein Wort mehr, Wobbitfreunde«, sagte sie. »Lebt wohl. Psst!«

Als sie den Hang wieder hinunterritten, grummelte Pipi: »Dafür haben wir uns hochgeschleppt?«

Ihr Weg wand sich durch die Kuhle, in der es warm und dunstig war. Weder Baum noch Wasser war zu sehen; es war ein Land mit federnden Grasteppichen und frischen Wiesen, still bis auf das Wispern des Windes über den Bergrücken. Wie ein riesiger, ungezähmter Golfplatz.

»Hundert Landschaftsgärtnerwobbits wären Tag und Nacht beschäftigt und würden dennoch nicht alles gemäht bekommen«, sagte Spam ehrfürchtig. Sie hatten eine Hügelkuppe erreicht und erspähten im Norden schwach eine lange dunkle Linie.

»Das ist eine Baumreihe entlang der Großen Moststraße«, sagte Madi. »Man sagt, sie seien in alter Zeit gepflanzt worden.«

»Wenn sie gepflanzt wurden und nicht wild sind, heißt das, dass sie sich nicht bedrohlich über uns neigen?«, fragte Promo.

Madi wirkte gekränkt. »Ich kann nicht fassen, dass du

das sagst, nachdem ein Baum mich und Pipi verschlungen hat!«

»Das war gerade mal *ein* Baum«, sagte Promo. »Ein Tunichtgut. Die meisten Bäume, selbst die wilden, sind anständig und halten sich an die Gesetze, oder nicht, Spam?«

»Ich fürchte, es steht mir nicht zu, das zu sagen, Herr.«

»Also stimmen wir überein, dass wir ohne Zögern auf direktem Weg auf die Straße zuhalten.« Im Osten sah Promo, dass die grünen Hügel mit Hügeln bedeckt waren und dass auf einigen der Hügel wiederum Hinkelsteine standen wie abgebrochene Zähne, die aus einem grünen Kiefer ragten.

»Erinnert mich an den Klon«, sagte Promo. »Was hat der Dude gleich noch mal über diese Steine gesagt? Ich bin sicher, dass es mir wieder einfällt. Vielleicht komme ich drauf, wenn wir eine Mittagspause einlegen.« Sie fanden einen hohen Hinkelstein, in dessen Nähe man gut essen konnte, und packten östlich von ihm ihre Lunchpakete aus. Trotz der Hitze schien der Stein eigenartig kalt zu sein. Die Ponys spazierten auf der Suche nach Möhren herum.

Plötzlich erwachten sie aus einem Schlaf, den sie gar nicht vorgehabt hatten. Inzwischen war es kalt und neblig, und die Sonne machte sich schon daran, unterzugehen. »Ich kann einfach nicht glauben, dass uns immer wieder das Gleiche passiert!«, sagte Madi.

»Was geschehen ist, ist geschehen«, sagte Promo. »Aber wenn wir vorankommen wollen, dürfen wir keine Nickerchen mehr an unheimlichen und gefährlichen Orten halten.« Dem pflichteten sie alle bei, und rasch packten sie die Picknickkörbe, Kissen und Decken auf die Ponys. Wegen des Nebels konnten sie die Straße nicht mehr sehen, aber sie ahnten ziemlich präzise, wo sie sein musste. Sie führten die Ponys in eine tiefe Nebelbank, denn sie wussten, dass sie, wenn sie immer geradeaus gingen, irgendwann bei der Großen Moststraße ankommen mussten.

Sie kamen nur langsam voran, bis Promo ein hoffnungsvolles Zeichen entdeckte: Links und rechts erhob sich etwas Dunkles. Dazwischen musste das Nordtor der Grabhügelhohen Hügelgräberhöhen sein.

»Kommt!«, rief er über die Schultern zurück. »Wenn wir da durch sind, haben wir die Große Moststraße praktisch erreicht. Dann sind unsere Beschwerden vorbei!« Er eilte näher heran, aber aus den dunklen Formen wurden Hinkelsteine, zwei Stück diesmal. Sie wirkten beinahe bedrohlich, aber das mochte an der zunehmenden Dunkelheit und dem Nebel liegen. Was hatte der Dude über die Hinkelsteine gesagt? Als er zwischen ihnen hindurchging, wechselte die Dunkelheit von einer »Später Cocktail auf der Veranda«-Dunkelheit zu einer »Wolkenverhangene Nacht auf dem Lande«-Dunkelheit. Er war kurz davor, sich an den Rat des Dude zu erinnern, als er merkte, dass die anderen ihm nicht gefolgt waren.

»Spam!«, rief er. »Madi! Pipi! Hört auf mit den Albernheiten, Jungs!« Schließlich wurde ihm klar, dass dies kein Scherz war, und sogleich erfasste ihn Panik. Er rannte los und rief: »Jungs!« Sein Pony spürte, dass etwas nicht stimmte, und ging durch. Promo kam es vor, als liefe er einen Hügel oder Haufen hinauf. Als er oben ankam, stellte er fest, dass es inzwischen völlig dunkel war.

»Wo seid ihr hin, ihr Schwachköpfe?«, rief er verzweifelt.

Es kam keine Antwort. Er hörte den Wind durchs Gras zischen wie eine riesige Schlange, was ihn nicht gerade ermutigte. Dann vernahm er einen verzweifelten, flehentlichen Hilferuf. Er hielt darauf zu. Bald erkannte er rechts von sich Umrisse: ein Hügelgrab! Seine Lage war schlimmer, als er gedacht hatte.

»Ihr Idioten! Wo seid ihr?«, rief er.

»Wir sind alle hier«, sagte eine fremde, tiefe Stimme. »Alle drei, mitsamt dem einen mit der dummen Mütze.«

»Pipi?«, fragte Promo. »Wie schaffst du es, dass deine Stimme so tief klingt? Ich dachte, du wärst ein Tenor.«

»Komm her, kleiner Wobbit«, sagte die Stimme, die nicht nach Pipi klang. »Komm näher. Ich warte!«

Zu diesem Zeitpunkt wusste Promo, dass er nicht mit Pipi sprach, denn Pipi hatte noch keine Unterhaltung so lange durchgehalten. Aber wenn es nicht Pipi war, wer war es dann?

»Niemals!«, sagte Promo. Er rannte nicht, bekam aber weiche Knie. Wenn dies ein Grabhügel war, dann musste die Stimme einem …

Er verlor das Bewusstsein.

Als er wieder zu sich kam, erkannte er an der veränderten Qualität der Dunkelheit, dass er in einem Hügelgrab gefangen war. Plötzlich erklang ein Lied, ein kaltes Murmeln, das anstieg und fiel, als ob die Erde stöhnte. Aus dem undeutlichen Strom von traurigen, aber furchtbaren Lauten formten sich zuweilen Textzeilen. Grimmige, harte, kalte Worte, herzlos und elend.

Wobbit, warum hast du nichts gelernt?
Guck dir den Ranndarf an,
Der hat sogar ein Gefährt.

Und dann noch deine Haare auf den Füßen!
Was sollen die Nachbarn sagen?
Wobbit, denk an deine Zukunft,
Wobbit, denk an deinen Grabunhold,
Den hast du schon ins Grab gebracht.

Der furchterregendste Grabunhold, den man sich nur vorstellen konnte, hielt Promo gefangen: der Grabunheino. Promo spürte, dass er schon unter dem Zauberbann des schmachtenden tiefen Basses von Grabunheino stand, entsetzt und nicht in der Lage, sich von dem kalten Stein, auf dem er lag, zu erheben.

Abgesehen davon steckt ein Körnchen Mumm selbst im Herzen des fettesten und schüchternsten Wobbits. Und Promo war mit dem fettesten und schüchternsten Wobbit befreundet, nämlich mit Blödegar »Dicklich« Bulgur, deshalb wusste er, dass es tatsächlich so war. Promo musste sein ganzes Körnchen Mumm aufbringen, um sich überhaupt umzusehen. Aber er schaffte es und sah sich um. Die Dunkelheit ließ nach.

Im kalten, grünen Dämmerlicht erkannte er, dass Spam, Madi und Pipi auf Steinblöcken lagen wie er selbst. Sie waren totenbleich und in zerschlissene weiße Roben gekleidet. *Die Farbe ist für Spam ja mal gar nicht schmeichelhaft*, dachte er. Um sie her lagen viele Schätze, aber sie waren billig und kitschig, wie man es von einem Unhold auch nicht anders erwartete. Auf dem Kopf trugen sie goldene Reifen, um die Hüften goldene Ketten, und auf der Brust prangten große Goldmedaillen, auf denen mit Juwelen die Buchstaben »Unhold« eingelassen waren. Über ihren Hälsen lag ein einziges langes Schwert. Man hatte sie nahe zusammengerückt.

Hinter sich hörte Promo ein Quietschen und Kratzen.

Indem er noch ein bisschen mehr Mumm zusammenklaubte, wand er sich um und sah nach. Da erkannte er einen langen Arm, der auf den Fingern auf Spam zulief. Mit Mittel- und Zeigefinger machte er grässliche kleine Schritte. Er bewegte sich auf den Griff des Schwerts zu, das über den Wobbithälsen lag, und jetzt trennten ihn nur noch wenige winzige Fingerschritte davon!

Kurz überlegte Promo, ob er mithilfe des Rings entkommen konnte. Sollte Ranndarf jemals wieder auftauchen, würde es diesem wahrscheinlich nichts ausmachen, wenn Promo seine Freunde im Stich gelassen hätte. Schließlich waren sie entbehrlich. Aber den Ring zu benutzen, um als Einziger zu entkommen, war etwas, was Milbo in seinen weniger bewundernswerten Momenten – von denen es auf seinen Abenteuern seinerzeit viele gegeben hatte – getan hatte. Promo zwang sich, als Wobbit über sich hinauszuwachsen, grübelte nicht länger und handelte.

Wie Spam bereits festgestellt hatte, waren die Wobbits völlig unbewaffnet zu ihrem gefährlichen Abenteuer aufgebrochen. In dem Hügelgrab lagen allerdings massenhaft altmodische Schwerter herum. Uralte Schwerter aus der Zeit, als der Unhold noch ein kleiner Pupser gewesen war. Einige der ältesten Exemplare stammten aus einer Zeit, bevor das Schwertdesign standardisiert worden war. Schwerter mit zwei oder drei Spitzen statt einer, es gab Schwerter, die breiter als lang waren, es gab Zweihänder, die zwei benachbarte Griffe hatten wie bei einer Gartenschere, und es gab eines ganz ohne Griff, das stattdessen an beiden Enden eine Spitze hatte. Promo sah sich um und erspähte bald ein herkömmliches Kurzschwert. Indem er den letzten Rest verborgenen Mumms zusammenkratzte, hieb und hackte er auf die kriechende Hand ein. Sie wollte mit kleinen Fingertippelschritten ausweichen, doch Promo war schneller, und die Hand wurde von dem unheimlichen Arm abgetrennt. Das Schwert ging dabei zu Bruch, von daher war es gut, dass Promo nicht seine eigene Waffe mitgebracht hatte. Sie wäre ruiniert gewesen. Im Dunkeln hörte Promo eine tiefe, schmerzerfüllte Stimme. »O Mann!«

Auf einmal fiel Promo wieder das Lied vom Dude ein. Er brauchte es nur zu singen, dann würde der Dude erscheinen. Besser spät als nie fing Promo zu singen an.

Psychopathen spielen in 'ner Band mit Hippo-
greifen Dixieland,
So'n Exoteninstrument haben die da auch,
das heißt Oud,
Und die klingt voll krass, Mann,
sagt der Dude, Dude, Dude.
Wenn die uns fangen, dann sieht man uns nie mehr,
Dann geht's uns an den Kragen. Da wär
es ziemlich cool,
Wenn du vorbeischauen könntest, bevor die
Monster uns verzehrn,
Aber sonst ist heute wieder alles klar in Andor
und in Doriath!

Es folgte eine kurze Stille, bevor Promo den Antwortgesang hörte.

Ich war mal wieder auf der Bowlingbahn
Und sagte Maude: Auf bald, bis dann,
Sonst ist es mit den Wobbits längst zu spät,
Und der Nervenarzt weiß auch nicht mehr,
wie's weitergeht,

Aber bald ist wieder alles klar in Andor
und in Doriath!

Dann hörte er Steine rumpeln und fallen, Licht fiel herein, und der Dude kam in das Hügelgrab. Er trug einen Bademantel und Flipflops. Er sah zwar so aus, als wäre er eben erst aus dem Bett aufgestanden, aber man musste dazu sagen, dass der Dude eigentlich immer so aussah. Er blickte sich um, dachte kurz nach und sang.

Ein Unhold in der Grabnische und das
Weidenkillerkraut,
Die sollen bloß nicht denken, sie wären hier erlaubt,
Jetzt kommen mir diese Monster bald
zu den Ohren raus,
Und ich glaub, ich sag denen einfach mal:
Schluss! Aus!
Aber sonst ist heute wieder alles klar in Andor
und in Doriath!

Bei diesen Worten erschallte ein Bellen, gefolgt von einem lang gezogenen Heulen, das sich in ungeahnter Ferne verlor, und dann Stille, die bald von Promo zerstört wurde.

»Dude! Da sind wir jetzt aber mal froh, dich zu sehen!«

»Hilf mir, deine schlafenden Freunde rauszubringen«, sagte der Dude. »Du weißt schon, an die frische Luft, Mann. Da, nimm den da an den Füßen.«

»Wir sind Wobbits«, sagte Promo. »Eigentlich solltest du in der Lage sein, zwei von uns auf einmal rauszutragen.«

»Stimmt, Mann. Und du solltest in der Lage sein, deine Freunde davon abzuhalten, bei Ungeheuern ein Nickerchen zu halten.«

»Wie du willst, Dude. Ich nehme ihn an den Füßen.« Einen nach dem anderen trugen sie die Wobbits ans Sonnenlicht hinaus. Als er das Hügelgrab zum letzten Mal verließ, glaubte Promo zu sehen, wie die abgetrennte Hand auf ihrem Zeigefinger umherhumpelte. Der Dude ging hinein und sah es. »Üble Nummer, Mann«, hörte man ihn rufen, und danach vernahm man ein Aufstampfen. Nach einigen weiteren Minuten kam er wieder heraus und trug kitschige Schätze bei sich: goldene Medaillen, Grills aus Platin, Silberlöffel und bronzene Babyschuhe. All das legte er in die Sonne.

»Schnell, ähm, Promo«, sagte der Dude. »Ziehen wir ihnen diese weißen Laken aus.« Er befreite Spam und Pipi von den Roben, während Promo Madi auszog. Er hatte es aufgegeben, mit dem Dude diskutieren zu wollen.

Da stand der Dude und sah auf die drei reglosen Wobbits herab. Er räusperte sich und gab eine weitere Wiederholung.

Jetzt kommt mal wieder zu euch, echt mal, Mann!
Genug geträumt von einem Pelikan!
Für den Unhold ist alles längst zu spät,
Und ich muss zur Bowlingbahn,
wo die Liga weitergeht,
Aber sonst ist heute wieder alles klar in Andor
und in Doriath.

Es kam Bewegung in die Wobbits, sie streckten die Arme, rieben sich die Augen und sprangen plötzlich auf.

»Was zum ... «, begann Madi, bevor er innehielt und die Augen zumachte. »Natürlich«, sagte er. »Ich erinnere mich. Die Männer von Carn Dumm kamen über uns in der Nacht, und wir waren belämmert. Nein, wir trugen belämmerte, äh, gekämmte Wolle! Nein! Wo zum Kuckuck ist mein Hose?« Er sah sich um und stellte fest, dass er nackt war. Genau wie Spam und Pipi.

»Maude hat vielleicht ’n paar Klamotten für euch, Jungs«, sagte der Dude. »Fühlt euch einfach frei und rennt ’ne Weile nackt in der Sonne herum, okay?« Und dann war er plötzlich nicht mehr da. Er ging nicht fort, er wurde nicht unsichtbar, sondern war einfach nur weg.

Die Wobbits rannten nackt herum, wie es der Dude gesagt hatte, vor allem Pipi. Dadurch wurden sie wieder warm und gewannen etwas Farbe zurück. Nachdem sie ein paar Runden um den Grabhügel absolviert hatten, trat der Dude in ihre Mitte. Er brachte Hosen, Bowling-T-Shirts und Bowlingschuhe für alle Wobbits, sogar für Promo.

»Damit du dich nicht ausgeschlossen fühlst, Mann«, sagte der Dude. »Maude lässt ’nen Gruß ausrichten.«

Da er wusste, dass die Sachen von Maude kamen, riss sich Promo die alten Kleider vom Leib, als hätten sie ihn tödlich beleidigt, und kurz darauf trug er ein Bowlinghemd mit der Rückenaufschrift *Zum Efeubüschel.* Er fühlte sich famos.

»Hier«, sagte der Dude und verteilte lange Dolche aus dem Unholdschatz. »Wenn ihr euch schon nicht aus Schwierigkeiten raushalten könnt, solltet ihr wenigstens bewaffnet sein, Mann. Was ist mit euren Schwertern eigentlich passiert?«

»Ranndarf glaubte nicht, dass wir welche brauchen«, sagte Promo.

»Er darf nicht bei der ganzen Scheiße mitmachen, die da ans Tageslicht kommt.«

»In der Tat, Herr«, sagte Spam.

»O ja. Eure Ponys hab ich auch gefunden«, sagte der

Dude, als sechs Ponys daherspazierten. Die vier, auf denen die Wobbits ritten, ihr Ersatztier und eines, das größer und kräftiger als die anderen war.

»Das ist Pummel«, sagte der Dude, indem er Pummel tätschelte. »Er hat eine Weile auf eure Ponys aufgepasst. Wir sind alte Kumpels.«

»Glaubst du nicht, deinem Pony könnte es etwas ausmachen, wenn es bei einem derart beleidigenden Namen gerufen wird?«, fragte Promo.

»Beleidigend?«, sagte der Dude. »So wie Dicklich Bulgur?«

»Woher kennst du Dicklich?«, fragte Promo.

»Der Dude packt das eben, Mann«, sagte der Dude. »Ich brauch 'nen Drink. Ihr könnt wahrscheinlich auch einen gebrauchen.« Bevor Promo einwenden konnte, dass es doch noch früher Vormittag war, hatten alle einen *White Rohirrim* in der Hand. Die Sahne hatte eine kräftigende Wirkung, und bald fühlten sich alle ein bisschen besser.

Während sie tranken, wühlte sich der Dude durch den Schatzhaufen. Er hatte einen Aluminiumkoffer gefunden, in den er die kleinsten und wertvollsten Stücke packte.

»Es ist wichtig, dass ich liquide bleibe«, sagte er. »Mein Steuerberater meint, dass meine finanzielle Situation, nun ja, komplex ist. Ihr könnt euch von dem Schatz nehmen, was ihr wollt, Mann, den Rest lasst ihr für Leute, die's brauchen. Kein Stress von meiner Seite.«

Schließlich brachen sie auf, und der Dude ritt mit ihnen. Vielleicht hatte er entschieden, dass die nächste Rettungsaktion einfacher sein würde, wenn er bei den Wobbits bliebe, als wenn er sie erst finden musste, um sie zu retten. Während sie dahinritten, sang der Dude in einer fremden Sprache, die den Wobbits unbekannt war, eine alte Sprache, deren Vokabeln sich vor allem ums Bowlen und um Cocktails zu drehen schienen.

Als sie die Große Moststraße erreichten, war es früh am Abend. »Nun! Da sind wir ja endlich!«, sagte Promo.

»Dank deiner Abkürzung haben wir nur ein paar Tage verloren«, sagte Madi.

»Stimmt«, sagte Promo. »Aber dafür haben wir die reitenden leitenden Angestellten abgeschüttelt. Da bin ich mir sicher.« Vor lauter Killerweiden und Grabunholden hatten sie die anderen Ungeheuer, die hinter ihnen her waren, ganz vergessen. Promo beschloss, das Thema zu wechseln. »Also, Dude, was machen wir denn jetzt?«

»Ich weiß nicht, Mann! Macht weiter mit eurem Questen-Abenteuerdings, Mann! Ich an eurer Stelle, ich würde der Straße hier vier Meilen folgen bis Brie-unter-der-Käseglocke, wo ihr ein Gasthaus finden werdet, das *Zum Tänzelnden Doughnut* heißt. Ich kenne den Besitzer, sein Name ist Gerstenmalz Ramablume. Er macht einen ziemlich guten *White Rohirrim*. Ihr könnt dort übernachten und am nächsten Tag relaxt weiterreiten.«

Indem sie ihm Cocktails versprachen, wollten die Wobbits ihn dazu bringen, sie bis zum *Tänzelnden Doughnut* zu begleiten, aber der Dude lenkte Pummel bereits wieder zurück zu seiner Bowlinghalle. Sie hörten ihn singen:

Dass ich wirklich bald bei Maude bin,
die verdammt gut aussieht,
Und überhaupt ist heute wieder alles klar
in Andor und in Doriath!

Er drehte sich winkend um, wünschte ihnen viel Glück, und dann waren er und das Pony nicht mehr zu sehen.

»Ich bedaure, dass wir uns vom Dude verabschieden«, sagte Spam. »Er ist, wie der Klon sagen würde, eine ›Versicherung‹ und kein Fehler. Es wird eine Weile dauern, bis wir einen Besseren oder Schrägeren finden. Nicht, dass das nicht okay wäre. Und ich muss zugeben, dass ich mich drauf freue, das *Tänzelnde Doughnut* zu sehen, von dem er sprach. Hoffentlich ist es wie der *Eselsdrache* daheim. Was für Leute wohnen denn so in Brie?«

»Dort gibt es große, hässliche Typen«, sagte Madi. »Und normale Wobbits wie wir. Und das *Tänzelnde Doughnut* soll episch sein. Ein paar von meinen Kumpels aus Dandyschloss sind dort öfter mal hin zur Billigbiernacht.«

»Bestens«, sagte Promo. »Trotzdem, lasst es uns hier nicht allzu sehr gemütlich machen. Bitte denkt daran, dass der Name Muffin nicht fallen darf. Vor allem du, Pipi. Sprecht mich als Herr Unterhemd an. So wird niemand Verdacht schöpfen.«

Sie ritten in den Abend hinein. Pipi versuchte, sich Promos Decknamen einzuprägen. Promo dachte an Maude. Spam und Madi fragten sich, ob heute Billigbiernacht war.

Kapitel IX

Im Gasthaus *Zum Tänzelnden Doughnut*

Billigbiernacht war sehr beliebt in dem Dorf Brie. Brie war das Hauptdorf von Brieland, einer kleinen, bewohnten, von den Vororten Emmenstadel, Wucht und Tortenbrie umgebenen Region am Rande des Cheddarwalds.

Die Männer aus Brie waren fröhlich und klein. Die Frauen aus Brie waren fröhlich und ein bisschen kleiner. Nicht so klein wie Zwerge oder gar Wobbits, aber eine Spur kleiner als du, es sei denn, du bist wirklich klein oder noch ein Kind. Sie mochten nichts lieber, als im Regen zu stehen und dabei Möhren zu essen und zu rülpsen oder in der Kneipe mit ihren zahmen Frettchen Bier zu trinken. Zu Wobbits, Zwergen und Elben unterhielten sie ein vertrautes und freundschaftliches Verhältnis, während sie für Grabunholde und Killerbäume wenig übrighatten.

In den Wilden Landen jenseits von Brie waren geheimnisvolle Wanderer unterwegs, für die die Brieleute ebenfalls wenig übrighatten. Sie nannten sie Waldläufer. Sie waren größer, dunkler und schöner als die Menschen aus Brie, was die Antipathie größtenteils erklärt. Man sagte ihnen nach, dass sie außerordentliches Seh- und Hörvermögen hätten, weil sie, bis auf Biergenuss und Pfeifentabak in Maßen, ein raues Leben in der Wildnis führten.

Sie tauchten nur selten in Brie auf, doch brachten sie stets Neuigkeiten und unerhörte Geschichten mit. Den Brieleuten gefiel das Infotainment, doch sie freundeten sich ungeachtet der Brieschen Fröhlichkeit nicht mit den Waldläufern an, die es ihnen lieferten. Fröhlichkeit gepaart mit Reserviertheit.

In Brieland lebten auch etliche Wobbitfamilien. Die Großen Leute und die Kleinen Leute, wie sie sich untereinander nannten, standen in einem freundschaftlichen Verhältnis zueinander, indem sie sich jeweils um ihre eigenen Angelegenheiten kümmerten und unter sich blieben. Beide Seiten behaupteten, dass ihre Schulen getrennt, aber gleich seien, insgeheim glaubten sie aber, dass die jeweils eigene Schule die bessere war. Nirgendwo sonst in der weiten Welt wurde diese besondere (und nutzlose) Vereinbarung geduldet.

Von allen Seiten wurde das Dorf Brie von der undurchdringlichsten Schutzmauer in ganz Drittmittelerde umschlossen: einer Hecke. Wo die Große Moststraße das mächtige Gesträuch durchstieß, befand sich ein Tor, das von einem pensionierten Sheriff bewacht wurde. Der Schließer hatte es gemütlich warm in seinem Pförtnerhäuschen gleich hinter dem Tor. Auf der gegenüberliegenden Seite von Brie führte die Große Moststraße durch ein zweites Tor wieder zum Dorf hinaus. Reisende ritten häufig durch den Ort, ohne die malerischen Läden zu besuchen oder sich an der Fröhlichkeit der Einheimischen zu erfreuen. Die Briesche Handelskammer ersonn Pläne, die Große Moststraße in Kurven und Schleifen durch den Ort zu leiten, um die Reisenden dazu zu zwingen, sich die Restaurants und Espressobars anzuschauen, die Brie zu bieten hatte.

Weiter unten an der Straße befand sich ein Gasthaus.

Es war vor Urzeiten gebaut worden, als noch viel mehr Verkehr geherrscht hatte – bevor die derzeitige Krise zu einem Rückgang von Geschäftsreisenden und Touristen geführt hatte. *Seltsam wie eine Neuigkeit aus Brie*, war noch immer eine Redensart in der Ostzone, die aus den Tagen stammte, als Nachrichten, Sportmeldungen und Wettervorhersagen aus ganz Drittmittelerde in dem Gasthaus zu hören gewesen waren.

Der Wirt war eine wichtige Persönlichkeit. In erster Linie überwachte er den Verkauf von Bier, Wein und Spirituosen in Brieland. Dazu gab es im *Tänzelnden Doughnut* die besten Doughnuts im gesamten Nordwesten, was dem Gasthaus in den Stunden, bevor Spirituosen ausgeschenkt werden durften, große Gewinne einbrachte. Und schließlich ging jeder ins Gasthaus, der im Mittelpunkt der Aufmerksamkeit stehen wollte, der ein Gerücht streuen oder die Nase in anderer Leute Angelegenheiten stecken wollte. Denn dort erfuhr man von Waldläufern, konnte man mit Zwergen sprechen, die im Auftrag ihrer Retailbank, ihres Hypothekenkreditinstituts oder ihrer Investmentfirma in den Bergen auf Geschäftsreise waren.

Es war dunkel, und weiße Sterne leuchteten, als Promo und seine Gefährten schließlich zum Westtor von Brie gelangten. Da die regulären Öffnungszeiten schon lange vorbei waren, war das Tor geschlossen. Doch es gab ein Loch, durch das Wobbitbesucher den Schließer rufen konnten. Ein etwas höher angebrachtes Loch war für Zwerge, darüber eins für Brieländer, ein etwas höheres für Waldläufer und Elben und ein letztes für die sehr selten gesehenen Giraffenmenschen des Ostens. Promo rief nach dem Schließer.

Dieser rief zurück. »Wisst ihr eigentlich, wie spät es

ist?«, fragte er. »Was glaubt ihr denn, wer ihr seid, dass ihr um diese Zeit einen solchen Aufruhr veranstaltet?«

»Wir wissen nicht, wie viel Uhr es ist, allerdings wird es schon spät sein«, sagte Promo. »Und wir sind vier Wobbits. Wir reisen nach Osten und suchen eine Unterkunft für die Nacht.«

»Vier Wobbits! Aus dem Aualand, wie man an eurem fremdländischen Akzent hört.«

»Von mir aus!«, sagte Promo. »Lassen Sie uns rein oder nicht?«

»Welche Angelegenheiten führen euch östlich von Brie, und wie lauten eure Namen?«

»Unsere Namen und unsere Angelegenheiten sind unsere Angelegenheiten!«

»Das mag sein«, sagte der Schließer. »Aber es ist mein Job, euch nach Sonnenuntergang Fragen zu stellen. Wenn ihr nicht antworten wollt, muss ich euch bitten, eure Taschen zu leeren und eure Gürtel auszuziehen und alles in diese Hundefutternäpfe zu legen. Toilettenartikel bitte in 100-ml-Fläschchen.«

Pipi trat nach vorn. »Wir sind Wobbits aus Schmockland, und es beliebt uns, ins Gasthaus zur Billigbiernacht zu gehen. Das ist Herr Unterhemd. Mein Name ist Rudolf Rammler. Dieser Herr heißt Geiler Hintern, und neben ihm steht unser Diener, Klaus Klöten.«

»Sehr wohl, meine Herren, kommt rein, kommt rein.« Das Tor ging auf. Promo fragte sich, wieso der Schließer so misstrauisch war und ob sich wohl jemand nach einer Wobbitreisegruppe erkundigt hatte. Ranndarf vielleicht? Womöglich hatte er sie doch noch eingeholt, während sie im Alten Schauerlichen Wald und den Grabhügelhohen Hügelgräberhöhen aufgehalten worden waren. An dem Schließer war etwas, was Promo beunruhigte, und es war nicht sein übler Teint, sein strähniges Haar und seine Zahnlücken.

Die Wobbits ritten eine leichte Steigung hinauf, kamen an einigen Häusern vorbei und langten schließlich an einer Gaststätte an. Das Hauptgebäude war zweistöckig mit zwei kleineren Seitenflügeln und einem Torbogen, der in einen Innenhof mit Pool und Barveranda führte. Beide waren geschlossen. Über der Tür stand in weißen Buchstaben: *Zum Tänzelnden Doughnut, Besitzer Gerstenmalz Ramablume. Ein Best Schwarzweiß-Western-Hotel.*

»Ob das als Franchise betrieben wird?«, sagte Spam. »Oder gehören diese Hotels tatsächlich der Firma?« Darauf wusste keiner eine Antwort.

Promo ging zur Rezeption, um einzuchecken, während die anderen darauf warteten, dass die Ponys vom Valet eingeparkt wurden. Er musste kurz warten, bis ein gebeugter, übergewichtiger und schwitzender Mann mit einem Tablett voller Mai Tais und Daiquiris erschien.

»Guten Abend, kleiner Herr«, sagte er und beugte sich zu Promo herunter. »Was haben Sie für Wünsche?«

»Ähm, was?«, sagte Promo.

»Wie kann ich Ihnen helfen? Verzeihen Sie mir, aber heute ist Piratenabend in der Bar.«

»Ist das dasselbe wie Billigbiernacht?«

»Leider nein, die war gestern. Heute kosten alle Rumcocktails nur die Hälfte, wenn Ihr wie ein Pirat sprecht. Oder: ›Den Rum gibt's heut fürs halbe Prisengeld, wenn du genug Eier hast, um wie ein Pirat zu schnacken!‹« Dann setzte er hinzu: »Kamerad. Wie meinen?«

»Keine Augenklappe?«, fragte Promo.

»Seit einer Weile nicht mehr. Ohne räumliches Sehen

kann ich keine Drinks ausschenken. Einchecken, mein Herr?«

»Ja, für uns vier, und wir warten darauf, dass unsere Ponys geparkt werden. Sind Sie Herr Ramablume?«

»Genau. Gerstenmalz Ramablume, zu Ihren Diensten. Sie sind aus dem Aualand, Ihrem schauderhaften Akzent nach zu schließen.«

»Nun, zumindest sind wir keine Piraten, das steht schon mal fest.« Sie lachten.

»Hm, da kommt mir was«, sagte Gerstenmalz. »Da war doch was mit dem Aualand. Oh, nun, es wird mir schon wieder einfallen. Ihre Namen, mein Herr?«

»Jawohl, die Herren Hintern, Rammler und Klöten stehen draußen bei den Ponys, und ich bin Herr Unterhemd.«

»Unterhemd?«, sagte Ramablume. »Jetzt wär's mir fast eingefallen. Am Piratenabend geht's immer drunter und drüber.

Hunz!«, rief er. »Beweg deine haarigen Füße zur Rezeption, Hunz!« Er drehte sich nach Hunz um. »Gäste mit Ponys! Hunz!« Er hörte auf zu schreien, als ihm auffiel, dass er über Hunz hinwegsah, weil der ein Wobbit war.

»Brauchen Sie mich nicht an der Bar, Herr Ramablume?«, fragte Hunz.

»Strunz soll ausschenken.«

»Strunz ist heute mit Einparken dran.«

»Das habe ich vergessen«, sagte Gerstenmalz. »Mann, ist das ein Betrieb heute Abend! Hilf den Leuten, ihre Koffer, Päckchen und Krimskrams aufs Zimmer zu bringen. Und sieh zu, dass Strunz sich um ihre Ponys kümmert. Ich wünsche einen angenehmen Aufenthalt, Herr … «

»Herr Unterhemd«, sagte Promo.

»Da klingelt was bei mir«, sagte Gerstenmalz, der aber gerade in die Lounge gerufen wurde, um das Tablett mit den Cocktails abzuliefern. »Wir unterhalten uns später!«, warf er über die Schulter zurück.

Strunz holte die Ponys, und Hunz führte die Wobbits in eine Suite, die für Wobbitgäste eingerichtet war. Alle Hotels in Drittmittelerde hatten aufgrund der Vorschriften solche Zimmer. Hunz schleppte das Gepäck hinein.

»Ich empfehle Ihnen, zum Abendessen den Zimmerservice kommen zu lassen«, sagte er. »Es entstehen Nachteile für halbe Portionen mit großen nackten Füßen in einem Schankraum voller großer Besoffener in Stiefeln. Nach dem Ansturm aufs Abendessen wird es vielleicht ruhiger, dann können Sie die Lounge ohne Bedenken aufsuchen.«

Promo bestellte, und bald kam Hunz mit Nachos, Clubsandwiches und *Altbacken*-Bier sowie mit Kaffee und Gerstenmalz' berühmten *Tänzelnden Doughnuts* zurück. Diese tänzelten zwar nicht, schmeckten aber sehr gut. Alles war gutbürgerlich und erstaunlich überteuert. Hunz' Trinkgeld war bereits in der Rechnung enthalten, ebenso wie der Aufschlag für den Zimmerservice.

»Das ist kriminell!«, beschwerte sich Madi, als er die Rechnung sah.

»Ja!«, sagte Pipi mampfend. »Wo ist der Krabbencocktail?«

Die Gefährten betraten den Schankraum. Das warme, gedämpfte Licht verströmte eine trauliche Atmosphäre und sorgte dafür, dass man nicht so viel putzen musste. Gerstenmalz stand hinter der Bar und unterhielt sich mit einigen Zwergen und eigentümlich aussehenden Männern.

In den Nischen und an den Tischen saßen Leute aus Brie, eine Gruppe hiesiger Wobbits (die sich Witze über die Großen erzählten), ein paar weitere Zwerge und ein Big Foot. In der Ecke unterhielt sich ein blau-grünes Geschöpf mit Fühlern, großen Insektenaugen und Saugnäpfen an den Fingerspitzen mit einem Mann in Weste und Stiefeln, der Letztere auf den Tisch gelegt hatte.

»Wirkt doch ganz nett hier«, sagte Madi.

»Denkt alle daran, dass ihr die Quittungen aufbewahrt«, sagte Promo, als sie eintraten.

Die Briewobbits luden sie ein, sich zu ihnen zu setzen, als es hinter ihnen am Tisch in der Ecke kurz unruhig wurde und der Mann in den Stiefeln hinausging. Die Briewobbits waren genauso fröhlich wie die Briemenschen, aber sehr neugierig. Promo versuchte, den Grund ihrer Reise allgemein zu halten. »Wir sind unterwegs zu jemandem, um über etwas zu sprechen.« Damit waren die Einheimischen nicht zufrieden, deshalb erklärte Promo, dass die Sache mit einem Buch zusammenhing, das er gerade schrieb. Das führte zu weiteren Fragen. Darauf meinte Promo, dass er das Buch im Selbstverlag veröffentlichen würde. Damit schwand sogleich alles Interesse an Promo, und seine Gefährten begannen, sich zu unterhalten.

Die Menschen und Zwerge erzählten sich von Gefahren, die sich im Süden zusammenbrauten. In Brie trafen die ersten Flüchtlinge ein, und so fröhlich die Briemenschen auch waren, so ertrugen sie doch nur eine gewisse Anzahl an arbeitslosen Fremden. Ein eigentümlich hässlich aussehender Mann mit Silberblick fing an, über Politik zu reden.

»Wir brauchen einen Mann an der Spitze Drittmittelerdes, der die Staatsausgaben verringert und mit Steuererleichterungen die Konjunktur ankurbelt«, sagte er. »Dann wird der Reichtum von den oberen Zehntausend auf die einfachen Leute herabregnen. Und sogar auf uns kleine Wobbits! Arrr!« Dann bestellte er eine Pina Colada zum halben Preis.

Nach einigen Mai Tais fühlte sich Pipi wie zu Hause und fing munter an, über Ereignisse im Aualand zu tratschen. Das war an sich nicht verkehrt, aber Promo wurde es zunehmend unangenehm. Einer der Brieländer, der schon einmal im Aualand gewesen war, fragte, mit wem die Unterhemden verwandt waren und wo sie wohnten.

Plötzlich fiel Promo ein eigentümlicher, aber gutaussehender Mann im Schatten auf, der dem Gespräch der Wobbits aufmerksam lauschte.

»Hier sind heute Abend ziemlich viele eigentümlich aussehende Leute«, sagte Promo zu Spam.

»In der Tat, Herr«, sagte Spam. »Es ist fast so, als wären wir bei einem Trading-Card-Turnier.«

Der Mann hatte einen langen, mit Straßenschmutz befleckten Mantel um sich geschlungen, und er trug einen Hut, einen Fedora. Im Grunde war es dieselbe Art Hut, wie Spam sie trug, aber dieser Hut war weder klein, noch wirkte er albern. Er war geheimnisvoll, verbarg das Gesicht des Mannes im Schatten, nicht aber das Funkeln seiner Augen, die auf die Wobbits gerichtet waren. Er schmauchte eine Pfeife. Vor ihm stand ein Bier und ein Teller mit Minihamburgern.

»Wer ist das?«, fragte Promo den Wirt, als dieser eine Bestellung aufnahm.

»Der hübsche Geheimnisvolle?«, sagte Ramablume. »Ich weiß es ehrlich gesagt nicht. Er gehört zu den Wandersleuten, wir nennen sie Waldläufer. Den da nennen wir Speicher wegen all der kleinen, fettigen Hamburger, die er auf Vorrat futtert. Die machen wir ja vor allem für Wobbits, aber er bestellt sie andauernd, normalerweise mit Fritten. Komisch, dass ihr nach ihm fragt, denn … «

» Sie meinen Pommes, Herr? «, sagte Spam.

» Ihr Wobbits mit euren seltsamen Ausdrücken! Fritten werden heiß zu Burgern serviert. Pommes sind rund, außen knusprig, innen weich und werden zu gefüllter Kalbsbrust gereicht. «

» Nein, das sind pommes duchesse! «, sagte Promo. » Pommes sind die Teile, die man für gewöhnlich zu frittiertem Fisch isst. «

» In Brie ist man nie vor einer Überraschung gefeit! Wobbits aus dem Aualand! «, sagte Ramablume. » Sagt, da fällt mir was ein. Was war es gleich noch? Es liegt mir auf der Zunge. «

Promo bemerkte, dass Speicher ihn ansah. Er fühlte sich geschmeichelt, aber auch beunruhigt. Als Speicher ihn zu sich heranwinkte, konnte er nicht widerstehen. Promo setzte sich zu ihm, und Speicher nahm den Fedora ab. Darunter kamen zottiges schwarzes, mit einigen grauen Strähnen durchzogenes Haar und das harte, aber einfühlsame Gesicht eines Kriegerpoeten mit träumerischen grauen Augen zum Vorschein. Im Aualand hatte man noch nie eine so schöne Gestalt gesehen.

» Man nennt mich Speicher «, sagte er mit leiser, selbstbewusster Stimme. » Ich freue mich sehr, Sie kennenzulernen, Herr … Unterhemd, falls das wirklich Ihr Name ist. «

» Ja, Unterhemd, das ist korrekt «, gab Promo steif zurück. Unter den durchdringenden Blicken dieser unglaublichen Augen wurde er nervös. Er ertappte sich dabei, dass er die Hände in den Hosentaschen hatte und an seinem Ring herumfummelte. Etwas drängte ihn, ihn anzustecken.

»Nun, Meister Unterhemd, Ihre jungen Freunde sollten besser beim Bier bleiben. Der Rum scheint ihnen die Zungen zu lockern, und in der Gegend treiben sich ein paar schräge Vögel herum, falls Sie verstehen, was ich meine.«

Promo sah mit Schrecken, dass Pipi auf dem Tisch stand und zu singen anfing.

Ich habe einen Freund aus Aualand,
Der mag das Glas voll bis an den Rand.
Ein Abenteuer muss er wagen,
Promo heißt er, ohne Fragen!

»Wie ich befürchtet habe«, sagte Speicher. »Wer weiß, welche Geheimnisse er ausplaudert, wenn er erst beim Refrain angelangt ist? Sie sollten schnell etwas unternehmen, Promo!« Pipi begann die zweite Strophe.

Mein Freund ist wirklich tadellos,
Hat Riesenfüße und ist ein Meter groß.
In einer Höhle fand sein Onkel
Einen Ring, der …

»He, alle mal zu mir herschaun!«, sagte Promo, während er ebenfalls auf den Tisch sprang. Seine Hand fuhr wieder in die Hosentasche, wo er den Ring umklammerte.

»Du kannst es einfach nicht verknusen, wenn ich im Mittelpunkt stehe, was, Promo?«, sagte Pipi und sprang missmutig vom Tisch.

»Genau«, erklärte Promo den Zuschauern. »Ich heiße

Promo Unterhemd, und ich schreibe ein Buch über meine Reise durch … « Und da kippte der Tisch um, nachdem durch Pipis Absprung ein Ungleichgewicht entstanden war. Promo stürzte, der Ring hüpfte aus seiner Tasche und flog in die Luft. Mysteriöserweise flog er ohne Kette. Promo streckte die Hand nach ihm aus, doch wie bei einem Ringewurfspiel landete der Ring auf seinem Finger.

Als Promo sich umsah, stellte er fest, dass sich der Schankraum in eine Traumwelt verwandelt hatte. Alle bewegten sich in Zeitlupe und sahen wie auf einem Negativfilm aus. Es war ein Rauschen zu hören, als würde eine riesige, abscheuliche Toilette gespült, und dann hatte er die Vision eines Auges. Promo vernahm grässliches, ohrenbetäubendes Flüstern.

»Kommen Sie zu uns, Promo. Wir werden in Firmenanteilen bezahlt, und Sie bekommen einen Dienstwagen! Kommen Sie zu uns! Seien Sie kein Loser!« Der Sprecher klang ein wenig heiser.

Von der Frage, wie er die Firmenanteile in der Steuererklärung angeben musste, in Panik versetzt, wälzte sich Promo unter einen Tisch und zog den Ring vom Finger.

Onkel Milbo hat den Ring Hunderte Male in seiner Wohnung getragen, aber er hat nie etwas von Halluzinationen erwähnt! Promo fand sich wieder in der wirklichen Welt.

Eine kräftige Hand packte ihn, zerrte ihn in eine dunkle Nische, während die Leute in der Bar, von Promos Verschwinden verwirrt, wild hin- und her liefen. Der eigentümlich hässlich aussehende Kerl nickte einem eigentümlich aussehenden Brieländer mit zusammengewachsenen Augenbrauen zu, worauf die beiden diskret hinausgingen. Dann erst bemerkte Promo, dass die Hand Speicher gehörte, der ihm eine Moralpredigt hielt.

»Sie erregen zu viel Aufmerksamkeit, Herr … Unterhemd.«

»So heiße ich. Übertreiben Sie's nicht«, sagte Promo matt. »Was wollen Sie?«

»Dass Sie ein bisschen vorsichtiger sind. Was Sie da mit sich herumtragen, ist kein Plunder.«

»Plunder? Was? Ich? Ich habe keine Ahnung, was Sie meinen!«

»Lassen Sie uns auf Ihr Zimmer gehen. Ich werde die Wahrheit aus Ihnen herausw*ringen.*«

Als sie in Promos Zimmer anlangten, stieß sich Speicher ein paarmal den Kopf an, bevor er Platz nahm und den Großteil einer Zweimanncouch für Wobbits für sich beanspruchte.

»Ich hasse diese Wobbitzimmer«, sagte er. »Aber egal. Haben Sie Angst?«

»Ich würde es nicht direkt Angst nennen«, sagte Promo. »Ich bin verblüfft, ja, und auch besorgt, aber … « Plötzlich zuckte er zusammen, als aus dem Gang ein Geräusch hereindrang. Speicher zog sein Schwert, das nur ein halbes Schwert war. So wie er es hielt, sah es trotz allem gefährlich aus, selbst im kleinen Wobbitzimmer. Die Tür flog auf, und die anderen drei Wobbits stürmten herein.

»Genug damit, mein Bester!«, sagte Spam. Er hatte die Pose eines Marquess von Queensbury eingenommen, als wolle er sagen: *Lass uns das miteinander ausfechten.* »Wir wären Ihnen dankbar, wenn Sie Herrn Promo herausgeben und Ihre Halbwaffe wegstecken würden.«

»Gut gesprochen, Spam«, sagte Speicher. »Sie haben ein großes Herz.«

»Nicht nur ein großes Herz. Schauen Sie ihn doch an!«

»Halt die Klappe, Pipi«, sagte Madi.

»Warum setzen wir dieses Gespräch nicht in der Bar fort?«, sagte Speicher. »Ich habe ein mulmiges Gefühl in diesem Zimmer. Und vielleicht kann mir einer von euch ein Bier ausgeben.«

Kapitel X

Speicher und ein Brief von Ranndarf

»Also, wer sind Sie denn nun eigentlich?«, fragte Madi, als Ramablume davonging, um ihnen die Getränke zu holen.

»Man nennt mich Speicher«, gab der Waldläufer zurück. »Euer Freund Promo hat versprochen, dass er sich mit mir unterhalten würde. Jetzt sitzen wir alle zusammen an einem Fünfertisch. Müssen wir da eine getrennte Rechnung verlangen?«

»Nein«, sagte Promo. »Das geht auf mich. Was wollten Sie mir sagen?«

»Viele dunkle Dinge«, sagte Speicher. »Ich kann zwar nicht verschwinden wie Sie, Promo, aber im Gegensatz zu Ihnen, Pipi, kann ich die Klappe halten und zuhören. Zum Beispiel kauerte ich vor einiger Zeit im Gebüsch und hörte die Unterhaltung von vier Wobbits, die gerade die Grabhügelhohen Hügelgräberhöhen verließen. Ich möchte nicht wiederholen, was sie zum Dude gesagt haben, aber später sagte einer von ihnen: ›Nennt mich Herr Unterhemd. Dann wird niemand Verdacht schöpfen.‹ Herr Unterhemd? Das ist der erbärmlichste Deckname, den ich je gehört habe!«

»Entschuldigen Sie, mein Herr«, sagte Spam. »Aber ich glaube, mein Deckname, Klaus Klöten, ist schlimmer.«

»Zugegeben«, erwiderte Speicher. »Aber jetzt mal im

Ernst! Herr Unterhemd? Wie sind Sie denn darauf gekommen?«

»Das war Ranndarfs Idee«, sagte Promo.

»Ja, das klingt ganz nach ihm«, sagte Speicher. »Folgen Sie seinen Ratschlägen öfter?«

»Verstecken Sie sich öfter im Gebüsch, um Leute zu belauschen?«, fragte Promo.

»Das macht ihn noch zu keinem schlechten Menschen, Herr«, warf Spam ein.

»Trotzdem«, sagte Promo. »Ich möchte eine Antwort, Speicher.«

»Ich wollte schnell und heimlich einen Wobbit namens Promo Muffin finden. Denn ich habe gehört, dass er ein … nun ja, Geheimnis aus dem Aualand trägt, das mich und meine Freunde betrifft.«

»Er muss mit der ganzen Scheiße zu tun haben, die da ans Tageslicht kommt«, sagte Madi.

»Das stimmt tatsächlich. Und ich weiß auch, dass sich in Brie reitende leitende Angestellte aufhalten!«

»Niemals!«, sagte Pipi.

»Immer doch«, sagte Speicher. »Zwar ist die Hecke um Brie vollkommen undurchdringlich, aber sie sind trotzdem hereingekommen. Einer hat das Tor eingerannt und den Schließer darunter begraben. Der andere hat sich hereingeschlichen, als der Ersatz des begrabenen Schließers Pinkelpause gemacht hat. Die anderen haben sich mit Schmiergeldern Zutritt verschafft.«

»Schmiergelder!«, sagte Madi. »Wie das?«

»In Brie sind nicht alle ehrlich und fröhlich, auch wenn die Handelskammer das immer behauptet. Latz Fürskind zum Beispiel. Er ist der Typ mit den enormen Augenbrauen.«

»Mit *der* Augenbraue?«, sagte Madi.

»Ja«, sagte Speicher. »Der dreht immer krumme Dinger. Gleich nach Ihrer Nachtclubnummer hat er die Bar mit einem schielenden Kerl verlassen. Normalerweise verabscheue ich Glücksspiele, aber wenn ich wetten würde, würde ich wetten, dass die beiden soeben in einer Besprechung mit den reitenden leitenden Angestellten sitzen.«

Die Wobbits verharrten schweigend und ängstlich.

»Was wurde aus unserer Bestellung?«, fragte Speicher. »Gerstenmalz ist ein feiner Kerl, aber wie lange kann es dauern, fünf Biere zu zapfen? Gleichwohl, nach allem, was ich bisher gesehen habe, braucht ihr dringend einen Führer für eure Reise nach Suchtal und zum Letzten Eigenheim des Westens. Das wäre dann ich. Ich kenne alle Länder zwischen dem Aualand und den Kübelbergen. Viele Jahre bin ich in ihnen umhergewandert und habe selbstlos Unschuldige wie euch vor Übeltätern beschützt und dabei nie einen Gedanken an Urlaub, Krankenversicherung oder Rentenvorsorge verschwendet. Und ich bin älter, als ich aussehe. Wie alt, glaubt ihr, bin ich? Sagt schon, nur zu.«

»Ich weiß nicht«, meinte Promo. »Fünfunddreißig? Neununddreißig, vielleicht?«

»Nicht einmal annahernd. Aber danke. Muss an der frischen Luft und Bewegung liegen, die ich bei der Trolljagd abbekomme.«

In diesem Augenblick brachte Gerstenmalz, keuchend und verschwitzt, die Getränke. »Entschuldigt, dass es so lange gedauert hat, Jungs. Ein paar Gäste sind wegen Ihrer Zaubershow immer noch aufgebracht, Herr Unterhemd. Sie befürchten, dass sie einen Gedeckpreis zahlen müssen oder so was. Nun also, was wollte ich Sie gleich noch fragen?«

»Ist das in Ihrer Hand ein an Promo Muffin adressierter Brief?«, fragte Speicher.

»Jetzt fällt's mir ein! Ich habe einen Brief für Sie«, sagte er zu Promo.

»Nun, ähm, was hat dieser Brief mit mir zu tun? Mein Name ist Unterhemd. Herr Unterhemd.«

»Stimmt«, sagte Gerstenmalz. »Aber mir wurde gesagt, dass sich ein Herr Muffin unter dem falschen Namen Unterhemd bei mir einquartieren würde. Man hat mir auch eine Beschreibung gegeben: ein Wobbit, klein, leicht übergewichtig, ungefähr einen Meter groß, lockiges braunes Haar, kurz, pelzige Füße, Schuhgröße neunundvierzig, möglicherweise spitze Ohren. Jetzt, wo ich darüber nachdenke, könnte damit jeder von Ihnen gemeint sein. Wer von Ihnen ist denn nun Herr Muffin? Er meinte, es sei wichtig.«

»Wer ist dieser ›er‹, von dem Sie da sprechen?«, fragte Promo.

»Ranndarf, der Zauberer!«, sagte Gerstenmalz. »Er hatte ein großes Projekt am Laufen, das er managt. Netter alter Herr, macht viele Geschäftsessen, gibt aber nicht viel Trinkgeld.«

»Und was ist mit dem Brief?«, fragte Promo.

»Welcher Brief? Ach, dieser Brief! Ja, nun, vor drei Monaten kommt er in mein Büro, geradewegs durch die Tür, auf der steht: *Für Unbefugte kein Zutritt!*, und sagt: ›Gersti, altes Haus!‹

Und ich sage: ›Was machen Sie in meinem Büro?‹

Und er sagt: ›Ich bin wegen wichtiger Geschäfte hier.‹

Dann sage ich: ›Nichtsdestotrotz, Regeln sind Regeln, wenn Sie also bitte hinausgehen … «

»Kommen Sie auf den Punkt, Gerstenmalz«, sagte Promo.

»Bitte, Herr«, sagte Spam. »Mir gefällt es. Die Geschichte muss sich doch erst aufbauen können.«

»Fahren Sie fort«, sagte Speicher.

»›Stellen Sie sicher, dass dieser Brief rechtzeitig beim Rohan Express aufgegeben wird, damit er über Nacht zugestellt werden kann. Ich erstatte Ihnen selbstverständlich die Unkosten‹, sagt er.

›Sie können auf mich zählen‹, sage ich. Und hier ist er wie versprochen.« Dann las er stolz vor: »An Promo Muffin, Muffend, Wobbingen.«

»Geben Sie mir das!«, sagte Promo und riss dem Wirt den Brief aus der Hand. »Warum haben Sie den nicht versendet? Der lag drei Monate in Brie herum!«

»Ja, nun, was das angeht«, sagte Gerstenmalz. »Das ist eine seltsame Geschichte. Sehen Sie, wir hatten Billigbiernacht, und ich sage noch zu Hunz, sage ich ... «

»Lassen Sie's gut sein«, sagte Madi. »Und was jetzt?«

»Sie müssen vorsichtig sein«, sagte Gerstenmalz. »Diese dünnen Schwarzen waren hier und haben nach Ihnen gefragt.«

»Nicht schon wieder!«, sagte Promo. »Gersti, warum sagen Sie, dass die reitenden leitenden Angestellten schwarz wären?«

»Nun, ihre Anzüge waren schwarz. Und ich bin ziemlich sicher, dass sie meinten, sie wollten ein paar Fragen mit Ihnen ›klarmachen‹.«

»Es enttäuscht mich, in einer so multikulturellen Gesellschaft wie Brie einen solchen Unsinn hören zu müssen«, sagte Promo.

»Jetzt schwingen Sie hier nur nicht die Moralkeule, Herr Muffin«, sagte Gerstenmalz. »Immerhin lasse ich mich nicht mit einem Obdachlosen ein.«

»Obdachlos!«, sagte Speicher. »Mit wem sollte er sich

denn einlassen? Mit einem fetten Wirt, der sich nur deshalb seinen eigenen Namen merken kann, weil die Leute den ganzen Tag nach ihm rufen?«

»Schluss jetzt!«, sagte Promo, der schockiert darüber war, dass Speicher eine so billige Spitze gegen einen Menschen mit Gewichtsproblemen abgelassen hatte. Ihm war klar, dass er das Thema wechseln musste. »Will jemand wissen, was in dem Brief steht? Warum lese ich ihn euch nicht einfach vor? Ich hoffe, er plaudert keine unanständigen Geheimnisse aus!«

»Machen Sie ruhig«, sagte Gerstenmalz sichtlich gekränkt. »Ich muss hinterm Tresen kehren oder so.« Langsam trollte er sich.

»Wir hätten gern um halb sechs einen Weckruf«, sagte Madi. »Und vier Continental Breakfasts aufs Zimmer.« Doch Gerstenmalz antwortete nicht.

»Nun?«, sagte Speicher. »Lesen Sie schon den Brief vor!«

»Ja!«, drängten Madi und Pipi. »Lies! Lies!«

Promo öffnete den Brief. Er war auf das Briefpapier von *Gerstenmalz' Tänzelndes Doughnut* geschrieben. Promo erkannte Ranndarfs Handschrift, die ihm aufgrund der zahlreichen Schuldscheine, die ihm der Zauberer über die Jahre ausgestellt hatte, vertraut war. Der Inhalt war folgender:

Zum Tänzelnden Doughnut, Brie, Mittjahrstag, 1418

Lieber Promo,

es könnte nicht besser sein! Mein Plan läuft wie am Schnürchen und übertrifft meine Erwartungen. Die

einzig schlechte Nachricht ist, dass ich nicht in der Lage sein werde, zu Ihrer Abschiedsparty zu kommen. Sie können mir ein andermal ein Bier ausgeben. Übrigens rate ich Ihnen, Wobbingen auf der Stelle zu verlassen. Nichts Schlimmes, wohlgemerkt, Sie sollten nur keine Sekunde länger dort verharren. Für den unwahrscheinlichen Fall, dass ich nicht zu Ihnen stoße, hinterlassen Sie mir eine Nachricht im Tänzelnden Doughnut in Brie. Sie können dem dortigen Manager (Ramablume) vertrauen. Vielleicht treffen Sie einen alten Arbeitskollegen von mir, einen Menschen, groß, dunkel, sehr gutaussehend und unheimlich nützlich, wenn's brenzlig wird. Er wurde in unser Projekt eingeweiht und wird Ihnen helfen. Gehen Sie nach Suchtal. Falls ich aus irgendeinem Grund nicht dort sein sollte, wird E.On Sie beraten. Er ist der dortige Geschäftsführer.
Ihr Ranndarf

*P S: Benutzen Sie den Sie-wissen-schon nicht, *blinzel*. Und reisen Sie nicht bei Nacht. Aber es besteht keinerlei Grund zur Sorge!*
P P S: Nur um auf Nummer sicher zu gehen: Versichern Sie sich, dass der große dunkle Fremde auch wirklich Speicher ist, bevor Sie ihn mitreisen lassen. Die reitenden leitenden Angestellten sind nämlich auch groß und dunkel, auch wenn keinerlei Gefahr besteht, dass Sie einem von ihnen begegnen werden! Dennoch, im Tänzelnden Doughnut treiben sich eigentümliche Leute herum, vor allem am Piratenabend (arr, Kamerad!). Speichers wirklicher Name ist Agrarnorm.

Nicht alles, was Gold ist, funkelt,
Nicht jeder, der wandert, verlorn,
Das Buch, das zum Lesen du erkorn,
Liest sich nicht gut, wenn alles verdunkelt.
Heil wird geborstnes Schwert,
Und König, der die Krone verlor.
Der Fleck auf dem Hemd sich klärt,
Weichst du es ein mit etwas Chlor.

Ich hoffe, Ramablume sendet dies sofort. Falls nicht, ist unser aller Schicksal besiegelt. Aber keine Sorge! Sollte er es vergessen, verwandle ich ihn in Popcorn.

Leben Sie wohl! R.

»Dieser Gerstenmalz wurde uns also sowohl von Ranndarf als auch vom Dude empfohlen«, sagte Promo. »Von einem Freund Ranndarfs hatte ich so etwas ja erwartet, aber ich war der Meinung, der Dude hätte ein besseres Urteilsvermögen.«

»Herr, vielleicht sieht der Dude in Gerstenmalz andere Qualitäten, die er wichtiger einschätzt«, sagte Spam. »Zum Beispiel, dass er Cocktails mixen kann.«

»Guter Hinweis, Spam«, sagte Promo. »Und jetzt spricht sich Ranndarf für Speicher aus. Das ist schade.«

»Ja, Speicher«, sagte Madi. »Wir haben gerade angefangen, Sie zu mögen. Aber als Freund von Ranndarf … «

»Ja, das höre ich oft«, sagte Speicher. »Aber ich bin, der ich zu sein behaupte, und ihr braucht meine Hilfe, um nach Suchtal zu gelangen. Ich hatte gehofft, ihr würdet mein Angebot aufgrund meines guten Aussehens annehmen.« Er sagte das, als wolle er scherzen, doch die Wobbits merkten, dass es ihm ernst war.

»Kommt schon, Jungs!«, sagte Pipi. »Attraktiv ist, wer attraktiv tut, wie wir in der Tuckenfamilie schon seit Generationen sagen. Auch wenn ich bis jetzt nie verstanden habe, was es heißen soll.«

»Ich weiß nicht«, sagte Madi. »Dieser Kerl taucht aus dem Nichts auf, behauptet, er wäre unser Freund, behauptet, er sei dieser Speichertyp … «

»Ich bin Speicher, deshalb lasst uns nicht länger rumalbern!«, sagte er und stand abrupt auf. Er wirkte groß und bedrohlich. Das ist kein Kunststück, wenn man es mit Wobbits zu tun hat. Spam, Madi und Pipi machten sich in die Hose, nicht aber Promo.

»Ja«, sagte dieser. »Sie sind sehr groß und bedrohlich, genau wie Ranndarf, wenn er diesen Zaubertrick macht.«

»Ich bin Agrarnorm, Agrarreforms Sohn«, fuhr Speicher fort, ohne auf die Unterbrechung einzugehen. »Und wenn ich Sie mit meinem Tod oder Leben beschützen kann, Promo, dann werde ich das tun. Die anderen müssen allein klarkommen.«

»Gleich als ich Sie gesehen habe, wollte ich Sie fragen, ob Sie sich uns anschließen wollen«, sagte Promo. »Ich dachte, ein Angestellter des Feindes würde anständig denken, obwohl er gemein tut. Ranndarfs Gedicht beschreibt Sie perfekt, und ich würde mir töricht vorkommen, wenn Sie sich nicht als anständig herausstellen würden. Falls Sie verstehen, was ich meine.«

»Da bin ich mir nicht ganz sicher«, sagte Speicher. »Aber ich glaube, Sie wollen mir mitteilen, dass ich Ihr Führer sein soll, was mich beruhigt. Und ja, das Gedicht handelt von mir. Mein Schwert haben Sie ja schon gesehen, zumindest den Rest davon.«

»Wie haben Sie es kaputt gemacht?«, fragte Pipi.

»Es war schon so, als ich es bekommen habe«, sagte

Speicher mit einer solchen Endgültigkeit, dass selbst Pipi keine weiteren Fragen mehr zu stellen wagte.

»Wie dem auch sei, ich will es generalüberholen lassen, wenn wir in Suchtal sind. Dort gibt es einen Laden, das Schwertarium, wo E.On es wieder ganz neu machen wird. Morgen jedenfalls brechen wir früh in Richtung Einsame Spitze auf, einem alten Aussichtsturm. Ranndarf meinte, dass er versuchen würde, sich dort mit uns zu treffen, falls ihm nichts dazwischenkommt.«

»Sie haben mit Ranndarf gesprochen?«, sagte Promo. »Wir müssen mit ihm reden! Ich weiß nicht, was ich mit all den Quittungen anfangen soll!«

»Tja, nun, er war verschollen. Daran sind die reitenden leitenden Angestellten schuld.«

»O nein!«

»Ranndarf ist wahrscheinlich Opfer einer ihrer Waffen geworden, dem Schwarzen Atem«, sagte Speicher. »Sie verursacht Schlafstörungen, depressive Zustände, nächtliche Schreckgespenster und Heißhunger.«

Plötzlich stürzte Ramablume herein. »Diese Reiter! Sie sind zurück und suchen nach euch!«

»Promo«, sagte Speicher. »Sie und die anderen bleiben bei mir. Es ist zu gefährlich, in eure Zimmer zurückzukehren, deshalb wird Ramablume euer Gepäck holen.«

»Sofort!«, sagte Gerstenmalz. »Hunz!«, rief er. »Geh und hole das Gepäck von Herrn Unterhemd und seinen Gefährten. Bring es hierher!«

Während sie auf Hunz warteten, tranken sie Kaffee und aßen *Tänzelnde Doughnuts*. Bald kam Hunz mit einem Gepäckwagen und umgehängten unförmigen Seesäcken zurück.

»Ich habe die Decken und Kissen so zusammengerollt, dass es aussieht, als würde in jedem Bett ein Wobbit liegen«, sagte er. »Der Dummy von Herrn Unterhemd ist besonders lebensecht.«

»Gute Arbeit, Hunz«, sagte Speicher. »Gute Nacht, meine Herren.« Ramablume und Hunz kehrten zur Rezeption in der Lobby zurück. Kaum waren sie draußen, verrammelte Speicher die Tür und schloss die Fensterläden.

»Ihr vier schlaft eine Weile«, sagte er zu den Wobbits. »Morgen habt ihr einen großen Tag vor euch, und ich will nicht, dass einer von euch miesepetrig ist.« Die Wobbits betteten sich auf den Boden, und nach einigem Gekicher und ein paar lackierten Zehennägeln schliefen sie ein. Speicher saß der Tür zugewandt auf einem Stuhl, hatte sich das halbe Schwert über die Schenkel gelegt und schenkte sich eine Tasse Kaffee ein.

Kapitel XI

Ein Messer im Kissen

Während sich die Wobbits in Brie auf den Schlaf vorbereiteten, herrschte in Promos Wohnung in Schmockland Stille. In Nachthemd, Schlafmütze und Strümpfen spähte Dicklich Bulgur zur Tür hinaus. Den ganzen Nachmittag schon hatte er Angst verspürt, aber das ist für einen Wobbit nicht ungewöhnlich. Zur Schlafenszeit fragte er sich allerdings, ob in Schmockland nicht tatsächlich etwas faul war. Und wie befürchtet, erkannte er eine dünne Gestalt in einem schwarzen Anzug, die sich von der Seitenstraße her in den Hinterhof stahl.

Drei Schatten, die Schwarz trugen oder dunkles Anthrazit, gingen rings ums Haus in Position. Einer an der Vordertür, einer hinten, einer an dem Fenster auf der Seite. Wann immer es möglich war, nutzten die reitenden leitenden Angestellten die Doktrin des multipel-simultanen Zutritts. Damit verwirrten sie ihre Opfer und sorgten dafür, dass niemand entkam. In völliger Regungslosigkeit verharrten sie stundenlang, um einen Überraschungseffekt zu erzielen. Dann zog die Gestalt an der Vordertür eine glimmende Klinge. Ein weiches, schweres Klopfen war zu hören, so weich und schwer wie ein Monsterbrownie.

»Ist Herr Muffin zu sprechen? Ich würde gern mit ihm über ein unglaubliches Angebot sprechen«, ertönte eine professionelle, aber bedrohliche Stimme.

Wieder klopfte es an der Tür, und das billige Schloss brach auf. Dasselbe passierte zur selben Zeit an der Hintertür. Das Fenster wurde eingeschlagen. Drei langweilig gekleidete Gestalten drangen herein.

Aus den umstehenden Bäumen drang ein lautes Hupen.

AUFWACHEN! FEINDE! PFUI!
WIE GEMEIN! AUFWACHEN!

Dicklich Bulgur war nicht müßig geblieben. Er war gerannt, was für einen übergewichtigen Wobbit einen tapferen Entschluss voraussetzte. Gleich als er die drei Schattengestalten erblickte, war ihm klar, dass er nicht wissen wollte, weshalb sie ihm mitten in der Nacht einen Besuch abstatteten. Er rannte so weit er konnte, bis zur nächsten Kreuzung, wo er auf einer Türschwelle zusammenbrach. »Rick! Rick, hilf mir!«, rief er in seiner Angst und Verwirrung. »Rick, verstecke mich! Tu etwas! Du musst mir helfen! Rick! Rick!« Obwohl er nur sinnlos herumschrie, konnte er die Tatsache vermitteln, dass Feinde in Schmockland eingedrungen waren, die entweder nach einer Durchfuhrgenehmigung suchten oder sich bedrohlich über die Hecke neigten. Dann begannen Dicklichs Nachbarn zu hupen und zu krakeelen.

AUFWACHEN! PFUI! PFUSCH! PFÜTZE!
PFUHL! AUFWACHEN!

Die Schmockländer hupten das Horn von Schmockland, das seit Silvester nicht mehr gehupt worden war. Davor war es, Silvester jeweils ausgenommen, hundert Jahre lang nicht gehupt worden, seit jenem berühmten Winter, als der Dandyweinfluss zugefroren war. Damals hatte das Hupen des Horns vor Yetiinvasionen und Schneeschlangen gewarnt.

Die dunklen, schlanken Gestalten wussten, dass sie gegen ein paar Dutzend hupender und keifender Wobbits keine Chance haben würden. Leise schlichen sie zu ihren Pferden zurück und galoppierten die Straße hinunter. Ihnen war klar, dass der Ring und Muffin nicht mehr hier waren, doch ohne Nachsendeadresse waren die Reiter aufgeschmissen. Indem sie durch das Tor rasten, das sie zuvor zertrümmert hatten, und über die Wachen trampelten, die sie zuvor darunter zerquetscht hatten, verschwanden sie aus Schmockland.

In seinen unruhigen Träumen wurde Promo von Hufgetrappel, dem Keuchen eines Wobbits und fernem Hupen und Zetern heimgesucht. Er schlug die Augen auf. Von draußen drang Hunz' Weckruf, den Madi bestellt hatte. Speicher hatte die Vorhänge aufgezogen, sodass nach einer extrem kurzen Nacht das Tageslicht hereinfiel.

Nachdem Speicher die Tür freigeräumt hatte, gingen sie in das Wobbitzimmer, um sich anzuschauen, was passiert war. Natürlich waren die Decken zerschnitten, und die Kissen hatten mehrere Stichwunden erlitten. Die Kokosnuss, die Hunz benutzt hatte, um Promos Kopf zu markieren, wies Anzeichen eines durch stumpfe Gegenstände verursachten Traumas auf.

Gerstenmalz war am Boden zerstört. »Vandalismus in meinem Zimmer, versuchter Totschlag an meinen Gästen, Beschädigung nagelneuer Kissen und Decken. Und wieso liegen hier überall Kokosraspel herum? Früher hat es so etwas nicht gegeben: Diese Krise wird uns noch alle in den Ruin treiben.«

»Ja, das ist hart«, sagte Madi. »Sie richten dem Zimmerservice besser aus, dass er die fünf Frühstücke machen soll, wir brauchen sie sofort. Oh, und der Valet soll die Ponys zum Eingang bringen. Dalli, dalli, marsch, marsch!«

»Ja, kleiner Herr«, sagte Ramablume. »Sehen Sie nur, wie ich eile!«

In kürzester Zeit war er zurück. »Ich muss Ihnen mit Bedauern mitteilen«, sagte er ohne die leiseste Spur von Sarkasmus, »dass Ihre Ponys verschwunden sind. Zusammen mit allen anderen Pferden, Ponys, Einhörnern und Hippogreifen im Stall. Und da war noch etwas, was war es denn noch gleich … Jetzt fällt's mir ein! Ihr Frühstuck sollte jeden Augenblick eintreffen.« Gerstenmalz kehrte mit einer höheren Meinung von sich selbst zur Rezeption zurück.

»Herr, vielleicht haben Sie nicht überall gesucht«, sagte Spam. »Unsere Ponys könnten im Fitnessraum sein oder beim Pool oder im Konferenzzimmer?«

»Nein, Spam«, sagte Speicher. »Die sind mit Sicherheit verschwunden. Aber ich habe eure Ponys gesehen und bin überzeugt, dass sie euch nur aufgehalten haben. Selbstverständlich müsst ihr eure Seesäcke jetzt selbst tragen. Allerdings wären die Ponys nützlich gewesen, um Nahrung zu transportieren. Zwischen hier und Suchtal gibt es absolut nichts Gescheites zu essen außer hin und wieder mal eine Kochmuffel-Filiale oder einen Schlawinerwald.«

Hunz brachte das Frühstück. »Wo soll ich es hinstellen?«, fragte er.

»Oh, einfach auf den Schreibtisch, das passt schon«, sagte Promo. Und während er die Rechnung unterschrieb, setzte er hinzu: »Hunz, gibt es hier in der Gegend eine Eurohorse-Pferdevermietung? Oder wenn Sie uns sagen, wo der nächste Fähnchenhändler ist, könnten wir vielleicht ein Gebrauchtpferd kaufen. Könnten Sie sich mal umhorchen? Ich zeige mich auch erkenntlich dafür.«

Letztlich brachen sie mit drei Stunden Verspätung auf, aber das war Promo gewohnt. Seit sie sich auf diese Reise begeben hatten, war Pipi im Grunde nicht mehr wach zu kriegen gewesen. Hunz kehrte von seinen Erkundigungen zurück mit dem Ergebnis, dass in ganz Brie nur ein einziges Pony erhältlich war: ein abgehalfterter Klepper mit hohem Verbrauch, der Latz Fürskind gehörte.

»Latz Fürskind?«, sagte Promo. »Das kann ja kein Zufall sein. Wahrscheinlich ist es eine List. Wahrscheinlich explodiert das Pony, sobald es lostrabt, oder es galoppiert unaufhaltsam über die nächste Felsklippe.«

»Nein«, sagte Speicher. »Wenn ich etwas über Latz Fürskind weiß – und dies ist leider der Fall –, dann, dass sein Hauptinteresse der Geldmacherei gilt. Wahrscheinlich hat er genüsslich seine Augenbraue hochgezogen, als Sie zu ihm gekommen sind, Hunz. Wie viel verlangt er? Dreimal so viel wie im Katalog?«

Am Ende bezahlte Ramablume das Pony, nachdem Madi ein Dokument unterschrieben hatte, das bezeugte, dass Ramablume am Verlust seiner fünf Ponys unschuldig und der *Tänzelnde Doughnut* sowie die *Best Schwarzweiß-Western-Gruppe* nicht dafür haftbar zu machen war. Madis Ponys waren allerdings nicht gestohlen, sondern einfach nur verscheucht worden, und irgendwann fanden sie ihren Weg zurück zur Bowlinghalle des Dude, wo sie sich zu ihrem Freund Pummel gesellten. Nach einiger Zeit des Relaxens tauschte der Dude sie bei Ramablume gegen ein paar Fässer Kaffeelikör und Wodka ein. Hunz behandelte sie gut im *Tänzelnden Doughnut*, und ihnen wurde die Reise nach Schmoddor und zu der Kluft-die-schicksalhaft-klafft erspart. Allerdings wurden sie so um eine äußerst angenehme Zeit in E.Ons Letztem Eigenheim im Ferienparadies von Suchtal gebracht.

Ansonsten gab es eine Menge Leute aus dem Süden, die sauer waren, weil ihre Pferde verschwunden waren. Gerstenmalz umging alles Schriftliche, indem er die Schuld anderen zuschob.

»Wo ist denn euer Freund, der mit dem Silberblick?«, sagte er. »Er ist davongelaufen mitsamt euren Pferden. Ihr zieht mit einem Pferdedieb durch die Lande, und dann verschwinden eure Pferde: Den Rest könnt ihr euch hoffentlich selbst zusammenreimen. Weshalb sollte das meine Schuld sein? Soll ich euch etwa verklagen?« Sodann bekamen sich die Leute aus dem Süden über die Frage in die Haare, wer von ihnen denn tatsächlich ein Freund des Schielenden gewesen sei.

Die Wobbits packten ihre Sachen für die Reise mit nur einem Pony um, indem sie so viel wie möglich in die beiden aufgeblähten Satteltaschen stopften. Ganz Brie strömte zusammen, um ihnen dabei zuzuschauen nach all den unerhörten Ereignissen: Promos Verschwindibus-Zaubertrick, der von den reitenden leitenden Angestellten zerquetschte Schließer, der Pferdediebstahl. Und jetzt schloss sich der Abenteuergruppe auch noch der berüchtigte Speicher an. Ramablume mietete eine Tribüne und ließ Hunz Tickets verkaufen. So machte er mit der Aufregung noch einen Gewinn. Wichtigtuer kamen sogar aus Emmenstadel, Schlecht und Tortenbrie am Rand des Cheddarwalds, um die Abreise der Wobbits zu erleben.

»Herr Ramablume«, sagte Promo vor dem Gasthaus mit lauter Stimme, damit die Zuhörer auf den Tribünen nicht umsonst bezahlt hatten, »ich hoffe, Ihr Gasthaus in einer künftigen Zeit des Friedens und des Wohlstands erneut besuchen zu können.« Er streckte den Arm nach oben und schüttelte zum Jubel der Menge Gerstenmalz' Hand.

»Danke, Herr Unterhemd«, sagte Gerstenmalz klar und bühnenwirksam. »Wir haben die Kosten für die Wiederbeschaffung der zerstörten Einrichtungsgegenstände unter dem Posten Verbrauchsmaterialien auf Ihre Rechnung gesetzt, zusammen mit dem heutigen Zimmerservice. Ich hoffe, Sie hatten einen angenehmen Aufenthalt.« Mit großer Geste präsentierte er die Rechnung, nahm Promos Zahlung entgegen und winkte dem Publikum zu.

»Hebe die Quittung bloß gut auf, Herr«, sagte Spam. »Es besteht noch immer die Chance, dass wir Herrn Ranndarf wiedersehen und uns die Spesen rückerstatten lassen können.«

Sie trotteten davon. Trotz seiner Last war das Pony der fröhlichste Teilnehmer der Gruppe, denn ihm war alles lieber, als Latz Fürskind zu gehören. Latz pflegte das Pony nämlich nicht, und zwar nur, damit er selbst besser aussah, wenn sie gemeinsam spazieren gingen. Spam führte das Pony und kaute träge an einem Apfel. Hunz hatte ihm eine Tasche voller Äpfel gegeben, die Äpfel waren klein und die Tasche von Spams Windjacke riesig.

Das letzte Haus am Stadtrand, an dem sie vorbeikamen, war heruntergekommen und von einer undurchdringlichen Hecke umgeben. Es gehörte Latz Fürskind. In einem Fenster sah Promo ein vertrautes Gesicht mit Silberblick.

»Hierher also hat sich der schielende Südländer verzogen! Er sieht mehr als nur ein bisschen orkisch aus, meinst du nicht auch, Spam?«

»Kann ich nicht sagen, Herr. Ich versuche, rassistische Bemerkungen zu vermeiden.«

Über die Hecke lugte eine dicke Augenbraue mit einem hässlichen Gesicht darunter. »Hallo, Loser!«, rief Fürskind Speicher zu. »Sie haben ein paar Trottel von auswärts gefunden, die Ihnen 'ne warme Mahlzeit kaufen, wie ich sehe. Viel Spaß auf eurer Reise mit Speicher, und passt auf eure Wertsachen auf!«, wandte er sich dann an die Wobbits. »Und Sie, Spammie, misshandeln Sie mein armes Pony nicht!«

»In der Tat, Herr«, sagte Spam und schleuderte Fürskind einen Apfel ins Gesicht. Er traf ihn auf die Nase. »Was für eine Vergeudung. Ich hätte einen Pferdeapfel nehmen sollen.«

Schließlich ließen sie das Dorf hinter sich. Und als sie die erste Kaffeepause einlegten, erkannten sie bereits die Hütten und Wohnhäuser des Vororts Emmenstadel. Nördlich der Straße lag Schlecht und im Cheddarwald verborgen Tortenbrie.

»Zeit, querfeldein zu wandern«, sagte Speicher. »Mit dieser Abkürzung können die reitenden leitenden Angestellten uns nicht so leicht finden.«

»Das haben wir schon mal gehört, stimmt's, Promo?«, sagte Madi. »Es sind nur noch wenige Monate bis zum Winter. Haben wir noch genug Zeit für eine weitere Abkürzung?«

»Lacht ruhig, Pelzfüße«, sagte Speicher. »Dies ist nicht meine erste Reise. Seit Jahrzehnten durchwandere ich diese Wildnis. Verlasst euch auf mich.«

Bis auf die andauernde Gefahr von reitenden leitenden Angestellten, Grabunholden und fleischfressenden Weiden wanderte es sich die nächsten Tage sehr angenehm.

Die Wobbits stellten fest, dass Speicher keine Plaudereien mochte. Vor allem für Pipi war das schlimm, denn er mochte lautstarke Spiele wie *Ich sehe was, was du nicht siehst* oder *Käfer zählen*. Wobbitjugendliche lieben *Käfer zählen*: Man gibt seinem Mitspieler einen Schlag auf die Schulter, wann immer man ein Insekt sieht, Spinnen und Tausendfüßer inbegriffen.

Im Baulückenwassermoor hätte man großartig *Käfer zählen* spielen können, denn hier wurden die Wobbits unaufhörlich von Insekten aller Größen und Arten angegriffen.

»Wovon leben die nur, wenn sie keine Wobbits bekommen?«, fragte Spam.

»Vor allem von Shoggoths und Dunkeldürren«, sagte Speicher.

»Warum werden Sie nicht gestochen?«, wollte Madi wissen, während er sich auf den Nacken schlug und dabei vier Mücken, zwei Bremsen und eine Zikade tötete.

»Man muss ihnen klarmachen, wer der Boss ist«, sagte Speicher. »Bleibt mal kurz stehen, und ich zeige es euch.« Er verharrte regungslos, bis eine Mücke, die ein ganzes Mückengeschwader anführte, ihn auserkoren hatte. Mit einer einzigen Bewegung zog Speicher sein halbes Schwert und schlug die Leitmücke entzwei. Noch während die beiden Mückenhälften zu Boden fielen, war er schon wieder bereit, es mit dem nächsten Insekt aufzunehmen, doch die anderen Mücken gaben ihr Vorhaben auf und machten kehrt. Speicher wischte das winzige Tröpfchen Mückenblut von seiner Klinge und steckte sie in die Scheide.

»Seht ihr, was ich meine?«

Die Wobbits wurden die Nacht über von Stechmücken geplagt und mussten dem Gesang riesiger Grillen lauschen, die im Dunkeln herumschwirrten. Das Kirp-Zirp der Grillen klang so tief, dass Promo es mit der Angst zu tun bekam, wenn er sich im Geist vorstellte, wie groß die Insekten dem Geräusch nach zu urteilen sein mussten.

Sie benötigten noch einmal einen Tag, um Moor und Marschen zu verlassen und in einen Sumpf zu gelangen. In dieser Nacht wurde Promo vom unablässigen Kirp-Zirp der fernen Zirperkirper wach gehalten. Am östlichen Nachthimmel sah er Blitze zucken, und es roch schwach nach Popcorn. Da merkte er, dass auch Speicher wach war.

»Was sind das für Blitze?«, fragte er.

»Keine Ahnung«, sagte Speicher. »Scheinen von den Hügeln in den Himmel zu schießen.«

»Wahrscheinlich hat es nichts zu bedeuten«, sagte Promo. »Oder?«

Am fünften Tag sahen sie eine Hügelkette und einen einzeln stehenden höheren Kegel. »Das ist die Einsame Spitze«, erklärte Speicher. »Dahin sollten wir uns wohl orientieren.«

»Was meinen Sie damit?«, sagte Promo. »Ranndarf hat Ihnen doch gesagt, dass wir ihn dort treffen sollen.«

»Das hat er, aber es ist unwahrscheinlich, dass wir zur selben Zeit dort ankommen wie er. Der Kerl ist nie pünktlich. Viel wahrscheinlicher ist, dass wir den reitenden leitenden Angestellten in die Arme laufen. Die werden schon auf uns warten. Von dort hat man einen unglaublichen, meilenweiten Blick ringsum. Wenn wir dort warten, werden uns alle Tiere und Vögel der Gegend sehen, und nicht allen Vögeln kann man über den Weg trauen. Gestern hat mich ein Kolibri verdächtig angesehen.«

»Eine Woche durch die Gegend zu latschen, nur um an

einen Ort zu gelangen, an dem wir gar nicht sein möchten, war wohl keine so gute Idee.«

»Nein, war sie nicht«, pflichtete ihm Speicher bei. »Sie war ja auch Teil von Ranndarfs Plan.«

»Verstehe«, sagte Promo. »Und jetzt?«

Sie schlichen sich so gut es ging an die Einsame Spitze heran und lagerten in ihrer Nähe, aber außer Sichtweite. Am nächsten Morgen war es kalt, der Himmel war klar und blau wie Speichers Augen. Ihr Frühstück war wie immer bekömmlich und bestand aus Müsliriegeln. Dank der fettarmen Ernährung und dem vielen Marschieren kamen die Wobbits allmählich in Form. Sie alle hatten ein paar unnötige Pfunde und Zentimeter verloren.

»Wenn wir noch mehr abnehmen«, sagte Madi, »sehen wir bald aus wie der Grabunhold in den Grabhügelhohen Hügelgräberhöhen!«

»Ja!«, sagte Pipi. »Oder steckt mich in einen schwarzen Anzug, und ich sehe aus wie einer von diesen reitenden leitenden Angestellten!« Er und Madi lachten ausgelassen.

»Schweigt, ihr Trottel!«, sagte Speicher überraschend streng.

Die Hügel rückten näher, wenigstens schien es so, denn in Wahrheit bewegten sich Speicher und die Wobbits näher an die Hügel heran. Nach einem weiteren Tagesmarsch waren sie am Fuß des Höhenbummelzugs. Dort übernachteten sie, und am Morgen begannen sie den Aufstieg zu den Knöcheln der Hügel und hofften, die Knie bis zum Mittagessen zu erreichen. Es war der fünfte Oktober.

Madi hob besorgt den Blick. »Speicher?«, sagte er. »Kann ich Ihnen eine Frage zu den Unholden stellen, ohne dass Sie mich wie gestern anschreien?«

»Klar, mein Junge, schießen Sie los. Mich hat doch nur Ihr indiskretes Geschwätz über die reitenden leitenden Angestellten auf die Palme gebracht.«

»Bestens. Also, diese Einsame Spitze sieht ein bisschen wie ein Hügelgrab aus. Aber hier in der Gegend gibt es keine Unholde, oder? Ich meine, Sie wirken wie ein ziemlich harter Typ und so, aber Sie sind noch lange nicht der Dude, ist jetzt nicht böse gemeint.«

»Ich weiß schon, Madi«, sagte Speicher. »Hab's auch nicht so aufgefasst. Und nein, auf der Einsamen Spitze gibt es keine Hügelgräber. Das war früher mal ein Wachturm. Man sagt, dass Ölunddill dort auf die Ankunft des zweisprachigen Ill-Malad aus dem Westen gewartet hat in den Tagen des Beinahe Letzten Bündnisses.«

»Langweilig!«, rief Pipi, der wahllos Steine durch die Gegend warf.

»Wer war Ill-Malad?«, fragte Promo.

»Da haben wir's«, grummelte Madi in Pipis Richtung, und sie rollten beide mit den Augen.

Ill-Malad war ein König der Elben,
Drum regierte er über dieselben.
Kleinen Leuten wie dir und mir
Schenkte er zuweilen ein eiskaltes Bier!

Ein blitzendes Schwert, eine ragende Lanze,
Mit topschicken Klamotten ging er aufs Ganze
Und so marschierte er, frisch eingeseift,
Ins Land Schmoddor, wo kein Kartellrecht greift!

Alle wandten sich Speicher zu, doch er war nicht derjenige, der sang. Es war Spam, der einen erstaunlich tiefen Bariton besaß.

»He!«, sagte Pipi. »Das ist die Melodie von meinem Sauflied!«

»Pipi, gib's auf!«, sagte Madi. »Das ist nicht deine Melodie. Das Lied ist gemeinfrei, dafür kannst du keine Tantiemen einstreichen.«

»Hmpf«, sagte Pipi. »Das ist ein blödes Lied. Das Ganze klingt für mich ziemlich unglaubwürdig. Nur ein Vollpfosten würde nach Schmoddor marschieren!«

»Sprechen Sie den Namen nicht so laut aus!«, herrschte ihn Speicher an.

»Dürfen wir uns denn über nichts mehr unterhalten?«, entgegnete Pipi.

Mittags erreichten sie die Einsame Spitze, und trotz der Gefahr, gesehen zu werden, blieb ihnen nichts anderes übrig, als sie zu erkunden. Doch sie fanden weder leere Spirituosenflaschen noch zerknüllte Notizzettel oder ein anderes Zeichen von Ranndarf.

»Wir haben uns der Einsamen Spitze heimlich genähert«, sagte Speicher. »Und hier oben scheinen keine reitenden leitenden Angestellten zu sein. Zeit, einmal nachzusehen.«

Sie kletterten auf den Gipfel, wo sie Rußflecken und Popcornkrümel entdeckten. »Keine Spur von Ranndarf«, sagte Pipi. »Lasst uns nach Dandyschloss zurückkehren.«

»Nicht so schnell«, sagte Speicher. »Schaut her.« Er deutete auf eines von Ranndarfs Merchandiseprodukten. Es war ein Werbekalender, die R-Rune darauf war deutlich sichtbar, und der Oktober war aufgeschlagen. Das Monatsmotto lautete: *TEAMWORK – Was andere tun, damit du gut dastehst!* Jemand hatte den dritten Oktober hastig mit Kohle umkringelt.

»Das muss nichts zu bedeuten haben. Ranndarf drückt jedem so einen Kalender in die Hand, und ich habe sie schon oft haufenweise in der Wildnis herumliegen sehen. Muss ihn ein Vermögen kosten. Andererseits ist diese Stelle ziemlich ab vom Schuss. Nicht einmal die anderen Waldläufer machen hier oft Rast.«

»Es gibt noch andere Waldläufer?«, fragte Promo. Doch Speicher reagierte sehr wortkarg. Es war, wie wenn man James Bond auf die anderen Doppel-0-Agenten ansprach.

»Muss man gut aussehen, um Waldläufer zu werden?«, wollte Madi wissen.

»Heutzutage nicht mehr«, sagte Speicher. Die Wobbits sahen ihn erwartungsvoll an, als würde er sie gleich um ihre Bewerbungsunterlagen bitten. »Aber kommen wir zum Thema zurück. Wenn Ranndarf diesen Kalender als eine Botschaft an uns zurückgelassen hat, dann deutet alles darauf hin, dass ihm lediglich Zeit blieb, uns mitzuteilen, dass er am Dritten hier war und es eilig hatte. Vielleicht hatte er es eilig, weil er gegen reitende leitende Angestellte gekämpft hat oder weil er dringend zu einer Besprechung musste, bei der es um den Vertragsabschluss seines Lebens ging. Möglicherweise hatte er auch einfach nur keinen Bock, uns eine Nachricht zu hinterlassen, mit der wir wirklich etwas anfangen können. Auf jeden Fall sollten wir uns auf den Weg nach Suchtal machen. Dorthin war er als Nächstes unterwegs.«

»Noch weiter latschen?«, sagte Pipi. »Sind wir denn noch nicht da? Wann sind wir endlich da?«

»Alleine kann ich in sechs Tagen dorthin gelangen«, sagte Speicher. »Mit euch Vieren wird es wahrscheinlich vierzehn Tage dauern.«

»Vierzehn Tage?«, sagte Pipi.

»Ja, das entspricht zwei Wochen, Herr«, sagte Spam.

Promo versuchte, Pipi zu ignorieren, indem er auf die Große Moststraße starrte, die zurück nach Hause führte. Erschreckt erkannte er zwei Punkte darauf, die sich auf sie zubewegten. Die zwei Punkte ritten auf zwei galoppierenden Punkten.

»He, Speicher«, sagte er. »Ich unterbreche Ihre tiefschürfende Unterhaltung nur ungern, aber das sollten Sie sich ansehen.« Er deutete auf die Punkte. Sofort warf sich Speicher auf den Boden und zerrte Promo mit sich hinunter.

»Alle in Deckung!«, sagte Speicher. Spam und Madi ließen sich auf den Boden fallen.

»Was?«, fragte Pipi. »Was ist denn los?« Spam und Madi zogen ihn gemeinsam runter, und Madi hielt ihm den Mund zu.

»Hat einer der Punkte die Form eines reitenden leitenden Angestellten?«, fragte Promo.

»Vielleicht, Herr Speicher, sollten wir weiterziehen«, meinte Spam.

»Das sind tatsächlich Reiter«, gab Speicher zurück. »Aber vor Einbruch der Nacht können wir nirgendwohin. Wir sollten sie hier erwarten. Mir wäre ein ehrlicher Kampf lieber als dieses Umherschleichen.«

»Glauben Sie, dass sie uns gesehen haben? Damals bei Abgotts Bauernhof schienen sie uns gerochen zu haben«, sagte Promo.

»Ja, sie riechen uns«, sagte Speicher. »Und sie riechen das Geld, das Geld, das wir bedeuten. Sie sehen keine Wobbits oder Menschen in uns. Lediglich die potenziellen Profite, die sie generieren würden, wenn sie uns als Halbtagskraft ohne Anspruch auf Lohnnebenkosten anheuern würden. Oder die potenziellen Einsparungen, die sie erzielen würden, wenn sie uns feuerten und unsere Aufgaben an jemanden outsourcen würden, der noch billiger ist.«

»Die Reiter sehen in uns lediglich Dollarzeichen?«

»Exakt. Obgleich ihre Pferde uns sehen können, genau wie ihre Vertragspartner Latz Fürskind oder dieser verräterische Kolibri. Aber jetzt sollten wir uns erst einmal bereit machen. Mir ist Feuerholz aufgefallen, das Ranndarf zurückgelassen hat. Das können wir benutzen, um uns zu verteidigen. Die reitenden leitenden Angestellten mögen kein Feuer und fürchten diejenigen, die es beherrschen.«

»Weil das Feuer für ganz Drittmittelerde kostenlos ist?«, fragte Madi.

»Nein, weil die Reiter entflammbar sind«, entgegnete Speicher. »Ihnen ist die Vorstellung zuwider, dass etwas ihre teuren Anzüge beschädigen könnte. Lasst uns vorankommen, solange wir eine Chance haben.«

Die Wobbits füllten Sandsäcke, während Speicher schnell etwas Wild jagte, ihm die Haut abzog und es briet. Nach einem mächtigen Hirschbraten steckte sich Speicher eine Pfeife an und übernahm die erste Wache. Spam wusch das Geschirr ab, während Madi und Pipi sich gegenseitig auf die Hände schlugen. Promo ließ sich von ihren Schreien – »Du hast gezuckt!«, »Nein, hab ich nicht!« – nicht beirren und setzte sich neben Speicher.

»Was wissen Sie über Ill-Malad, außer dass er zweisprachig war?«, fragte Promo.

»Ihr langweilt mich!«, rief Pipi herüber, wozu er sein Handklapsspiel unterbrechen musste.

»Spam meinte, dass er nach Schmoddor gegangen ist«, sagte Promo.

»Darüber sollten wir nicht sprechen, solange die Diener des Feindes in der Nähe sind«, sagte Speicher.

»Schon wieder?«, beschwerte sich Pipi. »Das Einzige, was schlimmer als diese Geschichten selbst ist, das ist die Angst davor, sie zu erzählen.«

»Okay, Sie sind wohl ein ganz Abgebrühter«, sagte Speicher. »Ich werde euch die Geschichte von Tinnefiel erzählen, aber nur kurz, denn es ist eine lange Geschichte, deren Ende unbekannt ist.«

»Das überrascht mich nicht«, sagte Pipi. »Ich bin ganz Ohr.« Dann mimte er eine Herzattacke und kippte zur Seite, als wäre er tot. Ohne darauf einzugehen, begann Speicher:

Das Gras war grün, das Laub hing dicht,
Tomatensträucher wuchsen weit und breit,
Es glomm von Lampenöl ein Licht,
Das in der Nacht die Hütt' erhellt.
Tinnefiel kochte, Elbenmaid,
Auf einem Herde klein und schlicht.
Eine Mütze trug sie, ganz Züchtigkeit:
›Damit kein Haar in die Suppe fällt!‹

»He!«, sagte Pipi. »Schon wieder mein Lied! Alle klauen meine Melodie!«

»Nein, Pipi«, sagte Speicher. »Das Lied von Tinnefiel geht völlig anders. Zwar nutzen sowohl Ihr Lied als auch meines einen nur selten zur Anwendung kommenden vierhebigen Jambus oder so, aber das Reimschema weicht vollständig voneinander ab. Ihr Lied nutzt ein vorhersehbares AABBCC-Schema, während meines ein aufregendes ABACBABC-Schema aufweist. Und selbstverständlich wiederholt sich die Melodie der ersten vier Verse meines Lieds in den folgenden vier Versen. In Ihrem hingegen wird die Melodie der dritten und vierten Zeile in den Versen fünf und sechs wiederholt. Da, hören Sie mal.« Speicher sang Pipis Sauflied:

He! He! He! An die Buddel ich geh,
Heil mein Herz, ertränk mein Weh,
Zwar kann ich's lassen jederzeit,
Doch trink ich, bis ich richtig breit.
Bevor ich nicht muss spucken,
Schütt' ich Whiskey in den Tucken!

»Da hat er's dir aber gegeben, Pipi«, sagte Madi. »Da kommst du mit einer Urheberrechtsklage nicht durch. Das sind zwei völlig verschiedene Lieder.«

»Mist!«, sagte Pipi. »Wie soll ein Singer-Songwriter jemals einen Hit landen, mit dem er ausgesorgt hat?«

»Sie müssen einfach Ihren eigenen Sound finden, Junge«, sagte Speicher. »Also, wo war ich? Da, wo Tinnefiel Tomatensuppe für Berentzen kocht, oder?« Er räusperte sich.

»Speicher, sieh nur!«, sagte Pipi. »Reitende leitende Angestellte!«

»Pipi, komm schon!«, sagte Promo. »Lass ihn das Lied zu Ende singen!«

»Sorry, Jungs«, sagte Speicher. »Ich sehe sie auch. Ein paar vertraut wirkende schwarze Schemen. Machen wir's kurz: Das Lied geht so noch ein paar Dutzend Verse weiter. Sie macht Tomaten-Basilikum-Suppe, ihm schmeckt sie, und von da an geht alles Rolltreppe abwärts. Jetzt haltet euch nah beim Feuer, der Nacht zugewandt. Und haltet einen brennenden Zweig bereit.«

»Sollen wir unsere Schwerter ziehen?«, fragte Promo.

»Klar, warum nicht?«, gab Speicher zurück.

Aus der Ferne näherten sich zu Fuß schattenhafte Gestalten. Es schienen vier Stück zu sein, doch Promo hatte solche Angst, dass er ein Dutzend von ihnen sah. Schlimmer als die Angst war der überwältigende Wunsch, den Ring überzustreifen. Nicht als Teil eines Flucht- oder Schlachtplans, sondern als völlig losgelöstes Bedürfnis. So wie das Bedürfnis, den lange aufgeschobenen Wohnungsputz zu erledigen, wenn man eigentlich seine Steuererklärung machen sollte. Er vermochte an nichts anderes mehr zu denken. Dann dachte er: *Widerstand ist zwecklos,* und zog den Ring an seiner mysteriösen Kette hervor. Er steckte ihn sich an den linken Zeigefinger. Denn sollte er aus irgendeinem Grund der Freundin des Dude begegnen, Maude, dann wollte er nicht, dass sie es für einen Ehering hielt.

Mit dem Ring wurden die dunklen Gestalten für Promo furchtbar deutlich. Statt maßgeschneiderten schwarzen Anzügen, modischen Frisuren und teuren Aktentaschen sah er durch ihre dunkle Verkleidung hindurch. Es waren fünf groß gewachsene Gestalten in den allgemein bekannten und ewig unveränderlichen Kleidern des Kapitalismus: Zylinder, Schnauzer, gestreifte Hosen und Fräcke. Hinter ihren Monokeln glühten scharfe und erbarmungslose Augen. In den fetten Händen hielten sie stählerne Gehstöcke. Speichers Ratschlag ganz vergessend, dachte Promo nicht mehr an den brennenden Zweig, sondern hob das Schwert aus dem Hügelgrab, das rot zu flackern schien. Der Anführer der Kapitalisten, der wie eine scheußliche Kombination aus Mr. Monopoly und Dagobert Duck aussah, beugte sich zu Promo herab. In einer Hand hielt er seinen Stock, in der anderen ein Messer. Beide strahlten bleiches Licht ab. Mit erhobenem Spazierstock sprang er vor, um Promo unheimlich zu vermöbeln.

In diesem Augenblick warf sich Promo zu Boden und

hörte sich »O Albernet! Giltohnesiegel!« rufen. Dann hieb er mit aller Macht drein, so wie es Müslipur bei Saubohn getan hatte: ein feiger Stich in die gespenstischen Weichteile seines Feindes. Er vernahm einen verständlicherweise schrillen Schrei, bevor er etwas Schmerzhaftes in der linken Schulter spürte. *Das gibt wahrscheinlich einen blauen Fleck*, dachte er. Und dann wurde er ohnmächtig. Dabei dachte er: *Ich würde mir wirklich wünschen, nicht vor Speicher ohnmächtig werden zu müssen. Der Typ ist so umwerfend.* Dann erkannte er noch, wie Speicher mit einem langen, brennenden Stock in jeder Hand aus der Dunkelheit stürzte. Promo kämpfte lange genug gegen die Ohnmacht an, um *Umwerfend* denken zu können. Dann zog er sich den Ring vom Finger. Schließlich dachte er noch: *Ich frage mich, was mit der Kette passiert ist.*

Kapitel XII

Schneller Trab zur Furt

Als Promo erwachte, umklammerte er noch immer den Ring und lag neben einem Haufen langer, brennender Äste, die zu einem Lagerfeuer zusammengeschoben waren.

»Diese langen, brennenden Zweige wären praktisch, um gegen reitende leitende Angestellte zu kämpfen«, sagte er. »Wo bin ich? Wo ist der bleiche Kapitalist? Wo ist die Kette für meinen Ring?«

Die anderen freuten sich total, dass Promo noch am Leben war, konnten ihm aber nichts weiter erzählen, als dass sie fünf dunkle Schemen gesehen hatten, die sich als die Leute in den schwarzen Anzügen herausgestellt hatten. Spam erklärte, dass Promo verschwunden war, als die Situation besonders verzweifelt wurde. So, wie es Onkel Milbo auf seinen Abenteuern oft getan hatte. Er hatte Promo in einer fremden Sprache sprechen hören, hatte nachgesehen und ihn dann sichtbar und verwundet wiedergefunden. Speicher war zum Lager zurückgekehrt und hatte Pipi befohlen, Promo näher ans Feuer zu schaffen. Dann hatte er Promos Ärmel gelöscht und Pipi befohlen, ihn nicht ganz so nah ans Feuer zu schaffen. An dieser Stelle war Promo aufgewacht.

Speicher sprach leise mit ihm. Dann sagte er zu den anderen: »Ich habe gute und schlechte Neuigkeiten.«

»Lassen Sie uns erst die guten hören«, entschied Madi.

»Die reitenden leitenden Angestellten sind weg.«

»Das war's?«, sagte Madi.

»Und: Promo ist noch am Leben.«

»Das haben wir alles auch so gewusst«, sagte Madi. »Was ist mit der schlechten Neuigkeit?«

»Die schlechte Neuigkeit ist, dass die reitenden leitenden Angestellten zurückkommen werden. Hier oben dürfen wir uns nicht noch einmal überfallen lassen. Aber es gibt keinen Ort, den ihr vier zu Fuß erreichen könntet, der sicherer wäre. Doch das spielt wegen Promos tödlicher Giftwunde ohnehin keine Rolle mehr.«

»Ich sterbe?«, fragte Promo.

»Ja, Junge, auch wenn ich gehofft hatte, es Ihnen sanfter beizubringen. Dazu kommt, dass wir den restlichen Wildbraten essen müssen, bevor er schlecht wird. Aber das ist schon alles. Keine weiteren schlechten Neuigkeiten für den Moment. Und wenn Sie mich jetzt entschuldigen würden, dann würde ich wieder wegrennen. Ich bin bald zurück. Ruht euch ein bisschen aus.«

»Kein Problem«, sagte Promo. »Ich versuche, am Leben zu bleiben, bis Sie zurück sind.«

Kurz nach einem enttäuschenden Sonnenaufgang kehrte Speicher zurück. Er weckte die Wobbits, um ihnen eine schwarze Anzughose mit Beinaufschlag und Bügelfalte zu zeigen. Direkt unterhalb des Reißverschlusses befand sich ein Riss.

»Das kommt von Promos Hieb«, sagte er. »Doch mehr als eine ruinierte Anzughose konnte er dem reitenden leitenden Angestellten damit nicht zufügen. Tödlicher war für diesen, dass Promo den Namen Albernet genannt hat. Dies wiederum war ziemlich tödlich für Promo«, sagte er, indem er einen äußerst spitzen Dolch in die Höhe hielt. Die Klinge war gezackt, und vorn war ein Stück abgebrochen.

»Die Spitze dieses Dolchs ist in Promos Schulter abgesplittert. Man zwingt die Waffenschmiede in der Schneidwarenfabrik Schmoddor, im Akkord Schund zu produzieren.«

»Damit lässt sich aber nicht der unglaubliche Schmerz erklären«, sagte Promo. »Ich glaubte, ich hätte mir die Schulter ausgekugelt, als ich diesem Kerl in die Weichteile gestochen hatte.«

»Sehen Sie sich das an«, sagte Speicher. Er hielt den Dolch ins Sonnenlicht, und die Klinge verging wie Rauch in der Luft. »Wenn das mal kein Pfusch ist! So tödlich diese Waffe sein mag, kann sie doch nur nachts benutzt werden. Es gibt ein Partnermodell, das man nur tagsüber einsetzen kann. Wenn man es in der Nacht zückt, verwandelt es sich in Rindersülze.«

Er kramte ein paar Blätter aus einem Beutel an seinem Gürtel. »Das hilft Ihnen vielleicht, Promo. Das sind die Blätter des Doublemintstrauchs.«

»Wie haben Sie die im Dunkeln gefunden, Herr Speicher?«, fragte Spam.

»In der Waldläuferschule wird einem beigebracht, wie man sie mit verbundenen Augen findet, nämlich anhand des Geruchs.«

Er legte eine Pause ein, damit die Wobbits beeindruckt sein konnten. »Sie heilen Wunden und erfrischen den Atem.«

»Und was soll ich mit ihnen tun?«, fragte Promo. »Sie rauchen?«

»Nein, seien Sie nicht albern«, sagte Speicher. »Das machen Sie nur, wenn Sie die mit einer Sommergrippe einhergehenden Beschwerden wie Husten oder Halsschmerzen kurieren wollen. Spam, kochen Sie etwas Wasser.«

»Sie wollen daraus einen Tee machen?«

»Ja, der schmeckt sehr gut zu einem leichten Frühstück. Bringen Sie auch noch die übrigen Doughnuts, Spam! Aber in Ihrem Fall, Promo, werde ich die Blätter einfach zerkauen und sie in Ihre tödliche Wunde drücken.«

»Erhöht das nicht die Gefahr einer Infektion?«, fragte Promo. »Wann haben Sie sich zum letzten Mal die Hände gewaschen? Oder sich die Zähne geputzt?«

»Infektion!«, sagte Speicher. »Sie haben einen Splitter des Tauschwerts im Leib. Morgen um diese Zeit werden Sie mich um eine Infektion anflehen!« Nachdem er auf den Blättern herumgekaut hatte, stopfte er ein paar Knäuel davon in die Wunde.

»Autsch!«, sagte Promo. »Wenn das eine tödliche Wunde ist, könnten Sie mich dann nicht in Ruhe sterben lassen?«

»Habe ich tödliche Wunde gesagt? Ich meinte ›so gut wie‹ tödliche Wunde, was etwas ganz anderes ist. Ich nehme an, Sie haben sich schon auf ein Land in bleichem Licht hinter einer grauen Regenwand gefreut, in dem ein schneller Sonnenaufgang eine ferne grüne Landschaft enthüllt? Noch ist es nicht so weit, Promo Muffin.«

Am nächsten Morgen bewegten sie sich nach Süden. Sie gingen oder, wie in Pipis Fall, wanderten weitere elf mühselige Tage. Die ganze Zeit über marterte Promos Arm ihn zu Tode. Die Landschaft wurde noch trostloser. Überall waren riesige Fußspuren zu sehen, und oft mussten sie über Skelette hinwegsteigen.

»Wir befinden uns im Land der Trolle«, erklärte Speicher. »Seid wachsam, Jungs. Promo, versuchen Sie, sich auszuruhen. In ungefähr fünfundvierzig Minuten kann ich Ihnen Ihre nächste Dosis Doublemint verabreichen. Spam, bleiben Sie bei ihm. Pipi, Sie suchen einen Lagerplatz, und Sie, Madi, passen auf Pipi auf. Ich jage uns ein Mittagessen.«

Pipi lief geradewegs auf eine gefährlich aussehende Höhle zu. »Schaut mal, Kumpels! Cool! Eine Höhle! Lasst uns hier picknicken!« Bevor Madi es verhindern konnte, zerrte Pipi Seesäcke vom Pony herunter und warf sie in den Höhleneingang. Eben wollte er Decken ausbreiten, auf die sie sich setzen konnten, als er drei Trolle erblickte.

»Trolle!«, kreischte er und rannte hin und her. »Ziemlich große! Hilfe! Helft mir!«

»Wir sind ja schon da«, beruhigte ihn Speicher.

»Ja, ich sehe, was du meinst«, sagte Madi. »Mach dir keine Sorgen, ich kümmere mich um sie.« Madi trat vor den ersten Troll und zeigte ihm den nackten Hintern. Speicher lächelte geduldig.

»Da, Herr Troll, beiß mir in den Arsch! Was denn? Du kannst nicht, weil du vor Jahrzehnten in Stein verwandelt worden bist? Was ist denn mit deinen Kumpels? Auch nicht?« Damit zog er die Hose wieder hinauf.

»Die sind ja alle versteinert«, sagte Pipi.

»Was du nicht sagst!«, gab Madi zurück. »Es ist helllichter Tag, du Schwachkopf.«

»Der war gut, Madi«, sagte Speicher. »Und das sind nicht irgendwelche Trolle. Erinnert ihr euch nicht an Milbos Geschichte? Dies sind dieselben übergroßen Trolle, die Theorin Eichenkilt und seine Zwerge fressen wollten. Ranndarf hat sie mit einem Zaubertrick dazu gebracht, sich bis Sonnenaufgang zu streiten, und da wurden sie zu Stein. Vielleicht fällt euch die Nachricht auf, die in den rechten Troll eingeritzt ist. Da steht: *Sie benötigen Projektmanagement? Fragen Sie Ranndarf!* Der Kerl gibt nie auf!«

»In dieser Ecke gibt's doch kaum Laufkundschaft«, sagte Madi. »Wer soll diese Werbung denn bemerken?«

»Das nennt sich wohl Nischenmarketing«, sagte Speicher. »Und hier ist das Loch, wo Ranndarf den Schatz ausgegraben hat. Er und Milbo haben ihn den Zwergen gegenüber unterschlagen und auf dem Heimweg mitgenommen.«

»Es ist ja nicht so, dass die Zwerge ihn gebraucht hätten«, sagte Pipi.

»Wo sind die übergroßen Kleider der Trolle?«, fragte Madi.

»Alles, was von ihrer Kleidung übrig blieb, haben Wind und Wetter davongetragen«, sagte Speicher. »Bitte lasst Promo nicht die Trolle sehen. Ich fürchte, in seinem geschwächten Zustand könnte der Anblick ihrer wirklich mächtigen und prächtigen Gemächte zu viel für ihn sein.« Sorgfältig bedeckten Madi und Pipi die Scham der Trolle mit Tischtüchern, während Speicher einen Hasen fing, ausnahm und zu Eintopf verkochte. Dann erklärten sie Spam die Lage und hießen ihn, Promo herüberzubringen, damit er Hasenpfeffer essen und Bier trinken konnte.

»Sieh nur, Herr Promo!«, sagte Spam. »Herrn Milbos Trolle!«

»Ja«, sagte Promo. Für einen, der stirbt, aß er seinen Eintopf mit großem Eifer. »Was für ein widerlicher Ort für ein Picknick. Und warum tragen die weiß-rot karierte Lendentücher?«

»Das frage besser nicht, Herr«, sagte Spam. »Oh, das erinnert mich an ein Lied.«

Ein Troll nagt am Gebein dahinten am kalten Stein
Schon Jahr um Jahr, denn Fleisch ist rar, und Troll ist allein.
Der Dude in Bowlingschuhen schockiert den Troll,
Sagt: ›Ich denk, das ist das Schienbein von meinem Onkel Bombadoll.
Du kaust auf meinem Lieblingsonkel, Mann!
Bist du etwa ein Troll, der das nicht lassen kann?
Aber sonst ist heute wieder alles klar in Andor und in Doriath.‹

»Spam!«, sagte Pipi. »Du singst ein Lied über den Dude! Willst du damit sagen, dass du schon vom Dude gewusst hast, bevor er uns vor der Killerweide gerettet hat? Warum hast du nichts gesagt?«

»Ich fand nicht, dass es mir zustand, Herr.«

»Einen Augenblick!«, sagte Madi. »Der Dude hat einen verstorbenen Onkel? Er wirkt nicht so, als hätte er eine Familie.«

»Bis auf Maude«, sagte Promo. »Werde ich jemals wieder ihren gehörnten Helm erblicken?«

»Da haben wir's«, sagte Madi, während Pipi so tat, als strömten ihm Tränen aus den Augen.

»Genug gesungen!«, sagte Promo. »Wenn ich schon sterben muss, dann haltet wenigstens die Klappe und lasst mich sterben. Oder falls ihr mir wirklich eine medizinische Behandlung in Suchtal ermöglichen wollt, dann sollten wir vor Einbruch der Nacht vielleicht noch ein Stück vorankommen.«

Sie räumten auf und packten, und dann wanderten sie

wieder eine Weile. Als es dunkel wurde, hörten sie das Klippedi-Klippedi-Klipp ominöser Hufe. Pipi und Madi fingen sofort an, sich im Boden einzugraben, doch da grüßte sie der Reiter bereits mit den Worten: *Mäh badwannen!* Der Gruß erschallte so gut artikuliert und klangschön, dass ihnen klar war, dass es sich bei dem Reiter um jemanden aus dem Elbenvolk handeln musste. Er war blond – was sonst? –, sehr stylish gekleidet und hatte einen perfekten Teint. In Promos Augen sah er fabelhaft aus, doch schien seine unglaublich klare Haut eine Marmorierung aufzuweisen wie eine geschmackvolle Designerlampe. Die Wobbits hatten gehofft, sich mit dem verblüffend attraktiven Elben unterhalten zu können, doch als dieser abstieg, wandte er sich sogleich an Speicher, und die beiden unterhielten sich miteinander.

»Karfunkel!«, sagte Speicher. »Was machen Sie hier? Ich habe mit meiner Freundin gerechnet!«

»Ja, sie hat es nicht geschafft«, sagte Karfunkel. »In Suchtal geht es drunter und drüber. Wir haben gerade zwei Cons gleichzeitig. Sie konnte nicht weg und lässt ausrichten, dass es ihr leidtut.«

»Es ist ja nur, weil sie immer sagt, dass wir mehr Zeit miteinander verbringen sollen, wenn wir eine Beziehung aufbauen wollen. Zeit für Gespräche, meint sie.«

»Verstehe, Agrarnorm. Beziehungen sind anstrengend. Aber vielleicht sollten wir uns auf Promos Wunde konzentrieren. Ich bin hier, um ihn nach Suchtal zu bringen.«

»Sicher«, sagte Speicher und wandte sich den Wobbits zu. »Jungs, das ist Karfunkel, einer der Besten in Suchtal. Das ist Madi, und der dahinten, der Sie so anstarrt, das ist Pipi. Spam trägt Promo, der die Schulterwunde hat.«

»Sie sind aus Suchtal?«, fragte Promo. »Dann ist Ranndarf dort also inzwischen angekommen?«

»Ranndarf? Nein, noch nicht. Er hat reserviert, und E.On, unser Manager, besteht darauf, dass wir seine Reservierung nicht stornieren. Inzwischen hätten wir die Suite schon zweimal vermieten können. Aber ich bin auch schon eine Weile unterwegs, um nach euch zu suchen, von daher ist er zwischenzeitlich vielleicht auch angekommen. Bestimmt geht es ihm gut. Ihr kennt doch Ranndarf. Ich bin jedenfalls froh, dass Sie an einem Stück sind, Promo. Die Straße ist von reitenden leitenden Angestellten verstopft. Ich habe sie in der ganzen Gegend herumgescheucht.«

»Sie scheuchen reitende leitende Angestellte?«, sagte Madi. »Sie müssen ja ein knallharter Typ sein!« Er warf einen kritischen Blick auf Speicher.

»Moment mal, Heißsporn«, sagte Karfunkel. »In Drittmittelerde gibt es gerade einmal ein halbes Dutzend Elben, die es mit den reitenden leitenden Angestellten aufnehmen können. Agrarnorm hier hat fünf von ihnen mit einem halben Schwert und zwei langen brennenden Zweigen in die Flucht geschlagen. Ich bin mir nicht sicher, ob ich es mit einem einzigen Reiter aufnehmen könnte, wenn ich gleichzeitig noch vier Wobbits beschützen müsste. Und dazu hat Agrarnorm noch den Nachteil, dass er kein Elb ist.«

»Wem sagen Sie das«, sagte Speicher.

»Verzeihen Sie mir, meine Herren«, sagte Spam. »Aber sollten wir nicht nach Herrn Promo und seiner Wunde sehen?«

»Guter Hinweis, Spam«, sagte Speicher. »Hier, Karfunkel, schauen Sie sich das an.« Er zeigte ihm das Heft des Reitermessers.

»Ah! Das Nachttauschwert«, sagte Karfunkel. »Teil der neuen Strategie der Schneidwarenfabrik Schmoddor, um Regalplatz einzusparen. Jeder Händler, der Tauschwerter führt, muss sowohl die Nachtmodelle als auch die Tagmodelle anbieten, sodass für alle anderen Mitbewerber auf dem Gebiet seelenraubender Dolche weniger Platz verbleibt. Und oft kann man sie nur einmal benutzen, da die Klingen eine Sollbruchstelle haben und die Firma sich weigert, etwas dagegen zu tun. Bewahren Sie das gut auf, Agrarnorm. E.On würde sich das bestimmt gern ansehen.«

»Und die Wunde, Herr?«, fragte Spam.

»Lassen Sie mich einen Blick darauf werfen«, sagte Karfunkel. »Promo, Sie spüren jetzt gleich ein wenig Druck. Dann sticht es kurz. Vielleicht bekommen Sie ein paar Tränen in die Augen.« Er nahm Promos Verband ab und untersuchte die Wunde.

»Aua!«, sagte Promo.

»Tut mir leid. Agrarnorm, das ist ein toller Feldverband. Die Erste-Hilfe-Maßnahmen von euch Waldläufern sind immer noch exzellent. Was haben Sie benutzt? Doublemint? Und es hat sich nicht infiziert? Gute Arbeit.«

»Und Sie können die Wunde heilen, Herr?«, fragte Spam.

»Meine Güte, nein!«, sagte Karfunkel. »Aber lassen Sie mich eins versuchen.« Er blies sich kräftig in die Hände, klatschte einmal und drückte die Handflächen einen Moment lang zusammen. Dann legte er sie auf Promos Wunde. Der eisige Schmerz ließ nach. »Das ist so ein Elbending. Das können Sie alle vier Stunden von mir bekommen, insgesamt zwei Tage lang. Danach sind Sie wahrscheinlich tot.«

»Dann sollten wir uns besser auf den Weg machen«, sagte Speicher.

»Ja«, sagte Karfunkel. »Promo, Sie reiten auf meinem Pferd.«

»Nein, niemals«, sagte Promo. »Sehen Sie doch nur, wie groß das Ding ist! Da falle ich noch runter und breche mir das Genick!«

»Sie fallen nicht runter. Das ist ein Elbenpferd.«

»Sie haben spezielle Pferde?«, fragte Madi.

»Natürlich haben wir das! Und niemand, nicht einmal ein Wobbit fällt jemals davon herunter. Dieses Pferd galoppiert so ebenmäßig, leicht und luftig, dass man meint, seine Hufe würden den Boden kaum berühren.«

»Stell dir das vor«, sagte Madi, indem er Pipi anstupste.

»Die haben alles speziell«, sagte Pipi.

Sie setzten ihren Marsch unter Karfunkels Führung fort. Sie gingen fast die ganze Nacht hindurch trotz Pipis Beschwerden und seinem gespielten Stolpern. Erst im Morgengrauen gestattete Karfunkel ihnen eine Pause. Die Wobbits schliefen nur fünf Stunden in ihrem traditionellen Stapel, aber es war schon lange nach Kaffeezeit, als sie wieder unterwegs waren.

Als sie weiterwanderten, jammerte Pipi so unablässig, dass Karfunkel schließlich »Da« sagte und ihm einen eleganten Flachmann in die Hand drückte. »Nehmen Sie einen winzigen Schluck und reichen Sie ihn weiter.« Die Flüssigkeit darin war klar, besaß keinen Geschmack und hinterließ keinen Sinneseindruck im Mund. Pipi war sich nicht sicher, ob er tatsächlich etwas getrunken hatte. Kurz darauf jedoch fühlte er sich, als hätte er eine Kanne Espresso mit viel Zucker hinuntergestürzt. Danach lief er schnell weiter.

»Gib mir was davon!«, sagte Madi, der die Flasche nahm, trank und weitergab, bevor er zu Pipi aufschloss. Auf diese Weise brachten sie bis Sonnenuntergang fast zwanzig Meilen hinter sich.

Am nächsten Morgen brachen sie früh auf. Die Wobbits waren schwer enttäuscht, dass Karfunkel ihnen seinen Flachmann nicht anbot. Am Nachmittag gelangten sie in einen Kiefernwald, und gleich dahinter erkannten sie den Fluss und die Furt von Suchtal.

»Genau hier würde ich einen Hinterhalt legen«, sagte Speicher.

»Flieht, ihr Narren!«, sagte Karfunkel. »Reitende leitende Angestellte!« Eine Reitergruppe brach zwischen den Bäumen hervor und raste geradewegs auf Promo zu.

Promo zögerte. Er vermochte die Reiter in ihrer Gestalt als Kapitalisten von anno dazumal zu sehen, mit glitzernden Gamaschen und Fliegen, die furchtbaren Gehstöcke drohend erhoben. Er zögerte, als hätten sie ihm eine schreckliche E-Mail geschrieben, die ihm befahl, auf sie zu warten.

»Reiten Sie weiter!«, bellte Karfunkel. Dann rief er dem Pferd in der Elbensprache zu: »Nolo contendere, Asphaltloch!«

Asphaltloch spritzte davon, und Promo fiel nicht herunter. Im Versuch, die Reiter zu verwirren, galoppierte Promos Pferd wild zwischen den Kiefern vor und zurück. Einmal lief es mehrmals im Kreis um einen Baum herum. Speicher und die anderen blieben bald weit zurück und machten sich Sorgen, denn Promo wirkte wie eine leb- und farblose Gummipuppe, die reglos im Sattel saß. Endlich gelang es Asphaltloch, zwischen den Reitern durchzuwitschen und durch die Furt zu traben. Alle neun Reiter jagten hinter Promo her, manche wagten sich in den Fluss, die anderen blieben am Ufer zurück. Das war ihre Chance. Es war ein Kinderspiel, den Fluss zu durchqueren, den wehrlosen Promo zu fangen und den Ring an sich zu nehmen. Doch wie es Schurken immer tun, entschieden sie sich stattdessen dafür, ihn in ihrer Siegesgewissheit zu verhöhnen.

»Kommen Sie zurück!«, sagte der Chefkapitalist. »Kommen Sie zurück! Sie haben eine wichtige Besprechung in Schmoddor! Wenn wir gleich mit dem Papierkram anfangen, können Sie schon nächste Woche Ihr erstes Gehalt beziehen!«

»Bei Albernet, ihr werdet den Ring nicht bekommen«, sagte Promo. »Und ich bin auch schon ohne Anstellung reich, deshalb brauche ich keinen Job!«

»Natürlich brauchen Sie einen Job! Wegen der Arbeitgeberbeiträge zur gesetzlichen Krankenversicherung! Und niemand ist jemals reich genug! Habe ich recht?« Das Pferd des Chefs trat in den Fluss.

In diesem Augenblick ertönte ein Donnern und Grollen, das Geräusch von lautem Wassergebraus. Promo sah den Fluss ansteigen, und im weiß aufgeschäumten Wasser erschienen Bilder von weißen Schaumkajakfahrern, die wild paddelten und sich auf die reitenden leitenden Angestellten stürzten. Sie begruben die Reiter und rissen sie mit sich. Hinter den Reitern am Ufer erkannte Promo die umwerfende Figur Karfunkels, der zum Angriff heranstürmte. Bei ihm war eine weniger umwerfende und etwas enttäuschte Gestalt, die ein halbes Schwert schwang. Die Nachhut bildeten drei kurze Gestalten, die weit hinterherhinkten. Doch die Wucht Karfunkels und vielleicht auch die Speichers versetzte die Reiter rücklings in Panik, sodass sie kopflos in die Fluten preschten, wo sie wie ihre Kollegen davongespült wurden.

Dann spürte Promo, wie er trotz aller Bemühungen Asphaltlochs hinunterfiel. Bereits auf halbem Weg zum Boden sah und hörte Promo nichts mehr.

Kapitel XIII

Unheimlich viele Begegnungen

Promo erwachte und stellte fest, dass er in einem Bett lag. Er ging davon aus, dass er an der Furt gestorben und nun im Wobbithimmel war. Es war nicht der Himmel mit dem bleichen Licht und dem raschen Sonnenaufgang, aber das war Promo auch recht. Es war, als wäre er in einem angenehmen Hotel oder in einem superangenehmen Krankenhaus.

»Wo bin ich?«, fragte er laut, falls gerade ein Zimmermädchen in der Nähe sein sollte.

»Im Ferienparadies Suchtal«, sagte eine erschreckend vertraute Stimme. »Es ist der Morgen des vierundzwanzigsten Oktobers, doch ich glaube nicht, dass Sie einen Termin für heute hatten.«

»Ranndarf? Wie sind Sie in mein Zimmer gekommen?«, fragte Promo.

»So bin ich eben! Spam hat mich reingelassen, und Sie können von Glück sagen, dass Sie hier sind!«

»O ja«, sagte Promo. »Ich bin der glücklichste Wobbit aus ganz Aualand. Ich wurde verfolgt, gejagt, verwundet und vergiftet. Und dann bin ich auch noch von einem Pferd gefallen. Was geschah danach? Liege ich noch immer im Sterben?«

»Nein, Sie sterben nicht. Sie werden sich vollständig erholen. Viele von uns haben Sie aufgegeben, nicht aber ich, ich niemals. Es ist ein Glück, dass die reitenden leitenden Angestellten Ihre Gefangennahme mit Verhöhnungen hinausgezögert haben.«

»Ohne Speicher und den anderen Typen hätten wir es niemals geschafft.«

»Karfunkel?«

»Genau! Ich vergesse ihn ständig. Wissen Sie, es wäre schön gewesen, wenn Sie sich auch hätten blicken lassen.«

»Ja. Ich musste unser Treffen verschieben. Etwas ganz Verrücktes ist passiert. Ich muss Ihnen das irgendwann einmal ausführlich erzählen. Kurz gesagt: Ich steckte in einer Besprechung fest, die etwas länger gedauert hat. Wichtig ist nur, dass das Projekt trotzdem weiterläuft. Das haben wir, zu einem gewissen Grad, Speicher zu verdanken.«

»Speicher ist ein prima Kerl für einen von den Großen Leuten. Ich wusste nicht, dass es Große Leute wie ihn gibt. Ich habe immer geglaubt, die wären alle groß und dumm und gemein wie Latz Fürskind oder böse wie die reitenden leitenden Angestellten oder selbstverliebt wie Sie. Oder einfach nur groß und dumm wie Gerstenmalz Ramablume.«

»Glauben Sie ruhig, Gerstenmalz sei dumm und dass sein Kopf zu nichts weiter taugt, als eine Mauer damit einzureißen, aber er mixt einen exzellenten Mai Tai. Und was Speicher betrifft, sagen Sie es bitte niemandem, aber Agrarnorm, Agrarreforms Sohn, gehört zu den Königen von einst.«

»Wirklich! Ich dachte, er wäre nur ein Waldlaufer.«

»Nur ein Waldläufer! Was glauben Sie denn, woher diese Kerle kommen? Sie sind die letzten der Menschen des Nordwestens. Sie sind alle gefährlich, groß und gutaussehend. Auch wenn Speicher am besten von allen aussieht.«

»Wem sagen Sie das!«, versetzte Promo. »Und im Kampf ist er sehr geschickt, auch wenn er nur ein halbes Schwert hat. Werden Ihnen bei diesem Projekt auch noch andere Waldläufer helfen? Ein Dutzend von diesen Typen wären zu allem in der Lage.«

»Das stimmt, das wäre großartig, und von einigen von ihnen habe ich schon fast eine unverbindliche Zusage. Es kann jederzeit sein, dass sie zu dem Projekt dazustoßen.«

»Dann kann ich eine ruhige Kugel schieben?«

»Klar. Fürs Erste«, sagte Ranndarf.

»Haben Spam, Madi und der andere auch überlebt?«

»Ja, und Spam ist kaum von Ihrer Seite gewichen. Ich habe ihm befohlen, einen Eimer Eis zu holen, während ich bei Ihnen blieb, aber sonst kann ich ihn kaum dazu überreden, in einem der Restaurants unten zu essen. Er besteht darauf, den Zimmerservice kommen zu lassen, damit er hier essen kann. Das wird noch unser Budget sprengen.«

»Wo wir gerade dabei sind«, sagte Promo. »Ich muss Ihnen einen Stapel Quittungen aus dem *Tänzelnden Doughnut* geben. Wussten Sie, dass die mir den Zimmerschaden, den die reitenden leitenden Angestellten verursacht haben, auf die Rechnung gesetzt haben?«

»Behalten Sie die Quittungen noch. E.On wird die Spesen alle auf einmal rückerstatten. Sie können sie ihm dann geben.«

»Davor haben Sie aber was anderes gesagt.«

»Ja, aber so ist es besser. Und so können Sie die Reise auch von den Steuern absetzen. Übrigens habe ich E.On den Splitter des Tauschwerts aus Ihrer Schulter entfernen lassen, während Sie bewusstlos waren. Ich habe alle Rechte eines Bevollmächtigten bezüglich Ihrer Krankenversicherung. In dem Umschlag, den ich Ihnen in Muffend gegeben habe, ist eine Kopie der entsprechenden Vereinbarung.«

»Dergleichen habe ich nicht unterschrieben!«

»Nein, ich habe Ihre Unterschrift gefälscht. Ich wollte nicht, dass Sie sich Sorgen machen. Das war auch gut so. Der Splitter hatte es direkt auf Ihr Herz abgesehen. Wir mussten ihn entweder operativ entfernen oder einen Magneten in Ihrer Brust implantieren, was meine Idee war.«

»Eine Operation klingt sicherer«, sagte Promo.

»Wer weiß? Hätte es der Splitter bis zu Ihrem Herzen geschafft, wären Sie zu einem Minigeist geworden. Bis in alle Ewigkeit hätten Sie die reitenden leitenden Angestellten begleitet, ihnen Kaffee gebracht und die Pferde geparkt. Sie haben dem Splitter weit länger standgehalten als die meisten. Ich wusste, dass ihr Wobbits zählebig seid, und genau aus diesem Grund habe ich Sie für dieses Projekt ausgewählt.«

»Wie furchtbar! Auf ewig für andere Besorgungen erledigen! Aber die Reiter sind in der Flut untergegangen, also bin ich jetzt vor ihnen sicher, oder nicht?«

»Oh, Sie haben nichts zu befürchten. War das nicht eine tolle Flut?«

»Ja! War sie Ihr Werk?«

»Teilweise. E.On sorgte für den Anstieg des Wassers und die Wellen und die wilden Schaumkajakfahrer. Und ich schuf das Plätschern und Brausen und die anderen Wassergeräusche. Ich sollte vielleicht anmerken, dass die Reiter von der Flut nicht im eigentlichen Sinne zerstört wurden. Aber sie hat ihnen durchaus Unannehmlichkeiten bereitet, und sie werden sich so schnell nicht wieder blicken lassen.«

»Mist! Werden sie mir hier in Suchtal nachstellen?«

»Natürlich nicht! Kein Reiter würde es wagen, hierherzukommen. Zumindest nicht Ihretwegen. Sie fürchten sich vor mächtigen Elbenfürsten wie E.On. Und dem anderen.«

»Was?«, fragte Promo.

»Dem anderen Elbenfürsten, der Ihnen das Pferd geliehen hat. Wie war sein Name gleich? Ich habe ihn doch eben noch gesagt.«

»Wirklich?«

»Karfunkel!«, sagte Ranndarf. »Er heißt Karfunkel!«

»Ach, der.«

»Wie dem auch sei. Sie fühlen sich besser?«

»Ja, ich denke schon.«

»Sie haben eine gesunde Farbe«, sagte Ranndarf. Aber ohne es auszusprechen, was selten vorkam, dachte er: *Promo hat an der linken Hand Farbe verloren. Ich frage mich, ob sie irgendwann einmal durchsichtig wird. Vermutlich könnte er sie anmalen oder Handschuhe tragen. Vielleicht wird er zu einem mit klarem Licht gefüllten Glas oder einem mit Kleingeld gefüllten Krug. Ich könnte jetzt echt einen Kaffee vertragen. Ich frage mich …*

»Ranndarf?«, sagte Promo.

»Bestens!«, sagte Ranndarf. »Sie sehen blendend aus! Besser geht's nicht! Jetzt ruhen Sie sich etwas aus. Sie haben eine große Sitzung vor sich.«

Ohne ein weiteres Wort schlief Promo ein. Noch nie hatte jemand einen Rat von Ranndarf so schnell befolgt.

Im Letzten Eigenheim in Suchtal war Promo in Sicherheit. Das Haus war, wie Milbo unzählige Male gesagt hatte, »perfekt – wenn auch ein bisschen teuer –, wenn man Frühstücksbuffets, Salsastunden oder Wellness-Kuren mag oder einfach nur in der Lobby rumsitzen und Leute beobachten will«.

Als er erwachte, hielt Spam seine leicht durchsichtige linke Hand und streichelte sie.

»Spam? Wie bist du hereingekommen?«

»Herr Muffin, Herr!« Er ließ die Hand los, wurde rot und wandte sich hastig ab. »Herr Ranndarf hat mich reingelassen. Er wollte wissen, ob ich auch finde, dass deine Hand seit der Operation wieder ein bisschen weniger durchsichtig ist. Das habe ich mir gerade nur mal angeguckt.«

»Und wie sieht sie deiner Meinung nach aus?«

»Blendend, Herr. Sehr viel besser. Vor der Operation konnte man durch die Hand hindurch die Zeitung lesen. Ich habe deine Kleider für die Sitzung bereitgelegt, Herr.«

»Sehr gut, Spam.« Promo zog sich an, und Spam bürstete eingebildete Fusseln von der Kordhose, der kleinen Weste und von dem Wolljackett, die allesamt aus dem Geschäft in der Hotellobby *Kurzwaren für Jungen und Wobbits* stammten.

»Erlaube mir, dich zur Sitzung zu bringen, Herr.« Sie gingen den Korridor zu einer prachtvollen Treppe hinunter. »Es ist ein großes Haus und sehr eigen. Und überall gibt es Elben! Elben, die sauber machen und das Essen auf die Zimmer bringen, Elben an der Rezeption, Elben, die das Restaurant führen.« Spam öffnete die Tür zum Albernet-Zimmer. Da saßen seine Freunde.

»Hurra!«, rief Pipi. »Platz für Promo, den Herrn des Rings!«

Alle Anwesenden sahen streng zu Pipi herüber und

sagten: »Pst!« Pipi schmollte und sagte: »Ich vergaß, dass ich über nichts Böses reden darf, auch wenn ich eben nur einen Witz gemacht habe. Ich halte jetzt die Klappe.«

Es war fast Abend, und es wurden leichte Appetithäppchen serviert und eine kleine Auswahl an Bieren und Weinen. »Gibt es ein Abendessen?«, wollte Promo von Madi wissen.

»Nein«, sagte Madi. »Ranndarf meinte, er würde Geld sparen, wenn wir es bei Gemüsestäbchen, Käse und Cracker belassen. Vielleicht können wir nachher noch wohin gehen und eine Pizza essen oder so.«

Der Ballsaal war voller Leute. E.On war hier und Karfunkel und Ranndarf. Der Zauberer sah nie sonderlich gut aus, im besten Fall professionell. Neben den Elben sah er allerdings richtig schäbig aus. Wie alle Elben Suchtals waren auch diese beiden groß, hatten schöne Haut und Haare, waren schick gekleidet und besaßen eine vornehme Ausdrucksweise. E.On wurde als erfolgreicher Geschäftsmann genauso geehrt wie als durchtrainierter Krieger. Er war der Manager von ganz Suchtal und mächtig unter Elben und Menschen. Niemand legte sich mit ihm an.

Promo wurde an den Wobbits vorbeigeschoben und an den Tisch an der Stirnseite gesetzt. Ganz in der Nähe saß eine Frau, die so schön war, dass er Maude, die Freundin vom Dude, vollkommen vergaß. Sie war so schön, dass sie eine Elbe sein musste. Und sie war sogar noch schöner als die männlichen Elben, und das will was heißen. Ihre Erscheinung war königlich, aber freundlich, jung, aber alt, groß, aber klein. Promo erblickte, wen noch kaum ein Sterblicher je gesehen hatte: Dannwenn, den Morgenstern ihres Volkes, Tochter von E.On.

Für jemanden wie Promo war es unangenehm, zwischen so vielen Leuten von solcher Schönheit zu sitzen. Er war der Überzeugung, dass man ihn bitten würde, hinauszugehen, sollte man überhaupt Notiz von ihm nehmen. Dieser Eindruck wurde auch nicht durch die Tatsache abgemildert, dass er auf einem Bücherstapel sitzen musste, um an die Tischplatte zu reichen. Doch nach einigen Bieren fühlte er sich weniger peinlich. Als er auf der Suche nach einem Gesprächspartner umherblickte, entdeckte er die anderen Wobbits, die nahe der Tür am Kindertisch saßen. Von Speicher fehlte jede Spur.

Promo zur Rechten saß ein Zwerg, eine gewichtige Erscheinung. Er hatte einen langen, weißen, französisch geflochtenen Bart. Er trug massive eisengeschnürte Flügelkappenschuhe. Sein Sakko bestand aus einem Kettenpanzer, und um den Hals hatte er einen Schlips aus massivem Gold. Die Geschäftsklamotten dieses Zwergs waren so beachtlich, dass Promo für einen Augenblick das Essen vergaß und ihn anglotzte. Schließlich fiel es dem Zwerg auf, und er wandte sich zu Promo um.

»Vielleicht sollten Sie ein Portrait malen lassen, Wobbit«, sagte er. »Das hält sich länger.«

»Es tut mir leid, dass ich Sie anstarre«, gab Promo zurück. »Ich habe noch nie gesehen, dass jemand so viel Metall am Leib trägt. Ich bin Promo Muffin.« Er streckte ihm die Hand hin.

»Natürlich sind Sie das«, sagte der Zwerg. Er drückte Promo eine Visitenkarte in die Hand. »Ich bin Doing, Mitglied des Verwaltungsrats der SmithiBank. Inzwischen heißen wir natürlich Smithi Finanzdienstleistungen XL.«

»Dann kennen Sie meinen Onkel Milbo!«

»Ja. Und ich kenne Sie, Herr Muffin. Das könnte unser freundliches, informelles Gespräch erklären. Normalerweise dreht sich bei uns Zwergen alles ums Geschäft. Wie ich höre, sind Sie der angenommene Erbe unseres alten Bekannten Milbo Muffin. Darf ich fragen, wer Ihre Investitionen betreut?«

»Das mache ich eigentlich selber. Ich habe alles in Gold und Sammlerstücken angelegt.«

»Mir kam zu Ohren, Sie wären breiter aufgestellt und dass Sie wenigstens noch in Juwelen machen würden. Wenn ich recht liege, nennt ihr Wobbits sie ›Plunder‹.«

»Nicht alle Wobbits«, sagte Promo. Er sah sich nach einem anderen Gesprächspartner um, fand aber keinen. »Und, wie steht es bei der SmithiBank?«

»Könnte nicht besser stehen. Smithi Finanzdienstleistungen ist das Wunder Drittmittelerdes. Daim ist noch immer König und Geschäftsführer in Smithi Plaza Nr. 1 im Vereinsamten Berg. Quählihn, Iro, Touri, Bifi und Tofu sind zusammen mit mir im Verwaltungsrat und absolut unersetzlich. Fettsack ist inzwischen so dickleibig, dass er sechs Helfer braucht, um von seinem Eckbüro in den Konferenzraum zu gelangen.«

»Das hört sich nicht gut an.«

»Nein«, sagte Doing. »Wir haben ihn angefleht, einen Ernährungsberater und einen Trainer anzuheuern oder vielleicht sogar einen Lebensberater, aber er will nicht auf uns hören. Trotz allem hält er sich besser als Theorin, Hilli und Billi. Die sind nämlich noch immer tot.«

»In der Tat. Aber das sind doch noch nicht alle, oder? Mal sehen, da sind Quählihn und Pfählihn, Mori, Touri und Iro, Bifi und Tofu, Boing und Doing, Hilli und Billi, Fettsack und Theorin Eichenkilt. Das sind alle dreizehn. Fehlen also noch Pfählihn, Boing und Mori, stimmt's? Was ist aus denen geworden?«

»Ich habe gehofft, Sie würden es wissen. Sie sind zu

einer Geschäftsreise aufgebrochen, und man hat seit Jahren nichts mehr von ihnen gehört. Bei Smithi haben wir die strikte Anweisung, auf Nachrichten innerhalb von zehn Monaten zu antworten, deshalb fürchte ich, dass etwas schiefgegangen ist. Ich habe gehofft, sie wären hier in Suchtal und würden Kunden im Letzten Eigenheim bewirten, aber das ist nicht der Fall. Doch genug davon«, sagte Doing. »Lassen Sie mich Ihnen noch ein wenig davon erzählen, wie erfolgreich Smithi Finanzdienstleistungen ist. Unser Hauptbüro im Vereinsamten Berg ist prunkvoller denn je. Wir haben einen solchen Aufschwung, dass es sogar einen Trickle-down-Effekt nach Seestadt gibt, das gerade einen kleinen wirtschaftlichen Boom erlebt. Der dortige Biervertrieb macht eindeutig mehr Umsatz.«

»Wirklich! Milbo hat diese Gegend immer als absolut tot beschrieben.«

Doing sah Promo an und lächelte. »Sie haben Milbo sehr geliebt, nicht wahr? Ich meine nicht, dass Sie verliebt waren, nur die normale Liebe zwischen einem reichen, exzentrischen Wohltäter und seinem angenommenen Erben.«

»Nun, sicher, ähm, ich denke schon. Ja.«

»Was für eine Type«, sagte Doing. »Aber genug der Sentimentalitäten. Ich muss noch bei ein paar Kunden herumschleimen.«

Schließlich brachten die Bedienungen keine weiteren Appetithäppchen mehr, und auf einer kleinen Bühne richtete sich eine Band ein. Erst spielte sie ein paar Standards. Um Promo ein Gespräch reinzudrücken, zerrte E.On ihn in eine Ecke.

»Das ist ein wundervolles Hotel«, sagte Promo, bevor

E.On etwas sagen konnte. »Und die Bruschetta, die ich eben gekostet habe, war phantastisch. Aber schauen Sie sich das an«, sagte er, indem er auf einen Haufen Leintücher zu seinen Füßen zeigte. »Ihre Bedienungen sollten schmutzige Tischdecken und Servietten nicht einfach in die Ecke werfen. Können wir nicht eine andere Ecke zum Reden suchen?«

E.On kauerte sich neben dem Haufen nieder und sprach mit ihm. »Wachen Sie auf, Superstar. In ein paar Minuten haben Sie Ihren großen Auftritt. Und Milbo ist hier.«

Promo erschrak, als der Haufen sich bewegte. Große pelzige Füße kamen zum Vorschein und ein Gesicht.

»Milbo!«, rief Promo und machte einen Satz zurück.

»Hillo!«, sagte Milbo. So sagen Wobbits Hallo. »Wie ist es dir ergangen, Promo?«

»Milbo, was machst du hier?«

»Schmarotzen in erster Linie. E.On spendiert mir das Zimmer und die Mahlzeiten. Für die Nebenkosten muss ich aber immer noch selbst aufkommen, aber es war großartig. Suchtal ist ein wunderbarer Ort, um herumzusitzen und nachzudenken. Oder um vor allem nur rumzusitzen. Im Moment bereite ich mich auf die Open-Mike-Nacht vor. Ich gebe die Eröffnungsnummer. He, E.On, haben Sie Agrarnorm gesehen? Er meinte, er würde mir mit dem letzten Vers helfen. Ich finde einfach keinen Reim auf Aluminium. Können Sie ihn zu mir schicken?«

E.On ging weg, um Agrarnorm zu suchen, und Milbo lehnte sich dicht an Promo heran.

»Du hast ihn noch bei dir, nehme ich an?«, sagte er zuversichtlich.

»Was?«

»Du weißt schon. Hast du den Du-weißt-schon-was noch?«

»Ach, den Ring«, sagte Promo. »Ja, an einer Kette um den Hals. Sie haben mir eine neue gemacht, während ich mich von der Operation erholt habe. Obwohl mit der alten Kette nichts verkehrt war. Vielmehr schien sie sich immer wieder von alleine zu reparieren, wenn ich sie kaputt gemacht habe. Und ich weiß auch nicht, wie sie es angestellt haben, den Ring auf die neue Kette zu fädeln, da alle doch so ein Trara darum veranstalten, dass nur ich den Ring anfassen darf. Und ich frage mich auch, wer ihn bewacht hat, während ich ohnmächtig war. Das ist alles ziemlich eigenartig.«

»Würdest du mir die neue Kette zeigen, Promo?«

»Klar, von mir aus«, sagte Promo, während er in seinen Hemdausschnitt griff und den Ring herauszog. Als er ihn hochhielt, konnte er nicht umhin festzustellen, dass sich Milbo in etwas verwandelt hatte, das aussah wie das Bildnis des Dorian Gray. Mit einer knochigen, blutigen Kralle griff er nach dem Ring und zischte. Promo holte mit der Faust aus, um seinem Onkel die nötige Maulschelle zu verabreichen, doch Milbo wich zurück.

»Keine gute Idee«, sagte er zu Promo. »Vergiss, dass ich darum gebeten habe. Nun, wie ist die Lage im Aualand?«

Promo steckte den Ring weg und ging mit Milbo zur Bar. Die Elbenbedienungen nahmen keine Getränkebestellungen mehr entgegen, aber an der Bar gab es noch kostenpflichtige Drinks. Es gab ein paar Biere zur Auswahl, und die Rechnung wurde auf Milbos Zimmer gebucht. Bald war der unangenehme Vorfall mit dem Ring vergessen. Während sie übers Leben im Aualand plauderten, trat Speicher hinzu. Er trug frische, saubere Kleider, wahrscheinlich zum ersten Mal seit Jahren.

»Was ist das?«, fragte er. »Eine Familienvereinigung? Ihr solltet euch unter die Leute mischen!«

»Ich dachte, Sie wollten mir mit meinem Lied helfen«, sagte Milbo.

»Ich wünschte, das könnte ich, Milbo, wirklich. Aber ich glaube, Sie sollten schon auf der Bühne sein.« Karfunkel machte den Showmaster und hatte Milbo eben angesagt. Der Wobbit wuselte auf die Bühne und räusperte sich, als die Band bereits das Intro spielte. Dann sang er:

Ein Elbfürst aus Kurpfalz
der …

»Danke, Milbo, danke!«, unterbrach ihn E.On. »Milbo Muffin, meine Herrschaften, ist er nicht großartig?« Er flüsterte Milbo eindringlich zu: »Ich weiß, dass das eine Privatveranstaltung ist, aber ich führe hier trotz allem ein Familienhotel! Das habe ich Ihnen schon eine Million Mal gesagt. Ich werde es nicht dulden, dass Sie in Suchtal irgendwelche Zoten singen.«

Promo stieg auf die Bühne und nahm Milbo am Arm. »Lass uns rausgehen, Milbo. Das ist nicht das richtige Etablissement für dich.«

Im Hinausgehen bemerkten sie, dass Speicher neben Dannwenn Morgenstern saß. Er hatte ein Schokoladenfondue bestellt, das sie sich teilten, während sie sich gegenseitig in die schönen Augen starrten.

»Kümmere dich nicht um die beiden«, sagte Milbo. »Die machen die ganze Nacht lang so weiter.«

Vor dem Ballsaal begegneten sie Spam. »Ich nehme an, dass du dich zur Nachtruhe begibst, Herr«, sagte dieser zu Promo. »Ich habe mir erlaubt, die Tagesdecke abzuziehen. Und ich werde dafür sorgen, dass deine kleine Weste für die morgige Sitzung gebürstet ist.«

»Wird Doing auch dort sein?«, fragte Promo geistesabwesend.

»Der Kerl von Smithi Finanzdienstleistungen?«, sagte Milbo. »Davon gehe ich aus. Er ist schon seit Jahrzehnten hinter mir her. Will mein Finanzberater werden. Jetzt wird er sich an dich heranmachen, Promo.«

Doch Promo hörte ihm nicht zu. Seit er die beiden zusammen gesehen hatte, gingen ihm Speicher und Dannwenn nicht aus dem Kopf. Der Anblick hatte ihn mit einer diffusen Enttäuschung erfüllt.

Kapitel XIV

E.Ons große Sitzung

Am nächsten Morgen wurde Promo von einem munteren, professionellen Weckruf und gesundem, fettarmem Frühstück geweckt. Waffeln wären ihm lieber gewesen, aber er würde heute zu E.Ons großer Sitzung gehen, und die beinhaltete Frühstück, ein Mittagessen und jeweils eine Snackpause am Vormittag und am Nachmittag. Die Menge an kostenlosen Mahlzeiten spornte ihn an, doch die Aussicht, einen ganzen Tag mit Ranndarf und Doing in einem Raum verbringen zu müssen, demotivierte ihn. Vielleicht ging die Sitzung ja auch etwas eher zu Ende.

Bei der prächtigen Treppe sah er Milbo, der sich mit Ranndarf unterhielt. Bevor er sich mithilfe des Rings oder seiner wobbitschen Verschwindekünste verdünnisieren konnte, hatte Ranndarf ihn erspäht.

»Promo, mein Junge!«, sagte Ranndarf. »Ich glaube, wir sind alle zum selben Ort unterwegs! Wie haben Sie geschlafen? Sie sehen großartig aus. Ich glaube, wir sind wieder im Albernet-Saal.«

Ranndarf führte die Wobbits an, die die Stufen hinuntersprangen, da sie ein wenig zu groß für sie waren. Spam schloss sich ihnen diskret an.

Als sie den Ballsaal betraten, sahen sie E.On und einige andere an Tischen sitzen. An der Stirnseite war ein Podium aufgebaut, und darauf stand ein Flipchartständer. Auf dem oberen Blatt stand: *Willkommen bei der Repräsentantenversammlung aller Freien Völker von Drittmittelerde.* Auf einem Tisch daneben warteten stapelweise Handouts darauf, verteilt zu werden. Im Hintergrund stand ein Tisch mit Kaffee und Doughnuts, die direkt aus dem *Tänzelnden Doughnut* hierhergebracht worden waren.

»Catering von einem Drittanbieter!«, sagte Promo zu Milbo.

»Ja«, sagte Milbo. »E.On war stinksauer, als Ranndarf ihm gesagt hat, dass viele der heute Anwesenden genug vom Speiseangebot des Letzten Eigenheims haben. Ich vermute, die haben hier schon eine Menge Konferenzen besucht. Zum Mittagessen gibt es das vegetarische Chili vom unglaublichen Björk. Ich habe gehört, dass es sehr gut sein soll, aber ich hatte nie Gelegenheit, es zu probieren.«

Als er sich umsah, entdeckte Promo Karfunkel und Doing. Speicher saß allein an einem Tisch mit dem Rücken zur Wand, wie es seine Art war. Sie alle hatten Papieraufsteller mit ihren Namen vor sich stehen, damit die Illusion erzeugt wurde, dass sie sich alle kennen würden.

Sie gingen zu E.On, und Promo fragte: »Müssen wir uns irgendwelche Handouts nehmen?«

»Nein«, sagte E.On. »Die werden während der Sitzung verteilt. Machen Sie sich einfach ein Namensschild, und setzen Sie sich neben mich. Bedienen Sie sich bei den überteuerten Doughnuts. Ranndarf hat auch dafür gezahlt, dass wir uns den Kaffee liefern lassen, als könnten wir hier nicht genauso gut Kaffee aufbrühen. Was hat der Typ bloß für ein Problem?« Eigentlich hatte sich Promo vorgenommen, E.On an diesem Morgen die Quittungen zu geben, doch dann entschied er, dass er damit besser noch etwas wartete.

E.On trat an das Rednerpult. »Meine Herrschaften, dürfte ich um Ihre Aufmerksamkeit bitten? Ich bin sicher, Sie wollen heute Abend alle pünktlich Feierabend machen, deshalb sollten wir jetzt anfangen. Karfunkel, bitte verteilen Sie die Tagesordnung, wenn Sie so freundlich wären.«

Dann schlug er das erste Blatt des Flipcharts zurück, und auf der zweiten Seite stand: *Große Gefahr, Dringender Auftrag.* »Erlauben Sie mir, Ihnen Promo, Sohn des Drogi, vorzustellen. Er ist unter großer Gefahr wegen eines dringenden Auftrags hierhergekommen. Stehen Sie auf, Promo.«

»Ich stehe doch schon«, sagte Promo. Alle lachten höflich über den traditionellen Scherz.

»Doch im Ernst, Drittmittelerde steckt tatsächlich in der Klemme, und ich bin froh, dass Sie heute alle hier sind, um mit Ihren Berichten und Ihrer Erfahrung einen Beitrag zu leisten. Um das Eis zu brechen, lassen Sie uns im Saal herumgehen und uns gegenseitig vorstellen. Nennen Sie Ihren Namen und die Gruppe der Diener Saubohns, die Sie am liebsten bekämpfen wollen. Ich mache den Anfang. Ich bin E.On, und ich kämpfe gerne gegen reitende leitende Angestellte.« Alle applaudierten herzlich und nickten beipflichtend.

»Harumpf. Dann bin ich vermutlich der Nächste«, sagte ein Zwerg, der neben Doing saß. »Mein Name ist Grummli, ich arbeite für die SmithiBank und schlachte gerne Hobgoblins ab.« Applaus und Zustimmung im Saal.

»Sieht so aus, als wäre ich dran, was?«, sagte ein extrem gutaussehender Elb mit aufwendiger Frisur in einem orangefarbenen Plaidwams. »Okay dann, ich bin Legalesgras, und ich arbeite im Wüsterwald-Waldelben-Feriencamp. Mein Dad ist dort König, müssen Sie wissen. Ich jage gerne Riesenspinnen.«

»Macht mal schneller voran«, sagte ein Mann, der tatsächlich ein Mensch war und einen teuren Mantel aus Waschbärpelzen trug. Er sah auf eine raue Art gut aus und trug eine mit Silber verzierte Vuvuzela über der Schulter. »Mein Name ist Biobier. Ich töte gerne alles, was aus Schmoddor kommt.« Der Applaus war ein bisschen zögerlich, denn es hatte sich nach Angeberei angehört.

Danach stellten sich Doing, Karfunkel, Speicher und ein paar andere Elben- und Zwergenpromis vor. Alle versuchten, geduldig zu bleiben, und schließlich kehrte E.On an das Pult zurück. Er blätterte wieder um, und auf dem nächsten Blatt stand: *Zwergensorgen: 1) Pfählihn in Memoria, 2) Reitende leitende Angestellte, 3) Eine Warnung und eine Frage*. Er kündigte den ersten Redner an, Doing von Smithi Finanzdienstleistungen. Doing stellte sich hinter das Pult, sah nichts mehr und stellte sich schließlich daneben.

»Noch mal, ich bin Doing von Smithi Finanzdienstleistungen XL. Karfunkel verteilt gerade mein Handout.« Die erste Seite war mit dem Flipchartblatt identisch.

»Ich beginne mit einigen Hintergrundinformationen. Vor einiger Zeit wünschten etliche Anteilseigner von Smithi, dass wir unsere Investitionen breiter fächern, nachdem der Drache Schmauch eine Marktbereinigung ausgelöst hatte. Sie wollten nicht mehr so sehr den Risiken des Hypothekengeschäfts und der Gewerbekredite ausgeliefert sein. Es wurde das Interesse geäußert, unseren Minenbetrieb in Memoria wieder aufzunehmen. Dieser Standort hätte zu einem Reiseziel für Zwerge aus ganz Drittmittelerde werden können. Dazu hätte er uns dringend benötigte Büroflächen für die Region westlich unserer Hauptniederlassung im Vereinsamten Berg geboten. Unter einer früheren Geschäftsführung waren wir bei einem ähnlichen Projekt in Memoria auf Hindernisse gestoßen. Wir gruben zu tief und weckten einen namenlosen Schrecken. Da der Schrecken, den wir weckten, keinen Namen hatte, war es nicht leicht, über ihn zu sprechen, und noch schwerer, ihn zu beseitigen. Jahre später jedoch meinten einige unserer weniger risikoscheuen Verwaltungsratsmitglieder, dass wir die Mittel hätten, um das Memoriaprojekt wieder erfolgreich in Angriff zu nehmen. Mein Kollege Pfählihn wurde zum Projektmanager ernannt und stellte ein Team zusammen, das nach Memoria zurückkehrte. Die ersten Berichte waren sehr vielversprechend, doch dann erhielten wir keine mehr. Das war vor ungefähr dreißig Jahren. Pfählihn arbeitet gerne unabhängig, aber dennoch ist es ungewöhnlich für ihn, sich nicht wenigstens einmal alle sieben Jahre bei den Geldgebern des Projekts zu melden und über seine Fortschritte zu berichten. Bitte werfen Sie einen Blick auf die zweite Seite Ihres Handouts.«

Alle schlugen Seite zwei ihres Handouts auf, die das Portrait eines älteren, aber rüstig und wohlhabend aussehenden Zwergs zeigte. Darüber standen die Worte: *Haben Sie diesen Zwerg gesehen?* Am unteren Rand fanden sich die Kontaktdaten.

»Seither wurden wir nur ein einziges Mal auf Memoria angesprochen, und das ging von Saubohn aus«, sagte Doing. »Er hat einen seiner reitenden leitenden Angestellten zu Daim, dem Geschäftsführer von Smithi, gesandt. Der Reiter meinte, Saubohn wolle durch eine Kooperation von Smithi Finanzdienstleistungen und Schmoddor einen neuen Synergieeffekt erzielen. Er wollte unsere Erfahrung in der Zusammenarbeit mit Wobbits zu seinem Vorteil nutzen. Er meinte, Saubohn würde ganz speziell nach einem Wobbit suchen, womöglich wegen eines Jobangebots, wie er sich ausdrückte. Daim wandte einen alten Verhandlungstrick der Zwerge an, indem er schwieg. Also fuhr der Reiter fort. So stellte sich heraus, dass er in Wahrheit einen Ring wollte, den der Wobbit bei sich hatte und der eigentlich Saubohn gehörte. Er sagte, wenn wir ihm ein Meeting mit diesem Wobbit, der den Ring gestohlen hat (das sind seine Worte, nicht die meinen), verschaffen könnten, würde er uns drei unserer Wirklich Großen Ringe zurückgeben. Sowie die vollständige Kontrolle über die vom namenlosen Schrecken befreiten Minen, Hotelräumlichkeiten und Büroeinheiten von Memoria. Dann setzte er noch hinzu, dass es nicht so prickelnd werden würde, wenn wir ablehnen würden. Dann, als hätten wir nicht kapiert, dass es eine Drohung sein sollte, zischte er Daim direkt ins Gesicht. Könnt ihr euch diese Frechheit vorstellen?«

Allgemeines Grummeln erfüllte den Saal, und die Leute murmelten: »Ja, mich kotzt es auch jedes Mal an, wenn sie das machen.«

Dann fuhr Doing fort: »Daim wurde nicht zum Geschäftsführer, indem er übereilte Entscheidungen getroffen hat. Also sagte er dem Reiter: ›Ich brauche ein wenig Zeit, um Ihr Angebot dem Verwaltungsrat vorzulegen. Die wollen die Angelegenheit sicher erst prüfen. Sie sind vorsichtig, und Ihr Angebot ist riskant.‹

›Es ist nicht riskant‹, sagte der Reiter.

›Doch, das ist es‹, sagte Daim.

›Nein, ist es nicht‹, beharrte der Reiter. Auf diese Weise ging die Verhandlung noch eine Weile weiter. Schließlich verlor der Reiter das Interesse und ging, doch er kehrte zurück, um dasselbe Angebot in der nächsten Dreiviertelstunde noch zweimal zu wiederholen. Daim persönlich bat mich, mir in meinem engen Terminkalender Zeit zu schaffen, um Milbo diese Warnung zu überbringen: *Saubohn will Sie so dringend, dass er Memoria und drei Wirklich Große Ringe dafür opfern würde, also seien Sie auf der Hut! In Betracht Ihrer Dienste für Theorin Eichenkilt und SmithiBank werden wir Sie natürlich nicht nach Schmoddor bringen.* Ich bin zudem hier, um Einzelheiten über den Ring, den Saubohn will, in Erfahrung zu bringen. Er hat den Bürgermeister von Seestadt genauso unter Druck gesetzt wie uns, und wir fürchten, dass dieser Saubohns Angebot annehmen wird, bevor wir es tun. Er hat sogar schon angefangen, in der Nähe des Vereinsamten Bergs Truppen zusammenzuziehen. Er behauptet, es handle sich nur um ein Manöver, aber das hat man uns schon oft erzählt. Das war's, meine Herrschaften. Gerne würde ich Ihre Kommentare dazu hören.« Doing verbeugte sich und ging an seinen Platz zurück.

»Vielen Dank, Doing«, sagte E.On. »Zufälligerweise bin ich der Nächste auf der Tagesordnung, und meine Präsentation wird Ihnen vielleicht jene Einzelheiten bezüglich des Rings liefern, die Sie gewünscht haben.« Er blätterte wieder um. Jetzt war zu lesen: *Der Alleine Ring. Ein Überblick.*

Karfunkel verteilte E.Ons Handout, und viele machten sich Notizen, während E.On mit seiner wohlklingenden Stimme redete. Er erzählte ihnen von Saubohn und der Erschaffung der Wirklich Großen Ringe vor langer Zeit. Er sprach von den Elbendesignern in alter Zeit und von ihrer Freundschaft mit Memoria. Mithilfe vieler Aufzählungen und Grafiken stellte er en detail dar, wie deren Suche nach neuen Verfahren und Märkten von Saubohn benutzt wurde, um sie zu verführen. Damals gab er nämlich noch vor, mit den Elben zusammenzuarbeiten, aber dabei kidnappte er bereits all ihr intellektuelles Kapital. Dann verriet er sie, indem er einen Meisterring für sich alleine designte. Um Kosten zu sparen, ließ er die Einzelteile im Süden anfertigen, ließ sie sich liefern und baute sie in der flammenden Kluft-die-schicksalhaft-klafft des Schreck-lass-nach-Bergs zusammen. Da er, um die Personalkosten so klein wie möglich zu halten, nur einen einzigen Südländer beauftragt hatte, der den Ring ganz alleine fertigen musste, heißt er heute der Alleine Ring. Dann berichtete E.On, wie die Elben ihre Ringe klugerweise versteckten, während die Zwerge die ihren verloren und die Könige der Menschen von den tödlichen Schmuckstücken zerstört wurden. Er lieferte einen Augenzeugenbericht über die Niederlage Saubohns durch das Beinahe Letzte Bündnis, was Promo verblüffte.

»Sie waren dabei, E.On?«, fragte er dazwischen, weil er nicht auf den Fragen-Antwort-Teil im Anschluss an die Präsentation warten konnte.

»O ja«, sagte E. On. »Ich bin schon seit Ewigkeiten im Geschäft, seit Tausenden fiskalischen Jahren. Ich habe alles gesehen, alles getan, und ich kenne jeden.«

»Und dabei ist er nur ein Halbelb«, flüsterte Milbo seinem Neffen zu. »Stell dir vor, wie er wäre, wenn er ein Ganzelb wäre!«

»Wow!«, sagte Promo leise.

Karfunkel unterbrach die beiden. »Wenn es keine anderen Fragen gibt, könnten wir dann unsere Privatgespräche einstellen?«

E.On fuhr fort: »Ich war dabei. Ich sah, wie Ölunddill und Ill-Malad gefallen sind. Ich sah Nasal, Müslipurs Schwert, entzweibrechen. Und ich sah, wie Saubohn durch den cleveren tiefen Hieb eines Mannes mit einem halben Schwert besiegt wurde, der sodann den Ring an sich genommen hat.« Er deutete auf Biobier, der diskret die Hand gehoben hatte. »Sie haben eine Frage?«

»Bei uns zu Hause in Gondödel glaubt man, dass der Ring zerstört wurde«, sagte Biobier. »Sie aber behaupten, Müslipur hätte ihn genommen?«

»Ja«, sagte E.On. »Müslipur hat ihn behalten, doch der ursprüngliche Plan war, dass man ihn zu der Kluft-die-schicksalhaft-klafft bringt und dort zerstört. Natürlich hat es ihn das Leben und den Ring gekostet, dass er den Plan über den Haufen geworfen hat. Die Bruchstücke seines Schwerts wurden von dem einzigen Überlebenden hierhergebracht. Der hat mir auch von dem Hinterhalt erzählt. Saubohn war besiegt, aber nicht vernichtet. Und die ganze Affäre belastete die diversen gemeinsamen Unternehmungen der Elben und Menschen. Seit damals haben wir nicht mehr erfolgreich zusammengearbeitet.« Er deutete auf Doing. »Eine Frage?«

»Nein, nur eine Bemerkung. Elben und Menschen haben seither durchaus zusammengearbeitet, und zwar gemeinsam mit den Zwergen von Smithi Finanzdienstleistungen, als wir die Orks der Kübelberge in der Schlacht der Sechs oder Sieben Heere geschlagen haben. Und in dieser Schlacht haben wir alle einen Reibach gemacht, weil wir den Drachenhort aufgeteilt haben!«

»Ja«, sagte E.On. »Aber das ist lange her.«

»So lange auch wieder nicht, eh?«, sagte Legalesgras. »Ich war dabei und auch Doing und Herr Muffin.«

»Bitte«, sagte Karfunkel. »Wenn wir pünktlich in unsere Königreiche zurückkehren möchten, dürfen wir nicht so viel durcheinanderreden.«

»Danke, Karfunkel«, sagte E.On. »Wie ich schon sagte,

der Ring wurde nicht zerstört, aber da er verschollen war, besaß er keine Macht mehr über die drei Wirklich Großen Ringe der Elben. Nun, da der Ring wiedergefunden wurde, haben wir allerdings ein Problem. Gibt es weitere Fragen oder Bemerkungen? Nein? Möchte jemand Pause machen oder seine Nachrichten checken?« Promo sah sich hoffnungsvoll um, aber alle wollten weitermachen. »Dann lasst uns in der Tagesordnung fortfahren.« E.On schlug das nächste Blatt des Flipcharts auf: *Ad-hoc-Meldung aus der Stadt Minis Trieren.* »Bitte schenken Sie unserem Redner Ihre volle Aufmerksamkeit. Biobier, haben Sie ein Handout zum Verteilen?«

»Nein, mein Pferd aus Minis Trieren hatte Verspätung, deshalb hatte ich keine Zeit, eines vorzubereiten. Ich beschränke mich auf das Flipchart, und Sie können sich ja Notizen machen, wenn Sie möchten.« Er wandte sich zu dem Ständer um und schrieb unter die Ad-hoc-Überschrift: *Gondödel verteidigt ganz Drittmittelerde.* »Das Königreich meines Vaters, Gondödel, verteidigt ganz Drittmittelerde.«

Biobier drehte sich wieder zum Flipchart um und schrieb eine weitere Zeile: *Ost-Giliath von reitenden leitenden Angestellten erobert.* Dann sagte er: »Der Vorort Ost-Giliath wurde von einer Armee Übeltätern unter Führung eines reitenden leitenden Angestellten eingenommen.«

»Ich hoffe, dass er uns nicht bloß vom Flipchart vorliest«, sagte Milbo leise zu Promo.

Biobier schrieb eine weitere Zeile. *Mein Bruder träumte ein Gedicht.*

»Das klingt schon interessanter«, sagte Milbo.

»Psst«, machte Karfunkel.

»Nachdem mein Bruder mit mir zusammen eine Einheit in einen aussichtslosen Kampf geführt hat, träumte ihm ein Gedicht. Wir meldeten uns freiwillig, um den Rückzug aus Ost-Giliath zu decken. Welle um Angriffswelle der Orks, Hobgoblins und Hämogoblins schlugen wir zurück, und dann rissen wir die Brücke ein, die wir verteidigten. In dieser Nacht hatte mein Bruder einen verrückten Traum. Da dachten wir, es wäre nicht schlecht, Sie zu fragen, E.On. Denn Sie sind ja ziemlich gescheit und so. Und so geht es.« Er zog einen Zettel heraus und las:

»Sucht nach dem geborstnen Schwert,
Das in Suchtal weilt.
Elben- und Zwergenpromis werden dort sein,
Zu ihren Sitzungen eilt!
Gedichte und Reden dort hört!
Ein Wobbit singt die zweite Stimm' am End,
Der Alleine Ring mag erwachen gar fein,
Und die Wirtschaftskrise ist immanent.

Mein Vater ist Dentallabor, der Herr von Minis Trieren und der Vizeherrscher von Gondödel. Er ist klüger als ein jeder von uns, und selbst er wurde nicht schlau aus dem Traum, deshalb bin ich hierher nach Suchtal gekommen, um mich einmal umzuhören.«

»Vielleicht hilft Ihnen das«, sagte Speicher, stand auf und trat vor an den Tisch mit den Handouts. Dort zückte er sein Halbschwert und legte es auf den Tisch. Dann löste er die Scheide vom Gürtel, stülpte sie um, und die vordere Hälfte der Klinge fiel ebenfalls auf den Tisch. »Das war schon so, als ich es bekommen habe.«

»Was?«, sagte Biobier. »Ich dachte, Sie wären ein Aushilfskellner!«

»Sie hätten bei der Vorstellungsrunde besser aufpassen sollen.«

»Das ist Agrarnorm«, sagte E.On. »Agrarreforms Sohn, Nachfahre Müslipurs, Ölunddills Sohn, von Minis Trieren.«

Aufmerksam betrachtete Promo die Notizen, die er gemacht hatte, und unterstrich einige Zeilen. Schließlich kringelte er eine Stelle wild ein. »He! Das bedeutet, dass der Ring Ihnen gehört! Saubohn ist gar nicht darauf bedacht, mich zu schnappen, in Wahrheit ist er hinter Ihnen her, Speicher! Hier, nehmen Sie den Ring!«

»Im Leben nicht!«, sagte Biobier. »Der Ring gehört mir!«

»Beruhigen Sie sich, Sie beide«, sagte Speicher. »Promo, Sie müssen diese heiße Kartoffel noch eine Weile bei sich behalten.«

»Ja, Promo, zeigen Sie uns den Ring«, sagte Ranndarf. »Aber verlieren Sie die Kette nicht.«

Promo zog sich die Kette über den Kopf und hatte Mühe, sie an der Nase vorbeizuschieben. »Sie ist ein bisschen eng«, sagte er zu E.On.

»Sehen Sie«, sagte E.On. »Der Alleine Ring.«

»Das raffe ich nicht«, sagte Biobier. »Wie kommt es, dass ein Wobbit meinen Ring hat? Und wie soll ein Aushilfskellner mit einem kaputten Schwert Minis Trieren retten?«

Milbo fühlte sich übersehen, deshalb stand er auf, kletterte auf den Tisch und rezitierte:

Nicht alles, was Gold ist, funkelt,
Nicht jeder, der wandert, verlorn,
Das Buch, das zum Lesen du erkorn,
Liest sich nicht gut, wenn alles verdunkelt.

Heil wird geborstnes Schwert,
Und König, der die Krone verlor.
Der Fleck auf dem Hemd sich klärt,
Weichst du es ein mit etwas Chlor.

»Da habt ihr's!«, sagte Milbo. »Deutlicher können wir es nicht erklären.« Dann flüsterte er Promo zu: »Was meinst du? Das habe ich schon vor einer ganzen Weile geschrieben, aber mir gefällt, wie es Speichers Wesen einfängt.«

»Der Rhythmus erscheint mir etwas gezwungen«, sagte Promo. »Und ich bin mir nicht sicher, ob ich das Wort ›Chlor‹ benutzt hätte, nur damit sich was auf ›verlor‹ reimt.«

»Danke für die Vorstellung, Milbo«, sagte Speicher. »Ja, bei den Waldläufern führt man ein raues, einsames Leben. Wir kriegen nicht den Ruhm ab, den ihr in Minis Trieren einheimst. Die meiste Zeit verbringen wir ins Schützenloch gekauert bei Dauerregen, warten im Hinterhalt auf Trolle und Orks. Uns ficht es nicht an, wenn uns die Leute für Landstreicher halten, die sie um eine Tasse Kaffee anbetteln. Biobier, Ihre Leute sorgen dafür, dass Saubohn nicht aus Schmoddor rauskommt, das stimmt schon, aber die Waldläufer kümmern sich um den ganzen Rest. Wir halten die Wildnis rein und sauber von Ungeheuern. Der Chef der Waldläufer zu sein, ist wie der König der Hausmeister zu sein, denn es gibt immer eine Sauerei, die man aufwischen muss. Und jetzt sieht es danach aus, als würde die wahre Sauerei auf Gondödel zurollen, und auch wenn einige meiner Männer es als ›schleichende Ausweitung der Projektziele‹ bezeichnen werden, sieht es so aus, als wäre Minis Trieren meine neue Aufgabe.«

»Einen Augenblick!«, sagte Biobier. »Woher wissen wir, dass der Ring keine Fälschung ist? Ich bin sicher, dass man mit dem Verkauf gefakter Zauberringe Kohle machen kann. Und wo ist Sagrotan der Weiße? Ich dachte, er wäre der Zauberer, der alles über die Wirklich Großen Ringe weiß!«

»Ich kann alles erklären«, sagte Milbo, doch E.On schnitt ihm das Wort ab.

»Lasst uns zur Tagesordnung zurückkehren«, sagte er. »Karfunkel, verteilen Sie das Memo von Ladidadiel.« Wie in der Tagesordnung festgelegt, lasen bald alle das Memo und erfuhren darin, wie Milbo Go-Lump den Ring gestohlen hatte.

Als alle außer Biobier zu Ende gelesen hatten, blätterte E.On wieder um, und auf dem Flipchart stand: *Ring Update.* Dann bat er Promo, einen Bericht über die Reise des Rings von Wobbingen nach Suchtal vorzutragen. Es gab keine Handouts, und Promo fasste sich kurz.

»Danke für Ihre knappe Zusammenfassung«, sagte E.On. »Ihre Kürze ist uns allen eine Inspiration. Als Nächstes auf der Tagesordnung …« Auf dem nächsten Flipchartblatt stand nur ein Name, *Ranndarf*, sonst nichts. »Ich nehme an, Sie haben keine Handouts vorbereitet, Ranndarf?«

»Exakt, E.On!«, sagte Ranndarf, indem er nach vorn trat. »Um unsere Lage wirklich zu verstehen, müssen Sie wissen, was im Wüsterwald geschehen ist, während Sie sich am Drachentöterprojekt bereichert haben, das ich gemanagt habe.«

Milbo seufzte laut, lehnte sich zurück und verschränkte die Arme.

Ranndarf ging nicht auf die nonverbalen Kommentare ein und fuhr fort: »Milbo und die Zwerge arbeiteten als selbstständiges Team, während ich mich um das dringende und wichtige Problem des Geisterbetörers kümmerte. Der Weiße Rat wollte gegen ihn vorgehen, aber Sagrotan, ein bekennender Pazifist, beharrte darauf, dass wir ihn in Ruhe lassen sollten. Er kam andauernd mit rechtlichen und moralischen Bedenken, die einem Meuchelmord am Geisterbetörer entgegenstanden. Wir alle wussten, dass es nur eine Frage der Zeit sein würde, bis der Geisterbetörer so viele seiner alten Marktanteile zurückerlangt hätte, dass er wieder unter seinem alten Markennamen Saubohn firmieren konnte. Als wir an jenem schicksalhaften Morgen zu einem nicht festgelegten Zeitpunkt angriffen, gelang ihm die Flucht und die Rückkehr in seine neu ausgestatteten Büroräume in Schmoddor.«

»Und in dem Memo, das wir eben gelesen haben, steht, dass es Ihre Schuld war, dass er entkam, Ranndarf«, sagte Promo, der Milbo anstupste.

»In diesem Memo drückt sich ein gewisses elbisches Vorurteil aus. In meiner Erinnerung verlief die Flucht ziemlich anders, und ich arbeite an einer abweichenden Stellungnahme, die an das Memo angehängt werden wird. Aber um auf meine Hauptaussage zurückzukommen, Saubohn hat sich bald darauf im dunklen Büroturm von Schmoddor eingerichtet. Wir hatten Sorge, dass er versuchen würde, den Alleinen Ring ausfindig zu machen und ein weiteres Mal an sich zu bringen. Der Weiße Rat trat in ebendiesem Ballsaal zusammen, um unser weiteres Vorgehen zu besprechen, doch Sagrotan versicherte uns, dass der Ring auf ewig verloren wäre.«

Ranndarf wirkte einen Moment lang fast bedauernd. »Ich hätte nie auf den Kerl hören sollen. Er ist sehr überzeugend, müssen Sie wissen. Vielleicht wäre alles anders gelaufen, wenn …«

»An unserem Dilemma sind Sie im Grunde fast alleine schuld«, unterbrach ihn E.On. »Es stimmt allerdings, dass Sagrotan ein genialer Verkäufertyp ist. Man sagt, dass er sogar schon mal einem Elben eine Lebensversicherung aufgeschwatzt hat.«

»Ein schrecklicher Vertretertyp, in der Tat«, sagte Ranndarf. »Trotz seiner Überzeugung und seines Isolationismus' machte ich mir Sorgen. Während meiner Recherchen über Wobbits fiel mir eine Besonderheit unter dem Gesindel von Spionen und Bösewichten rund um Aualand auf. Selbst die Vögel und Bienen fingen an, sich verdächtig zu verhalten. Ich beobachtete, wie ein Kolibri in einem toten Briefkasten eine geheime Nachricht hinterließ. Da rief ich schließlich Agrarnorm und seine Waldläufer zu Hilfe.«

»Der Kolibri!«, sagte Speicher. »Ich hätte diesen Vogel töten sollen, als ich Gelegenheit dazu hatte.«

»Auf Agrarnorms Empfehlung hin«, sagte Ranndarf, »haben wir eine lange Direktsuche nach Go-Lump durchgeführt. Für jemanden, der schon so lange lebt, war er schwer zu finden. Er hält sich sehr bedeckt. Die Fahndung dauerte Monate.«

»Sie haben die Suche nach einer Woche aufgegeben«, sagte Speicher. »Ich habe sie alleine fortgesetzt und ihn gefunden.«

»Ja, wir haben ihn gefunden«, sagte Ranndarf. »Ich habe mich nur zeitweise aus der Suche ausgeklinkt, weil ich einer anderen Spur gefolgt bin. Ich besuchte die Stadtbücherei von Minis Trieren, um einige wichtige Recherchen bezüglich einer eindeutigen Identifizierung des Rings durchzuführen. Ob Sie es glauben oder nicht, Herr Dentallabor war es gar nicht recht, dass ich das Spezialarchiv mit Büchern und Zeitschriften über den Alleinen Ring durchgeforstet habe. Er behauptete, ein verantwortungsloser Forscher habe die Sammlung beschädigt, indem er während der Durchsicht seltener Dokumente gegessen, getrunken und geraucht habe. Ich habe ihm versprochen, nichts dergleichen zu tun. Nachdem ich die Überziehungsgebühr für einige Schriftrollen, die ich früher ausgeliehen hatte, entrichtet hatte, gewährte Dentallabor mir Zutritt zum Archiv. Dort, zwischen Dossiers und Ringordnern, fand ich einen Klebezettel, den Müslipur persönlich beschrieben hatte.« Ranndarf zog einen antiken Klebezettel aus der Tasche.

»Haben Sie dieses Dokument aus dem Archiv meines Vaters einfach mitgenommen?«, sagte Biobier. »Objekte, die zu einer Spezialsammlung gehören, dürfen nicht entwendet werden!«

»Ich habe vor, den Zettel auf jeden Fall wieder zurückzubringen«, sagte Ranndarf. »Folgendes steht darauf geschrieben:

Die Wirklich Großen Ringe blablabla
Ich, Müslipur blablabla

Ah! Da ist es!

Der Ring war heiß, als ich ihn an mich nahm, so heiß wie Glede …

Als ich dies zum ersten Mal las, verließ ich das Archiv, ging zu den Nachschlagewerken und suchte ein Wörterbuch. Dort schlug ich das Wort ›Glede‹ nach, und es bedeutet ›glühende Kohle‹.«

»Das haben wir uns aus dem Kontext auch so erschlossen«, sagte Doing.

Ranndarf las weiter:

»... doch wahrlich, der Ring erkaltete, und ich sah, und siehe: die Gravur verblasste! Ich zeichne die Inschrift allhier auf, obwohl ich der Sprache nicht mächtig bin, in der sie geschrieben ist. Dies aber für den Fall, dass ich nicht beizeiten einen Dolmetscher finde, bevor die Buchstaben vollends verblasset seien. Es mag sein, dass die Gravur, so der Ring erneut erhitzet wird, gleich als läge er auf einem Restestück Pizza, sich alsbald wieder erfrischet.

Darunter steht Müslipurs Abschrift der Inschrift in Reinschrift«, sagte Ranndarf. »Und dann endet die Schrift. Mit dieser Information verließ ich Minis Trieren, traf mich wieder mit Agrarnorm, und dann haben wir Go-Lump gefunden.«

»*Ich* habe Go-Lump gefunden«, sagte Agrarnorm. »Nachdem ich ihn gefunden hatte und Ranndarf die Nachricht bekam, dass Go-Lump in meinem Gewahrsam war, verließ er Minis Trieren. Ich habe nicht auf ihn gewartet, um mit dem Interview anzufangen. Natürlich hat Go-Lump die Zusammenarbeit verweigert. Wann immer er konnte, hat er mich gebissen, und er hat mir unablässig mit einem Holzhammer auf den Kopf gehauen. Das Einzige, womit ich ihm drohen konnte, war die ausnahmsweise Auslieferung an den Wüsterwald, also habe ich das getan und habe ihn den Waldelbenbehörden übergeben. Selbst das brachte keine nützlichen Informationen über den Ring hervor. Schließlich traf Ranndarf ein, hat sich im Wüsterwald-Waldelbenlandgasthof einquartiert und die Befragung übernommen.«

»Ich versuchte es mit der Guter-Ork-fieser-Ork-

Masche«, sagte Ranndarf. »Ich brachte ihm Kaffee, lud ihn zum Mittagessen ein, wir haben uns zusammen ein paar Shows angesehen, und ich habe so manches in Erfahrung gebracht. Am interessantesten war, dass Go-Lump schon sehr lange lebte, was eine bekannte Nebenwirkung des Alleinen Rings ist.

Das sollte Beweis genug sein. Später aber habe ich den von Müslipur vorgeschlagenen Wiederaufwärmtest mit dem Ring durchgeführt, und die Ergebnisse fielen positiv aus. Es wurde folgende Gravur sichtbar:

Arsch nass turbanlook, arsch nass ginistcool
Arsch nass nacktundruck ach busent-itti schrimps-atoll«

»Genug davon!«, sagte E.On. »Wie ich Milbo bereits sagte, dies ist ein Familienhotel. So etwas können wir uns hier nicht leisten! Wenn Sie so weitermachen, dann habe ich hier nur noch Faschingspartys und Tattoo-Conventions.«

»Ich bitte um Verzeihung«, sagte Ranndarf. »Wäre es in Ordnung, wenn ich stattdessen die Übersetzung wiederholen würde?«

»Nur zu.«

»Danke. Übersetzt heißt es:

Ein Alleiner Ring sie zu kündigen, ein Alleiner Ring sie zu finden,
Ein Alleiner Ring sie als Leiharbeiter anzuheuern und mit einem Knebelvertrag zu binden.

Da ist es also«, sagte Ranndarf. »Übrigens erfuhr ich auch, dass Go-Lump einen Besuch in Schmoddor gemacht und Saubohn alles gesagt hat. Seither sucht Saubohn unablässig nach dem Ring und nach Promo. Könnte gut sein, dass er sogar weiß, dass beide hier in Suchtal sind. Hat jemand eine Frage?«

»Ich bin froh, dass Go-Lump noch immer festgehalten wird«, sagte Biobier. »Wenigstens das könnte hilfreich sein.«

»Dem stimme ich zu«, sagte Speicher. »Er ist noch immer bei den Waldelben, und von dort wird er nicht verschwinden.«

»Menschenskinder, dann ist jetzt wohl der Zeitpunkt gekommen für meine Präsentation, was?«, sagte Legalesgras. Er schlug ein leeres Blatt auf dem Flipchart auf und schrieb: *O weh! Go-Lump ist entkommen!*

»O weh!«, sagte er. »Go-Lump ist entkommen!« Alle keuchten.

»Was?«, sagte Speicher. »Ich habe ihn wochenlang bewacht, während wir durch die Wälder gezogen sind, aber ihr habt es nicht geschafft, ihn in den Verliesen eures Waldhotels gefangen zu halten?«

»Da sind schon ganz andere daraus entkommen«, sagte Doing und zeigte Milbo einen erhobenen Daumen, was dieser mit einem Grinsen quittierte. (Wenn Sie mehr über Doings und Milbos spannende Flucht aus den Waldelbenverliesen erfahren möchten, dann bestellen Sie jetzt: *Der Wobbit. Eine Parodie!*)

»Endlich!«, sagte Ranndarf. »Ein Missgeschick, das man mir nicht in die Schuhe schieben kann! Sollte es uns nicht gelingen, Saubohn zu besiegen, dann kann das nur daran liegen, dass Go-Lump entkommen ist. Bitte, Legalesgras, wie konnte es zu diesem unentschuldbaren Fehler, dieser ultimativen Tragödie kommen?«

»Nun, okay, wir Waldelben glauben total an Sport als

Rehabilitationsprogramm, müssen Sie wissen. Ranndarf, nachdem Sie aus unserem Laden ausgecheckt haben, haben wir Go-Lump bei allen unseren beliebten Freizeitaktivitäten eingeschrieben: Jagen, Fischen, Campen, Grillen. Im Winter wollten wir Hockey, Curling und Eisfischen mit ihm anfangen. Aber daraus wird wohl nix mehr, was? Am Ende einer Jagdstunde hat er sich in einen Hochstand verkrochen und wollte nicht mehr runterkommen. Wir haben ihm ein warmes Thunfischgericht, ein paar Biere und etwas zu lesen gebracht, doch in der Nacht haben uns ein paar Murks angegriffen, und mit denen ist er dann entkommen. Die waren riesig, größer als Orks, fast so groß wie Doing.«

»Ungefähr vier Fuß hoch?«, fragte Speicher, indem er Notizen kritzelte. »Lange Arme? Haarige Ohren? Ringelsocken?« Legalesgras nickte. »Klingt wie welche von Saubohns Murks, so weit von Schmoddor entfernt. Da ist eine Verschwörung im Gange. Saubohn will, dass Go-Lump sich frei bewegen kann.«

»Vielleicht wird uns das zum Vorteil gereichen«, sagte Ranndarf.

»Hä?«, sagte E.On.

»Ich weiß nicht, ich brainstorme nur. Da fällt mir ein, Sie haben doch nach Sagrotan dem Weißen gefragt. Ich fürchte, dass er kein so zuverlässiges Teammitglied ist, wie wir hofften.

Da war ich also«, fuhr Ranndarf fort. »Es war Juni, und eben hatte ich meinen angenehmen Aufenthalt im Aualand beendet, um mein dreijährliches Treffen mit meinem Zauberbruder Badegast dem Braunen abzuhalten. Es war eine zwanglose Besprechung im Pelennordsee. Während wir auf unsere Fischbrötchen warteten, erzählte er mir beunruhigende Neuigkeiten.

›Die neun reitenden leitenden Angestellten wurden ausgesandt!‹, sagte er. ›Aber ich habe keine Ahnung, warum. Wohin immer sie gehen, fragen sie nach einem Ort namens Aualand. Ich habe noch nie davon gehört. Kennen Sie es?‹

›Ja, ich komme gerade von dort. Es ist nicht so schwer zu finden. Dem Himmel sei Dank, dass Saubohn seinen Reitern nicht die Anschaffung von Landkarten rückerstattet. Wie haben Sie davon erfahren?‹

›Von Sagrotan dem Weißen. Er meinte, er würde sich gern mit Ihnen treffen, wenn Sie bereit wären, ein paar Doughnuts mitzubringen.‹

Das waren gute Neuigkeiten«, sagte Ranndarf. »Sagrotan, der vorsitzende Zauberer des Weißen Rats. Badegast ist auch dufte, verstehen Sie mich nicht falsch. Er ist ein Meister der Kräuter und Gewürze, kann die Farbe von Dingen verändern, was super ist, wenn man die Wohnung renovieren will. Und er kann mit Tieren reden, stellen Sie sich das nur vor! Mit einem Schimpansen auf Schimpansisch plaudern! Aber Sagrotan hat seine ganze Laufbahn damit verbracht, Saubohn und den Alleinen Ring zu studieren. Er hat den Meuchelmord an Saubohn im Wüsterwald geplant, und da die Aktion schiefging, hätte ich eigentlich stutzig werden müssen. Wie dem auch sei, Badegast meinte, er müsste heimgehen und seine Haare waschen, die hätten es dringend nötig. Danach hätte er einen Termin mit dem König der Igel. Ich bat ihn, dem König und all seinen anderen Tierfreunden zu sagen, sie sollten alle Neuigkeiten über Saubohn und den Ring direkt zu Sagrotans Adresse in Eisenharz bringen. Er antwortete, dass er das tun würde, und dann wünschte er mir alles Gute und ging, indem er das meiste von seinem Fischbrötchen mitnahm. Ich kritzelte eine kurze Notiz an Promo, damit er über die nächsten Schritte Bescheid wusste, und besuchte Brie, um die Nachricht dort für ihn zu hinterlassen. Nach ein paar Cocktails, einem exzellenten Abendessen und einer ruhigen Nacht im Gasthaus zum *Tänzelnden Doughnut*, brach ich unverzüglich zu Sagrotan dem Weißen auf.

Es ist ein langer Ritt nach Eisenharz hinab, entlang der ganzen Kübelberge. Als ich dort ankam, fand ich es komisch, dass die Torwachen hässliche Murks waren, und ich wurde ein bisschen nervös, weil sie das Tor hinter mir laut ins Schloss fallen ließen. Aber ich ging weiter. Ich wollte nicht in Panik verfallen.

Sagrotan empfing mich in der Lobby, stellte mir eine Anmeldung aus und ließ mir von dem Murk an der Rezeption einen Besucherausweis geben. Dann führte er mich in sein Büro.

›So sind Sie also gekommen, Ranndarf. Ua, haha!‹, hat er gesagt. Er hatte die ganze Zeit so eine kalte Lache.

›Ja, ich bin gekommen, um um Ihre Hilfe zu bitten, Sagrotan der Weiße.‹

Er sagte: ›Tatsächlich, Ranndarf der Graue! Aber sind Sie denn nicht der größte Projektmanager Drittmittelerdes, der Meister von allen möglichen Feuerwerken und Popcorn? Warum kommen Sie jetzt plötzlich zu mir, nachdem Sie sich monatelang im Aualand und in Brie schöne Tage gemacht haben?‹ Er kann nicht so gut mit Leuten, deshalb nehme ich es immer nicht allzu persönlich, wenn er so spricht. Aber er hat eine angenehme Sprechstimme. Sehr sonor.

›Nichtsdestotrotz‹, sagte ich, ›in dieser Angelegenheit müssen wir im Team zusammenarbeiten. Badegast hat mir erzählt, dass Saubohn die reitenden leitenden Angestellten hat ausschwärmen lassen!‹

›Badegast der Braune!‹, sagte er. ›Badegast der Ökofreak! Badegast der Raumausstatter! Badegast der Hilfskoch! Er war kaum klug genug, Sie hierherzulocken, Ranndarf der Graue, und hier werden Sie jetzt bleiben. Denn ich bin Sagrotan der Weiße, Sagrotan der Ringeschmied, Sagrotan der Vielfarbige!‹«

»Wenigstens einer begeistert sich für Abwechslung«, sagte Promo.

»›Mir scheint, Sagrotan der Bescheidene steht nicht zur Diskussion‹, sagte ich.

›Genug von mir!‹, sagte er. Seine Stimme klang langsam nicht mehr ganz so irre und wütend. ›Lassen Sie uns über Sie reden. Wollen Sie nicht allmählich mal auf der Karriereleiter aufsteigen, Ranndarf? Sie wollen doch nicht ewig Projektmanager bleiben oder etwa doch? Gerade passieren spannende Dinge, Ranndarf! Überall ist Veränderung! Freunden Sie sich mit dem Wandel an, und machen Sie ihn zu Ihrem Sklaven! Wären Sie nicht gern der nächste vorsitzende Zauberer des Weißen Rats? Dann wären Sie Ranndarf der Weiße! Und ich würde unsere Besitztümer in Schmoddor verwalten! Wir würden uns den Alleinen Ring teilen! Sie könnten ihn jeden zweiten Tag tragen, an den geraden Tagen im Monat! Sagen Sie Ja, Ranndarf! Werden Sie mein Partner! Sagen Sie mir, wo ich den Ring finde!‹

›Sie sind ein grandioser Vertretertyp, Sagrotan‹, sagte ich. ›Aber ich glaube nicht, dass es funktionieren würde.‹

›Lassen Sie sich nicht von meiner anmaßenden Schlussnote abschrecken, Ranndarf. Habe ich die Produkteigenschaften zu sehr hervorgehoben, anstatt die Vorteile für den Käufer zu nennen? Was muss ich machen, um bei Ihnen eine purchase decision zu triggern? Wo ist der Ring?‹

›Versuchen Sie niemals, einen Betrüger hereinzulegen,

Sagrotan. Wir können den Ring nicht gemeinsam benutzen. Mit der Teilzeitwohnung, die wir uns geteilt haben, hat es auch nicht funktioniert, wie sollen wir jetzt damit Erfolg haben?‹

›Wie es Ihnen beliebt. Ich weiß, dass Sie sich Saubohn nicht anschließen wollen, und mein großzügiges Angebot haben Sie abgelehnt. Dann bleibt nur die dritte Möglichkeit: Sie bleiben hier in Eisenharz, bis Sie mir den Aufenthaltsort des Rings verraten. Dadurch gewinne ich Zeit, um mir eine passende Strafe für den unverschämten Ranndarf den Grauen auszudenken. Ua, haha!‹

›Ach ja?‹, sagte ich, doch wusste ich, dass es leere Worte waren. Während meiner Gefangenschaft überlegte ich mir ein paar schlagfertigere Entgegnungen, aber da war es schon zu spät. Er brachte mich in einen Dachgarten. Die Aussicht war atemberaubend, allerdings fiel mir von dort auf, dass die Wälder ringsum gerodet waren und statt ihrer Waffenfabriken, Kasernen für Legionen von Murkskriegern und Zwinger für unzählige Meuten von Margen errichtet worden waren. Er schloss mich auf dem Dach ein. Ich ging auf und ab und fragte mich, ob es bald regnen würde. Später kam er rauf und drückte mir dieselbe Verkaufsmasche noch mal rein, nur diesmal mit Tabellen und Handouts.«

»Eine Verkaufsmasche?«, sagte Milbo. »Gab es denn kein Zaubererduell oder so was, wo Sie sich gegenseitig auf magische Weise durch die Gegend schleuderten?«

»Es gab kein Duell«, sagte Promo. »Ranndarf hat lediglich der geilsten Verkaufsmasche in ganz Drittmittelerde widerstanden! Ich habe die ganze Geschichte im Traum gesehen! Es wirkte alles so wirklich. Ranndarf erzählt die Wahrheit.«

»Danke«, sagte Ranndarf. »Ich saß in der Klemme,

aber wie es das Glück wollte, hatte Badegast daran gedacht, alle Vögel und Tiere mit Neuigkeiten nach Eisenharz zu schicken. Gegen Ende des Sommers kam der König der Adler vorbei. Ich fragte ihn, ob er mich ein Stück mitnehmen könnte.

›Ich denke mal, dass ich Ihnen schon genug Gefallen getan habe!‹, sagte er. ›Wir haben abgemacht, dass wir quitt sind, nachdem ich Ihnen während des Drachentöterprojekts zweimal das Leben gerettet habe.‹

›Falls wir dergleichen abgemacht haben, dann schulde ich Ihnen nach diesem Gefallen was. Bitte, Schnäbelchen, ich flehe Sie an!‹

Er erklärte sich natürlich einverstanden und brachte mich zu den Pferdeherren von Ruhha'm. Bald waren sie so begierig, mich loszuwerden, dass sie mir ihr bestes Pferd namens Rattenfell gaben und mir sagten, ich solle mich vom Acker machen. Ich nahm das Pferd und ritt damit ins Aualand und von dort nach Brie, zur Einsamen Spitze, wo mich die Reiter schließlich einholten. Wir lieferten uns eine große Schlacht mit vielen Explosionen, und am nächsten Morgen entkam ich. Ich ritt eine Weile umher, bis Rattenfell das Interesse daran verlor und mir mitten im Passgang den Laufpass gab, sodass ich laufen musste, um hierher zu gelangen.«

E.On blätterte das Flipchart weiter bis zu einer Seite, auf der *Empfehlungen* stand. Es war noch viel leerer Platz auf der Seite.

»Nun haben wir alle Fakten gehört«, sagte er. »Ich möchte, dass Sie sich tischweise zusammentun, brainstormen und anschließend die besten Ideen Ihrer Gruppe vorstellen.« Dann setzte er die Tischgruppen anhand der Geburtsdaten der Teilnehmer zufällig zusammen. Alle hassten es, aufstehen und sich an einen anderen Tisch setzen zu müssen, aber es musste sein. Nach fünfzehn Minuten präsentierten sie ihre Ergebnisse.

Karfunkels Tisch schlug vor, Jeff Bombadowski in seiner Bowlinghalle aufzusuchen und ihm den Alleinen Ring zur Verwahrung zu geben. »Schließlich packt das der Dude!«, schloss Karfunkel.

E.On schrieb: *1) Den Ring dem Dude geben.* Doch nicht alle waren von der Idee begeistert.

»Der Dude?«, sagte Ranndarf. »Das ist ein dufter Typ, aber nicht gerade wahnsinnig verantwortungsbewusst. Wahrscheinlich würde er den Ring irgendwo liegen lassen. Wer weiß, was dann passieren würde?«

Darauf verkündete Promos Tisch sein Ergebnis. »Hier in Suchtal wäre der Ring sicher. Warum kann ich ihn nicht einfach hierlassen?«, sagte Promo.

E.On schrieb: *2) Den Ring in Suchtal lassen.* Dann sagte er zu Promo: »Das werde ich auf keinen Fall zulassen. Ich versuche, hier ein Unternehmen zu führen. Der Nächste?«

Doing sprach für seinen Tisch. »Wir sind der Meinung, der Ring sollte im Meer versenkt werden. Am besten an einer tiefen Stelle. Dort würde er ungestört bis ans Ende der Zeit ruhen.«

E.On schrieb: *3) Den Ring ins Meer werfen.*

»Echt jetzt?«, sagte Speicher. »Euer Tisch hat fünfzehn Minuten gebraucht, um auf diese Idee zu kommen? Wir wissen, dass Saubohn jetzt schon gewaltige Marge, Riesenspinnen und Kolibris für sich arbeiten lässt. Glauben Sie nicht, dass er auch einen Kraken oder eine Makrele anheuern würde, um sich den Ring herausfischen zu lassen? Ich muss schon sehr bitten!«

»Wie lautet denn dann Ihre Idee?«, fragte Doing.

»Ihn in die Kluft-die-schicksalhaft-klafft zu werfen,

wo er zusammengebaut wurde«, sagte Speicher. »Der einzige Ort, an dem er zu etwas Harmloserem wie zum Beispiel einem magischen Manschettenknopf zusammengeschmolzen werden kann. Mit einem einzelnen Manschettenknopf lässt sich nämlich gar nichts anfangen.«

»Könnten wir ihn nicht einfach mit einem Hammer zertrümmern?«, fragte Grummli, der jüngere Zwerg.

»Jedenfalls nicht mit meinem Hammer«, gab Doing zurück. »Der Ring kann nicht zerstört werden. Deshalb bin ich ja dafür, ihn ins Meer zu werfen.«

E.On schrieb: *4) Den Ring in Saubohns flammenden Hinterhof werfen.* »Ich habe meine Zweifel«, sagte er. »Aber es sieht so aus, als wären wir uns einig, dass der Ring entweder für immer versteckt oder zerstört werden muss. Nur ein Schwachkopf oder ein Geistesgestörter würde etwas anderes tun.«

»Ich habe eine Idee«, sagte Biobier. »Wer sagt, dass er versteckt oder zerstört werden muss? Warum setzen wir den Ring nicht gegen Saubohn ein? Einer von uns kann ihn benutzen. Wir sind doch alle die guten Jungs, oder? Was kann denn schon schiefgehen, wenn wir es alle wirklich gut meinen?«

»Ich werde ihn nicht überstreifen«, sagte E.On. »Ich habe gesehen, was passiert ist, als Müslipur es probiert hat. Nein danke.«

»Ich bin auch draußen«, sagte Ranndarf. »Ich habe schon einen der Wirklich Großen Ringe der Elben, auch wenn ich darüber eigentlich nicht sprechen darf. Einen zweiten Ring würde ich nicht annehmen. Ich will ja nicht habgierig erscheinen.«

»Vielleicht könnte ihn mein Dad tragen!«, sagte Biobier. »Er ist der perfekte Mann für so was! Oder ich könnte ihn tragen! Ich wäre unaufhaltbar!«

E.On schrieb: *5) Den Ring Biobier geben.*

»Was Ihren geheimen Elbenring angeht, Ranndarf«, meldete sich Doing zu Wort, »könnten wir den nicht zusammen mit den beiden anderen Elbenringen gegen Saubohn einsetzen?«

»Wie Ranndarf schon sagte, dürfen wir eigentlich gar nicht über die Elbenringe sprechen«, entgegnete E.On. »Die Ringe funktionieren sowieso anders. Die bringen nichts in Schlachten, in der Wirtschaft oder auch nur beim Controlling. Die sind mehr so für Sozialkompetenzen wie Heilen, Kommunizieren und Waleretten. Gegen Saubohn wären sie zu nichts nütze. Und sollte er den Alleinen Ring erlangen, würde er unsere Ringe sowieso nur gegen uns kehren, um schlecht über Wale zu reden, sie zu jagen und zu vernichten. Er wird sie verwenden, um alle Mitbewerber auf jedem nur erdenklichen Markt auszuschalten und das Monopol auf das gesamte Waren- und Dienstleistungsangebot zu erlangen. Seine Tyrannei über Drittmittelerde wird vertikal integriert sein. Das ist sein Ziel.«

»Und wenn wir den Alleinen Ring zerstören?«, sagte Doing. »Oder ihn ins Meer werfen?«

»Wir werden uns hüten, irgendetwas ins Meer zu werfen«, sagte E.On. »Und was die Zerstörung des Rings angeht: Wir wissen nicht, was tatsächlich passieren wird, wenn der Plan gelingt. Wir hoffen, dass es nichts Schlimmes ist.«

»Dann ist es also auch keine gute Idee, den Ring zu zerstören?«, sagte Doing.

»Den Ring zu zerstören, ist einwandfrei!«, sagte Ranndarf. »Es ist eine schlechte Idee unter vielen, deshalb wird Saubohn niemals damit rechnen. Dadurch gewinnen wir das alles entscheidende Überraschungsmoment!«

E.On wandte sich zum Flipchart um, las die Wahlmöglichkeiten laut vor und ließ darüber abstimmen. Am Ende stimmten alle für Nummer vier. Außer Doing und Grummli, die bei Nummer drei blieben, da dies die kostengünstigere Lösung war.

»Dann ist es beschlossen«, sagte E.On. »Wir werden den Alleinen Ring vernichten, indem wir ihn in die Kluft-die-schicksalhaft-klafft werfen. Aber wer soll das machen?«

»Ist ja schon gut, Sie können mit Ihren Andeutungen aufhören!«, sagte Milbo. »Ich werde mich zu dieser heroischen Queste aufmachen. Die Medienaufmerksamkeit wird mir helfen, die Verkäufe meiner Autobiografie anzukurbeln. Allerdings muss ich jetzt ein neues Ende verfassen. Zu schade, denn mir gefällt das jetzige Ende: *Gut gemacht, Schwein, gut gemacht.* Nun gut. Wann wäre ein guter Zeitpunkt, um von Promo den Ring zurückzuerhalten? Ich vermute, ich muss irgendwas unterschreiben oder so.«

»Nein, Milbo«, sagte Ranndarf. »Danke für Ihr Interesse, aber wir haben bei diesem Projekt in eine andere Richtung gedacht.«

»Wirklich?«, sagte Milbo. Er zögerte. »Ich weiß! Ihr lasst Schnäbelchen, den König der Adler, zur Kluft-die-schicksalhaft-klafft, fliegen und den Ring aus großer Höhe abwerfen! Sie sind ein Genie! Eine schnelle und narrensichere Lösung.«

»Nein, wir denken eher an jemanden wie Sie, nur jünger. Nehmen Sie es mir nicht übel.«

»Das ist Altersdiskriminierung!«, sagte Promo. »Das dürfen sie nicht mit dir machen, Onkel Milbo!«

Die Türen zum Ballsaal öffneten sich, und das Mittagessen wurde hereingebracht. Speck-Salat-Tomaten-Sandwiches von Bauer Abgott und vegetarisches Chili von Björks Hof. Damit vergaß Promo, dass er den Weißen Rat wegen Altersdiskriminierung anzeigen wollte. Denn das Chili schmeckte ihm ausgezeichnet. Nachdem sie Kaffee getrunken und ein bekömmliches Dessert verspeist hatten, rief E.On sie wieder zur Sitzung.

»Heute Nachmittag«, sagte er, während ein paar Nachzügler eintrudelten, »müssen wir entscheiden, wer den Ring zum Schreck-lass-nach-Berg nach Schmoddor bringt und ihn dort in die Kluft-die-schicksalhaft-klafft wirft. Ich hoffe, wir gelangen bald zu einer Entscheidung, damit wir früher Feierabend machen können. Wer nimmt den Ring? Jemand wie Milbo, nur jünger. Wer ihn nimmt, sollte gut schleichen können und, wenn möglich, bereits Erfahrung mit dem Alleinen Ring haben. Und vorzugsweise ein Freiwilliger.« Alle starrten Promo an.

»Ich nehme den Ring«, sagte er. »Aber ich kenne den Weg nicht.«

»Ausgezeichnet!«, sagte Ranndarf. »Promo trägt den Ring. Und er braucht eine Straßenkarte.«

»Ich bin erleichtert«, sagte E.On. »Dann müssen wir die Kette, an der der Ring hängt, nicht neu anpassen.«

»Herr E.On«, sagte Spam, der den ganzen Vormittag lang kein einziges Wort gesprochen hatte. »Dürfte ich fragen, ob Herr Muffin denn alleine reisen wird?«

»Nein, wirklich!«, sagte E.On. »Welch wundervolle Selbstlosigkeit Ihrerseits. Sie werden ihn ganz bestimmt begleiten, Spam! Jemand muss dafür sorgen, dass er nicht von seiner Aufgabe abkommt.«

»Oh«, sagte Spam leise. »Darauf wollte ich nicht hinaus, aber, nun ja, selbstverständlich ...«

Kapitel XV

Der Ring fliegt für den Winter nach Süden

Kurz vor Beginn der Happy Hour versammelten sich die Wobbits ihrerseits zu einer informellen Sitzung. Madi und Pipi waren sehr unzufrieden.

»Von euch beiden war heute Vormittag nicht die Rede«, erklärte Milbo. »Ich nehme an, Promo und Spam werden ohne euch gehen. Ihr werdet nach Hause geschickt und bekommt womöglich ein paar Werbegeschenke mit.«

»Das ist doch die reinste Verarsche!«, sagte Pipi. »Was willst du damit sagen, dass wir nicht mitgehen?«

»Genau!«, pflichtete ihm Madi bei. »Ihr braucht mich! Was, wenn ihr Pferde mieten müsst? Oder eine weitere Wohnungseinweihung organisieren müsst?«

»Was habt ihr denn?«, sagte Promo. »Den ersten Teil der Reise habt ihr gehasst! Pipi, wie oft hast du dich beklagt, dass dir langweilig ist!«

»Dann erwartest du also, dass wir heimgehen?«, sagte Pipi. »Daheim ist es ja noch langweiliger! Und daheim ist niemand wie Maude. Oder Dannwenn Morgenstern. Oder Agrarnorm, wo wir schon mal dabei sind.«

»Stimmt«, sagte Promo. »Aber was ist mit all den Gefahren? Von Bäumen verschlungen oder von Unholden lebendig begraben zu werden? Ganz zu schweigen von den reitenden leitenden Angestellten! Wer will schon mit einem magisch vergifteten Dolch erstochen werden?«

»Die Gefahr ist aufregend!«, sagte Madi. »Sie ist extrem! Dir haben wir es zu verdanken, dass wir unsere verborgene Sehnsucht nach Nervenkitzel entdeckt haben! Wir können nicht mehr zu einem normalen Leben zurückkehren. Wir werden es nicht tun!«

»Und wenn ich heimgehe, wartet die Einkommenssteuererklärung auf mich«, sagte Pipi. »Das will ich so lange wie möglich hinausschieben. Da sind mir reitende leitende Angestellte jederzeit lieber.«

»Ich muss die ganzen Fliesen im Badezimmer von Dandyschloss neu verfugen«, sagte Madi. »Wenn ich mit dir mitkommen dürfte, dann erledigt das vielleicht jemand anders.«

»Wir müssen mit dir mitkommen«, sagte Pipi. »Du brauchst jemanden mit Köpfchen im Team.«

»Nein, das brauchen wir nicht«, sagte Ranndarf, der sich ungeladen dazustellte. »Wie ich bereits erklärte, wir müssen nichts weiter machen, als nach Osten zu wandern, bis wir auf einen Vulkan stoßen, in den wir den Ring werfen. Auf dem Weg dorthin wird es aber trotzdem ganz hilfreich sein, ein paar Wobbits dabeizuhaben, die von Promo als dem eigentlichen Ziel ablenken. Auf der Reise von Auâland nach Suchtal wart ihr beiden ganz wundervolle Lockvögel, deshalb empfehle ich euch für die weitere Reise nach Schmoddor auch weiterhin in dieser Position!«

»Wir gewinnen mal wieder«, sagte Madi.

»Yippie!«, sagte Pipi.

»Es ist noch nicht offiziell«, sagte Ranndarf. »Zunächst müssen wir eine Fokusgruppe bilden und Gutachten einholen. Bevor wir jemanden mit dem Ring irgendwo hinschicken, müssen wir erst mehrere Meinungen abwägen.«

»Haben Sie denn noch mal darüber nachgedacht, die Adler zu fragen, ob sie es tun würden?«, fragte Milbo.

»Wir sind uns einig, dass die Adler schon zu sehr in Anspruch genommen worden sind«, sagte Ranndarf. »Die freien Völker Drittmittelerdes werden der Adler allmählich überdrüssig. Und natürlich wird Sauhohn genau mit so etwas rechnen. Sie haben uns gerettet, als die Orks uns auf der Tanne umzingelt hatten, sie sind im allerletzten Moment während der Schlacht der Sechs oder Sieben Heere aufgetaucht, und sie haben mich aus Sagrotans Dachgartenverlies befreit. Irgendwann reicht's auch mal. Glauben Sie mir, Milbo, die Adler sind aus dem Projekt draußen.«

Während sie auf E.On und die vielen Entscheidungen warteten, die getroffen werden mussten, vertrödelten die Wobbits ihre Zeit nach Kräften im Ferienparadies. Sie kosteten jeden verfügbaren Cocktail, besuchten jede Show und Kabarettvorstellung und spielten im Kasino, bis E.On ihnen untersagte, Schuldscheine zu benutzen.

Biobier verbrachte die meiste Zeit im Wellnessbereich, und Grummli bemühte sich, seine Tätigkeit als Finanzberater auszuweiten, indem er mit den anderen Hotelgästen Kundengespräche oder Investmentseminare abhielt. Sie hatten gehofft, nach E.Ons großer Sitzung in ihre Königreiche zurückkehren zu können, waren nun aber ganz glücklich, in ihren kostenlosen Hotelsuiten bleiben zu können.

Speicher und Legalcsgras zogen auf Patrouille aus und forschten nach Neuigkeiten über Saubohn. Sie fanden heraus, dass die Pferde der reitenden leitenden Angestellten in dem magischen Tsunami ums Leben gekommen waren. Leichen der Reiter fanden sie allerdings nicht, nur einen Schuh und ein paar Krawatten, die sie bei ihrer Niederlage verloren hatten. Bis zum Dezember waren einige Gutachten eingetrudelt, und die Fokusgruppen gaben die Zahlen ein.

E.On lud die Wobbits zu einer Besprechung ein, um ihnen die Entscheidung zu verkünden. Es gab keine Handouts.

»Promo und Spam«, sagte er, »Sie beide werden als Teil eines sehr kleinen Projektteams reisen. Es hat mich ein Vermögen gekostet, alle gratis hier unterzubringen, deshalb kann ich es mir nicht leisten, eine bewaffnete Elbentruppe als Geleitschutz auszusenden. Und mit all den Kriegern würden Sie … «

»Wir würden das Überraschungsmoment verlieren, ja«, sagte Milbo. »Also wer geht denn jetzt?«

»Die Clique des Rings soll aus neun Leuten bestehen. Das erscheint uns fair, da es ja auch neun reitende leitende Angestellte gibt. Wie bereits abgemacht, werden Promo und Spam dabei sein. Ranndarf wird euch begleiten, denn so ist sichergestellt, dass er mein Hotel verlässt. Darüber hinaus werde ich euch die Elite Drittmittelerdes mitgeben: Legalesgras für die Waldelben, Grummli für die Zwerge und Agrarnorm für die Menschen. Schließlich ist an dem ganzen Schlamassel Müslipur, sein Vorfahre, schuld.«

»Speicher kommt mit! Juchhei!«, rief Pipi. »Aber meinte er nicht, er würde Biobier in Minis Trieren helfen?«

»Ich behaupte so manches«, sagte Speicher. Unbemerkt hatte er die Besprechung von einem Blumentopfständer in der Ecke aus beobachtet. »Wir werden sehen, wie es läuft. Mein oberstes Anliegen wird es sein, auf Sie aufzupassen, Promo. Alle anderen Probleme sind zweitrangig. Biobier kann ja mit uns kommen, und wir können ihn unterwegs in Gondödel absetzen.«

»Dann bleiben nur noch zwei Stellen unbesetzt«, sagte E.On. »Wir haben wirklich keine Zeit, nach Jobkandidaten zu suchen, ganz zu schweigen, Lebensläufe durchzulesen, Bewerbungsgespräche zu führen und Zuverlässigkeitsprüfungen zu machen. Wenn wir diese Stellen doch bloß intern besetzen könnten.«

Madi und Pipi warteten mit angehaltenem Atem. Hatte Ranndarf vergessen, sie E.On vorzuschlagen?

»Madi, Pipi, ich nehme an, dass Sie nicht ...«

»Wir sind dabei! Jawohl!«, riefen sie aus. Pipi rannte mit vor Freude rudernden Armen hin und her.

»Sehr gut«, sagte E.On. »Morgen bekommen Sie einen Vertrag, der innerhalb von achtundvierzig Stunden unterzeichnet und zurückgesandt werden muss. Sie sollten sich auch besser mit einem Anwalt in Verbindung setzen und Ihre Angelegenheiten regeln, bevor Sie aufbrechen. Zahlung Ihrer Rechnungen anweisen, während Sie abwesend sind, Vollmachten ausstellen, Ihr Testament aufsetzen, all solche Sachen.«

»Wie genial!«, sagte Pipi.

Nasal, Speichers begehrtes Sammlerstück, wurde in seinen zwei Teilen von E.On in das Schwertarium von Suchtal gebracht und generalüberholt. Das Schwertarium war eines von vielen Geschäften im Ferienparadies, und der Verkäufer dort schwatzte Landeiern, die hier Urlaub machten, überteuerte Schwerter auf. Gleichzeitig war es jedoch ein Fachbetrieb für die Reparatur von High-End-Waffen wie Nasal, und bald war die Klinge wieder runderneuert.

»Ich werde es umbenennen, Partykill, Flamme des

Nordwestens«, sagte Speicher zu E.On. Wie ein Fachmann ließ er das Schwert durch die Luft sausen. »Ein Schwert in voller Länge! Daran muss ich mich erst gewöhnen.« Die Klinge war tadellos zusammengeschweißt worden, und die neuen Runen darauf verliehen der klassischen Waffe einen modernen Touch. »Absolut schön. Ich hätte es schon vor Jahren generalüberholen lassen sollen. Was habe ich mir dabei nur gedacht?«

»Besser spät als nie«, sagte E.On.

Am selben Tag traf sich Milbo mit seinem Neffen unter vier Augen, und auch Promos Hardware wurde aufgerüstet. Milbo öffnete zwei verstaubte, angestoßene Lederetuis. Beide waren der Form des darin liegenden Gegenstands speziell angepasst.

Aus einem Etui entnahm Milbo ein großes Messer, das in den Händen eines Wobbits einem Schwert entsprach. Sein Griff war rubinrot. »Das ist Stink. Es ist ein Elbisches Taschenmesser, siehst du, man erkennt es an den kleinen Runen an der Klingenbasis. Die Hauptklinge kann man einklappen«, sagte er, während er es vorführte. »Man kann noch alles Mögliche ausklappen, eine kleine Klinge, eine Zange bzw. einen Drahtschneider, eine Schere, einen Dosenöffner, alle möglichen Werkzeuge eben.« Er gab es Promo.

»Und hier«, sagte er. »Das ist mein Spitzenkettenhemd. Es hält jede Klinge und jeden Pfeil ab, und du kannst es unter deinem T-Shirt tragen. Es ist atmungsaktiv, mehrschichtentauglich und antimikrobiell. Aber lass niemand wissen, dass du es trägst, sonst hänseln sie dich bloß. Die meisten von ihnen tragen keine Rüstung. Ich könnte mir vorstellen, dass es sogar die Klingen der reitenden leitenden Angestellten abhält.«

»Wirklich!«, sagte Promo. »Wie bescheuert, dass du

es mir dann nicht schon in Wobbingen gegeben hast, bevor mich einer dieser Kerle gestochen hat.«

»Das tut mir leid«, sagte Milbo. »Ich tu mich schwer damit, Dinge loszulassen.«

»Wie mit dem Ring«, gab Promo zurück. »Das ist mir auch aufgefallen.«

Promo legte das Kettenhemd an und zog Hemd, kleine Weste und Wolljackett darüber. Dann, während er Korken- und Schraubenzieher seines neuen Elbentaschenmessers ausprobierte, sang Milbo leise vor sich hin.

Ich sitze da und esse Klops,
Der Abend kommt, der Tag geht hops,
Ich sitze, gucke, hab Plaisir,
Wenn Gäste kommen durch die Tür.

Erst geht sie auf, dann geht sie zu,
Hauptsache, ich habe meine Ruh'.
Ich esse Klops und sitze hier
In der Lobby, gleich bei der Tür.

Nanu, denk ich, ich denk: Nanu,
Erst hatte ich in Muffend meine Ruh'
Jetzt sitz ich hier in Suchtal rum,
Und das nimmt mir hier keiner krumm.

Ich geh nicht raus und blicke,
Denn das ist mir viel zu dicke,
Bei diesem Ringprojekt geht man bloß hops,
Drum sitz ich lieber hier und esse Klops.

»Du übertreibst es mit dem Klops«, sagte Promo.

»Das Werk ist noch im Entstehen«, versetzte Milbo.

An einem kalten Tag Ende Dezember sollten sie aufbrechen. E.On gab ihnen über die Feiertage frei, aber sie mussten im Ferienparadies bleiben, deshalb machte es keinen großen Unterschied. Kurz vor Tagesanbruch versammelten sie sich vor der Abreise in der Lobby.

E.On ließ sie Aufstellung für ein Gruppenbild nehmen, Wobbits nach vorn. Während es gemalt wurde, sagte er: »Ihr sollt sein die … Clique des Rings.« Dann bereute er es, denn eigentlich mochte er keine Schlagworte.

Alle kontrollierten noch einmal ihre Ausrüstung. Die Clique nahm keine Schlachtrösser, Lanzen und Katapulte mit, da sie auf das bereits erwähnte Überraschungsmoment und auf Heimlichkeit und List setzte. Da alle Nicht-Wobbits Profis waren, führten sie ihre eigene Ausrüstung mit sich. Speicher hatte Partykill dabei, besaß allerdings keine Ersatzwaffe und trug wie immer seinen zerschlissenen Tarnmantel. Waldläufer waren der Ansicht, dass die Schilde und Panzer herkömmlicher Soldaten angesichts ihrer Rolle als Freischärler hinter den feindlichen Linien bei ihnen nicht angebracht waren. »Unsere Chance besteht sowieso einzig darin, schnell, lautlos und ohne Vorwarnung zuzuschlagen.«

Biobier führte ein speziell für ihn angefertigtes Schwert mit deutlichen Gebrauchsspuren und einen passenden Schild, dazu trug er seinen Mantel aus Waschbärpelzen. Seine mit Silber beschlagene Vuvuzela hielt er in der Hand. Lauthals brüllte er: »Gondödel vor! Zicke-zacke, zicke-zacke, heu, heu, heu!« Und dann trötete er gewaltig. Von der Rezeption bis zur Lounge fuhren die Hotelgäste überall zusammen und fragten sich, ob der Feueralarm ausgebrochen war.

»Sie Idiot!«, sagte E.On, bevor er davonging, um die zahlenden Gäste zu beruhigen.

»Na schön«, schmollte Biobier. »Dann tröte ich eben nie wieder, selbst wenn es mich umbringt.«

Grummli war der Einzige, der offen eine Rüstung trug. Ein Kettenhemd, ein Plattenpanzerjackett, eine Hose aus feiner Stahlwolle und Socken aus lackiertem Leder. Bei jeder seiner Bewegungen klapperte es. Zwerge besaßen selten das Überraschungsmoment. Und wenn, dann war es wegen ihrer kompakten Körpergröße oder weil sie ihre Feinde untertunnelten. Seine Waffe war eine Axt mit breiter Klinge.

Legalesgras trug das karierte Jagdoutfit der Elben. Er hatte Pfeil und Köcher und ein langes, weißes Jagdmesser dabei. Scharfschießen und Meucheln aus dem Hinterhalt waren seine Vorlieben, doch für eher traditionelle Schlachten hatte er einen scharf geschliffenen Hockeyschläger dabei und trug eine schrecklich anzuschauende Torhütermaske, wie es alle aus seinem Volk taten.

Die Wobbits führten die Schwerter, die der Dude ihnen aus dem Unholdschatz gegeben hatte. Pipi musste man daran erinnern, dass er einen Mantel anzog. Promo hatte sein geheimes Spitzenkettenhemd, und in seiner Tasche ruhte Stink mit all seinen Klingen und Werkzeugen eingeklappt. Spam hatte als Ersatzwaffe eine Omelettepfanne dabei. In seinem Bündel waren die restlichen Töpfe und Pfannen, ein paar Reservetaschentücher für Herrn Promo, etwas Salz, etwas Salzersatz wegen Herrn Promos Blutdruck, ein bisschen Tabak, einige Kaugummis, falls Herr Promo mit Rauchen aufhören wollte, und eine Kleiderbürste wegen Herrn Promos Schuppen. Er hatte vergessen, ein Seil einzupacken, und als es ihm auffiel, dachte er: *Vielleicht können wir unterwegs irgendwo eins mitnehmen.*

Ranndarf führte seinen Stab, der gegenüber dem, den

er während des Projekts mit Milbo und den Zwergen benutzt hatte, eine Verbesserung darstellte. An der Hüfte baumelte ihm das Elbenschwert Longdrink, das er ein paar Trollen gestohlen hatte. Auf dem Kopf trug er den typischen Zaubererhut, denn er hatte das Gefühl, dass der zu seinem Image gehörte.

Draußen wartete das Pony, das sie Latz Fürskind abgekauft hatten. Obwohl es mit Elbenproviant und -ausrüstung überladen war, sah es besser aus als bei ihrer ersten Begegnung mit dem Tier. Spam taufte ihn Fürskind, was eigentlich eine Beleidigung für das Pony war. Es würde Suchtal genauso wie alle anderen Mitglieder der Clique vermissen.

Als sie auf der Wendefläche vor der Eingangstür herumstanden, sprach E.On ein paar letzte Worte. »Ich halte es für angebracht, Sie darauf aufmerksam zu machen, dass Sie vertraglich dazu berechtigt sind, jederzeit aus dem Projekt auszusteigen. Achten Sie aber bitte darauf, dass Ihre abschließende Honorarzahlung verfällt, falls Sie die Kündigung nicht mindestens zwei Wochen vorher einreichen.«

Grummli runzelte die Stirn. »Sieger steigen niemals aus, und Aussteiger siegen nie«, sagte er.

»Schon möglich«, sagte E.On. »Aber es ist klug, immer eins nach dem anderen zu machen.«

»Affen äffen alles nach«, sagte Grummli.

»Jetzt müssen Sie aber wirklich aufbrechen«, sagte E. On. »Ich möchte nicht, dass Sie wegen mir zu spät sind.«

Milbo rief ihnen von seinem Sessel neben dem Kamin in der Lobby nach: »Viel Glück! Promo, dass du mir ja ein Tagebuch führst! Wenn du zurückkommst, schreibe ich als Ghostwriter deine Autobiografie.«

»Werde ich Onkel Milbo je wiedersehen?«, sagte Promo.

Madi und Pipi taten beide so, als würden sie sich erhängen.

Sie hielten sich nach Süden, wobei sie, um Saubohns Spionen aus dem Weg zu gehen, westlich der Berge blieben. Sie marschierten in einer Reihe. Ranndarf ging voraus für den Fall, dass sie einem Journalisten begegneten. Speicher kam als Zweiter, damit er Ranndarf immer wieder auf den richtigen Weg zurücklenken konnte. Ganz zum Schluss ging Legalesgras, den Bogen bereit, falls sie Murks oder Wildbret begegneten.

Der Beginn der Reise war kalt und eintönig, und alle hatten Mühe, sich daran zu gewöhnen, tagsüber zu schlafen. Promo konnte die ersten Tage überhaupt nicht schlafen, nachdem ihm eingefallen war, dass er vergessen hatte, E.On die Quittungen zu geben.

Nach ungefähr zwei Wochen erblickten sie vor sich Berge. »Da sind sie!«, rief Grummli. »Die Berge von Bizeps, Zigzag und Schaltuhr. Unter meinem Volk …«

Wie so häufig unterbrach ihn Pipi. »He, Speicher, was gucken Sie da? Warum sehen Sie nicht zu den Bergen hinüber? Was erkennen Sie da, Speicher? Speicher?«

»Mir gefällt diese Wolke nicht«, sagte Speicher. Jetzt sahen auch die anderen hin, aber die meisten vermochten nichts zu erkennen. Nachdem er einige Minuten gestarrt hatte, sagte er: »Das ist keine Wolke! Alle Mann in Deckung!« Kurz darauf schwirrte über ihren Häuptern ein Schwarm Kolibris, die sich unheilvoll umblickten.

»Saubohns Spitzel«, sagte Speicher. »Künftig müssen wir in der Nähe von Vögeln sehr vorsichtig sein, nicht nur bei Kolibris. Andere Arten, die bekanntermaßen von ihm angeheuert wurden, sind der Gimpel, die Meise, die Schnepfe, die Pute, die Schnapsdrossel und die Spinatwachtel.«

»Und was jetzt?«, fragte Pipi.

»Wir gehen weiter auf die Berge zu«, sagte Speicher. »Zum Karitas dort drüben.«

»Ist das das, worüber Grummli gesprochen hat?«, fragte Madi.

»Ich weiß nicht«, sagte Pipi. »Ich habe nicht zugehört.«

»Wenn wir das Gebirge von Karitas überqueren, wird es empfindlich kalt«, sagte Biobier. »Wenn es um Leben oder Tod geht, wollen wir bestimmt ein Feuer machen. Deshalb sollten wir Feuerholz sammeln, und jeder sollte ein Bündel Kleinholz tragen.«

»Das muss man aber erst machen«, sagte Grummli.

»Was?«

»Na, das Kleinholz.«

»Nun, da wird sich schon jemand finden, aus dem man es machen kann«, sagte Biobier mies gelaunt.

Mitten in der Nacht, mit vollbeladenem Pony und einem Bündel Feuerholz pro Mann und Wobbit, begannen sie den Aufstieg ins Gebirge. Es fing an zu schneien, was kurz ganz heiter war, bis ihnen auffiel, dass sie unterwegs keine Gelegenheit haben würden, Schneeengel zu machen. Es wurde steiler, und gleichzeitig schneite es kräftiger. Bald reichte der Schnee den Wobbits bis zum Hals, was nicht sehr tief ist, es sei denn, man ersteigt dabei mit vollem Rucksack und in der Dunkelheit einen Berg.

»Ich sage es ja nur ungern«, meldete sich Biobier. »Aber wir können nicht weitergehen. Wir sollten für heute Nacht aufgeben.«

»Ich hab's gewusst«, grummelte Grummli.

»Also gut«, sagte Speicher. »Wir schlafen gleich hier. Wobbits, würdet ihr bitte im Stehen schlafen, damit wir euch morgen früh wiederfinden?«

Sie versuchten zu schlafen, doch der Schnee drohte die Wobbits tatsächlich zu begraben.

»Ich schätze, das ist die Leben-oder-Tod-Situation, auf die wir gewartet haben«, sagte Biobier. »Karitas hasst uns. Habe ich die Erlaubnis, ein Feuer zu entzünden, Ranndarf? Oder sollen wir warten, bis der Schwächste unter uns gestorben ist? Ich tippe auf Pipi, aber es könnte auch Promo sein, stimmt's?«

»Erlaubnis erteilt«, sagte Ranndarf. Speicher seufzte. Ihm fiel es schwer, sich vorzustellen, dass Ranndarf der Manager dieses Projekts war. Ranndarf griff eines der Bündel, hielt es in die Höhe und rief: »Presto Feurio!«

Die Zweige brachen in Flammen aus, und Ranndarf legte sie hastig hin. Flammen züngelten in die Höhe und beschrieben die Buchstaben: *Ranndarf ist hier!* »Ziemlich eindrucksvoll, was?«, sagte er. »Dies ist das erste Mal, dass ich in dieser Gegend Werbung machen konnte!«

Das Feuer bewahrte Grummli und die Wobbits davor, unter Schneemassen begraben zu werden. Trotzdem blieb es bitterkalt. Als Spam blau anlief, zog Ranndarf einen eleganten, unauffälligen Flachmann aus der Manteltasche. Er nahm einen Schluck daraus und reichte ihn Spam.

»Nur einen winzigen Schluck. Man nennt es Mehrfuror, der hundertprozentige Kräuterlikör der Elben. Ich habe ihn von E.On. Heute Nacht wird uns Karitas nicht umbringen.« Dankbar nahm Spam einen Schluck.

»Reichen Sie das mal rum, Kleiner«, sagte Legalesgras. »Dieses Zeug hält einen warm, da können Sie Gift drauf nehmen.« Auch er nahm einen Schluck. »Wir trinken das, wenn wir Eisfischen gehen, ji-haah!«

»Worüber sprechen Sie zum Kuckuck?«, sagte Grummli. »Geben Sie her!« Er schnappte sich den Flachmann und trank, und so taten die anderen. Ruck, zuck dämmerte der Tag.

Dank des Kleinholzes und des Kräuterlikörs überlebten alle die Nacht, auch wenn einige am Morgen Kopfschmerzen hatten. Es hatte zu schneien aufgehört, aber der Schnee türmte sich rings um sie her.

»He da, Ranndarf!«, sagte Legalesgras. »Warum zaubern Sie nicht irgendwas und bringen uns hier weg? Verwandeln Sie Ihren Stab mal in eine Schneefräse oder so was!«

»Typisch Amateur!«, sagte Ranndarf. »Ich dachte, Waldelben wüssten mehr über Zauberei. Sie zumindest sollten wissen, dass Zauberei nicht so funktioniert!«

»Wenn die Damen ihren Disput beendet haben, lassen Sie mich Ihnen zeigen, wie man den Schnee in Gondödel beseitigt! Huuu-jaah!« Kopf voraus preschte Biobier in eine Schneewand hinein und schuf mehr oder weniger eine Art Pfad.

»Ich behalte unseren Soldaten lieber mal im Auge«, sagte Speicher, der mithalf, einen Pfad zu bahnen.

Eine Minute lang sah Legalesgras dabei zu. »Sie beide sind langsam wie Molasse! Das ist wohl Ihr erstes Schneetreiben, eh? Anstatt uns hindurchzugraben, gehen wir Waldelben einfach drüber weg!« Er kletterte hinauf und lief leichtfüßig über die Schneefläche dahin, sodass er die beiden Grabenden bald überholt hatte. Dann war er verschwunden.

»Ein leichtfüßiger Elb«, sagte Ranndarf. »Wieso überrascht mich das nicht?«

»Ich wette, er ist auch ein hervorragender Tänzer!«, sagte Grummli.

Die Männer gruben noch immer und riefen Sachen wie »Buuu-jaah!« und »Suu-paah!« und »Schnuu-laah!«, als Legalesgras zurückkehrte.

»Tag auch, ich bin wieder zurück! Potztausend, sehen Sie nur, wie hart Sie schuften! Aber keine Bange, Sie sind fast durch. Die Schneewehe ist total schmal.«

»Wusst ich's doch!«, sagte Grummli. »Karitas versucht, uns mit billigen Tricks zum Umkehren zu bewegen.«

»Ja, und er hat Erfolg damit. Wir hauen hier so schnell wie möglich ab«, sagte Speicher.

»Beeilen Sie sich, Jungs«, sagte Pipi. »Ich hasse diesen Berg!«

»Genau!«, sagte Madi. »Wir hassen ihn! Wir wollen aus diesem Schnee raus!«

»Ja!«, sagte Pipi. »Bringt uns hier raus! Und zwar sofort!«

»Hier«, sagte Speicher. »Ich kann Ihnen helfen. Pipi, fassen Sie mich an den Händen. Super. Biobier, wenn Sie ihn jetzt an den Füßen nehmen würden?«

»He!«, rief Pipi. »Lassen Sie das, Jungs!«

»Folgen Sie meinem Beispiel, Biobier«, sagte Speicher. Sie fingen an, Pipi vor und zurück zu schwingen.

»Eins!«

»Zwei!«

»Drei!« Gemeinsam warfen sie ihn über die Schneewehe hinweg.

»Kommen Sie her, Madi!«, sagte Biobier.

Sie halfen Madi auf dieselbe Weise und gruben sich

den restlichen Weg durch den Schnee. Als sie auf der anderen Seite durchbrachen, fanden sie die beiden Wobbits inmitten einer Schneeballschlacht. Der Rest der Clique kam mitsamt Fürskind, dem Pony, nach. Als sie durch den Pfad in der Schneewehe zurück zu ihrem Lagerplatz blickten, konnten sie beobachten, wie der kleine Zirkel von einer verdächtig jähen Lawine begraben wurde.

»Wir gehen ja schon, wir gehen ja schon«, sagte Grummli. »Ja ist eine Antwort, die Karitas nicht gerne hört.«

Langsam stieg die Clique wieder vom Berg herunter. Karitas hatte sie besiegt. Es stand eins zu null für die Bösewichte.

Kapitel XVI

Reise zum Mittelpunkt der Drittmittelerde

Es war Abend, als Ranndarf sie zu einer Besprechung zusammentrommelte. Alle waren anwesend. Pipi unterbrach mit einer Frage.

»Wie wäre es mit etwas mehr von diesem Mehrfuror, Ranndarf?«, fragte er.

»Sie wollen den Rest doch wohl nicht alleine trinken, oder?«, sagte Grummli.

»Schön«, sagte Ranndarf. Nachdem er einen Schluck davon getrunken hatte, ließ er den Flachmann herumgehen. »Also. Unsere Lage sieht so aus, dass ich euch sicher aus dem Gebirge herausgeführt habe. Nun gut, da ich eure Meinungen wertschätze, möchte ich erst mal eure Beiträge hören, bevor wir fortfahren. Der einzige Weg, auf dem wir weitergehen können, ist unangenehm, sehr gefährlich, und Speicher ist dagegen. Wir müssen durch die Minen von Memoria. Die sind voller enger Brücken, einstürzender Treppen und jäher Abstürze in die Finsternis. Und wahrscheinlich Orks.«

»Klingt cool«, sagte Grummli. »Das ist ein Zwergenparadies! Ich gehe mit, Ranndarf, um die Hallen von Urin zu sehen, wenn Sie die Tore finden können, die verschlossen sind.«

»Was?«, sagte Biobier.

»Die Tore nach Memoria sind verborgen«, erklärte

Ranndarf. »Verborgen und durch Zauberei verschlossen. Aber nichts, was ich nicht deichseln könnte. Während Milbos Abenteuern habe ich das Team mit Leichtigkeit durch das magische Tor des Vereinsamten Bergs gebracht.«

»Nein«, sagte Promo. »Milbo hat Ihr Team da hindurchgebracht. Sie waren nicht einmal dabei.«

»Wer sind Sie denn, etwa mein Biograf?«, sagte Ranndarf. »Glauben Sie mir, ich kann uns nach Memoria bringen.«

»Das klingt nach einer wahrlich schlechten Idee«, sagte Biobier.

»Okay«, sagte Ranndarf. »Wir stimmen darüber ab. Wer ist dafür, dass wir Memoria umgehen, obwohl es keinen anderen Weg gibt?« Pipi und Madi hoben die Hände.

»Und wer ist dafür, dass wir Memoria betreten?« Ranndarf und Grummli hoben die Hände.

»Und wer enthält sich?« Biobier, Legalesgras und Speicher hoben die Hände.

»Promo, Spam, was ist mit Ihnen?«, fragte Ranndarf.

»Ach, bringen wir es meinetwegen hinter uns«, sagte Promo. »Dann sage ich eben, dass wir durch Memoria gehen.«

»Und ich bin Herrn Promos Meinung«, sagte Spam. »Versteht sich.«

»Die beiden sollten nur als eine Stimme zählen«, schlug Madi vor.

»Worte können auch verletzen, Herr Madi«, sagte Spam.

»Dann ist es beschlossene Sache«, sagte Ranndarf. »Gleich morgen früh machen wir uns auf nach Memoria. Früher war das Tor einen Berg weiter, ungefähr fünfzehn Meilen südwestlich von hier. Ich weiß, dass ihr von der Flucht vor Karitas müde seid. An dieser Stelle können wir in vollkommener Sicherheit die Nacht verbringen.« In der Ferne heulten Marge.

»Hört nur den Wind!«, sagte Ranndarf. »Rollt euch zusammen und schlaft gut.«

»Sie scherzen, oder?«, sagte Speicher. »Sie wurden schon einmal von Margen einen Baum hinaufgejagt, deshalb sollten Sie deren Heulen kennen. Wir können nicht hierbleiben. Lasst uns wenigstens eine Stelle suchen, wo wir uns verteidigen können. Ein erhöhter Ort. Bäume, auf die man klettern kann. Irgendwas.«

»Lasst uns Schutzengräben ausheben«, sagte Biobier. »Bellende Marge beißen nicht.«

»Stimmt«, sagte Speicher. »Aber bei uns Waldläufern sagt man immer: ›Einem geschenkten Margen schaut man nichts ins Maul‹. Ich denke, wir sollten von hier verschwinden.«

»Ich hätte in Suchtal bleiben sollen«, sagte Pipi.

»Herr Ranndarf weiß, wie man Margen entkommt«, sagte Spam. »Bleib in seiner Nähe, Pipi. Aber pass auf seinen Aufschwung auf, wenn er mit dem Schwert ausholt.«

Speicher fand eine erhöhte Stelle mit einem praktischen Steinkreis und führte die Clique dorthin. Sie machten Feuer, und bald erkannten sie um sich her Margenaugen glühen. Sie zückten die Waffen und stellten sich im Kreis auf, den Blick nach außen gerichtet. Ein Marg trat ins Licht. Dann fiel er tot um, da ihm ein Pfeil in der Kehle steckte. Legalesgras hatte geschossen.

»Ich schnappe mir den Margen«, sagte er. »Aus ihrem Fleisch kann man einen guten Eintopf machen, müssen Sie wissen.« Doch bevor er noch weitere Pläne fürs

Abendessen machen konnte, griffen die anderen Marge an. Biobier hieb und hackte auf sie ein, und Grummli verwandelte viele von ihnen mit seiner Axt in Kleinholz. Speicher musste Partykill jetzt, wo das Schwert zu seiner ursprünglichen Länge zurückgekehrt war, kürzer fassen, aber er hatte den Dreh bald raus und metzelte die Margen nieder, sobald sie über den Steinkreis sprangen. Legalesgras schoss zweiundzwanzig Pfeile ab, obwohl er nur zwanzig hatte.

Ranndarf beschloss, statt zu seinem Schwert zur Zauberei zu greifen, da er Angst hatte, Madi oder Pipi zu verletzen, die sich an seine Beine klammerten. Auf ein lautes *Expecto Patronum* hin verging der Marghäuptling in einer Popcornexplosion. Eine Mischung aus Käse- und Karamellpopcorn prasselte hernieder, und die übrigen Marge bekamen es mit der Angst zu tun und rasten davon.

Die Clique verschnaufte eine Minute. Dann suchte Legalesgras nach dem saftigsten Marg, wurde aber enttäuscht.

»Was ist denn das für eine krumme Tour hier, eh?«, sagte er. »Die Leichen sind alle weg! Sogar das Käse- und Karamellpopcorn hat sich in Luft aufgelöst!«

»Das war die schlimmste Sorte Margen: Zaubermarge!«, verkündete Ranndarf. »Wir haben uns umsonst auf Eintopf gefreut, Legalesgras. Lasst uns gleich nach dem Frühstück von hier aufbrechen.«

Kurz nach einem späten Mittagessen gelangten sie an eine hohe Felswand mit einem stehenden, widerlichen Gewässer davor.

»Ich bin mir ziemlich sicher, dass die Tore hier sind«, sagte Ranndarf. »Die sind total faszinierend. Sie wurden in einer Koproduktion aus elbischem Know-How und zwergischem Kapital errichtet. Das waren noch Zeiten.«

»Diese beknackten Elben haben alles verdorben«, grummelte Grummli.

»Ja, klar doch«, sagte Legalesgras. »Die Zwerge sind ja nie an irgendwas schuld.«

»Auseinander, Sie beide!«, sagte Ranndarf. »Laden Sie die Ausrüstung von Fürskind ab und teilen Sie sie auf. Wir lassen ihn laufen.«

»Darauf können Sie einen lassen, Ranndarf«, sagte Legalesgras. »Dieses Pony ist viel zu clever, um in ein zwergisches Abflussrohr zu kriechen.«

»Halten Sie die Klappe!«, sagte Grummli. »Warten Sie nur, bis Sie sehen, wie schön Memoria ist!«

Ranndarf starrte an die Felswand, während die anderen ihre Ranzen schnürten und schulterten. »Ich begreife das nicht. Die Tore sollten eigentlich genau hier sein.«

»Was haben Sie vor?«, fragte Speicher.

»Ich denke, wir warten einfach mal ab«, entgegnete Ranndarf.

Die Sonne ging unter. »Warten Sie noch immer?«, fragte Speicher den Zauberer, der sich nicht von der Stelle gerührt hatte.

»Vielleicht haben Sie recht«, sagte Ranndarf. »Das ist hoffnungslos. Wir sollten nach Suchtal zurückkehren und auf das Ende warten.« Er wandte sich um, setzte sich auf die Erde und legte den Kopf in die Hände.

Der Mond ging auf und schien auf die Felswand. Da erschienen die silbernen Umrisse einer geschmackvoll verzierten zweiflügligen Tür im Stein. »Ranndarf, schauen Sie sich das an!«, sagte Speicher.

Ranndarf drehte sich um und sprang auf. »Wusste

ich's doch! Mondbuchstaben! Und genau dort, wo ich sie erwartet habe!« Die Darstellung eines Baumes mit elbischer Schrift erschien.

»Die Schriftzeichen der Normalelben!«, sagte Legalesgras.

»Nicht die der Waldelben?«, fragte Promo.

»Nein, mein Volk hatte damit nichts zu tun. Das ist ein bisschen zu schrill für unseren Geschmack, müssen Sie wissen«, gab Legalesgras zur Antwort. Kurz darauf erschienen Dollarzeichen in den Zweigen des Baums.

»Das Logo Urins, des Vaters aller Zwerge!«, sagte Grummli.

»Was steht da?«

»Nichts Wichtiges«, sagte Ranndarf. »Bloß *Die Tore Urins, des Herrn von Memoria. Sprechen Sie die Zauberworte und treten Sie ein.* Und das Kleingedruckte darunter heißt: *Zulieferer benutzen bitte den Hintereingang.*«

»Und wie lauten die Zauberworte?«, fragte Biobier.

»Keine Ahnung«, sagte Ranndarf. »Grummli, wie lauten die Zauberworte?«

»Woher soll ich das wissen?«, sagte Grummli. »Ich bin ein wichtiger Businesszwerg! Ich habe mein Leben damit verbracht, eine Investmentfirma aufzubauen. Wann hätte ich da mal Zeit gehabt, um in Memoria Urlaub zu machen?«

»Legalesgras«, sagte Ranndarf. »Was ist mit Ihnen?«

»Nee«, sagte dieser. »Wie gesagt, ich bin Waldelb. Wir sind total anders als die Normalelben.«

»Sonst jemand?«, fragte Ranndarf. »Einst kannte ich jeden Spruch der Elben, Menschen und Murks für diesen Anlass. Lassen Sie mich mal einen ausprobieren.

Ene mene mopel
Wer frisst Popel?«

Nichts geschah. »Will noch jemand probieren?«, sagte Ranndarf. Madi und Pipi warfen angeregt Steine ins faulige Wasser des Teichs. Sie waren total fasziniert von den seltsamen Wellen und Blasen, die offenbar nichts mit ihrem Steinewerfen zu tun hatten.

»Wäre es nicht witzig, wenn Sie tatsächlich *Die Zauberworte* sagen und sich die Tore dann öffnen würden?«, sagte Promo.

»*Die Zauberworte!*«, sagte Ranndarf laut genug, dass die Tore ihn hören konnten. Sofort schwangen sie nach innen auf.

»Das war das Nächste, was ich sagen wollte«, setzte er hinzu.

»Die Elben und Zwerge damals hatten anscheinend Humor«, sagte Biobier. »Auch wenn ich nicht so auf solche Scherze stehe.«

»Fürskind, hör mir gut zu«, sagte Spam zum Pony. »Wir gehen in die Mine da drüben. Du solltest nach Suchtal zurückkehren und von dort zur Bowlingbahn vom Dude wandern. Dort kannst du mit Pummel abhängen. Das würde ich jedenfalls an deiner Stelle machen.«

»Lasst uns gehen«, sagte Ranndarf. »Jetzt kann uns nichts mehr aufhalten!«

Ein schleimiger, widerlicher Tentakel spritzte aus dem Wasser und wickelte sich um Promos Fessel. Dann zog er den Wobbit in den Teich.

»Igitt!«, schrie Promo. Er zog Stink, sein Elbentaschenmesser, klappte wahllos ein Werkzeug aus, erwischte den Korkenzieher und stach verzweifelt auf die Monstrosität ein, die sich an seinem Fußgelenk festgesaugt hatte. Kurz darauf stießen und drängelten sich Speicher, Legalesgras, Biobier und Grummli um einen günstigen Platz, um gegen den Tentakel zu kämpfen. Zum Glück schnellten im selben Augenblick ein Dutzend weiterer Tentakel aus dem Wasser, sodass alle bis auf Fürskind mitmachen konnten. Das Pony beschloss, auf seine Reise nach Suchtal aufzubrechen.

»Nehmen Sie den Bogen, Legalesgras!«, rief Grummli, während er einen Tentakel abhackte. »Schießen Sie!«

»Damit ich meine Pfeile verliere?«, sagte Legalesgras, während er mit dem Jagdmesser auf einen anderen Tentakel einhieb. »Niemals! Vielleicht sollten Sie lieber mit Ihrer Axt danach werfen!«

Mithilfe der Pinzette seines Taschenmessers gelang es Promo, die letzten Saugnäpfe von seinem Knöchel zu lösen. Der Rest des Tentakels war von der Clique in Brei verwandelt worden. Diese war nunmehr damit beschäftigt, die anderen Fangarme vom Ringträger fernzuhalten.

»Warum verwandeln Sie es nicht in Popcorn, Ranndarf?«, rief Speicher.

»Das hätten Sie mal früher gesagt!«, gab Ranndarf von der Tür aus zurück. »Keine Zeit mehr! Folgen Sie mir in die Mine! Flieht, ihr Narren!« Er ergriff Promos Hand und zerrte ihn durch die Tür. Die anderen Wobbits liefen ihm sogleich hinterher. Der Rest der Clique zog sich kämpfend zurück. Die Tentakel waren so begierig, Promo zu erhaschen, dass sie im Türrahmen stecken blieben. Doch dann gaben sie plötzlich auf, griffen stattdessen die Türflügel und zogen sie mit einem lauten Knall zu, wie ihn nur Felstüren hervorbringen können.

»Ich komme mir vor, als hätte man mich aus einer Bar geworfen, die nur Riesenkalmare bedient«, sagte Madi.

»Hört nur!«, sagte Ranndarf. Draußen war Krachen

zu hören. »Das Biest verrammelt die Tür mit Felsbrocken!«

»Das ist dämlich!«, sagte Grummli. »Die Tür geht nach innen auf. Von außen kann man die nicht verrammeln.«

»Natürlich ist es dämlich«, sagte Ranndarf. »Das ist ein Riesenkalmar. Aber wir wollen Memoria ohnehin nicht durch diese Tür verlassen. Folgt mir.«

Der Zauberer hielt seinen Stab in die Höhe. An dessen Spitze ging ein rotierendes Blaulicht an, das ihnen erlaubte, etwas zu erkennen. Sie gingen ein paar Stufen weiter hinauf.

»Der Riesenkalmar hat mir eben beinahe ein schreckliches Ende bereitet«, sagte Promo. »Warum bekomme ich jetzt plötzlich Kohldampf?«

»Vielleicht haben Sie Appetit auf Calamari«, sagte Ranndarf.

»Nein, aber ein Schluck von diesem Mehrfuror würde meinen Nerven guttun.« Da auch die anderen eingestanden, dass sie etwas zerrüttet waren, bekamen alle einen Schluck.

Nach einem bekömmlichen Snack gingen sie weiter. Ranndarf marschierte voraus, in der einen Hand den Stab, in der anderen das Schwert Longdrink. Dieses war von den Elben für die uralten Kriege von Gondola geschaffen worden, und unter ihnen war es auch als *MC Foehammer* bekannt. Hinter dem Zauberer kam Grummli, dann Promo mit seinem aufgeklappten Taschenmesser in der Hand. Auch Stink war ein elbisches Fabrikat und würde ebenso wie Longdrink glühen, sollten Murks oder Orks in der Nähe sein. Um die Glühwarnfunktion der Waffe zu nutzen, musste man sie natürlich offen und mit ausgeklappter Klinge mit sich herumtragen. Und bei prallem Sonnenlicht konnte man sie im Freien nicht optimal einsetzen. Übrigens wirkte die Glühwarnfunktion nicht bei Margen oder Riesenkalmaren. Hinter Promo gingen Spam, dann Legalesgras, dann Madi und der andere, Biobier und schließlich Speicher, der hinterherschlich.

Nach einigen Stunden Marsch öffneten sich vor ihnen drei Gänge. Obwohl er behauptete, Memoria in der Vergangenheit bereits besucht zu haben, hatte Ranndarf keine Ahnung, welchen sie nehmen sollten. Er hoffte, die Antwort würde ihm im Traum erscheinen, deshalb befahl er, dass das Nachtlager aufgeschlagen werden sollte.

Links war eine große Steintür, die einen Spalt weit offen stand. Promo lugte hindurch, doch Ranndarf hielt ihn zurück. »Seien Sie vorsichtig, Promo, bevor Sie irgendeinen Raum hier betreten. Da drinnen könnte es gefährlich sein. Schicken Sie lieber erst Pipi hinein. Oh, Pipi! Kommen Sie her! Wir haben da was Interessantes entdeckt, was Sie sehen sollten!«

Pipi eilte herbei und hastete in den Raum. Von Murks und Orks gab es keine Spur, doch in der Mitte des Bodens öffnete sich ein Brunnen oder eine große Zwergentoilette. Um was es sich auch immer handelte, es war seit Jahrhunderten nicht mehr benutzt worden. Doch Pipi fiel beinahe hinein. Nachdem die erste Todesangst abgeklungen war, langweilte ihn das Ganze ziemlich schnell. Er griff nach einem Stein und ließ ihn vorsichtig hineinfallen. Dann packte er Abendessen und Schlafsack aus, bevor er zurückkehrte, um dem fernen, in weiter Tiefe hallenden Plumps zu lauschen.

Ranndarf hatte alles mit angesehen. »Weshalb müssen Sie andauernd Steine werfen?«, sagte er. »Wollen Sie noch einen Riesenkalmar auf uns hetzen? Reißen Sie sich zusammen!«

Dann kam aus der Tiefe schwaches Klopfen. Tapp-tapp-tapp, tumm-tumm-tumm, tapp-tapp-tapp. Dann hörte es auf.

»Klingt wie ein SOS-Signal!«, sagte Biobier.

Dann ging es wieder los: tapp-tapp-tumm, tapp-tapp-tumm, tapp-tumm. Pause.

»Das klang eher wie ein Lied«, sagte Madi. »*Jingle Bells*, würde ich tippen.«

Ein drittes Mal fing es an: Tapp-tapp-tumm-tumm-tumm-tumm, tapp-tapp-tumm-tumm-tumm-tumm. Dann Stille.

»Jetzt bin ich dran!«, sagte Pipi. »Das war *Happy Birthday To You*!« Das Klopfen war nicht wieder zu hören.

»Schlaft eine Runde«, sagte Speicher, der die erste Wache übernahm.

Ranndarf übernahm die letzte Wache. Als die Clique erwachte, stand er vor den drei Gängen und brachte einen Hellseherspruch zu Ende.

Ene, mene, muh
und raus bist du!

»Ich habe den richtigen Gang gefunden!«, verkündete er. Sie frühstückten Arme Ritter und wanderten den zweiten Tag. Im Dunklen zu marschieren, war langweilig und beängstigend zugleich. Als sie endlich Rast machten, war Promo neugierig geworden, was es mit Memoria und dem zwergischen Lebensstil auf sich hatte.

»Grummli, haben die Zwerge wirklich an diesem finsteren, Furcht einflößenden Ort gelebt? Und warum?«

Grummli sah ihn traurig an. »In den guten alten Zeiten war hier noch alles voller Licht, Musik und Business. Wir wollten es immer schon wiederaufbauen. Die Zwerge

waren einmal ganz groß. Das erinnert mich an ein Lied.«
Er erhob sich und begann mit tiefer Stimme zu singen.

Ich stand einst in der Mine von dem schönen
Memoria
Und grub leis, so wie überall,
den kleinen Mithrilschacht.
Ja, ja, ja, schenkst du mir nur ein Stück Mithril,
Ja, ja, ja, sing ich dir das Mithril-Lied!

Plötzlich fiel in der Tiefe unsre dunkle
Zwergenfestung.
Da sprach ich: Memoria, ach ich bitt' schön,
mach mich reich!
Ja, ja, ja, schenkst du mir nur ein Stück Mithril,
Ja, ja, ja, sing ich dir das Mithril-Lied!

In der Nacht hab ich hier meine Lieder
von Mithril gesungen,
Doch am Morgen darauf war mein Reich
mitsamt König entschwunden.
Ja, ja, ja, schenkst du mir nur ein Stück Mithril,
Ja, ja, ja, sing ich dir das Mithril-Lied!

So wie einst ging ich wieder durch
die weite graue Welt
Und grub leis in der Dämm'rung
ein kleines Zwergengrab.
Ja, ja, ja, schenkst du mir nur ein Stück Mithril,
Ja, ja, ja, sing ich dir das Mithril-Lied!

»Memoria ist eine Festung?«, sagte Promo. »Nicht nur eine Mine?«

»Es war Festung, Konzernzentrale, Urlaubsort und Mine«, sagte Grummli.

»Sehr zwergisch, was?«, mischte sich Legalesgras ein. »Warum ist es jetzt verlassen?«

»Wir haben zu tief gegraben«, sagte Grummli. »Wir schürften auf der Suche nach Invincibilium, einem maßlos wertvollen Metall. Es ist leicht, lässt sich gut schmieden, gibt scharfe Schneiden, ist flexibel, aber strapazierfähig, es läuft nicht an und zeigt keine Fingerabdrücke. Als die alten Zwerge danach gruben, störten sie Urins Fluch auf, was auch immer das ist. Sie sind vor dem Teil geflohen, und danach wurde kein Invincibilium mehr gefördert. Und fast die gesamten bis dahin gewonnenen Vorräte wurden von Saubohn mit legal fragwürdigen Geschäftsmethoden aufgekauft. Auch die Elben benutzten das Metall. Sie machten daraus Mondbuchstaben wie die an der Tür, die der Riesenkalmar verrammelt hat. Man sagt, Theorin Eichenkilt hätte Milbo ein Spitzenkettenhemd aus Invincibilium geschenkt.«

»Ja«, sagte Ranndarf. »Ich habe es Milbo gegenüber verschwiegen, aber das Ding ist mehr wert als das ganze Aualand zusammengenommen.«

Promo fühlte sich unwohl bei dem Gedanken, etwas derart Wertvolles zu tragen, das besser an einem sicheren Ort verwahrt werden sollte. Dann wünschte er sich, dass er selbst an einem sicheren Ort verwahrt wäre. Dann sah er einen Moment lang zwei bleiche Augen, die ihn im Dunkeln anleuchteten. Er wünschte sich, die Clique hätte nicht für die Nacht Rast gemacht.

Am nächsten Morgen grüßte Ranndarf sie frohgemut. »Heute Abend werden wir Memoria verlassen. Das garantiere ich Ihnen! Heute wird ein großer Tag!«

Sie wollten gerade losgehen, als Pipi aufschrie. »Alle mal herhören! Seht euch nur dieses komische Ding an!« Es war ein länglicher Quader aus schwarzem Stein, ungefähr so lang wie ein durchschnittlicher Zwerg.

»Sieht wie ein Grab aus!«, sagte Promo. Er konnte nicht umhin, die Zwergenbuchstaben auf der Oberfläche des Steinquaders wahrzunehmen.

Ohne dass ihn jemand darum gebeten hätte, las Ranndarf vor.

HIER RUHT PFÄHLIHN SOHN DES
GRÜNDUNGSHERRN VON MEMORIA

Grummli sah zur Felsdecke empor und heulte: »Neeein!« Dann schlug er langsam seinen behelmten Kopf gegen das Grab, was ein scheppterndes Geräusch der Trauer verursachte.

Kapitel XVII

Eine Brücke zu viel für Ranndarf

Die Clique des Rings stand vor dem Grab Pfählihns. Es war eine unangenehme Situation.

»Wir bedauern Ihren Verlust, Grummli«, sagte Promo.

»Im Namen der ganzen Clique«, sagte Ranndarf, »möchte ich Ihnen und Smithi Finanzdienstleistungen XL unser tiefstes Mitgefühl aussprechen. Ich bin überzeugt, wäre Pfählihn heute noch am Leben, wäre es sein Wille, dass unser Projekt Erfolg hat. Deshalb sollten wir wahrscheinlich weitergehen … Was ist hier eigentlich passiert?«

Erst jetzt bemerkte Ranndarf die überall verstreuten, angestaubten Waffen und Rüstungen. Dies war die übliche Ausstattung zwergischer Konzernräume. Darüber hinaus gab es Tische, Stühle und verfallene Bücher, von daher hätte der Raum nicht nur als Pfählihns Grabkammer, sondern auch als Pausenraum oder Cafeteria dienen können. Weniger üblich für ein Zwergenbüro waren die Haufen aus Zwergen- und Orkskeletten, die Speicher entdeckt hatte. Als er sie näher untersuchte, erkannte er, dass einige Skelette sich gegenseitig im Würgegriff hielten.

»Ich bin kein Sheriff«, sagte er. »Aber nach Durchsicht des Beweismaterials sehe ich Anzeichen eines Kampfes. Die Todesursache scheint Blutverlust aufgrund von Pfeil-,

Axt- und Säbelwunden zu sein. Und möglicherweise auch Bisswunden.«

»Vielleicht finden sich darin einige Hinweise«, sagte Ranndarf, indem er an einem fetten, eisengebundenen Buch mit dem Titel *Hauptbuch von Iro für Smithi Finanzdienstleistungen* zog, das von den kopflosen Überresten Iros festgehalten wurde. Das Skelett wollte nicht loslassen, weshalb Ranndarf den Fuß auf dessen Schulter setzte und dagegendrückte. Mit einem weiteren kräftigen Ruck riss Ranndarf ihm den Arm aus, und das Buch kam frei.

»Sie kannten Iro von dem Drachenabenteuer, nicht wahr, Ranndarf?«, fragte Promo. »Er ist tot. Pfählihn ist tot, aber das scheint Sie nicht sonderlich zu berühren.«

»Was geschehen ist, ist geschehen«, sagte Ranndarf. »Lasst uns sehen, was uns Iros Hauptbuch verraten kann. *Zehnter November*«, las er. »*Pfählihn, Herr von Memoria wurde getötet, während er am Schreibtisch arbeitete. Ein Ork hat von draußen durchs Fenster geschossen. Hätte er doch bloß nicht auf ein Eckbüro bestanden! Den Ork haben wir exekutiert, aber …*«

»Sie wollen doch nicht dieses ganze langweilige Buch vorlesen, oder?«, sagte Pipi. Er und Madi spielten mit einem Orkschädel Fußball. Ranndarf las weiter.

»*Wir können nicht hinaus. Wir können nicht hinaus. Wir können nicht hinaus.*« Ranndarf blätterte um. »*Wir können nicht hinaus.* So geht es eine Weile weiter. *Sie haben den Konferenzraum und die Abstellkammer eingenommen. Der Teich reicht bis zur Wand an unserem geheimen Eingang. Der Riesenkalmar hat gestern Rippchen bekommen. Trommeln, Trommeln in der Tiefe. Orks sind eingedrungen. O nein! Sie haben mir den Kopf abgeschlagen!* Der hat eine beeindruckende Schreibe«, urteilte Ranndarf.

»Wir Zwerge dokumentieren alles sehr genau«, sagte Grummli. Er nickte stolz. »Aber ich frage mich, was er mit *Wir können nicht hinaus* meinte.«

Kaum hatte Grummli diese Worte gesprochen, hallte ein Geräusch durch die Dunkelheit wie von einer riesigen Kesselpauke. Ein tiefes Boing, Boing, Boing. Dann hörte man laute Fußtritte und schrille Schreie.

»Das hat Iro also gemeint«, sagte Grummli.

»Schnell, verbarrikadiert das Westtor«, sagte Ranndarf. »Lasst das Osttor unverbarrikadiert!«

»Wo ist Westen?«, fragte Madi. »Ich habe die Orientierung verloren.«

»Hier drüben! Verbarrikadiert dieses Tor!«, sagte Ranndarf. Die Clique stapelte Möbel, Rüstungen und Skelette vor die Tür. Bald war alles, was man wegtragen konnte, Teil der Barrikade geworden. »Zieht eure Waffen!«

Longdrink glühte ebenso wie Stinks Messerklinge. Der Feind draußen wurde ganz still, und plötzlich flog die Tür auf. Sie ging nach außen auf. Orks und ein Troll lugten herein.

»Die Tür geht nach außen auf?«, sagte Speicher.

»Wer ist dämlicher, eh?«, sagte Legalesgras. »Ranndarf oder der Riesenkalmar?«

»Schießen Sie, Legalesgras!«, versetzte Ranndarf.

»Zu schade, dass außer mir niemand im Team einen Bogen hat«, sagte Legalesgras, während er ein paar Orks abschoss.

»Speicher, wie haben Sie auf der Einsamen Spitze Wild gejagt ohne einen Bogen?«, fragte Promo und wich einem Orkpfeil aus.

»Ich habe eine Schleuder benutzt«, sagte Speicher.

»Sollten Sie die jetzt nicht auch benutzen?«

»Nein, mit dem Schwert bin ich viel besser«, gab Speicher zurück und stürmte auf die Orks zu. Einige von ihnen hatten sich durch die Büromöbel gezwängt, doch wurden sie schnell getötet, da Speicher mit Partykill gleich drei auf einmal aufspießte.

Rasch brachen mehr Orks durch. Mit einem schwungvollen Schwertstreich köpfte Speicher den zweiten Ork, nachdem er den ersten beim Ausholen bereits enthauptet hatte. Biobier suchte sich die größten Orks aus und tötete sie. Manche von ihnen waren sogar mehr als halb so groß wie er. Still und heimlich meuchelte Legalesgras die Unaufmerksamen mit dem Jagdmesser, während Grummli einem Ork, der sich von Pfählihns Grab aus auf Madi stürzen wollte, die Beine abhackte. Spam zog einem Ork die Omelettepfanne über den Schädel.

Langsam bahnte sich der Troll, der die Orkpatrouille begleitete, einen Weg durch die Möbel. Biobier holte aus, traf aber nicht mit dem Sweetspot seiner Waffe, die ihm sodann aus den bebenden, schmerzenden Händen fiel. In dem Moment, in dem der unversehrte Troll seinen breiten, nackten Fuß über die Barrikade setzte, entdeckte ihn Promo. Ohne zu bedenken, dass er das wichtigste Mitglied der Clique war, griff Promo an und stach mit Stink auf den Trollfuß ein. Das Geschöpf heulte auf, zog den Fuß zurück und lief davon.

»Guter Treffer, Junge!«, sagte Speicher. »Sie haben eine feine Klinge! Werden Sie bloß nicht eingebildet!«

Während Speicher dem Wobbit ein nettes Kompliment aussprach, näherte sich der feindliche Kommandant im Laufschritt. Er war kein Ork, sondern ein riesiger Murkshäuptling, ein Gigant unter Murks und fast menschengroß. Er hastete durch die Überreste der Barrikade, und im trüben Licht glänzten seine zurückgegelten Haare und seine fettige Haut. Mit seinen verschlagenen Augen sah er sich um, bevor er seine abgesägte Hellebarde einlegte und geradewegs auf Promo zugaloppierte. Die Spitze traf Promo in der rechten Rumpfhälfte und nagelte ihn an die Wand. Für den Todesstoß zog der Murk ein fies aussehendes Teppichmesser aus der Scheide, doch da sauste Speichers Partykill auf seinen Kopf hernieder und produzierte einen perfekt sitzenden und permanenten Mittelscheitel.

Boing-boing, dröhnten die Trommeln in der Tiefe.

»Jetzt!«, rief Ranndarf. »Flieht, ihr Narren!«

»Kann er nicht mal was anderes sagen?«, grummelte Pipi, während er rannte.

Speicher wollte Promo helfen, doch da entdeckte er das Fehlen von Blut und Wunden. »Ich dachte, Sie wären tot!«, sagte er.

»Nein, auch wenn ich das in letzter Zeit öfter höre«, gab Promo zurück.

»In der Tat, Herr«, sagte Spam. »Ich stecke meine Nase nur ungern in anderer Leute Angelegenheiten, aber dürfte ich fragen, weshalb Sie nicht …«

»Kommt schon«, rief Ranndarf über die Schulter zurück.

Sie rannten ungefähr eine Stunde lang, bevor ihnen auffiel, dass sie nicht verfolgt wurden. In einer riesigen Halle blieben sie kurz stehen, um Luft zu schnappen.

»Wie ich schon sagte, Promo«, keuchte Speicher. »Wie kommt es, dass Sie nicht verwundet sind? Mit diesem Speerstoß hätte man eine Wildsau aufspießen können!«

»Sau am Spieß!«, sagte Legalesgras zu Grummli. »Da bekommt man Appetit, was?«

»Was verschweigen Sie uns, Promo?«, fragte Biobier.

»Zeit für eine kleine Besprechung«, unterbrach Ranndarf. »Ich habe unser Projekt vor den Orks gerettet, und wir stehen kurz davor, Memoria zu verlassen. Am Ende dieser Halle kommen ein paar einsturzgefährdete Treppen, die zu einer extrem schmalen Brücke über einen grauenerregenden Abgrund führen. Auf der anderen Seite des Abgrunds befindet sich das Osttor Memorias. Wir sind so gut wie draußen. Sobald wir bereit sind, können wir gemächlich ...«

Boing, boing!, trommelte es. Die Clique lief zu den Treppen, nicht aber, ohne vorher zahllose Orks zu erblicken und dahinter ein großes, dunkles Wesen in Menschengestalt. Es hatte den Kopf eines leicht belämmerten Löwen, Flügel, die irgendwie an einen Schmetterling erinnerten, und große flaumige Pelzpfoten. Obwohl die Flügel riesig waren, war es flugunfähig wie ein Emu. Grundlos röhrte es herum und führte Peitsche und Schwert mit sich, beides von Flammen umzüngelt. Die ganze Erscheinung war in dunkles Feuer gehüllt, bei dem es sich vor allem um Rauch handeln musste.

»O nein!«, sagte Legalesgras. »Der Punkrock! Der Punkrock ist gekommen!«

»Urins Fluch!«, schrie Grummli.

Sie liefen los, eine Aufforderung war nicht nötig. Selbst unter besten Voraussetzungen ist es nicht einfach, Treppen hinunterzurennen. Aber wenn man kurze Wobbitbeine hat und von einem Monster, das einem auf den Fersen ist, und dem Abgrund, der sich unter einem auftut, in Angst und Schrecken versetzt wird, und wenn die Treppen auch noch einstürzen, dann kann einen das doch ein bisschen aus der Fassung bringen. Kaum zu glauben, aber Promo und die anderen schafften es bis zur Brücke und über sie hinüber. Nur Ranndarf wartete in der Mitte der Brücke ab, nachdem alle anderen längst auf der anderen Seite waren. Speicher ging noch einmal zu ihm zurück.

»Was machen Sie da?«, fragte Speicher. »Der Ausgang ist gleich da drüben!«

»Flieht, ihr Narren«, wiederholte Ranndarf. Speicher zuckte mit den Schultern und folgte der Anweisung.

Der Punkrock langte an der Brücke an. Ranndarf stand noch immer in deren Mitte.

»Sie können nicht vorbei!«, sagte er. »Und zwar aus drei Gründen, und bitte entschuldigen Sie, dass ich keine Handouts dabeihabe. Grund Nummer eins: Ich bin ein Diener des Geheimen Feuers und Popcorns und Gebieter über die Flamme von Einohr. Grund Nummer zwei: Das dunkle, qualmende Feuer wird Ihnen nichts nützen, Flamme von Udo.«

Der Punkrock kam langsam und unbeeindruckt auf ihn zu. Er röhrte ein paarmal und hob zögernd sein Schwert.

»Grund Nummer drei: Sie können nicht vorbei!« Ranndarf stieß mit seinem Stab auf die Brücke, die kurz wackelte. Dann, bevor der Punkrock seinen Schwertstreich ausführen konnte, verwandelte sich die Brücke in süßes Popcorn.

Vergeblich schlug der Punkrock mit den Flügeln und stürzte. Dann änderte er seine Strategie und zielte mit der Peitsche nach Ranndarf, was unnötig war, da dieser ebenfalls stürzte. Aus der fallenden Popcornwolke drang die Stimme des Zauberers, der der Clique ein letztes Mal zurief: »Flieht, ihr Narren!« Dann war er verschwunden.

»Das war seine bisher beste Präsentation«, sagte Speicher. »Noch nie war er so überzeugend. Jetzt müssen wir seinem letzten Befehl, den er so oft wiederholt hat, aber auch folgen. Dort drüben ist das Ausgangsschild. Lauft!«

Das Boing-boing dröhnte weiter, doch mit etwas weniger Begeisterung.

»Ich habe jetzt die Leitung inne«, sagte Biobier. »Folgt mir zum Ausgang!«

»Machen Sie Witze?«, versetzte Speicher. »Ich habe das Vertrauen des Ringträgers, ich bin König, und ich könnte Ihnen den Hintern versohlen. Ich habe die Leitung inne!«

»Von mir aus«, sagte Biobier. Er und der Rest der Clique folgten Speicher aus Memoria hinaus. Das verblüffende Gefühl, das sie hatten, als sie aus dem Untergrund ins Sonnenlicht kamen, erinnerte die Wobbits daran, wie sie einst aus der Bowlinghalle des Dudes getreten waren, um vor dem Mittagessen noch kurz etwas Frischluft zu schnappen. Sie liefen weiter, bis sie außerhalb der Reichweite irgendwelcher Orkarmbrustschützen waren.

Das Boing-boing entfernte sich und verklang allmählich.

Kapitel XVIII

Lothloriland

»Leben Sie wohl, Ranndarf«, sagte Speicher. »Wir hätten Memoria nie betreten sollen. Ach, dass ich jetzt die Worte sprechen muss: ›Ich habe es ja gesagt‹.«

»Leben Sie wohl, Ranndarf«, sagte Promo. »Werde ich Ihren buschigen Schnauzer niemals wiedersehen?«

»Wirst du nicht«, sagte Madi. »Wenn wir davon ausgehen, dass er tot ist.«

»Bewegt euch, Jungs«, sagte Speicher. »Wir müssen noch wohin und Ringe zerstören.«

Die Clique wandte sich nach Osten, die Straße hinunter, die vom Memoriator wegführte. Sie hatte Schlaglöcher und Risse, aber früher war sie offensichtlich einmal eine große Zwergenlandstraße gewesen. Sie kamen an prächtigen, uralten Zollhäuschen vorbei, wie man sie an allen Zwergenstraßen finden konnte.

»Ich werde euch auf dem Weg führen, den Ranndarf ausgesucht hat«, sagte Speicher. »Ich hoffe, zu den Wäldern zu gelangen, wo der Bach Silberlöffel in den Mächtig Großen Strom mündet.«

»Dort liegen die Wälder von Lothloriland, müssen Sie wissen«, erklärte Legalesgras. »Die schönste Wohngegend meines Volkes. Nirgendwo gibt es Bäume wie die Lothlorilands. Im Herbst werden ihre Blätter golden, fallen aber bis zum Frühjahr nicht ab, weshalb man sie beim Ersten Rasenmähen aufsammeln kann. Dadurch spart man sich viel unnützes Rechen und Entsorgen von Gartenabfällen. Die Stämme der Bäume sind grau und glatt, so glatt, dass sie künstlich aussehen, aber sie sind echt, eh!«

Eine Zeit lang hatten Spam und Promo Mühe, mit den anderen Schritt zu halten. Das mochte an ihren kurzen Beinen liegen, zusammen mit den Wunden, die sich bei Promo anhäuften. Auch Spam war verwundet, denn er hatte einen Kratzer auf der Stirn. Der Schlag eines orkischen Eispickels war an seiner Omelettepfannenparade vorbeigekommen.

»Entschuldigen Sie bitte, Jungs«, sagte Speicher, der zu ihnen zurückging. »In der Aufregung habe ich vergessen, dass Sie aufgespießt wurden, Promo. Spam, auch Sie bluten noch. Wie wäre es, wenn Biobier und ich Sie ein Stück tragen würden?«

»Bestens«, sagte Biobier. »Ich kriege mal wieder den mit dem schwersten Seesack.«

»Yippie!«, sagte Pipi, als er die Wobbits auf Menschenschultern reiten sah. »Ein Reiterkämpfchen! Als Nächstes will ich!«

Auf diese Weise wanderten sie bis zum späten Nachmittag, dann waren sowohl Speicher als auch Biobier reif für ein vorgezogenes Abendessen. Sie rasteten, und Grummli holte Wasser und machte ein Feuer, während Madi und Pipi auf Schnepfenjagd geschickt wurden, damit sie aus dem Weg waren. Speicher kümmerte sich um die Wunden. Als Erstes untersuchte er Spams Stirn.

»Sie haben Glück, Spam!«, sagte er. »Die Wunde ist nicht tief, und es gibt keine Anzeichen von Gift.«

»Gift, Herr Speicher?«

»Ja, die Orks der Kübelberg-Gang verwenden viele

schmutzige Tricks. Oft reiben sie Knoblauch auf ihre Klingen, um Infektionen hervorzurufen. Man hat sogar schon gehört, dass sie Dum-Dum-Pfeilspitzen verwenden, die furchtbare Wunden verursachen. Diese hier sollte jedoch schnell verheilen. Nun schau ich mir Sie mal an, Promo.«

»Ich fühle mich eigentlich schon viel besser. Ich brauche nur etwas Ruhe und eine anständige Mahlzeit. Nicht nötig, meine Wunden zu untersuchen. Mir geht's gut.«

»Nein«, sagte Speicher. »Legen Sie Mantel, Jackett, kleine Weste und Hemd ab. Sie müssen gründlich durchgecheckt werden.« Promo machte den Oberkörper frei, und Speicher lachte laut los.

»Schaut euch das an, Leute!«, sagte er.

»Das ist ein Spitzenkettenhemd!«, sagte Grummli. »Reines Invincibilium! So was bekommt man heute gar nicht mehr! Ich habe noch nie eines gesehen!«

»Eine pfeilsichere Weste!«, schnaubte Biobier. »Der älteste Trick der Welt. Kein Wunder, dass Sie so eine tapfere Figur abgegeben haben, als Sie gegen den Troll kämpften! Sie tragen Zwergenmut am Leib!«

»Speicher, Sie wollten sich doch die Wunde ansehen, oder?«, sagte Promo. »Es ist ein bisschen komisch, hier mit nacktem Oberkörper rumzustehen, während Sie alle tratschen.«

»Oh, sicher«, sagte Speicher. Er nahm Promo näher in Augenschein und war verblüfft.

»Promo, Sie sind ein Wrack! Der blaue Fleck von dem Speer auf der rechten Rumpfseite sieht übel aus. Der andere blaue Fleck auf der linken Rumpfseite vom Aufprall an der Wand sieht sogar noch übler aus. Dann ist da die Wunde des Tauschwerts an der linken Schulter, die fast verheilt ist, aber die Narbe werden Sie ewig mit sich herumtragen. Und gegen Ihre halbdurchsichtige linke Hand kann ich auch nichts machen. Wie werden Sie wohl erst am Ende unserer Reise aussehen? Fürs Erste kann ich Ihre Wunden mit den restlichen Doublemintblättern von der Einsamen Spitze behandeln. Die verleihen Ihnen auch einen frischeren Atem. Aber mal im Ernst«, setzte er hinzu. »Wegen der Weste haben wir Sie nur ein bisschen aufgezogen. Ich würde so was nicht tragen, aber für Zivilisten, Amateure und Zielscheiben wie Sie ist sie keine schlechte Sache. Und Sie müssen sich wirklich nicht schämen, eine solche Rüstung zu tragen.«

»Sehe ich auch so«, sagte Biobier. »Vor dem Riesenkalmar hätte sie Sie wohl kaum gerettet, aber es werden wahrscheinlich noch mehr Pfeile auf Sie abgeschossen werden. Verdammt, wenn ich ein Ork wäre, würde ich sofort auf Sie schießen.«

Aus einigen weiteren Doublemintblättern machten sie Eintopf. Nach dem Essen setzten sie ihren Weg fort. Grummli ging neben Promo, weil er eine Pause von Pipi und Madi brauchte.

»Hier ist es richtig dunkel«, sagte er. »Es muss schon ganz schön spät sein. Ruhig ist's auch. Dieses Invincibiliumhemd, das Sie da haben, ist großartig. Also, wer kümmert sich um Ihre Investitionen?« Obwohl er Direktor seiner eigenen Investmentfirma, der Grummli Group, war, hatte er kein Händchen für Smalltalk. Die Direktoren anderer Investmentfirmen bei Smithi Finanzdienstleistungen waren darin genauso schlecht, weil auch sie Zwerge waren. Deswegen machte es keinen Unterschied. Für Grummli war es lediglich ein bisschen schwierig, wenn er nicht übers Geschäft reden konnte.

»Im Moment plane ich keine langfristigen Investitionen«, sagte Promo. Und es war tatsächlich dunkel und ruhig, aber nicht so ruhig, wie Grummli dachte.

»Ich höre Schritte hinter uns«, sagte Promo. Zwanghaft zückte er Stink, um zu sehen, ob das warnende Glühen zu sehen war, doch dies war nicht der Fall. Bedeutete das, dass keine Feinde in der Nähe waren? Oder waren lediglich keine feindlichen Orks in der Nähe?

»Es ist immer gut, wachsam zu sein!«, sagte Grummli. »Manchmal verfolgen Orks einen Feind jahrelang, wenn es gilt, einen getöteten Kapo zu rächen. Vendetta nennen sie das.«

»Na prima!«, sagte Promo.

Sie näherten sich einigen äußerst hohen Bäumen mit glatten grauen Stämmen, die im Dunkeln künstlich aussahen.

»Wie hübsch! Wir sind hier!«, sagte Legalesgras. »Endlich Lothloriland!«

»Ich weiß nicht«, sagte Biobier. »Ich habe ein ungutes Gefühl.«

»Was meinen Sie damit?«, fragte Speicher.

»Zu Hause erzählt man sich alle möglichen Schauergeschichten über diesen Wald«, gab Biobier zurück. »Und jetzt stehe ich davor und soll hineingehen. Ich weiß nicht.«

»Ach weh, diese Bäume sind ja so gruselig!«, sagte Legalesgras. »Soll ich Ihnen mal etwas sagen? Wenn Sie noch immer Angst haben, wenn wir drin sind, dann können Sie Promo fragen, ob er Ihnen seine pfeilsichere Weste ausleiht!«

»Klappe, Naturjunge!«, sagte Biobier. »Lasst uns gehen.« Dann manövrierte er sich diskret an Speichers Seite, um unter vier Augen mit ihm reden zu können.

»Unter uns gesagt«, fing er an, »von Mann zu Mann, ich bin kein großer Elbenfan. Und übrigens auch kein

Zwergen- oder Wobbitfan. Saubohn ist ein Elb, habe ich gehört, und eigentlich sollten die Elben sich um ihn kümmern. Doch die Elben haben nicht das Wohl der Menschen im Sinn.«

»Mein Job ist es, Promo zu helfen, den Ring sicher nach Schmoddor zu bringen, wo er zerstört werden kann. Wenn Sie nicht in der Lage sind, Ihren Job zu erledigen, oder eine Fortbildung in kultureller Vielfalt brauchen, dann ist das Ihr Problem. Und jetzt lassen Sie uns fortfahren, den Ringträger zu beschützen.«

Bald hörten sie die Musik eines nahen Wasserfalls. »Hören Sie das, eh?«, sagte Legalesgras. »Das ist die Stimme von Bimgedudel, dem verzauberten Elbenstrom. Es gibt ein Lied über die Elbe, nach der er benannt ist.«

»O nein!«, sagte Pipi.

»Das Lied ist traurig und sehr lang, und ich habe das Ende vergessen, und viele Verse sind auf Elbisch. Hier, lasst es mich für euch singen. Es wird uns während der nächsten pi mal Daumen zwei Stunden das Wandern angenehmer machen.

Einst lebte eine Elbenmaid
die ... «

»Schön stehen geblieben!«, sagte eine Stimme in den Bäumen. »Keine Bewegung, oder ihr seid tot!«

»Was für ein Glücksfall!«, sagte Pipi.

»Schnauze!«, sagte die Stimme. »Lasst eure Waffen fallen!« Doch bevor sie irgendwelche Waffen fallen lassen konnten, lachte die Stimme. Aus den anderen Bäumen rund um die Clique drang noch mehr Gelächter. Legalesgras sah nach oben und entdeckte den Besitzer der Stimme.

»Echt mal, geht's noch kindischer, Leute?«, sagte er. »Ich kann euch da oben sehen, Halde, und ihr seid nicht witzig.«

»Bu-hu, Legalesgras!«, sagte Halde. »Jetzt heulen Sie nicht rum und kommen Sie herauf. Wir müssen mit Promo und Ihnen ein paar Takte reden. Der Wobbit neben Promo schnauft so laut, dass wir ihn im Dunkeln hätten erschießen können!«

»Das war nicht ich!«, rief Spam. »Mein Atem ist völlig lautlos wie der eines jeden Wobbit-Butler-Gärtners! Bei aller gebührenden Hochachtung, das Schnaufen kommt von Grummli, bitte vielmals zu entschuldigen, Herr. Ich vermute, der Herr leidet an Heuschnupfen.«

Halde ließ eine Strickleiter herab. Promo folgte Legalesgras hinauf, dabei jagte ihm die Strickleiter genauso viel Angst und Schrecken ein wie die einstürzenden Treppen in Memoria. Fast mehr noch als andere Wobbits litt er an Höhenangst. Die Leiter endete auf einem Flett in einem gewaltigen Baum. Promo hatte Mühe, sich von der Leiter auf das Flett zu ziehen, weshalb Legalesgras ihm helfen musste. Hinter einem Tresen zwischen den Zweigen stand der Elb, der der Anführer bei dem scherzhaften Hinterhalt gewesen war.

»Willkommen in Lothloriland!«, sagte er. »Ich bin Halde, und Sie müssen Herr Muffin sein. Zu wievielt werden Sie bei uns zu Gast sein?«

»Neun«, sagte Promo. »Nein, acht. Ich und mein Butler, ein paar andere Wobbits, Agrarnorm und ein anderer Mensch und Legalesgras hier.«

»Ich vergaß, mein Beileid auszusprechen«, sagte Halde. »Die Nachrichten über Ranndarf sind sehr bedauerlich. Vor einiger Zeit hat er mal für uns gearbeitet. Gewiss wird er sehr vermisst.«

»Danke, das ist sehr freundlich von Ihnen.«

»Und Agrarnorm, Agrarreforms Sohn, ist Mitglied unseres Platinzirkels«, erklärte Halde. »Er wird in der Concierge-Etage untergebracht werden. Aber Sie haben nur sieben Gäste genannt. Wer ist der achte?«

»Grummli, Smithi Finanzdienstleistungen.«

»Was, ein Zwerg? Sind Sie sicher, dass es ihm hier gefallen wird, Herr Muffin? Würde er sich in einem Zwergenetablissement nicht wohler fühlen? Wie ich höre, sind in Memoria noch etliche Zimmer frei, und ...«

»Er bleibt hier bei uns«, sagte Promo.

»Sehr wohl«, sagte Halde. »Ich rufe einen Hotelpagen, der Sie auf Ihre Bäume bringt und mit dem Gepäck hilft.«

Die Wobbits hatten einen ganzen Baum für sich alleine, aber sie fühlten sich nicht recht wohl damit. Das Flett, auf dem sie schliefen, hatte keinerlei Geländer. Nichts als der gesunde Wobbitverstand hielt sie demnach von einem Sturz in die Tiefe ab. Pipi verspürte ein morbides Verlangen, sich über die Kante zu stürzen. Doch er behielt das Verlangen für sich.

Es war noch mitten in der Nacht, als Promo erwachte. Er hörte Schritte und barsche Stimmen unter sich und nahm an, es handle sich um Gäste des Lothlorilands, die nach einer langen Party zu ihren Bäumen zurückkehrten. Doch er schnappte ein paar Worte auf, und diese hatten alle etwas mit Töten zu tun, was ihm sonderbar erschien, vor allem, weil es eine Nacht unter der Woche war. Leise klappte er eine der Klingen Stinks aus und sah ein schwaches rotes Glimmen: Orks! Das Glimmen ließ nach, als die Orks an ihm vorüber waren. Trotzdem hatte Promo noch immer ein ungutes Gefühl. Und dieses verstärkte sich, als er leise Schritte und Klettergeräusche hörte. Dann sah er zwei bleiche Augen über das Flett linsen. Gleich darauf waren sie verschwunden.

Es klopfte am Holzboden. Halde war auf der Strickleiter und steckte seinen Kopf durch das Loch im Flett. »Hat Sie jemand belästigt, Herr Muffin?«

»Da waren Orks«, sagte Promo. »Aber sie scheinen wieder gegangen zu sein.«

»Ich bitte das zu entschuldigen. Wir haben es hier mit allen möglichen Leuten zu tun. Sie werden sie nicht wiedersehen. Sonst noch etwas?«

»Nur zwei schimmernde Augen. Allerdings nicht von einem Ork.«

»Und nicht von einem Ihrer Freunde?«

»Nein!«

»Ich werde die Security benachrichtigen. Ich hätte ihn fast für einen Wobbit gehalten, aber als er den Baum hinaufgeklettert ist, fiel mir auf, was für einen durchtrainierten Oberkörper er hat. Bitte melden Sie sich an der Rezeption, wenn es zu weiteren Störungen kommt.«

»Danke«, sagte Promo und legte sich wieder schlafen.

Früh am nächsten Morgen hatte die Clique einen Termin mit den Besitzern Lothlorilands vereinbart. Es sollte diskutiert werden, ob das Projekt nach dem Verlust Ranndarfs modifiziert werden musste. Zunächst trafen sie sich mit Halde in der Lobby, von dort brachte der Elb sie zum Büro der Geschäftsführung. Auf dem Weg kamen sie an einen Fluss.

»Das Büro des Geschäftsführers liegt direkt hinter dem Fluss Zelebrant«, erklärte Halde. »Lassen Sie mich Ihnen hinüberhelfen.« Er warf einem Elben auf der anderen Seite ein Seil zu. Sie zogen es stramm und banden es auf beiden Seiten fest.

»Und jetzt?«, fragte Grummli.

»Laufen Sie halt einfach drüber, Mann!«, sagte Legalesgras. Er trat auf das Seil und spazierte mühelos hinüber.

»Sie machen Scherze!«, beschwerte sich Grummli.

»Nein, es ist ganz leicht!« Legalesgras kehrte leichtfüßig zurück.

»Ihr müsst es einem aber auch so richtig reinwürgen, was?«, sagte Biobier.

»Sehr gerne bieten wir unseren Gästen, die ein wenig Hilfe brauchen, Unterstützung an«, sagte Halde. »Wir stellen Schirme zur Verfügung, die beim Balancieren helfen, wenn Sie wünschen. Sie können wahlweise auch ein Einrad benutzen, falls Sie lieber fahren wollen.«

»Halde, warum spannen wir nicht noch ein paar weitere Seile, damit diese Leute was haben, woran sie sich festhalten können?«, sagte Legalesgras.

Sie spannten zwei weitere Seile als Handläufe. Speicher gelangte mühelos auf die andere Seite.

»Können Sie nicht noch ein paar mehr Seile spannen?«, fragte Grummli. »Und eine richtige Brücke bauen?«

»Ich wusste, dass ich ein Seil brauchen würde«, sagte Spam.

Schließlich war es selbst Grummli möglich hinüberzugehen. Vor der Besprechung mussten allerdings noch ein paar Dinge geklärt werden. Sie standen vor einem eleganten Gebäude, das sie gleich durch eine Tür betreten würden, auf der *Für Unbefugte keinen Zutritt* stand.

»Der Zutritt zum Büro des Geschäftsführers ist eingeschränkt, aber wir machen gern eine Ausnahme und lassen Sie alle rein«, sagte Halde. »Ihr Zwerg jedoch muss sich die Augen verbinden lassen. Wir können nicht das

Risiko eingehen, dass er irgendwelche Akten sieht, die nur für interne Zwecke gedacht sind. Es könnte sein, dass er geschützte Informationen liest.«

»Nun machen Sie aber mal halblang«, sagte Promo.

»Ich werde mir die Augen nicht verbinden lassen!«, sagte Grummli. »Ich trage nur dann eine Augenbinde, wenn ich mit meiner Axt auf eine Pinata-Puppe eindresche. Wird es bei unserer Besprechung eine Pinata geben? Nein? Dann trage ich auch keine Augenbinde.«

»Das tut mir wirklich leid«, sagte Halde. »Ich persönlich habe überhaupt kein Problem damit, dass Sie hier sind. Aber theoretisch könnte man mich schon deshalb feuern, dass ich Sie hereingelassen habe. Das ist eine Elbenregel, sonst nichts. Nichts Persönliches.«

»Sie befolgen lediglich Befehle?«, sagte Promo. »Und was kommt als Nächstes? Zeigen Sie uns demnächst ein Schild, auf dem steht *Zwerge verboten*? Und dann bitten Sie uns, dass wir uns daran halten sollen? Na schön, dann tragen wir eben alle Augenbinden.«

»Sicher«, sagte Halde. »Dagegen ist nichts zu sagen.«

»Auch Legalesgras«, sagte Grummli.

»Was?«, sagte Legalesgras. »Grummli, Sie Loser! Ich bin ein Elb! Was ist denn das für ein Haufen Pipikaka!«

»Das ist nichts Persönliches«, sagte Grummli.

Halde rief ein paar Elben vom Zimmerservice, die Augenbinden bringen und die Teilnehmer der Clique anschließend führen sollten. Sie gingen durch die Tür und waren ein gutes Stück unterwegs, als sie aufgehalten wurden. Halde las ein Memo, das ihm jemand in die Hand gedrückt hatte.

»Eben werde ich durch ein Schreiben von der Dame Ladidadiel informiert, dass man Sie frei gehen lassen soll. Sogar den Zwerg Grummli. Die Dame hat aus Suchtal von der ganzen Scheiße erfahren, die da ans Tageslicht kommt. Nichts für ungut, Grummli.«

»Harumpf!«, sagte der. Die Augenbinden wurden ihnen abgenommen, und sie sahen, dass sie sich in einem riesigen Großraumbüro mit vielen Boxen befanden.

»Zum Büro der Dame geht es hier entlang«, sagte Halde. Sie gingen weiter, bis sie ein großes Eckbüro erreichten, das vom Großraumbüro durch eine schimmernde Glaswand abgetrennt war.

»Ihr Büro befindet sich nicht in einem Baum?«, wunderte sich Promo.

»O nein«, gab Halde zurück. »Die Bäume sind ausschließlich für die Gäste. Unsere Geschäfte führen wir von hier aus!« Durch das Fenster auf der gegenüberliegenden Seite konnte Promo ganz Lothloriland sehen. Die großen, künstlich wirkenden Bäume, die gewaltigen fliegenden Bauten, die Infotainmenteinrichtungen, die Restaurants und Imbisse, die Touristeninformation und die zahllosen Souvenirläden. Nichts davon renovierungsbedürftig und alles extrem sauber. Im Büro standen Ladidadiel und ihr Ehemann.

Kapitel XIX

Ladidadiels Vogeltränke

»Dame Ladidadiel«, sagte Halde. »Die Herrschaften für den Zehn-Uhr-Termin sind da.«

»Bitte kommen Sie herein«, sagte Cellophan, Ladidadiels Mann. »Nehmen Sie hier drüben Platz, Promo.« Einer nach dem anderen betraten sie das Büro. Cellophan sprach sehr langsam. Promo vermutete, dass es daran lag, dass er unsterblich und folglich niemals in Eile war. Er musste gut darin sein, Freunde zu gewinnen und Leute zu beeinflussen, denn er begrüßte jedes der eintretenden Cliquenmitglieder mit Namen.

»Agrarnorm, Agrarreforms Sohn! Wie freut es mich, dass Sie uns erneut besuchen kommen.

Legalesgras, wie schön, Sie zu sehen. Wie geht es euch im Norden?

Grummli von Smithi Finanzdienstleistungen! Ein Vergnügen, Sie kennenzulernen!«

Als alle Platz genommen hatten, erhob sich Ladidadiel, um das Wort an die Clique zu richten. Sie war unglaublich schön, doch dieser Umstand wurde dadurch ausgeglichen oder möglicherweise auch verstärkt, dass sie unglaubliche Macht, Alter und Weisheit ausstrahlte. Und offensichtlich konnte sie die geheimsten Gedanken lesen, selbst noch die flüchtigsten. Was für viele der Jungs, mit denen sie sprach, peinlich werden konnte.

»Im Namen ganz Lothlorilands, dem glücklichsten Ort Drittmittelerdes, erlauben Sie mir, Ihnen mein tiefstes Beileid über Ranndarfs Ableben auszusprechen.« Sie sprach langsam, so langsam wie ihr Gatte. Promo fragte sich allmählich, ob die Elben sie verarschen wollten.

»Würden Sie mir erzählen, wie es passiert ist?«, fragte sie. »Wir haben von eurer Reise erfahren, haben aber keine Einzelheiten über das Schicksal Ranndarfs vernommen.«

»Ach, er hat sich in Memoria in die Tiefe gestürzt«, sagte Speicher. »Damit wir anderen dem Punkrock entrinnen konnten.«

»Tatsächlich habe ich in Memoria gesehen, was unsere finstersten Träume heimsucht«, sagte Grummli. »Ich erblickte Urins Fluch.«

»Erblickt? Sie meinen wohl, Sie haben es aufgestört«, sagte Cellophan. »Wann immer ein Unglück geschieht, ist ein Zwerg daran beteiligt.«

»Genauer gesagt war es ein Wobbit«, versetzte Grummli. »Dieser Pipi hier hat den Punkrock aufgestört und gleich auch noch einen Troll und einige Orks. Haha!«

»He!«, wehrte sich Pipi. »Das war ein Unfall!«

»Wie auch immer«, sagte Cellophan. »Jedenfalls wird der Zwerg Probleme machen. Das hat man davon, wenn man sein Haus für alle Arten von Gästen öffnet.«

»Still, Gatte«, sagte Ladidadiel. »Du sollst es nicht bereuen, dass du dich auf Veränderung eingelassen hast und einen Zwerg willkommen heißt. Grummli wollte bloß die Heimat seiner Ahnen sehen. Warum auch nicht, nachdem er mit eigenen Augen die Gipfel von Bizeps, Zigzag und Schaltuhr gesehen hat. Hoch erheben sich diese Gipfel in seinen Träumen.«

Als der Zwerg die Namen seiner drei Lieblingsberge in

seiner eigenen, uralten Sprache gesprochen hörte, hob er den Blick und sah ihr in die Augen. Es war, als grüße ihn, nachdem er schon mit dem Anblick eines verhassten Mitbewerbers gerechnet hatte, ein gewinnbringender Kunde. Staunen breitete sich auf seinen Zügen aus, und er lächelte.

Umständlich stand er auf und verneigte sich nach Zwergenart. »Dame Ladidadiel, tätigen Sie Ihre Investitionen selbst?«

»Ich bitte um Entschuldigung, Grummli«, sagte Cellophan. »In letzter Zeit stehe ich unter großem Stress.«

»Danke, mein Lieber«, sagte Ladidadiel. »Da Ranndarf nicht hier ist, sollte ich Ihnen wohl mitteilen, dass viele von uns im Weißen Rat für ihn als künftigen vorsitzenden Zauberer gestimmt haben und nicht für Sagrotan den Weißen. Inzwischen frage ich mich, ob es eine kluge Idee war, dass wir Sagrotan die Stimmauszählung überlassen haben. Und doch besteht Hoffnung, auch ohne Ranndarf. Es freut mich, dieses Projekt unterstützen zu können, aber ich werde Ihnen keinen Rat geben, noch werde ich Ihnen zu verstehen helfen, was war, was ist und was vielleicht noch sein mag. Stattdessen werde ich Ihnen ein paar verwirrende Bilder zeigen, die Ihnen bei Ihrer Entscheidung nützlich sein können oder auch nicht. Zudem werde ich Sie darauf aufmerksam machen, dass dieses Projekt auf Messers Schneide steht. Gehen Sie auch nur um ein Weniges fehl, wird es scheitern. Und doch besteht Hoffnung, solange die Clique treu ist.«

Biobier zappelte unruhig herum und starrte seine Stiefel an. Madi lief hochrot an.

»Warum ruhen Sie sich den Rest des Tages nicht aus?«, sagte Ladidadiel. »Mein Mann wird Ihnen Pässe für den Themenpark und einige Essensgutscheine geben. Ich muss mich um andere Geschäfte kümmern, Sie können also erst einmal zu Mittag essen, und später können wir je nach Bedarf Besprechungstermine mit einzelnen Cliquenmitgliedern vereinbaren. Ich denke, für heute haben wir alle Planziele erreicht. Vielen Dank!«

Beim Mittagessen tauschten die Freunde ihre Gedanken und Gefühle aus. »Madi, warum bist du in der Besprechung so rot angelaufen?«, fragte Pipi. »Wir haben uns echt geschämt wegen dir.«

»Es war, als hätte ich diesen Traum, der Promo so sehr beunruhigt. Der, wo er vor einer Gruppe Sheriffs eine Rede halten soll und keine Hose anhat.«

»Madi!«, sagte Promo. »Lass das!«

»Ist schon okay«, sagte Pipi. »Wir wissen alle längst davon. Nun, alle Wobbits jedenfalls, und jetzt weiß es auch noch der Rest.«

»Also wie gesagt«, fuhr Madi fort, »das war mir ziemlich peinlich. Und es war, als ob sie mir im Traum, als ich keine Hose anhatte, einen Kilt angeboten hätte. Und was hat sie Ihnen angeboten, Biobier?«

»Behalten Sie Ihre Anschuldigungen für sich, Sie Pöppel!«, sagte Biobier. »Keine Versuchung könnte einen Mann von Minis Trieren jemals dazu verleiten, sein Wort zu brechen.« Doch was die Dame ihm angeboten hatte, wollte er nicht sagen.

»Niemand hat Ihnen irgendeinen Vorwurf gemacht, Biobier«, sagte Promo.

»Und was ist mit Ihnen, Herr Spitzenkettenhemd?«, sagte Biobier. »Was hat sie Ihnen angeboten?«

»Das geht Sie nichts an!«, sagte Promo.

»Nehmen Sie sich vor ihr in Acht, Dreikäsehoch! Invincibilium wird Ihnen keinen Schutz bieten, wenn sie etwas von Ihnen will. In meinem Volk gibt es Geschichten über diese Elbe, dass sie in einem Pfefferkuchenhaus wohnt, wo sie kleine Kinder mästet und verspeist.«

»Jetzt mal halblang!«, mischte sich Speicher ein. »Jetzt ist genug über die Dame hergezogen worden!«

»Ich habe nie behauptet, dass ich die Geschichte glaube«, sagte Biobier.

Sie blieben ein paar Tage in Lothloriland, doch niemand wusste genau, wie lange. Wie in Las Vegas machte es einem das Hotel nicht leicht, ein Gefühl für die verstrichene Zeit zu bekommen. Die Clique tat kaum etwas außer essen, trinken, ausruhen, zwischen den sagenhaften Bäumen spazieren, Achterbahn fahren, Ruderboote ausleihen, naschen und in den Souvenirläden stöbern. Und das reichte auch.

Da Lothloriland, wie es von sich selbst behauptete, der glücklichste Ort Drittmittelerdes war, wurde Trauer nicht sonderlich großgeschrieben. Trotzdem sangen alle von Ranndarf oder dem Grauen Projektmanager, wie sie ihn nannten.

Promo fand, dass es nett wäre, ein kurzes Lied zu seinen Ehren zu schreiben, doch wollte er sich dafür nicht extra eine Melodie ausdenken. Stattdessen schrieb er nur einen Text zu einer bereits bestehenden Melodie.

Ein Scheck geplatzt, die Zeche geprellt,
Nur wenn ein andrer zahlte, dann
Hat er Essen und Trinken in Massen bestellt,
Als wäre das alles für lau und for fun.

Und er war immer gleich am Start
Mit einer Story über wirklich jeden Scheiß.

Bald hatte man sie satt derart,
Dass man türmte wie auf ein Geheiß.

»Sehr gut, Herr, auch wenn du dieses Lied nicht Herrn Pipi vorsingen solltest. Du weißt doch, wie empfindlich er ist, wenn man diese Melodie benutzt«, sagte Spam. »Ich war so frei, ebenfalls eine Strophe zu ersinnen.«

Seinen Feind mit Hokuspokusdröhnen
Er verwandelt in Popcorn mit Karamellgeschmack
Oder, um die Nase zu verwöhnen,
In Cheddarkäsepopcorn, auch das macht Knack.

»Nicht schlecht, Spam«, lobte Promo. »Solche Einkaufslisten-Lieder machen mir immer Spaß, wenn mir nichts Besseres einfällt.«

»In der Tat, Herr.«

Während der Butler und der Erbe gegenseitig ihre Lieder beurteilten, näherte sich die Dame Ladidadiel. Ohne ein Wort zu sprechen, winkte sie ihnen, ihr zu folgen. Sie führte sie in einen umschlossenen Garten hinter einem Burgerimbiss. *Das muss ich Speicher erzählen, der mag fettige kleine Hamburger*, dachte Promo. Im Garten stellte sich die Dame vor einen niedrigen Ständer, auf dem eine flache Schale ruhte. Aus einem Krug goss sie Wasser hinein.

»Sie will uns eine Vogeltränke zeigen?«, sagte Promo leise zu Spam.

»Ich vermute, dass mehr dahintersteckt, als es den Anschein hat, Herr«, sagte Spam.

»Dies ist Ladidadiels Zauberspiegel«, sagte sie. »Ich habe Sie hierhergeführt, damit Sie hineinschauen können, falls Sie dies wünschen.«

Wie seltsam, dachte Promo, *dass sie ihn nach sich selbst benannt hat. Das ist, als hätte Milbo Stink nicht Stink genannt, sondern Milbos Elbentaschenmesser. Na ja, wahrscheinlich kann man so etwas einfach tun, wenn man die Königin der Elben ist. Ups!* Plötzlich fiel ihm auf, dass Ladidadiel mit ihm sprach.

»... was selbst die Weisesten nicht immer sagen können«, erklärte sie. »Möchten Sie einen Blick hineinwerfen?«

Promo gab keine Antwort. Diesen Trick wandte Milbo immer an, wenn man ihn dabei erwischte, dass er nicht zugehört hatte. Bevor er seine Tagträumerei zugeben musste, passierte meistens etwas, was ihm aus der Patsche half.

»Dame Ladidadiel«, sagte Spam. »Verzeihen Sie bitte, aber dürfte ich vielleicht hineinblicken?«

Es funktioniert!, dachte Promo.

»Gewiss doch, Spam Kimchi«, sagte sie lächelnd. »Bitte passen Sie auf, dass Sie weder Hände, Gesicht noch Füße ins Wasser stecken.« Sie räusperte sich und sprach die Zauberworte:

Spieglein, Spieglein auf dem Ständer,
Wer ist die größte Elbe aller Länder?
Zeige diesem Wobbit, was zu Haus abgeht,
Und wie's um seinen einsamen Vater steht.

Spam sah ins Wasser. Erst kam ein Werbefilm des nahe gelegenen Geschenkshops, der nichts anderes als Hosenträger verkaufte. Plötzlich verschwand die Werbung, und er sah Muffend. Aber es war ein anderes Muffend. Virginias Schönheitssalon und Promos Wohnung dahinter waren verschwunden, genau wie das Heim der Kimchis, das daneben hätte sein sollen. Auch den Waschsalon gegenüber und die SmithiBank-Filiale an der Ecke gab es nicht mehr. Stattdessen standen an den Punkten ein *Dragon Doughnut*, ein *Trollbucks Coffeeshop*, ein *Unhold-Burger* und eine *Schmoddorer Bank*. Alle Wobbits trugen Ringel-T-Shirts und Ringelsocken und sahen aus wie Leichtmatrosen.

»O nein!«, sagte Spam. »Herr Promo, wir müssen sofort nach Hause zurückkehren! Was ist aus meinem Vater geworden?«

»Langsam, Spam«, sagte die Dame. »Manchmal zeigt der Spiegel Dinge, die geschehen werden, manchmal Dinge, die nicht geschehen werden, und manchmal reimt er sich einfach nur blödes Zeug zusammen.«

»Schön und gut, Madame«, sagte Spam. »Aber was bringt es dann überhaupt, in den Spiegel zu schauen?«

»Sie wollten doch hineingucken, Spam«, gab sie zurück. »Sie hätten Ihr Gesicht sehen sollen. Köstlich!«

»Ah!«, sagte Spam. »Ein Schabernack. Sehr witzig, Madame.«

»Promo«, sagte sie. »Was ist mit Ihnen?«

»Klar doch«, sagte er. »Ich bin kein Spielverderber. Schade, dass Pipi und Madi nicht hier sind.«

Promo trat an den Spiegel heran, und die Dame ermahnte auch ihn: »Bitte stecken Sie weder Hände noch Füße oder Gesicht ins Wasser. Es tut mir leid, aber ich bin versicherungstechnisch dazu verpflichtet, das jedes Mal zu sagen, wenn jemand hineinguckt.« Da sprach sie die Zauberworte:

Spieglein, Spieglein auf dem Ständer,
Wer ist die größte Elbe aller Länder?

Zeige diesem Wobbit irgendein nützlich Ding,
Das ihm einzuschmelzen hilft den Ring.

Promo sah hinein. Erst lief ein Trailer für die Elbische Revue, die am Abend gegeben wurde. Dann erblickte er eine alte gebeugte Gestalt, die er für Ranndarf hielt. Doch sie war weiß, und auch ihr Stab war weiß und glatt und wirkte total professionell. Ranndarfs Stab dagegen sah wie etwas aus, das er nach einem Sturm unter einem Baum aufgesammelt hatte. Sah Promo einen neu gestylten Ranndarf, oder war es Sagrotan der Weiße?

Das Bild löste sich auf in eine geschnittene Sequenz: das Meer bei Nacht, dann ein Sturm, dann ein großes Schiff, dann eine weiße Festung, dann ein Banner auf dem Schiff mit einem Baumemblem darauf, dann der Rauch von Feuer und Schlachten und dann ein kleines Schiff, das davonsegelte.

»Das wirkt insgesamt doch recht ermutigend«, meinte Promo. »Danke, Ladidadiel. Ich nehme an, wir gehen zu den anderen zu …« Promo sah noch einmal in den Spiegel und erkannte ein einzelnes, lidloses Auge mit einem schwarzen Pupillenschlitz. Als litte es an einer Entzündung, war das Auge von Flammen umzüngelt. Sein Blick ging hierhin und dorthin und suchte nach etwas. Dann vernahm Promo eine tiefe, hohle und heisere Stimme aus dem Off.

»Wir unterbrechen diese Vision für eine Live-Nachricht aus Schmoddor. Rastlos sucht Saubohn mit einem einzigen, furchtbaren Auge nach dem Alleinen Ring. Man nimmt an, dass sich der Ring im Besitz eines Wobbits befindet, eines gewissen Promo Muffin aus Muffend. Melden Sie sich, Promo! Wir wollen nur mit Ihnen reden!«

Der Ring an seiner in Suchtal neu geschmiedeten Kette wurde schwerer und zog Promos Gesicht näher an den Spiegel heran. Der Alleine Ring berührte fast das Wasser, als Promo spürte, wie die Dame und Spam ihn packten und nach hinten zerrten. Das Auge und die Stimme aus dem Off verschwanden.

»He!«, sagte die Dame. »Ich habe Ihnen doch zweimal gesagt, dass Sie das Wasser nicht berühren sollen! Muss ich etwa noch ein Warnschild aufstellen?«

»Sie haben nicht gesagt, dass der Ring es nicht berühren darf«, sagte Promo. Die Dame schüttelte den Kopf.

»War das Saubohns Stimme aus dem Off?«, fragte Promo.

»Nein, der ist zu sehr mit seiner Medienkampagne beschäftigt. Das war wahrscheinlich ein freischaffender Synchronsprecher, der einen von den reitenden leitenden Angestellten verfassten Text abgelesen hat.«

»Wo haben sie den aufgegabelt?«, fragte Promo. »Er klang total heiser!«

»Ja. Etwas Doubleminttee würde ihm guttun«, sagte die Dame. »Zu schade, dass sich Saubohn weigert, ihn in Schmoddor zuzulassen. Er behauptet, der Tee hätte Nebenwirkungen, die erst noch richtig getestet werden müssten.«

»Mir ist der Ring, den Sie da tragen, bisher noch gar nicht aufgefallen«, sagte Promo. »Er macht sich super mit Ihrem Kleid. Ist er neu?«

»Nein«, sagte sie. »Aber jetzt, nachdem Sie das Auge gesehen haben, können Sie auch den Ring sehen. Es ist einer der Wirklich Großen Ringe der Elben. Er heißt Enya, der Adamantiumring, und ich bin seine Trägerin.«

»Oh, wie Ranndarf! Er hat auch einen. Ich frage mich, wer den dritten hat«, sagte Promo.

»Herr Promo, der Herr Ranndarf hat uns im Vertrauen von seinem Ring erzählt!«, mischte sich Spam ein.

»Keine Bange, Spam«, sagte die Dame. »Ranndarf war nicht sonderlich diskret. Sein Ring war Drittmittelerdes am schlechtesten gehütetes Geheimnis.«

»Werde ich ihn niemals wieder peinliche Dinge über mich sagen hören?«, sagte Promo. »He! Ich habe eine Idee! Ladidadiel, da Sie schon einmal einen dieser Ringe haben, könnte ich Ihnen da nicht auch noch den Alleinen Ring überlassen?«

»Ich? Den Alleinen Ring? Das ist ein interessanter Gedanke. Also, ich könnte Saubohn vernichten und über ganz Drittmittelerde herrschen mit Weisheit und Geduld. Und wenn mir jemand krumm kommen würde, könnte ich den auch vernichten.«

Plötzlich war sie drei Meter groß, und Blitze schossen aus ihren Augen. *Sie strahlt das regelrecht aus*, dachte Promo.

»Alle werden mich lieben und verzweifeln!« Es war, als wäre außer der Dame alles andere verschwunden. Kurz darauf kehrte jedoch alles wieder zur Normalität zurück.

Die Dame war plötzlich nicht mehr Furcht einflößend und total scharf, sondern sie war wieder unglaublich mächtig, alt, weise und total scharf.

»Puh!«, sagte sie. »Ich bleibe Geschäftsführerin von Lothloriland und Ladidadiel. Ich habe die Prüfung bestanden. Mann, bin ich froh, dass die Fragen so einfach waren.«

Kapitel XX

Abschied von Lothloriland

»Was ist die nächste Station auf Ihrer Reise?«, fragte die Dame.

»Das hat Ranndarf uns nie verraten«, sagte Speicher. »Wann immer ich ihn gefragt habe, meinte er, der Projektplan wäre immer nur so weit verfügbar wie nötig.«

»Kommt mir bekannt vor«, sagte sie mit einem Blick zu Cellophan.

Er nickte. »In diesem Fall schlage ich vor, ihr reist mit Booten den Mächtig Großen Strom hinunter. Das ist weniger anstrengend, und ihr habt Gelegenheit, euch um den liegen gebliebenen Papierkram zu kümmern. Wir stellen euch die Boote, ohne sie euch zu berechnen. Stattdessen schicken wir E.On die Rechnung.«

»Klingt gut«, sagte Speicher. »Einfach nach Suchtal damit. Danke.«

»Kommen Sie morgen zum Tretbootverleih, dann treffen wir euch zum Mittagessen auf dem Fluss. Ich habe eure Checkoutzeit nach hinten geschoben, sodass ihr eure Zimmer nicht vor Mittag räumen müsst.«

Speicher bestand darauf, dass sich die Clique in der Lounge bei etwas zu trinken zusammensetzte, um einen gangbaren Plan auszuformulieren. Um alle dazu bewegen zu können, musste er versprechen, dass er die Zeche übernahm.

»Hat jeder ein Getränk?«, eröffnete Speicher die Sitzung. »Bestens. Wie ich vorhin schon sagte, ich bezahlte nur die erste Runde, und wenn ihr einen Happen essen wollt, müsst ihr das selbst übernehmen. Also, bevor Ranndarf in den Abgrund stürzte, hatte ich vorgehabt, mich zu diesem Zeitpunkt unserer Fahrt Biobier auf seiner Reise nach Minis Trieren anzuschließen. Ich dachte, dieser Ort wäre so gut wie jeder andere geeignet für mein unausweichliches Duell mit Saubohn. Wenn Sie jedoch, Promo, nicht ebenfalls mit Biobier mitzukommen gedenken, dann weiß ich nicht, ob ich Sie allein nach Schmoddor reisen lassen kann. Nehmen Sie es mir nicht krumm, aber alleine würden Sie das auf keinen Fall überleben. Wahrscheinlich würden Sie noch nicht einmal dorthin finden. Nicht einmal, wenn Spam Sie begleiten würde.«

»Wenn weder der Ring noch Agrarnorm mit mir nach Minis Trieren kommen«, sagte Biobier, »dann gehe ich eben alleine dorthin. Solltet ihr ohnehin nur den Alleinen Ring zerstören wollen, dann habt ihr keinen Bedarf für meine Führungsqualitäten und meine atemberaubenden Fechtkünste. Aber wenn ihr Saubohns Reich des Bösen zerstören wollt, dann wäre es töricht, den Ring wegzuwerfen.«

»Haben Sie eben gesagt, es wäre töricht, den Ring zu zerstören?«, sagte Promo.

»Was? Nein!«, sagte Biobier. »Ich sagte, ähm, dass es tödlich wäre, den Ring wegzuwerfen. Warum? Haben Sie wirklich geglaubt, ich wolle sagen, dass Sie mir den Ring geben sollen? Und dass wir dann mit ihm nach Minis Trieren ziehen, Saubohn ein für alle Mal besiegen und sein existierendes Kapital dazu benutzen könnten, aus Neu-Gondödel das wirtschaftliche Zentrum Drittmittelerdes zu machen? Nein! So etwas käme mir nie über die Lippen!«

Biobiers Wortschwall erschien Promo irgendwie eigenartig und auch gefährlich. Doch Speicher erwiderte nichts, stattdessen konzentrierte er sich darauf, die Getränkerechnung noch einmal nachzuprüfen. Der Barkeeper rief die letzte Runde aus, aber keiner aus der Clique wollte länger bleiben. Ein großer Tag stand ihnen bevor, und sie mussten noch packen.

Wegen der vielen Geschenke und Kleider, die ihnen die Elben gegeben hatten, war das Packen schwieriger als sonst. Halde brachte jedem eine Geschenktasche aufs Zimmer. Der Proviant bestand vor allem aus einzeln verpackten Keksen, von denen Grummli sofort einen aß.

»Nicht schlecht!«, urteilte er. »Mit etwas Erdnussbutter drauf würden die toll schmecken. Was sind das für Kekse? In Seestadt in der Nähe des Vereinsamten Bergs machen sie ganz ähnliche Snackriegel, die Käcke heißen. Pfählihn und die anderen Zwerge aßen davon, während sie den Drachen jagten.« Mit zwei Bissen schlang er einen weiteren Keks hinunter.

»Langsam, langsam!«, sagte der Elb. »Wir nennen diese Kekse *quempas* oder Wegbrot. Sie werden in den Zauberküchen der Bahlsen-Elben für Studenten gebacken. Ein solcher Keks hält einen Erstsemester einen ganzen Tag lang fit und aufnahmefähig. Wir bemühen uns, unseren Absatzmarkt auf Reisende und Krieger auszuweiten, weshalb wir sehr an einem Feedback von euch interessiert wären. Wegbrote enthalten keinerlei tierisches Fett, Sodium, Fruktose, Gluten, Chemikalien oder künstliche Farb- oder

Konservierungsstoffe, weshalb sie so klein und leicht sind. Dank eines geheimen Verfahrens halten sie sich endlos, solange sie eingewickelt bleiben. Was immer Sie tun, bringen Sie sie nicht mit Ammoniak in Berührung.«

Die Kleider, die ihnen die Elben gaben, wollten nicht so recht zu Grummli und den Wobbits passen. Der Einzige in der Clique, der in den hautengen Jeans und dem bedruckten T-Shirt gut aussah, war Legalesgras. Doch die Spezialmäntel, die sie bekamen, standen ihnen gut. Diese hielten draußen warm und waren drinnen atmungsaktiv. Es war schwer, ihre Farbe zu bestimmen, da diese sich je nach Umgebung änderte. In einem Büro wirkten sie dunkelgrau, war man jedoch in einer Fabrik oder einer Lagerhalle, wurden sie blau. In einem Geschäft oder Restaurant bildete sich auf der Brustseite der Mäntel ein Namensschild.

»Sind das Zaubermäntel?«, fragte Pipi.

»Nein, das ist einfach nur gute Maßanfertigung«, gab Halde zurück. »Wahrscheinlich kaufen Sie Ihre Kleider sonst immer von der Stange.«

Elbenpagen schafften ihr Gepäck zum Bootsverleihpavillon, wo drei schlanke Tretboote auf sie warteten. Spam bemerkte sogleich die aufgerollten Seile im Bug. Er begutachtete sie und meinte zu Halde: »Darf ich Ihnen sagen, Herr Halde, dass dies die besten Seile sind, die ich je gesehen habe? Ich bin schon seit Jahren ein Seil-Hobbyist, aber so etwas habe ich noch nie gesehen. Weder in dem Seilgeschäft, in das ich immer gehe, noch auf den Seiten von *Seil an!*, *Bild des Seils*, *Seilers Welt* und *Partner Seil*. Wie wurde es hergestellt?«

»Wenn ich nur die Zeit hätte, Ihnen das zu sagen!«, erwiderte Halde. »Zu schade, dass Sie nächsten Dienstag nicht mehr da sein werden. Da bieten wir einen Seiler-Workshop an. Vielleicht ein andermal.«

Dann wandte er sich an die ganze Clique. »Dies sind die besten Tretboote, die je gebaut wurden. Sie sind garantiert absolut unsinkbar, nur kentern sie leicht, deshalb sollten Sie darauf nicht so viel herumalbern.«

»Oh!«, sagte Madi. »Die sehen ja aus wie die Tretboote, die man in der Schmockland-Naturpark-Lagune ausleihen kann! Die machen total Spaß, so fünfzehn Minuten lang, und dann sind sie nur noch absolut anstrengend.«

»Sie scheinen ein Experte zu sein«, sagte Halde. »Sie und Pipi können sich ein Boot mit Biobier teilen. Grummli und Legalesgras können sich das zweite teilen, und Speicher geht zusammen mit Promo und Spam in das letzte.«

Die Boote waren beladen, und die Clique schipperte los. Zunächst fuhren Legalesgras und Grummli ein paarmal im Kreis, doch bald hatten sie den Dreh heraus. Schließlich steuerten sie auf ein sägeförmiges Ruderboot zu, das von Cellophan und Ladidadiel bemannt war. Sobald die Clique in Hörweite war, fing die Dame an zu singen:

Ich sang von Blättern alter Bäume,
Durch deren Zweige der Wind fuhr wie ein D-Zug,
Ich sang von Cellophan, dem Typen meiner Träume,
Von Wäldern und Höfen und Bauern mit Schneepflug.

Ewig schlief er an meiner Seite dicht
Und bracht den frisch gepressten Saft mir an das Bett.
So wie er nichts verleiht, so borgt er nicht,
So schreiten wir munter auf ew'gen Lebens Parkett.

Doch in der Dunkelheit kommen die Reiter
In ihren Röcken, anthrazitgrau wie die Nacht,

Schlimmer als Troll, Murk oder Wicht mit Eiter,
Sie sehen alle gleich aus, und es sind neun, nicht acht.

Und wird der Ring erst mal abgefertigt,
Dann weichen all unsere Sommer den Winterstürmen,
Mit Promos Ankunft wird unsere Zeit hier beerdigt,
Uns bleibt nur das Kreuzfahrtschiff, um westwärts
zu türmen.

»Will sie damit sagen, dass die Elben erledigt sind, wenn wir den Ring zerstört haben, und dass das alles meine Schuld ist?«, fragte Promo.

»O nein, Herr«, sagte Spam. »Ich glaube, die Dame hat das nur wegen des Reimschemas so gedichtet. Das klang alles sehr wie aus dem Stegreif improvisiert. Das würde ich nicht persönlich nehmen, Herr.«

»Ja, ihre Metaphorik ging auch völlig durcheinander.«

Sie machten an einem entzückenden Hafenrestaurant fest. Ein extra Zimmer war für sie reserviert worden, und es warteten noch mehr Abschiedsgeschenke auf sie.

»Das wäre wirklich nicht nötig gewesen«, sagte Speicher. »Wir haben Ihnen ja auch nichts mitgebracht.«

»Oh, bitte«, sagte die Dame. »Das ist doch das Mindeste, wo Sie doch ausziehen, um das Artefakt des Bösen schlechthin zu zerstören und Saubohn daran zu hindern, ganz Drittmittelerde zu monopolisieren. Das Mittagessen geht aufs Haus. Bestellen Sie nach Herzenslust.« Sie reichte ihm die Speisekarte.

Nach einem ausgesprochen guten Mittagessen fingen Madi und Pipi an zu rufen: »Geschenke! Geschenke! Geschenke! Geschenke!« Die Dame ließ Cellophan die Geschenke verteilen. Als erste sollten Madi und Pipi ihre Päckchen aufmachen.

»Gürtel«, sagte Madi. »Sie haben uns silberne Gürtel geschenkt. Danke.« Auch Pipi dankte den Elben, doch klang es nicht sehr herzlich.

»Sie haben beide eine goldene Blume als Schnalle«, erklärte Cellophan. »So wie meiner!«

»Ja, toll«, sagte Pipi. Als Nächster öffnete Speicher sein Geschenk.

»Eine neue Scheide für Partykill!«, sagte er. »Sie ist perfekt! Danke!« Er probierte sie aus, und sie passte tatsächlich perfekt.

»Das Schwert, das aus dieser Scheide fährt, soll nicht bersten, selbst in einem verlorenen Kampf!«, sagte die Dame.

»Danke für den Vertrauensvorschuss«, sagte Speicher. »Halt, auf dem Boden der Geschenktasche ist ja noch etwas!« Er machte eine kleine Schachtel auf und fand darin eine Silberbrosche mit einem Edelstein.

»Diese Brosche habe ich meiner Tochter Lieberschwan gegeben, und sie hat sie ihrer Tocher Dannwenn Morgenstern weitergegeben. Und nun bekommen Sie sie, mein künftiger Schwiegerenkel!«

»Nee, echt jetzt?«, sagte Pipi mit lautem Bühnenflüstern zu Madi. »Die Dame ist Dannwenns Großmutter?« Nachdem er kapiert hatte, dass ihn alle verstanden hatten, setzte er etwas leiser hinzu: »Madi, das ist total krass!« Biobier machte sein Geschenk als Nächster auf, ohne dass man ihn dazu aufgefordert hätte.

»Ein goldener Gürtel«, sagte er. Dann murmelte er: »Zu Hause habe ich ungefähr ein Dutzend solcher Gürtel rumliegen.«

»Sein Gürtel ist aus Gold, und unsere sind aus Silber!«, beklagten sich Pipi und Madi. »Wahrscheinlich, weil wir bloß Wobbits sind.« Nun war Legalesgras an der Reihe.

Er bekam einen Elbenlangbogen für Profis und einen Köcher mit passenden Pfeilen.

»Oh, so schön!«, sagte er. »Ich kann's kaum erwarten, damit auf die Jagd zu gehen! Danke euch beiden!« Madi und Pipi schnaubten enttäuscht, weil sie kein so cooles Geschenk bekommen hatten. Grummli erhielt nichts weiter als einen Umschlag. Er öffnete ihn.

»Ein Geschenkgutschein?«, sagte er.

»Ja«, gab die Dame zurück. »Wir wussten nicht, was wir Ihnen kaufen sollten. Aber das ist eine besondere Karte. Mit ihr können Sie in Lothloriland bekommen, was immer Sie wollen. Also, was möchten Sie?« Er errötete.

»Ich hätte gern eine Locke von Ihrem Haar oder wenigstens ein einzelnes Haar. Oder einen Milchzahn. Irgendwas! Sehen Sie denn nicht, dass ich Sie liebe?«

»Wunderlich sind die Zwerge!«, sagte die Dame. Da sie nicht wollte, dass die Situation noch peinlicher wurde, als sie es ohnehin schon war, sprach sie schneller als sonst. »Sie können zur selben Zeit bezaubernd und abstoßend, grob und höflich, bescheiden und unverschämt sein. Hier, Grummli, einigen wir uns in der Mitte.« Sie löste ihr Haar und riss sich mit einer Grimasse drei goldene Haare aus. »Doch sagen Sie mir, was Sie mit einem solchen Geschenk anfangen werden.«

»Ich werde diese Haare in Ehren halten zur Erinnerung an Ihre Worte, die Sie bei unserer ersten Begegnung zu mir gesprochen haben. Und sollte ich jemals heimkehren, werde ich sie verbronzen lassen.«

»Wer hat sein Geschenk noch nicht ausgepackt?«, fragte die Dame. »Promo, Sie sind der Letzte. Öffnen Sie es.« Er wickelte ein kleines Päckchen aus, in dem eine kleine verkorkte Flasche war. Er ging davon aus, dass es kein Kölnischwasser war.

»In dieser Phiole ist das Licht von Clearasils Stern eingefangen«, sagte die Dame. »Möge es Ihnen ein Licht sein an dunklen Orten, wenn alle anderen Lichter ausgehen. Es wird noch heller scheinen, wenn die Sonne nicht direkt draufknallt.«

Es war ein sehr sonniger Tag, deshalb hielt Promo die Phiole für einen Moment unter den Tisch. »Sie scheint tatsächlich heller! Vielen Dank!« Er verneigte sich, fand aber keine weiteren Worte. Denn er musste zu sehr an Schmoddor denken und daran, dass die Lichter wohl bald ausgehen würden.

Man bedankte und verabschiedete sich, und man verteilte sich auf die Tretboote. Als die Clique aufbrach und die Dame mit ihrem Mann zum Büro zurückfuhr, sang sie noch einmal ein Lied. Diesmal sang sie jedoch auf Elbisch. Promo verstand kein Wort davon, und die Melodie war sehr traurig. Ihm wäre nach etwas Aufmunterndem gewesen.

Sie folgten einer Biegung des Stroms und vermochten Lothloriland nicht mehr zu sehen. Promo hatte gehofft, dorthin zurückzukehren, hatte es aber wegen anderer Verpflichtungen nie geschafft. Und jetzt wollte er Lothloriland gar nicht erst verlassen. Seinen Gefährten ging es genauso. Grummli war untröstlich.

»Sehen Sie der Wahrheit ins Auge, Grummli«, sagte Legalesgras. »Sie ist verheiratet, Mann! Und Sie sind ein Workaholic, der in seiner Investmentfirma oft bis spät in die Nacht arbeitet. Und glauben Sie im Ernst, dass Sie ihr Typ sind?«

»Sie wollen damit sagen: Bin ich ein Elb?«, blaffte Grummli. »Schon verstanden. Wissen Sie, ich frage mich bloß, ob es vielleicht anders gekommen wäre, wenn ...«

»Klar«, sagte Legalesgras. »Aber Sie haben die drei Haare, was? Coole Sache!«

»Ja, vermutlich schon«, sagte Grummli. »He, Obacht! Sie bringen das Boot zum Schwanken! Diese Teile können leicht umkippen, oder?«

Die Freunde der Clique traten in die Pedale, bis ihnen die Beine wehtaten, aber sie machten weiter. Die kleinen Propellerrädchen an den hinteren Enden der Boote sausten im Kreis herum. Je weiter sie fuhren, desto mehr nahm die Schönheit der Bäume am Ufer ab. Promo machte sich Sorgen, doch es wurde dunkel, sein Magen war vom Mittagessen noch gut gefüllt, er war gerade nicht mit Treten dran, und so fiel er in einen unruhigen Schlaf.

Kapitel XXI

Der Mächtig Große Strom

»Guten Morgen, Herr«, sagte Spam. »Ich nehme an, du hast gut geschlafen. Wir haben einen langen Trettag vor uns, deshalb habe ich deinen Zaubermantel ausgebürstet. Es ist erstaunlich, Herr, diese Mäntel ziehen kaum Flusen an und nur sehr wenige Schuppen. Wahrlich magisch! Komm, wärme dich am Feuer. Ich sorge derweil für ein Frühstück.«

Weder an diesem noch am nächsten Tag sahen sie eine Spur des Feindes. Die öden, farblosen Stunden verstrichen ereignislos. Östlich des Flusses war das Land verlassen und grau, manchmal braun, doch im Westen wuchs grünes Gras. Die Langzeitauswirkungen von Saubohns armseliger Umweltpolitik waren im Osten nicht zu übersehen.

Unruhig sah Spam von einem Ufer zum anderen. Er fand, dass die Clique in den drei geschmeidigen, aber kleinen Booten inmitten einer Landschaft, die keinerlei Schutz bot, und auf einem Fluss, der die Grenze in einem Krieg darstellte, sehr verwundbar war. Speicher und Biobier empfanden dieselbe Unsicherheit. Legalesgras musste sich Grummlis endloses Geplapper anhören, der ihm von der Trennung von Ladidadiel erzählte, als hätte er eine jahrelange Beziehung mit ihr geführt. Madi und Pipi verbrachten den Großteil ihrer Zeit damit, sich gegenseitig anzuspritzen.

Nach vier Tagen meinte Spam, er würde vor lauter Langeweile halluzinieren, denn er sah etwas Eigenartiges im Wasser. Er behielt es für sich, weil er nicht wusste, ob es ihm als Amateur zustand, den Profis wie Herrn Speicher oder Herrn Biobier seine Beobachtungen mitzuteilen.

In dieser Nacht, nachdem sie ihre Würstchen und gegrillten Marshmallows gegessen hatten, nahm Spam sich vor, mit Promo über das Gesehene zu sprechen.

»Ein oder zwei Stunden bevor wir anhielten, habe ich etwas außerordentlich Komisches im Wasser gesehen, Herr«, sagte er. Er versuchte, locker in das Thema hinüberzuleiten.

»Wirklich?«, sagte Promo. »Komisch wie ein Possenreißer oder wie ein Fisch, der einen Hut aufhat?«

»Nicht so, Herr. Nichts zum Lachen Komisches. Mehr so wie: Biobier schaut so komisch drein.«

»Ach so«, sagte Promo. »Komisch im Sinne von seltsam und nicht im Sinne von witzig. Da kann ich dir ein Lied von singen.«

»Nun, Herr, ich sah etwas, was wie ein Stamm aussah.«

»Das ist weder witzig noch seltsam.«

»Ein Stamm, der schneller dahintrieb als die Boote. Er kam von weiter hinten und hat aufgeholt.«

»Spam, das muss an einer sonderbaren Strömung gelegen haben.«

»Ja, Herr. Oder es könnte an den mit Schwimmhäuten versehenen Füßen des Stamms gelegen haben, die er wie eine Ente benutzt hat.«

»Ich weiß, worauf du hinauswillst, Spam. Enten sind lustig. Da fällt mir ein Witz ein, den Onkel Milbo mir erzählt hat. Über eine Ente, die in eine Kneipe reingeht …«

»In der Tat, Herr, aber der Punkt, auf den ich hinauswill, ist, dass es weder ein Stamm noch eine Ente war. Und es hatte bleiche Augen wie Lampen.«

»Aber natürlich!«, sagte Promo. »Du meinst Go-Lump. Ich habe gesehen, wie er uns in Memoria und in Lothloriland gefolgt ist. Ich habe es nicht erwähnt, weil ich niemanden beunruhigen wollte.«

»Wie du wünschst, Herr.«

Mitten in der Nacht weckte Spam seinen Arbeitgeber leise auf. »Entschuldige, Herr, aber ich hatte heute Nacht keine Ruhe, und da konnte ich nicht umhin, im Wasser nahe der festgemachten Boote die Erscheinung zweier bleicher Augen wie Lampen auszumachen.«

Promo griff zu Stink, klappte erst aus Versehen den Schraubenzieher auf, klappte ihn wieder ein und klappte dann die Hauptmesserklinge aus. Sie schimmerte nicht, weshalb er sie kräftig schüttelte. Noch immer schimmerte sie nicht, also konnte er sich sicher sein, dass das Ding im Wasser kein Ork war. Wieder sah er zu den Augen hinüber, doch sie waren verschwunden. Speicher trat zu ihnen heran.

»Promo, warum haben Sie Ihr Elbentaschenmesser gezückt?«, sagte er.

»Ich habe Go-Lump gesehen«, sagte Promo. »Ich wollte versuchen, ihn einzufangen oder so was.«

»Ja, viel Erfolg dabei«, sagte Speicher.

»Sie haben von Go-Lump gewusst, Herr Speicher?«, fragte Spam.

»Ich bin der beste Spürhund Drittmittelerdes, Spam. Ja, ich habe es gewusst. Wie auch Grummli. Sie haben gewusst, dass Go-Lump uns folgte, nicht wahr, Grummli?« Der Zwerg setzte sich in seiner Decke auf.

»Ich habe die Augen eines Falken, die Ohren eines

Fuchses und den Bart einer Ziege«, sagte Grummli. »Selbstverständlich habe ich gewusst, dass er uns gefolgt ist! Legalesgras hat es doch auch gewusst, stimmt's?«

»Wie hätte mir das entgehen sollen, eh?«, sagte Legalesgras. »Ich weiß alles über ihn. Er war ein Gefangener der Waldelben. Und ich habe den Großteil meines Lebens damit verbracht, nach sich anschleichenden Riesenspinnen zu lauschen. Die sind viel leiser als Go-Lump. Ich höre ihn andauernd schnüffeln. Erst kürzlich haben Biobier und ich uns über diesen Loser unterhalten, war's nicht so, eh?«

»Als Hauptmann von Minis Trieren«, sagte Biobier, »lernt man, nach Hinterhalten und feindlichen Kundschaftern Ausschau zu halten. Über Go-Lump wusste ich Bescheid, aber ich wollte ihn erst erwähnen, wenn ich Ihnen seinen Kopf bringen würde. Sie wissen schon, weil ich ihn dann schon umgebracht hätte. Denn dann, Promo, hätten Sie ein Einsehen gehabt und hätten mir den Ring gegeben!«

»Was?«, sagte Promo.

»Vergessen Sie den letzten Satz. He!«, sagte Biobier zu Madi und Pipi. »Ihr zwei habt Go-Lump auch gesehen, was?«

»Ja. Wir haben ihn gesehen, seit Pipi Memoria aufgescheucht hat. Warum?«

»Nur so«, sagte Biobier. »Und Sie sind der Letzte, dem es auffällt, dass wir verfolgt wurden, stimmt's, Spam? Sie haben's jetzt auch endlich gemerkt? Köstlich!«

»Ja, Herr«, sagte Spam. »Wirklich witzig.«

»Okay, alle wieder zurück ins Bett«, sagte Speicher. »Ich halte Wache, und morgen werden wir sehen, ob wir ihn abschütteln können. Wir werden besonders feste treten!«

Am nächsten Tag strampelten sie schnell und grimmig, bis die Nacht hereinbrach und von Go-Lump nichts mehr zu sehen war. Ein weiteres Mal reisten sie bei Nacht, was ihren Schlafrhythmus durcheinanderbrachte und das Treten noch langweiliger machte. Auf diese nervtötende Weise ging es weiter bis zum siebten Tag.

Am frühen Morgen bemerkte die Clique, dass die Flussufer steiler und die Gegend hügeliger wurde. Als sie zum Rasten anlegten, entdeckte Speicher über ihren Köpfen schwebend einen Kolibri, der sogleich nach Süden davonflog. Legalesgras war er auch aufgefallen.

»Es kann gar nicht sein, dass dieser Vogel hier nach Nektar sucht, müssen Sie wissen. Über Meilen im Umkreis gibt es keine Blumen.«

»Sieht so aus, als würden wir Ärger kriegen«, meinte Speicher. »Lasst uns bis zum Einbruch der Dunkelheit in Deckung gehen.«

In der achten Nacht ihrer Reise mussten sie nahe ans östliche Ufer heranfahren, um Stromschnellen auszuweichen. Dabei wurden sie im verdächtig hellen Sternenlicht von einer Murkseinheit entdeckt und beschossen. Ein Pfeil schlug in einem der Boote ein, ein zweiter verfehlte Speicher nur knapp, aber ein dritter traf Promo im Rücken. Zwar prallte er an seinem Spitzenkettenhemd ab, doch es tat höllisch weh.

»Dies ist der perfekte Ort für einen Hinterhalt, Herr«, sagte Spam.

»Genau so hätte ich es auch gemacht«, sagte Speicher. »Doch Go-Lump kann mir nicht das Wasser reichen, denn wenn er das könnte, dann wären wir schon längst tot. Dazu kommt, dass unsere Zaubermäntel und die

Tarnfarben der Boote das Zielen erschweren. Tretet in die Pedale! Bringt uns in Sicherheit!«

Die Antriebspropeller peitschten wild, und es gingen keine weiteren Pfeile mehr auf sie nieder. Legalesgras versuchte, den Beschuss zu erwidern. Er stand im Boot – etwas, was nur Elben hinkriegen. Indem er sich umwandte, zog er einen Pfeil aus dem Köcher, fand aber kein Ziel. Plötzlich überfiel ihn Furcht.

»Albernet, Giltohnesiegel!«, seufzte er, während er sich umblickte. Über ihnen schwebte ein geflügeltes Wesen. Promos alte Kriegswunde an der Schulter meldete sich zurück.

Die Sehne von Legalesgras' nagelneuem Langbogen schnalzte beeindruckend. Der fliegende Feind geriet ins Trudeln und legte am östlichen Ufer eine Bruchlandung hin.

»Das war ein vortrefflicher Schuss, mein Freund!«, sagte Grummli.

»Aber was habe ich getroffen? Dass es kein Kolibri war, ist ja schon mal sonnenklar.«

»Es erinnerte mich an den Punkrock, aber man weiß ja, dass der nicht fliegt.«

Eine weitere Nacht fuhren sie ohne Zwischenfälle dahin. Am Tag darauf wollten Madi und Pipi unbedingt ausschlafen, deshalb nahm sich die Clique die Nacht frei und trat die Pedale am folgenden Tag. Speicher hatte ohnehin vorgehabt, diesen Teil der Reise tagsüber hinter sich zu bringen. Am Nachmittag sahen sie auch, warum.

Die Ufer türmten sich auf beiden Seiten zu Klippen auf. In der Ferne erkannte Promo zwei Felssäulen. Als sie näher heranfuhren, sah er, dass es sich bei den Säulen um zwei gigantische Figuren handelte. In den Fels waren die

Züge zweier Könige hineingemeißelt. Ihre Haltung und ihr Gesichtsausdruck schienen sagen zu wollen: *Du hast hier nichts verloren!*

Speicher ordnete eine kurze Tretpause an, damit die Clique die mürrischen Monumente bewundern konnte. »Seht die Argonauten, die Öffentlichen Bauvorhaben der Könige«, rief er aus.

»Die müssen ein Vermögen gekostet haben«, sagte Grummli.

»Da sieht man mal, wo die Steuern hingehen, die ich bezahle!«, sagte Biobier.

»Die sehen irgendwie wie Speicher aus«, sagte Grummli. Speicher versuchte, die Haltung der Figuren nachzuahmen, blieb dabei aber sitzen.

»Ich hab's schon kapiert, er ist der König«, grummelte Biobier. »Er sollte es echt mal gut sein lassen.«

Bald merkte Speicher, dass es Zeit war, zur Arbeit zurückzukehren. Sie fuhren an den Statuen vorbei und ruhten sich im Schatten der Hügel dahinter aus. Der zehnte Tag ihrer Reise war vorüber. Jetzt mussten sie sich entscheiden, ob sie nach Osten oder nach Westen gehen sollten. Die letzte Etappe ihrer Fahrt lag vor ihnen, die 66% ihrer gesamten Abenteuer ausmachen sollte.

Kapitel XXII

Das Ende der Clique?

Sie lagerten am Ufer, und Promo hatte die erste Nachtwache. Da Speicher rastlos war, gesellte er sich zum Plaudern zu ihm.

»Können Sie nicht einschlafen?«, fragte Promo.

»Nein. Ich habe ein ungutes Gefühl bei der Sache«, sagte Speicher. »Checken Sie mal Stink, ob Orks in der Nähe sind.« Promo zog sein Elbentaschenmesser heraus und klappte die Klinge aus. Sie schimmerte schwach.

»Das ist nicht gut«, sagte Speicher. »Wie funktioniert der Orkdetektor von dem Teil denn genau? Bedeutet ein schwaches Schimmern, dass nur ein paar wenige Orks in der Nähe sind, oder könnte es auch sein, dass ein Riesenhaufen von ihnen da ist, nur auf der anderen Flussseite? Oder ist es nur ein einzelner riesiger Hämogoblin innerhalb eines gewissen Radius?«

»Ich weiß nicht«, sagte Promo. »Onkel Milbo hatte dieses Teil jahrelang, aber er hat nie ein Handbuch dazu geschrieben oder auch nur eine Schnellstartbroschüre.«

»Für den Fall, dass etwas in der Nähe ist, lassen Sie mich die Wache übernehmen«, sagte Speicher. »Morgen müssen wir besonders vorsichtig sein.«

Am nächsten Tag hielten sie beim Frühstück eine Besprechung ab, um zu entscheiden, wer wohin gehen sollte. Als Erster war laut Tagesordnung Promo an der Reihe.

»Ich weiß, dass wir es eilig haben«, sagte er. »Aber ich bräuchte ein Stunde oder so für mich allein, um ein bisschen brainzustormen.«

Widerwillig gewährte man ihm eine Stunde. Danach sollte er der Gruppe seine Gedanken präsentieren. Er ging zwischen ein paar Bäumen davon, bis er nicht mehr zu sehen war. Doch Biobier beobachtete ihn genau, und er hatte diesen komischen Blick. Allerdings nicht im Sinne von witzig.

Als Promo so dahinging, hatte er das Gefühl, beobachtet oder verfolgt zu werden. Er wandte sich um und erwartete, Go-Lump, einen reitenden leitenden Angestellten, einen Unhold oder gar einen Killerbaum zu sehen. Doch stattdessen erblickte er Biobier, der ihn freundlich anlächelte.

»Hi«, sagte der Krieger aus Gondödel. »Ich habe mir Sorgen gemacht, weil Sie allein und unbewacht sind. Da ich nun schon einmal hier bin, würde es Ihnen etwas ausmachen, wenn wir gemeinsam ein paar Gedankenspielchen durchgehen? Ich habe mir da einen Plan ausgedacht, der Ihnen wirklich gefallen könnte.«

»Danke für Ihre Hilfe«, sagte Promo und setzte sich hin. »Allerdings wollte ich tatsächlich allein sein. In mich hineinhorchen, so was in der Art. Sie wissen schon. Deshalb vielen Dank, dass Sie vorbeigekommen sind, aber …«

Biobier verstand den Wink nicht. Stattdessen kam er sogar noch näher heran und setzte sich neben Promo. »Bitte, Promo, hören Sie mich wenigstens an. Ich habe da eine Idee, die Sie lieben werden!«

Promo sagte nichts, doch Biobier raffte es immer noch nicht. »Wie wäre es damit, Promo: Lassen Sie mich wenigstens den Ring sehen. Sie wissen schon, um der guten alten Zeiten willen.«

Da er sich noch gut daran erinnerte, wie das mit Milbo und Ladidadiel gelaufen war, gab Promo hastig zurück: »Nein, das ist keine so gute Idee.«

»Klar«, sagte Biobier lässig. »Kein Thema. Aber haben Sie sich je gefragt, was wir erreichen könnten, wenn wir den Ring, anstatt ihn zu zerstören, gegen Saubohn einsetzen würden? Da könnte nichts mehr schiefgehen!«

»Sie waren doch auch in der Sitzung in Suchtal«, sagte Promo. »Sie wissen so gut wie ich, dass sämtliche Experten einstimmig für die Zerstörung des Rings votierten. Das ist unsere einzige Chance.«

»Unglaublich!«, sagte Biobier. »Sie nehmen das ernst, was dieses Gesindel Drittmittelerdes behauptet? Sie wissen aber schon über Elben Bescheid, oder? Die haben damit nämlich überhaupt angefangen! Und Zwerge? Sie trauen einem Haufen Bankern? Oder einem Zauberer, der so schlau ist, dass er sich hat umbringen lassen? Oder einem Obdachlosen, der behauptet, er wäre insgeheim ein König? Das Wort dieser Typen zählt bei Ihnen mehr als meines? Sie dürfen den Ring nicht zerstören! Es gibt nur eine mögliche Handlungsweise!«

»Danke, Biobier, das hat mir sehr geholfen.«

»Also kommen Sie mit mir nach Minis Trieren?«, sagte Biobier und hatte wieder den komischen Blick.

»So könnte man sagen, ja.«

»Spitze!«, sagte Biobier. »Leihen Sie mir den Ring. Nur so lange, bis Saubohn besiegt ist und ich über ganz Drittmittelerde herrsche. Dann gebe ich ihn Ihnen gleich wieder zurück. Wir könnten ihn gemeinsam zerstören!«

Er streckte die Hände nach Promo aus, als wäre dieser ein Burrito.

»Kein Problem, lassen Sie mich ihn für Sie herausholen«, sagte Promo. Rasch zog er ihn an der Kette hervor und steckte ihn auf seinen Finger. Die unheimliche Kette musste weder zerbrochen noch aufgemacht werden. Der Ring löste sich einfach von ihr, und Promo musste nicht mit der Hand am Kopf durch die Gegend spazieren.

»He!«, sagte Biobier. »Wo sind Sie hin, Sie kleiner Gartenzwerg? Kommen Sie zurück! Kommen Sie zurück, Sie Pimpf, damit ich Ihnen den Ring abnehmen und Sie töten kann! Sie töten, euch alle töten und über ganz Drittmittelerde herrschen! Kommen Sie zurück! Bitte! Ich will doch nur reden!«

Er warf sich auf Promo oder dahin, wo Promo eben noch gewesen war. Doch der war schon weg. Wahllos und auf gut Glück stürzte sich Biobier hierhin und dorthin und fasste ins Leere. Schließlich stolperte er über eine Wurzel und fiel, Gesicht voraus, in eine Cremetorte, die Promo hatte frühstücken wollen.

Biobier rappelte sich hoch und wischte mit jeweils zwei Fingern jeder Hand die Schlagsahne aus seinen Augen. Er schleuderte die Tortenfüllung auf den Boden, und da wurde ihm klar, was er getan hatte. Der komische Blick war wie die Schlagsahne aus seinen Augen verschwunden.

»Was habe ich getan? Promo! Kommen Sie zurück! Es war eine vorübergehende geistige Umnachtung, aber sie ist vorüber! Ich hatte in letzter Zeit total viel Stress! Es war die Belastung! Jetzt ist wieder alles okay! Kommen Sie zurück!«

Es kam keine Antwort. Promo rannte schneller, als je ein Wobbit zuvor gerannt war, was aber im Grunde nicht besonders schnell ist. Biobiers Rufe hörte er nicht mehr, aber nicht, weil er zu weit weg war, sondern wegen seines eigenen ohrenbetäubenden Keuchens. Um dem Ganzen die Krone aufzusetzen, rannte er auch noch bergauf.

Er gelangte auf den Gipfel von Amors Henne, dem Berg des Hörens und Sehens, einem alten Wachturm. Speicher hatte davon erzählt, doch Promo hätte nicht mit einem großen Felsstuhl zum Sitzen gerechnet.

Wie kann man Wache halten, wenn man sich gemütlich hinsetzt?, dachte er. *Ich würde sofort einschlafen.* Er setzte sich hin, um auszuprobieren, ob es immer noch funktionierte. Wie nicht anders zu erwarten, sah er so manches, was ihm nicht gefiel.

Überall erkannte er die Zeichen des Krieges. In den Kübelbergen wimmelte es von Orks, die ihre übel geschwungenen Rasierklingen schwangen. Im Wüsterwald schleuderten die Waldelben spezielle Curlingsteine auf Riesenspinnen. An den Grenzen Lothlorilands stieg Rauch auf. Reiter galoppierten über die Graslandschaft von Ruhha'm. Rund um Eisenharz wurden Marge Gassi geführt. Von den Häfen Harrods stachen Kriegsschiffe in See. Aus dem Osten strömten endlose Menschenmengen herbei und laberten mit ihrem schrecklichen Ostküstenakzent.

Plötzlich spürte Promo das Auge. Es hatte ihn entdeckt. Wie ein tastender, pieksender Finger suchte es nach ihm.

In Promo rangen zwei Mächte miteinander. Die eine drängte ihn dazu, den Ring abzunehmen. Die andere drängte ihn dazu, bei Sauhohn einen Termin zu vereinbaren. Sie nahmen die Form zweier winziger Gestalten an, die auf seinen beiden Schultern hockten. Diejenige auf der rechten Schulter gewann das Rennen, indem sie ihre Harfe benutzte und der anderen Gestalt überzog. *Nimm ihn ab, du Idiot! Nimm sofort den Ring ab!*, kreischte der Harfner. Das überzeugte Promo, und er zog den Ring vom Finger.

Die Kriegsvisionen lösten sich auf, aber er hatte noch immer eine großartige Aussicht von der Hügelkuppe. Ein guter Ort, um in sich hineinzuhorchen. *Sieht so aus, als könnte ich Biobier nicht mit nach Schmoddor nehmen. Als Nächstes wird der Ring wahrscheinlich von Grummli Besitz ergreifen. Oder vielleicht auch von Legalesgras. Jedenfalls bin ich mir nicht sicher, ob ich die beiden dabeihaben möchte. Ich weiß, was ich von Madi und Pipi zu erwarten habe, aber was soll's? Da die Orks anscheinend ganz gezielt auf mich schießen, taugen die beiden nicht einmal als Ersatzzielscheiben. Speicher wird in Minis Trieren gebraucht, vor allem, wenn Biobier noch einmal verrückt spielt. Und Spam, nun ja, ich denke immer noch, dass es unfair ist, ihn in die ganze Sache mit hineinzuziehen. Er sollte daheim in Wobbingen sein und mit Rosie Baumwolltüte ein Bier trinken.*

»Dies ist ein Job, den ich alleine erledigen muss, und er wird nicht einfacher, wenn ich warte«, sagte Promo. »Werde ich die Freunde aus der Clique jemals wiedersehen? Ranndarf, ich glaube, Sie werde ich am allermeisten vermissen.« Promo steckte sich den Ring wieder an den Finger.

Er wurde unsichtbar und dachte: *Ich hoffe, Saubohn sucht nicht schon wieder nach mir. Ich muss dran denken, den Ring so bald wie möglich abzunehmen.*

Im Lager rätselten die Gefährten der Clique, was sie machen sollten. Sie wollten Promo nicht nerven, aber sie fragten sich allmählich, ob alles in Ordnung mit ihm war. Und wenn er zurückkäme, was wäre dann?

»Ich will nach Minis Trieren«, sagte Legalesgras. »Dort wird's nämlich die Schlachten geben, müssen Sie wissen.«

»Dem stimme ich zu«, sagte Grummli. »Aber wenn Promo nach Schmoddor gehen will, dann begleite ich ihn. Abgemacht ist abgemacht.«

»Na schön«, erwiderte Legalesgras. »Wenn alle anderen nach Schmoddor wollen, dann werde ich mich auch nicht abseilen.«

»Wenn Sie bitte entschuldigen würden, meine Herren, aber ich glaube, Sie verstehen nicht recht, was Promo gerade vorhat«, sagte Spam. »So wie ich Herrn Promo kenne, und ich kenne ihn gut, dann versucht er bestimmt, den Mut aufzubringen, den Ring nach Schmoddor zu bringen. Und das wird er alleine machen wollen. Denn es liegt nicht in seinem Interesse, irgendeinen von uns in Gefahr zu bringen, noch beabsichtigt er, nach Minis Trieren zu gehen. Und da wir gerade dabei sind, wo ist eigentlich Herr Biobier?«

In diesem Augenblick kehrte Biobier zurück. Er wirkte grimmig und traurig. »Was ist los, Biobier?«, fragte Speicher. »Und was haben Sie da in Ihrem Bart? Haben Sie Promo gesehen?«

»Habe ich Promo gesehen?«, sagte er. »Ja und nein. Erst habe ich ihn gesehen, aber dann wurde er unsichtbar. Er muss den Ring benutzt haben. Ich dachte, er würde hierher zurückkommen.«

»Was haben Sie mit ihm gemacht?«, wollte Speicher wissen.

»Nichts! Wir haben nur geredet. Das Gespräch wurde etwas hitzig. Sie wissen ja, wie leidenschaftlich ich bin. Womöglich habe ich mich etwas im Ton vergriffen, und dann ist er verschwunden.«

»Schnell!«, sagte Speicher. »Geht nach dem Buddy-

Prinzip vor und macht euch in Zweiergruppen auf die Suche nach Promo!« Alle rannten schreiend davon. Alle bis auf Spam, und da Promo sein Buddy war, fiel es keinem auf.

»Was würde ich tun, wenn ich Herr Promo wäre?«, sagte er. »Ich würde zu den Booten gehen, alles packen, was ich brauche, und dann würde ich in die Pedale treten. Ich bin dann mal weg!« Spam hastete zu den Booten und sah, dass eines davon ins Wasser glitt, ohne dass jemand es schob. Spam jagte ihm nach, obwohl er ein leidenschaftlicher Nichtschwimmer war und seinen überdimensionalen Seesack geschultert hatte. Schon bald war er tief gesunken. Er sah nach oben, vielleicht, um den letzten Sonnenstrahl seines Lebens zu erblicken, als er eine unsichtbare Hand bemerkte, die ins Wasser griff und ihn herauszog.

»Ich wusste gar nicht, dass deine Arme so lang sind, Herr«, sagte er.

»Ich vermute, du bestehst darauf, mit mir nach Schmoddor zu kommen?«, sagte Promo.

»Wenn es dir recht ist, Herr.«

»Dann setz dich neben mich und trete«, sagte Promo. »Ich habe keine Lust mehr, nur im Kreis zu fahren.«

Sie fuhren nur bis ans östliche Flussufer und zogen das Boot an einer geschützten Stelle an Land. Dann warfen sie sich das Gepäck über die Schultern und nahmen die Suche auf nach einem Pfad, der sie über die grauen Nadelstreifenhügel und hinunter in das Land des Schattens bringen würde.

Danksagungen

Dank an meine Frau Mary Beth für ihre Ermutigung. Ihr ist es zu verdanken, dass ich dieses Buch mehr oder weniger pünktlich zu Ende geschrieben habe.

Dank an meine Tochter Zoe, weil sie an mich als Schriftsteller glaubt und mir höflich zuhört.

Dank an meine Tochter Becca, weil sie mich täglich aufmuntert.

Dank an Carsten Polzin vom Piper Verlag dafür, dass er mein erstes Buch im Internet gefunden, es veröffentlicht und mich dann um ein weiteres, nämlich dieses Buch, gebeten hat.

Dank an Benjamin Chandler für seine ausgiebigen Kommentare von seinem zweiten Wohnsitz in der Slowakei aus.

Dank an Jean Kloth für ihr rasiermesserscharfes Lektorat und ihre Vorschläge, obwohl sie sich überhaupt nicht für Tolkiens Schriften interessiert.

Dank an Rick Kirk für seine Kenntnisse über Tolkien und seine Tipps zum komischen Schreiben.

Dank an John O'Neill, meinen größten Fan in Schottland, für seine Anmerkungen und seine anhaltende Unterstützung auf Amazon.

Dank an Stephan Lynch, weil er sich im Internet für mein Buch eingesetzt hat.

Dank an Bill und Nick von Sign Express, Oak Park, Illinois, weil sie mir Mut gemacht und mir Werbetipps gegeben haben.

Über den Autor

Es ist das erklärte Lebensziel von Paul Erickson, der weltgrößte Tolkienparodist zu werden (er ist einer der Typen, die immer ein wenig hinter ihren eigenen Erwartungen zurückbleiben). Erickson wurde 1959 geboren und hat sein ganzes Leben in Oak Park, einem Außenbezirk von Chicago, verbracht. In der siebten Klasse las er »Der Hobbit« und in den darauffolgenden Sommerferien »Der Herr der Augenringe«. Den Großteil seiner Highschoolzeit verbrachte er damit, Dungeons & Dragons zu spielen und an der Lektüre des »Herrn der Ringe« zu scheitern. Als Collegestudent arbeitete er auf dem Bristol Renaissance Fair, trug Strumpfhosen und verkaufte Liebeslieder. Nachdem er einen Bachelor in Philosophie erworben hatte, wurde er Banker.

In den späten Achtzigern führte er mit dem Gitarristen-Ass Steve Ginensky Songparodien in Comedy Clubs auf. In den Neunzigern parodierte er beim Team Chicago Slam Poetry und gewann 1991 die Poetry Slam Nationals. 2009 ging seine Bankerkarriere zu Ende, als sein Arbeitgeber »das Geschäft aufgab«. Zum Glück hatte er inzwischen die Lektüre des »Herrn der Ringe« doch noch geschafft. In der Schlange auf dem Arbeitsamt fiel ihm auf, dass es in den USA noch keine Hobbit-Parodie gab.

Also machte er sich mit seinem MacBook zu Starbucks auf und vereinte sein Nerdwissen über Mittelerde mit dem, was er als Einziges wirklich gut kann: Parodien schreiben. In 2011 veröffentlichte er mithilfe des erfolgreichen Humoristen James Finn Garner (Politically Correct Bedtime Stories) sein erstes eBook, den »Wobbit«.

Im Netz ist der Autor auf www.thewobbitaparody.com zu finden.